微光
———
青年批评家集丛

从文献学到"数字人文"

现代文学研究的典范转移

王贺 著

上海文艺出版社
Shanghai Literature & Art Publishing House

"微光/青年批评家集丛"策划人语

金 理

在今天这样的时代里，尝试获取对于"文学批评"的共识，恐非易事。不过，既然我们的集丛以此为名义来召集，势必需要提出若干"嘤鸣求友"般的呼声——

首先，文学批评"能够凭借自身而独立存在"（弗莱：《批评的解剖》），其意义并不寄生于创作，批评与创作并肩而立，共同面对生机勃发的大千世界发言，"如共同追求一个理想的伴侣"——这个说法来自陈世骧先生对夏济安文学批评特质的理解："他真是同感的走入作者的境界以内，深爱着作者的主题和用意，如共同追求一个理想的伴侣，为他计划如何是更好的途程，如何更丰足完美的达到目的。……他在这里不是在评论某一个人的作品，而是客观论列一般的现象，但是话

尽管说的犀利俏皮,却决没有置身事外的风凉意,而处处是在关心的负责。"(陈世骧:《〈夏济安选集〉序》)

其次,在理性的赏鉴与评断之外,批评本身是一门艺术,拒绝陈词滥调,置身于"陌生"的文学作品中,置身于新鲜的具体事物中。文学批评应该是美的、创造的,目击本源,"语语都在目前"。

再次,诚如韦勒克的分疏:"'文学理论'是对文学原理、文学范畴、文学标准的研究;而对具体的文学作品的研究,则要么是'文学批评'(主要是静态的探讨),要么是'文学史'。"但他尤其强调这三种方法互为结合、彼此支持,无法想象"没有文学理论和文学史又怎能有文学批评"(韦勒克:《文学理论、文学批评和文学史》)。故而,凡在文学理论的阐释、文学史的建构方面有新发现的著述,均在本集丛收入之列。

丛书名中的"微光"二字,取自鲁迅给白莽诗集《孩儿塔》作序:"这是东方的微光,是林中的响箭,是冬末的萌芽,是进军的第一步……"借用"微光"大概表示两个意思:微光联系着新生的事物和谦逊的态度,本书是一套为青年学者开放的集丛;态度谦逊但也不自视为低,微光是黎明前刺破黑夜的第一束光,我们也寄望这套书能给近年来略显沉闷的学界带来希望。

此外,"微光"还让我们联想起加斯东·巴什拉笔下的"孤独烛火",联想起巴什拉在《烛之火》中描绘的一幅动人图画:遐想者凝视孤独烛火,这是知与诗、理性与想象的结合。"在所有的形象中,火苗的形象——无论是朴实的还是最细腻的,乖巧的还是狂乱的——载有诗的信息。一切火苗的遐想者都是灵感丰富的诗人。"(《烛之火·前言》)——在这一意义上,"微光"献给"一切火苗的遐想者"。

我们期待有更多志同道合的师友加盟后续的出版计划。最后,集丛出版得到上海文艺出版社陈征社长、毕胜社长前后两任社长及李伟长兄的鼎力支持,胡远行先生与林雅琳女史亦献策出力,尤其远行先生本是集丛策划者,但他甘居幕后不愿列名,这都是我们要特为致谢的。

目 录

序　言　陈子善 / 1

前　言 / 1

第一部分　何谓"文献学转向"
　　第一章　现代文学研究的"文献学转向" / 13
　　第二章　现代文学文献学的回顾与前瞻 / 21
　　第三章　现代、当代文学文献研究的不同问题与"视域融合" / 67

第二部分　从文献学到"数字人文"
　　第四章　"常见书"与现代文学文献的开掘 / 83
　　第五章　"一体两面"的现代文学辨伪与考证 / 99
　　第六章　"非正式出版物"的文献价值与文学意涵 / 116
　　第七章　"非单一作者文献"与全集编纂 / 131
　　第八章　目录之学的当代危机及其因应 / 154
　　第九章　手稿研究的基本问题及其未来 / 178

第三部分 "数字人文"试探

第十章 "数字人文"与传统学术 / 205
第十一章 "数字人文"与现代文学研究 / 223
第十二章 "数字鲁迅"的生产 / 243
第十三章 "数字读写能力"的作育 / 292

后　记 / 317

序 言

陈子善

王贺的《从文献学到"数字人文"——现代文学研究的典范转移》一书出版了。这是他在中国内地出版的第一本学术论著,理应为之高兴,为之庆贺。

自从有了中国现代文学研究,就有了对文献学的重视和提倡。从朱自清的《中国新文学研究纲要》到阮无名(阿英)的《中国新文坛秘录》和王哲甫的《中国新文学运动史》,再到赵家璧主持的《中国新文学大系》,莫不如此。共和国成立以后贯彻"以论代史",但重视文献史料这一脉仍在顽强继续,并未绝迹,哪怕只是对左翼文学史料的整理和研究,也不是乏善可陈。1960年代"中国现代文学史资料丛书"的影印,乃至《鸳鸯蝴蝶派研究资料》的编纂,以及"中国现代文艺研究资料丛刊"的不定期出版等等,都是明证。一篇鲁迅佚文的发现,《文学评论》都急于刊登,放到今日反而恐非易事。

改革开放以后,对现代文学文献史料的整理和研究以更大的规模展开。《新文学史料》的创刊,"中国现代文学史资料汇编"甲种、乙种和丙种的陆续编纂,鲁迅、郭沫若、茅盾全集的相继问世引领的作家全集编辑潮,还有唐弢先生的《晦庵书话》和姜德明先生的《书叶丛话》等著作的相继出版,都是引人注目的现代文学文献学研究的大事,而以朱金顺先生的《新文学资料引论》(增订本改题为《新文学史料学》)和樊骏先生的《关于中国现代文学史料工作的总体考察》的出版和发表,则标志着从理论上进行梳理和总结,以使这方面研究更加全面、深入的学术观念,开始形成。此后,刘增杰先生的《中国现代文学史料学》、徐鹏绪等先生的《中国现代文学文献学研究》、解志熙先生的《考文叙事录:中国现代文学文献校读论丛》、金宏宇先生的《中国现代文学史料批判的理论与方法》以及拙著《中国现代文学文献学十讲》等,也都试图将现代文学文献学的研究,逐步建立成为一个独立的研究领域。

王贺在我的指导下,除了完成博士论文《穆时英文学新论——兼及 1930 年代"上海现代主义"》,因其研究兴趣一直在现代文学史研究、文献研究等方面,这些年在这些领域颇多思考,而《从文献学到"数字人文"——现代文学研究的典范转移》一书不仅收入了他的许多有代表性的研究成果,也为此后迈向新境的现代文学研究、文献研究作出了必要的准备,提供了深入讨论的基础。

在我看来,这本书的学术价值似可总结为下述几个方面。首先,其指出,自上世纪九十年代以来,现代文学研究领域发生了一场深刻的变革。即与前此普遍重视理论、方法不同,学者们转而重视文献史料的发掘、整理与研究,且开始强调文献史料研究的独立和自觉。这一变革被其称之为"现代文学研究的'文献学转向'"。此说提出后,不仅在现代文学界、文献学界被不断讨论,也在当代文学界逐渐引起关注。本书即涵括了其对于这一问题的思考,对现代文学文献学的历史、理论、方法的考察,及对前此少人关注、但相当重要的若干课题的专精研究。

其次,随着新的学术视野、方法论——"数字人文"——在中国内地的勃兴,其研究兴趣也逐渐发生转移,转而进入这一新的领域。他开始思考"数字人文"与传统学术的关系、与现代文学研究如何深入结合等问题,并展开一系列个案研究,致力于将此一视野、方法引入现代文学研究领域,开拓"数字文献学"与"数字现代文学"的研究,因此,本书也集纳了其对这些学术前沿问题的思考和探索。在此基础上,其认为,从文献学到"数字人文"的变化,不仅反映了其个人研究旨趣、重心的变化,且在某种程度上也可被视作现代文学研究的典范转移(paradigm shift)的过程,值得进一步展开和深入。

再次,由此书看其对现代文学与文献的研究,不仅自成一说,也逐渐形成了自己的特色。即在其研究现代文学与文献之时,并未停留在学科史、学术史内部,满足于就事论事,而是较注重与古典文献学、西方文献学等的比较,理论与实践的综合,文学研究与文献研究、历史研究的辨证,个案研究与宏观把握的平衡,乃至传统文献与数字文献的交互为用,从而既补足了既有研究的疏失、不足,也提升了现代文学文献学的学术内涵,更使以文献学为方法的现代文学史研究不断成为可能,丰富和拓展了现代文学研究的理论、方法和研究路径,体现出年轻一代现代文学学者、文献学者训练有素、敏于思考、勇于创新的学术追求和实绩。

　　但此书最大的特色、最为明显的旨趣,正如《从文献学到"数字人文"——现代文学研究的典范转移》这一书名所示,乃是认为"文献学转向"之后的现代文学研究,将渐趋于"数字人文"取向,或成为"数字人文"研究的一个部分。这可以说是相当大胆的观察和分析。因其所谓的"典范转移"(paradigm shift),又称"范式转移",最早出现于科学史家、科学哲学家托马斯·库恩的代表作《科学革命的结构》(The Structure of Scientific Revolutions),意指一领域因有新的学术成果的出现,从而打破了原有的许多假设、定则,使我们对其基本理论、方法等做出根本性的改变,由此孕育出的新的典范,既可有效地解释此前存在的理论、实践难题,也可使现有的、关于此领域的认识,获得全新的进展。余英时、王汎森、罗志田等先生也用这一概念,来处理中国史尤其中国思想史研究的转折与曲折展开的过程。但"数字人文"方面的研究目前才刚刚开始,其影响进入文学、历史、哲学、艺术等多领域后,虽已有部分论著发表、出版,然而仍缺乏真正具有足够解释力、代表性的成果,在现代文学研究领域更是如此,因此,仍需要包括王贺在内的诸多研究者不断作出努力,以使这一"典范转移"逐渐成为事实。

　　回想起来,王贺从硕士阶段与我相识,至今已有十余载。在此期间,其从初出茅庐的青年学子,逐步成长为一个独立、自觉、成熟的研究者。我们师生之间,无论是每次见面,还是电话、电邮、微信中,总围绕着学术研究的进展、资料及如何分析等问题,不断地进行讨论。但无论是日常讨论,还是在对我和洪子诚先生等人的正式访谈中,我们的有些判断、看法他也都有自己的思考,与我们的认识、理解不完全一致。这些不断变化、发展中的思考,和他博士毕业之后对当代文献的整理与研究工作一道,也促使其将思想触角、范围渐次扩展到当代文学领域,乃至其他的人文学术领域。《从文献学到"数字人文"——现代文学研究的典范转移》也收入了其对当代文学文献研究的一些论述,及将现代、当代文学与文献合观的分析,对当代文学研究应亦有所助益。

也正因此,我想,学界同仁未必全部同意此书的整体判断和所有具体的研究结论,但作为一种新的、带有总体性视野的尝试,一系列学术研究的新方向的开始,我们应十分乐于见到这些充满朝气、锐气的论述,从而使得我们对今后的现代、当代文学与文献研究,在一般性、常规性的研究路线和成果之外,更多了一分期待。故此,无论于公于私,我都十分乐意向中国现当代文学研究界推荐这本新作。

壬寅季春于沪西梅川书舍

前 言

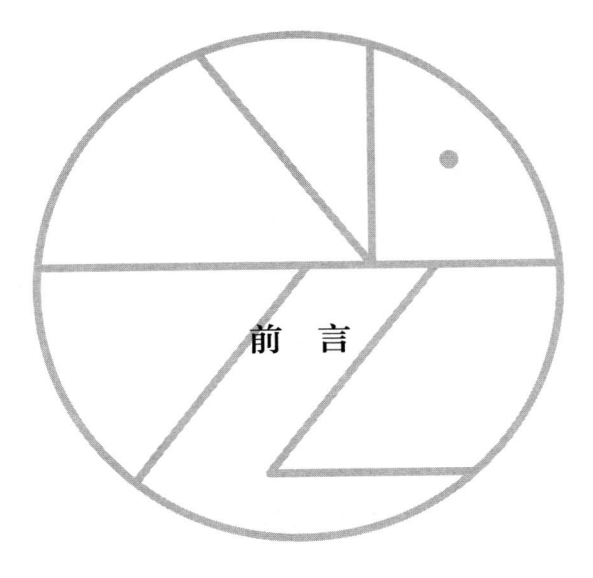

本书旨在探讨中国现代文学研究在最近几十年间的变化，其中最为明显的变化，被笔者称为"文献学转向"。其自1990年代滥觞，至今俨然已成为一学术潮流，取得令人瞩目的成就。时风所及，学界处处可闻"文献""史料"之说，发掘、整理现代文学文献与研究新文献的成果，更在学院内外，不断涌现。但何谓"文献学转向"，如何认识这一转向及其"史前史"，如何理解、评价这一转向的积极意义与未竟之处，以及这一转向在当代文学研究中的回响（自笔者提出"现代文学研究的'文献学转向'"之说后，当代文学领域也出现"史料学转向""历史化趋势""史学化趋势"诸说），特别是对正在形成中的"现代文学文献学"这一领域的理论、方法、研究路径及其发展趋势等问题，所作的较为宏观的讨论和分析，构成了本书的第一部分。在对这些问题的论述中，笔者也进一步辨析了"文献"与"史料"、"文献学"和"史料学"、独立的"现代文学文献学"与作为文学史研究之附庸的现代文学文献史料研究的关系，希望能够为现代文学文献研究的深入展开，带来一些继续思考的线索。

本书的第二部分，则转入对"现代文学文献学"的内部研究，但也不完全如此。这些讨论和分析，虽则有不同的个案研究作为基础，但无意于就事论事、到事实为止，而是希望能将这些专题研究，与现代文学、文献学研究有关的、具有一定普遍性的理论、方法论问题的思考关联起来，力图提出一些新的概念、论述与思考方向，其要旨似亦可概括为下述三个方面：首先，探讨了现代文学辑佚、辨伪、考证等重要部门中有待加强的工作及有望形成的"共识"，强调了"常见书"之于辑佚的意义，辨伪与考证的"一体两面"之关系，乃至其在辑佚学展开过程中应当发挥的作用。其次，指出了研究"非正式出版物"与"非单一作者文献"这两种在近现代语境中形成的新的文献资料类型的重要性，并从不同的研究视角对其文献史料价值、文学意涵、编辑原则、标准等问题予以探究，藉以帮助我们确立现代文献研究与传统文献学的不同边界，使之逐步获得自己的独立的研究对象、问题意识和分析工具，不断重塑更为宏大的研究格局：一方面从传统文献学的既有研究框架中挣脱出来，一方面摆脱作为现代文学史研究之附庸的地位，进而建构出一个学问领域原本应该具有的合法性。再次，分析了目录之学、手稿研究这两个文献学研究的分支领域，在当前所面临的危机及其因应之道、新的研究可能和方向。因在笔者的理解中，此二领域既联结了古典文献学、西方文献学等学术传统，也联结着我们当前正置身其中的

"数字时代",既是传统的,也完全可以是现代的,既是"文献学转向"的发展结果,也同时受到"数字人文"(Digital Humanities,简称 DH)的影响。

不待言,这也是笔者探索"数字人文"取向的文学、文献学研究之始。由此不仅笔者个人的研究兴趣、重心逐渐发生转移,从现代文学、文献学研究的守正创新,转而走向对"数字人文"这一新兴领域及笔者所谓的"数字文献学""数字现代文学"等分支领域的探索。不过,更重要的是,面对"数字时代"这一新的时代语境,面对"数字时代"人文学术的激荡、新变,面对"数字人文"这一领域的方兴未艾,及其携带的革命性的力量,我们似乎也有理由认为,"文献学转向"之后的现代文学研究,将渐趋于"数字人文"取向,或成为"数字人文"研究的一个重要组成部分。也因此,这一研究过程,在某种程度上亦可被视作现代文学研究的典范转移(paradigm shift)过程。这也是本书取名为《从文献学到"数字人文"——现代文学研究的典范转移》的缘由。

本书的第三部分主要聚焦于"数字人文"研究。其中相继探讨了"数字人文"与传统学术、"数字人文"与现代文学研究、"数字读写能力"的作育等重要议题。但对其中大多数议题的讨论和分析,仍以某一讨论对象为线索,有些论述甚至偏于实操,不惜"步步为营",务求至详、至当,以有助于读者能够凭此入门,改善自己的研究实践,或是建构新的研究,并对那种将"数字人文"简单地理解为"数据库学术",或是利用数据库、网站等查找资料,以从事文学史、文献学研究的流行认知,作出不同程度的回应。此外,也对"数字鲁迅"这一新世纪以来形成的、有代表性的个案,进行了多方面的研究,以见逐渐"古典化""历史化"的现代文学遗产在"数字时代"无限创化、生生不息之势,并对什么是现代文学研究需要的"数字化"这一重要议题作出探究。由于篇幅有限,本书并未收入笔者其他的、"数字人文"定量研究的个案,但我希望上述各章节的论述,可以部分地展现"数字人文"研究本身,及将其与现代文学研究(以及当代文学研究、历史研究等)领域结合之时,所具有的丰富的可能性。

总的来说,尽管本书并不是那种按严格而统一的主题、研究和写作计划写成的专书,也无意于面面俱到,追求每一部分、章节写作之间的平衡,但通过上述三部分的论述,仍希望可以对读者重新回顾、整理现代文学研究在最近几十年间的变化历程,一窥其未来的发展方向,提供一定的帮助。其中的全部论述,既是目前的现代文学、文献学及"数字人文"研究中较少论及的,也是笔者试图将"现代文学文献学"确立为一个独立的学问领域,并以文献学为方法展开现代文学研究,将"数字人文"引入现代文学、文献学领域的一些初步尝试。事实上,这三方面的工作,既构成了笔者近些年来的研究主轴,不出意外的话,也将会是今后进一步努力探勘的方向,但更需要其他的同行投身其中,一起推动其不断走向深入。同时,正如上文所述,从文献学到"数字人文",在笔者眼中,亦是现代文学研究的典范转移的过程,但从目前的情势看,本书所谓的"典范转移"尚未来临,也远非事实,更多的只是一种期待、想象,一种对未来的现代文学、文献研究图景的前瞻、拟测。若要将其落到实处,既非一二人之力所能胜任,更需要不断的研究累积和具有相当原创性、代表性、解释力的成果的持续问世,这一切都有待学界同仁共同努力,并非短期内就能发生、完成。另一方面,尽管"数字人文"研究已在中外不同的人文学术领域引发广泛关注,有望在未来成为新的研究典范,但这并不意味着一切具有传统色彩的学术研究,从而成为不合时宜、无足轻重之物,相反,正如不止一位学者所论,学术贡献无论大小、新旧,一例值得尊重,本书既强调了后者的重要性,也部分地揭示了文献学研究的无穷潜力和广阔空间。

本书的书名"从文献学到'数字人文'",也可能会给读者造成这样的印象,即必须经由文献学研究,方可进入"数字人文"之途,或是从事"数字人文"研究,得预先完成文献学的训练,或是迈向"数字人文"的唯一法门乃是文献学,如此等等,不一而足。但也许应该再次说明的是,这首先代表了个人的研究经历、旨趣的转移,不同的学者完全可以通过自己所在的研究领域,从不同的研究实践出发,走向"数字人文",并将其与自己的具体研究结合起来,开拓新的研究格局。事实上,文学、文献学之外,历史学、地理学、艺术学、哲学等领域的研究者,也都在以不同的、切己的方式走向"数字人文"研究。其次,即便"文献学转向"之后的现代文学研究,将再次发生转向,转入"数字人文",成就"数字人文"取向的现代文学研究,但这并不意味着"数字人文"从某一时刻起,将成为一种宰制性论述(dominating narrative),我们也没有任何理由这样做。因在笔者看来,任一学术研究领域,都需要"众声喧哗",需要"百花齐放,百家争鸣",研究者需要根据自己的、具体的研究问题和对象,来确立与之贴合的研究视野、理论、方法、路径等等,而非"归于一尊",或是因其为"热点""时尚""潮流"就争相趋附,成为"一袭华美的袍"上镶嵌着的一道道闪亮的金边。

本书可能还像是一本不自量力、提倡"数字人文"研究(或是文献学研究)的著作,但笔者并无这样的勃勃雄心,相反,我们应该承认,任一学术研究,都与学者的个性、禀赋、学术训练、研究习惯、职业发展际遇等诸种因素紧紧地联系在一起,人文学术领域更是如此。对于一个文学学者而言,是选择文学理论、批评实践(许多时候往往是反事实、反历史、非历史的研究),还是文学史、文献学研究、"数字人文"(建基于历史主义、实证主义观念之上),抑或是行有余力,在每一方面都展开探索,其实都无可厚非,亦可有所贡献于学界。另一方面,也许更重要的是,正如一个好的、活着的传统,无须我们日日"捍卫""维护",而恰能"花果飘零,灵根自植",一个充满生机的研究取向、领域,同样也无须我们费心"提倡""鼓吹",有心人"念念不忘,必有回响"。

最后,无论是作为普通公民,还是学者、专业人士,我们固然都需要面对"数字时代"这一不断发展、变化的现实,需要以开放、积极的心态面对"数字人文"带给我们的新的挑战和机遇,但面对绝对不意味着屈沉、臣服、缴械投降,或是无原则的认同。无论任何时候,我们都不能放弃个人的独立思考,审美经验的独特性,乃至想象、幻想、抒情、做白日梦的权利。虽然这是文学,尤其现代文学给予我的最重要的启示,但我想,无论是文学,还是其他的人文学术,它的指归,应该是帮助我们理解往昔,立足当下,面向未来,理解"人之为人"的真谛,"让人成为人",而非神、鬼、兽或机器人,抑或沉浸于虚拟世界无法自拔的"数字人"。

如果有可能的话,我也想提请本书的每一位读者,尽可能多读纸书,多读经典,居常多拿起纸和笔来,为纸书的阅读、流布、庋藏、出版与绵延数千年的书写文化,留下一点个人的印记,一些属于自己的折痕、划痕、批注、记录,抑或偶然之间的污损、撕毁,及难以登上大雅之堂的身体记忆,一些独特的、真实的、物理性的存在,一些难以被"数字人文""数字学术""数字文化"(以及隐藏其中的数据、算法的力量)统整、化约、归类、归零、计算、测量、预判、"精准投喂"(以"个性化推荐"的名义)的状态和空间。

让我们一起想象一个永远无法被"数字时代"彻底击败的未来。

第一部分

何谓"文献学转向"

第一章　现代文学研究的"文献学转向"

1990年代以来,现代文学研究领域发生了一场重要而深刻的变化。相比文学理论、批评方面取得的有限的成就,文学史的研究与书写方面的成绩无疑更为坚实。但是,在学者们对其起点、历史分期及其特征等问题不断的争议声中,文学史书写与叙述的创新变得异常困难,虽然如此,因受最新的西方理论、研究方法的影响,相继涌现出"海外汉学热""思想史热""文化研究热"以及"现代性"理论统摄下所建构的诸多学术成果。在诸种研究思路、取向中,不那么受人注意的是一种"文献学"的思路。这种思路虽然并不排斥新的理论、方法,但它更多地希望继承中西古典学、文献学学术传统,以版本、目录、校勘、辑佚、辨伪、考据之道切入现代文学之研究。其要旨在视文学文本为一文献史料,进而发掘并利用新的文献史料(原始资料),综合既有的原始资料、研究(二手资料),对现代文学作出新的论述。

然而,站在新世纪第二个十年的门槛上,回望1990年代以来现代文学学术创新、变革之大势,我们仍不能不同意,"文献学"的取向,似乎是这些思路当中最具有生产性的一种。迄今为止,它已吸引大批中青年学者投身这一方面的研究工作。[1] 这不仅表现在专业期刊上越来越多的文献发掘与研究论文,也表现在相关的学术团体、会议及不同层次的项目资助越来越倾向于支持文献学取向的现代文学研究计划,更表现在一大批训练中的现代文学学者、硕博士生的学位论文,也越来越重视现代文学文献方面的选题。这一被鼓励的思路,与量化(恶化?)的学术评价体系、学者的切身利益结合,已经催生且将继续催生大量相关的论文、专著及资料集,引发学界普遍而深入的关注,故此,有学者呼吁建立一"现代文学文献学(史料学)"学科。[2]

不过,从学术史尤其现代学术史的角度看,学科建制一说,对于学

---

[1] 最近有学者指出,自现代文学文献史料研究至今,这方面的学者薪火相传、代不乏人,俨然已形成"史料派",参见金宏宇:《史料派:中国现代文学研究的重要一脉》,《现代中文学刊》2021年第1期,此文现已收入氏著《中国现代文学史料批判的理论与方法》(社会科学文献出版社2021年版),系其"附录"。但必须指出的是,如有所谓的"史料派"(笔者对此一事实并不能完全确认,对"学派"这一重要术语的理解也与此文多所不同),其成熟期也应该是在1990年代,而非此前或进入21世纪之后,详见本书第二章。

[2] 在笔者看来,"文献学"和"史料学"既有联系,亦有所区别,参见本书第二、三章及其他章节的有关论述。然而,在现代文学研究界,这一看法迄今并未成为共识,常出现二者混同使用的现象,因此,此处仍然使用了"现代文学文献学(史料学)"这一折中的说法。但在更多的情况下,笔者则使用的是"现代文学文献学"说,认为其更为准确、规范。当然,此一概念、术语仍有待定义和充分讨论。有关的初步探讨,亦可参见姜飞:《"中国现代文学文献学"的命名与相关问题》,《四川大学学报(哲学社会科学版)》2019年第6期;黄海飞:《现代文学文献学的概念、起点与分类——从陈子善先生〈中国现代文学文献学十讲〉说开去》,《读书》2021年第8期。

术研究本身而言，或许未必是好事，但现代文学研究中"文献学"取向的盛行，的确使其影响已经超出传统的"文献学"和狭义上的"现代文学"的范围。一个饶有意味的现象是，现代文学研究社群、学术共同体批评一件学术作品的标准，也开始发生缓慢的变化。从早期的有新见、运用新的理论或方法，发展到现在，最重要的一个标准似乎是拷问作者是否全面掌握并准确理解其研究所需的文献史料，特别是第一手文献史料，以及有否新的文献史料的发掘。换言之，一件标准的现代文学学术作品一旦问世，它面临的最严重的指控，可能首先是被指责没有征引足够的一手文献史料，至于其是否贡献了新的观念、论说，并且有严密的论证与详实的分析，似乎都成为了次要问题。可是，如果说这一适用于文献学、史学研究的评价标准，进入现代文学研究领域，不过是初试啼声的话，那么，当这一标准走出现代文学，进入当代文学研究、批评这些非史学、反史学的学术领域时，再反顾其来时路，我们便不得不承认这一事实：原来，经过几十年的深耕细作，现代文学研究的"文献学转向"确乎已经发生了。

但是，与前此的现代文学文献史料研究相比，这一阶段的进展，亦即1990年代中后期发生"文献学转向"之后我们所取得的学术业绩，似可概括为以下三个方面：

一是重视文献史料作为现代文学研究的基础的意识逐步得以确立。虽然，这一意识仍集中在现代文学史的研究领域，但在文学批评、理论天地，也有一些探索。如解志熙先生在张爱玲、沈从文研究中所示范的"校读批评"，将校读法这一在校勘学基础上伸展而出的比较性的阅读、诠释方法，用作现代文学史的研究和现代文学文本的批评；如金宏宇先生在版本学研究的基础上提出"版本批评"的研究思路，似皆可谓此领域十分重要的收获。

二是试图挣脱固有的文学史叙述框架，属意于发掘、整理新的文学作品、文献史料。这一搜集、整理近现代文学文献的工作，不仅出现在鲁迅、郭沫若、茅盾、巴金、老舍、曹禺、沈从文、张爱玲、梁实秋、林语堂等已经典律化（Canonization）的作家研究领域，也在诸多次要作家、尤其是非左翼作家的研究中不断出现。对这些作品的搜集、整理、编辑、出版，成为陈子善先生、刘福春先生等前辈学人数十年如一日的追求。作为后之来者，能够读到那些即将散佚而有幸被发现、推荐的文学作品及研究资料，怎能不心生敬意？

三是学者们强调文献史料工作亦有其一定之规范必须遵行。这首先是指文献史料的整理与研究，须在古典学、文献学立定的轨道上运转；其次是指现代文学文献史料的整理与研究，也许有其不同于古文献整理与研究的特殊性，如此一来，也就很有必要在继承中西文献学术遗产的前提下，发展出适合近现代文学文献史料的作业规范、研究方法等等。《于赓虞诗文辑存》[1]《废名集》[2]等著作的编者们试验现代文学文本的辑录、复原、校勘、注释等等工作，所取得的成就，或许就是出色的例证。

---

[1] 解志熙、王文金编校：《于赓虞诗文辑存》，河南大学出版社2004年版。当然，此书出版后，笔者及其他学者又陆续发现了其他一些于赓虞集外诗文及研究资料，参见王贺：《于赓虞集外诗文辑录》，《中国现代文学研究丛刊》2012年第3期；《"常见书"中的于赓虞诗歌研究资料》，《上海鲁迅研究》2019年第4辑；邓小红：《祈望东方的一片朝霞——"颓废派"诗人于赓虞执着的希望》，《现代中文学刊》2016年第2期；杨新宇：《于赓虞的〈孤灵〉小引》，《现代中文学刊》2019年第2期。

[2] 王风编：《废名集》，北京大学出版社2009年版。关于近年新发现的废名集外文，及废名生平、著述研究，参见眉睫：《废名先生》，金城出版社2013年版；陈建军：《说不尽的废名》，商务印书馆2021年版。

与此同时,随着"文献学转向"的不断发展,其普遍存在的问题也相应地暴露在读者面前。

问题之一是在现代文学文献研究的内部,存在着一种显著的不平衡性。这首先体现为辑佚(发掘文献)一门的发达,与辨伪(辨析文献的真实性、有效性)、考据(考论与文献相关的史实及其他问题)等等专门之学的薄弱;其次是在一个系统的研究之中,很难见到版本、目录、校勘、辑佚、辨伪、考据的兼济与沟通。如所周知,自"新文学"诞生之日起,对它的文献发掘、整理已经开始,而近些年来由于图书馆事业的改革、互联网与数据库技术的更新,海内外的图书馆与学术机构、数字资源开发商都建置了众多的近现代文献数据库,这让图书报刊资料的免费、公开获取成为可能,也使得文献史料的发掘变得更加容易。现代文学家的集外文、佚文以前所未有的态势被大幅度地发掘、重新发表。有学者告诫我们警惕史料发掘的泡沫与浮躁之风。诚然,如何确立自己的发掘对象、目标,并对这些集外文、佚文的真实性、有效性予以评估,对相关的史实、故典及其他问题作出训释,以及勾连更大的文学、历史语境建构专门的学术研究等方面工作,尚不能尽如人意。如果参照古典文学、古文献学传统,可以发现,我们这个领域,几乎没有专门的考据家、校勘家、辑佚家、版本学家、书目学家,遑论其他?

问题之二是以文献史料为基础的现代文学研究,似仍局限于传统的"专家研究""文本研究"和文学史研究的领域。传统的"专家研究",即以一作家学者的生平、交谊、著述、思想观念、创作要旨及其特色、文学史意义为主要研究范围;"文本研究"则是指对一文学作品、相关的文献资料的研究;而以实证主义史学和文献学研究作为基础的文学史研究,无须多作解释。但对于规划为某一主题(常常跨越作家、文类、时代、空间等等限制)的"议题研究"(the theme-based research),和因资料、认识皆不足却又必须思考的"探索性研究"(exploratory research),以及文学批评、理论工作,有关文献史料的研究是否能够有其用武之地？此一问题仍有待学者勠力探索。商金林先生基于大量文献史料的辨证,与1990年代以来关于《荷塘月色》的各种论说,尤其从精神分析学说出发而视此篇散文为作家"压抑的欲望之浮现"等说展开论辩,指出书写"女性美"不能等同于"爱欲景观",从某种意义上说乃是"美的发现",是其创作"人生化"的文学和"美"的文学的理论的实践,为我们正确地解决这一文本提供了一种新的理解。[1] 笔者利用丁玲早期小说的较早版本,所作的关于丁玲早期小说的研究,尝试将文献研究用作文学批评,并通过对小说文本的叙事分析,及对小说主题和相应的社会、历史语境(包括文学史、批评史语境)的互动关系的讨论,作出了与性别批评、左翼文学批评不同的观察,算是小小尝试。[2]

问题之三是对文献史料研究的"前置作业",似较缺乏足够清醒的认识和批评、批判的自觉。在对洪子诚先生的访谈中,其曾启发笔者对这一问题进行思考,尽管他所针对的是当代文学的批评、研究,[3] 但笔者认为,在近现代乃至古典文学研究领域,研究者似乎都有必要

---

[1] 商金林:《名作自有尊严——有关〈荷塘月色〉的若干史料与评析》,《中国现代文学研究丛刊》2018年第12期。

[2] 参王贺:《在"同性恋"的表象之下——〈暑假中〉对早期新女性困境的变形表现》,《中国现代文学研究丛刊》2015年第3期;修订稿题为《在"同性恋"的表象之下——〈暑假中〉与现代中国早期女性的情感经历》,中国丁玲研究会主编:《二十世纪中国革命与丁玲精神史》,清华大学出版社2017年版。

[3] 参王贺:《当代文学史料的整理、研究及问题——北京大学洪子诚教授访谈》,《新文学史料》2019年第2期。

注意到文献史料工作与批评实践在内的一切理论话语、批判性思考的对话关系,而不是制造简单、虚假的对立,或型塑不同的学术取向的等级,相反,它们应该被一视同仁地受到尊重;对文学文献怀有浓厚兴趣的学者来说,特别应该考虑到史料工作的"前置作业":首先,什么样的文本被我们定义为文献、史料?其次是什么样的问题、关怀决定了我们做文献史料工作?再次,又是什么样的理论、方法在导引我们作业?复次,文献史料又是怎样进入我们的研究程序?最后,它能够说明、解决什么问题?限度又在哪里?我们如何克服这一限度,尽可能地利用新资料与常见文献?凡此种种,皆值得深入思考。

以是之故,恕笔者斗胆指出,面对现代文学研究的"文献学转向",我们很难说已经到了可以庆祝的时候。事实上,相对于那些外在的、伪装客观的学术评价标准,足以证明现代文学研究"文献学转向"走向深入、成功的标志,只有一个,那就是:学者们已经且将继续贡献一批高质量、让人信从、经得起时间检验的文献整理、研究著作,和以此为研究取向的文学研究论著;唯有如此,"文献学转向",庶几免与"思想史热""文化研究热"等学术潮流一道,沦为明日黄花。虽然我们知道,任何学术潮流、偶像,迟早都有谢幕之日,但藉由上述努力,总希望那一日能够到得晚些。为什么这样希望呢?因为文献学,或西方学界的"语文学"(Philology),"就是尽可能清晰而准确地理解别人的表述,不管是书面的文字,还是口头的言说,也不管是同一种语言文字,还是几种不同的语言文字。……是一种理解'信息'(information)的艺术……是一种为了理解'他者'而进行的训练。"其不仅是一种研究旨趣、取向或基本的学术训练,更应该是"一种具有现代意义的人生观、价值观和生活方式",一种"在不同的世界观、宗教和幸福观之间进行的解释性的对话",[1]其与饾钉考据、爬梳零碎故实、搜辑史料而不事辨证、堆砌史料以成历史研究之附庸等诸种作为之间的距离,自不可以道里计。

就此而言,"文献学转向"之后的诸多研究成果,虽然较多地出现在文学史研究领域(因此也常被误读为"史料学"研究),成绩也更为突出,但更值得期待的则是,将其运用于文学批评实践当中,将文献学、语文学(及其分支领域)作为一种研究方法、一种批评理念,帮助我们更加"清晰而准确地理解别人的表述",而非相对较为空疏、难以实证的理论生产、再生产。至于实证主义、历史主义本身的局限、"历史决定论的贫困"等问题,不独后现代批评家、理论家多所检讨,许多社会科学领域的研究者也贡献了不少洞见。但所有这些质疑、批判,并未撼动实证研究作为人文学术、社会科学、自然科学诸领域一种不可或缺的研究方法的重要地位,毋宁是提醒我们在研究中以实证为基础,寻求实证和解释、质性与量化、考辨与思辨、主观与客观的综合,走向一种新的、更高层次的综合。而在文学研究中,也正如程千帆先生所言,乃是"文艺学与文献学的结合",[2]在笔者看来,似可称作文学、文献学与史学的会通,对此,本书第二章第五节有较详尽论述,此不赘。

---

[1] 沈卫荣:《我们能从语文学学些什么?》,《文景》2009 年第 3 期。此文现已收入氏著《回归语文学》(上海古籍出版社 2019 年版),系是书之前言,可一并参看。另可参考沈卫荣、姚霜编:《何谓语文学:现代人文科学的方法和实践》,上海古籍出版社 2021 年版。
[2] 参程千帆:《桑榆忆往》,上海古籍出版社 2000 年版,第 48 页;巩本栋:《文艺学与文献学的完美结合——程千帆先生的古代文学研究》,《文学遗产》2002 年第 2 期。

第二章　现代文学文献学的回顾与前瞻

现代文学文献学研究,自五四新文学诞生未久即已展开。不过,对于为何需要做这方面的工作,时人或不无怀疑,故此,张若英(阿英)为《新文学运动史资料》所作《序记》中,回应了可能的质疑、批评,声称此举乃是为着"搜集的不易,与夫避免史料的散佚"。在阿英看来:

> 中国的新文学运动,自1917年开始以来,是将近二十年了……虽只是短短的二十年内的事,但是现在回想起来,已令人起"渺茫"之感。……其实,不仅回想起来,使人起寥远之想,就是在不到二十年的现在,想搜集一些当时的文献,也真是大非易事。要想在新近出版的文学史籍里,较活泼较充实的看到一些当时的

运动史实和文献片段,同样是难而又难。较为详尽的新文学运动史,既非简易的一时的工作,为着搜集的不易,与夫避免史料的散佚,择其主要的先刊行成册,作为研究的资料,在运动上,它的意义是很重大的。〔1〕

此后良友图书公司出版的《中国新文学大系》及其他研究资料集、作家文集、全集,以及相关的现代文学考证、辨伪、辑佚等工作的意图、目标,也都可以放在阿英这一论述的延长线上来理解。不过,与学界对1911—1949年间此一领域的研究进展保持长期的(也许是过度的)热情相比,1949年至今的研究现况却并未被认真对待。然而,公允地说,在1949—1979年间,这一领域也取得了一定的进展,及至20世纪80年代以来,正如樊骏先生的名文《这是一项宏大的系统工程——关于中国现代文学史料工作的总体考察》所论,"中国现代文学的史料工作终于迎来了自己的春天。"〔2〕因此,樊文全面、深入地考察了1979—1989年间该领域突出的进展和成就(特别是与1949—1979年间相较),并就其间存在的"一些最为常见又至关重要的不足和缺陷,同时相应地提出了若干补救改进的建议和措施"。〔3〕然而,在这一考察之后,1989年至今的现代文学文献史料整理、研究领域有何成绩,至今似未见有深入、透辟之论述;更重要的是,若将近30多年(1980—2023)

---

〔1〕 张若英(阿英)编:《新文学运动史资料》,光明书局1934年版,第1—2页。
〔2〕 樊骏:《这是一项宏大的系统工程——关于中国现代文学史料工作的总体考察(上)》,《新文学史料》1989年第1期。
〔3〕 樊骏:《这是一项宏大的系统工程——关于中国现代文学史料工作的总体考察(下)》,《新文学史料》1989年第4期。

和前 40 年的学术史联系起来,作一整体性的观察,我们是否可以得出不少新的认识?其间成败得失,究竟应该由何者负责?现存之不足,又当如何克服、补足?这些新的认识,与目前我们的学术研究又有何关系?其未来的发展方向何在?对这些问题的分析和讨论,构成本章的研究任务和基调。[1]

但在进入正文之前,有必要提出如下的声明,即本章并非系统、完整地对七十余年现代文学文献学史作出批判性的考察。如所周知,这方面的研究目前可以参考者,至少有徐鹏绪等著《中国现代文学文献学研究》[2]、刘增杰著《中国现代文学史料学》[3]这两种专书,以及潘树广、涂小伟、黄镇伟主编《中国文学史料学》[4],黄修己主编《中国现代文学研究通史》[5]及邵宁宁、郭国昌、孙强著《当代中国现代文学研究(1949—2019)》[6]等著作的部分章节。尽管这些著作中的有关记述,尚不能允称尽善尽美,但对于试图了解这一领域实绩的读者而言,作为"入门读物"应亦足够。因此,本章毋宁说是从一种相对比较主观的角度,就其间产生的若干重要理论与实践,作出较为宏观且高度概

---

[1] 本章曾以《中国现代文学文献学 70 年:回顾与前瞻》为题,发表于《福建论坛(人文社会科学版)》2019 年第 9 期,在收入本书时,虽仍以 1949—2019 年间的现代文学文献学史之考察为重心,但也酌情增补了 2019—2023 年间的最新发展,敬请识者留意。
[2] 徐鹏绪等:《中国现代文学文献学研究》,中国社会科学出版社 2014 年版。
[3] 刘增杰:《中国现代文学史料学》,中西书局 2012 年版。
[4] 潘树广、涂小伟、黄镇伟主编:《中国文学史料学》,华东师范大学出版社 2012 年版。
[5] 黄修己主编:《中国现代文学研究通史》,广东人民出版社 2020 年版。
[6] 邵宁宁、郭国昌、孙强:《当代中国现代文学研究(1949—2019)》,中国社会科学出版社 2019 年版。该书初版题名《当代中国现代文学研究(1949—2009)》(中国社会科学出版社 2014 年版),其中第三章第三节即有对 1949—2009 年间现代文学文献史料研究进展的简要评述,笔者为此评述编纂了《现代文学文献史料研究大事记》,但新版未予保留,且有大幅修订。

括式的论述。在这些论述的发展当中,固然需要进行一定程度的历史考察,并选择较具代表性的研究实例予以分析,但我们观测的重点并非完全是"历时性"的,而在许多情况下恰恰是"共时性"与"当代性"的。换句话说,乃是自觉地站在"后设"的立场上,立足于当代、当下学术发展的本位,重新审视中国现代文学文献学走过的这不平凡的七十余年,着重于评判其间出现的第一流、原创性、代表性的贡献,而非承担大事记、编年史、资料长编的使命,对无数人名、书名、文名、机构名进行巨细靡遗的罗列和寻本溯源、锱铢必较式的评述。必须承认,后一方面的工作固然非常重要,但并不是本章可以胜任愉快的。

然而,即便作了如此严格限定,回顾七十余年现代文学文献学史并作出一定程度的前瞻、拟测,仍非易事。为了讨论的方便,以下本章从现代文学文献史料的开掘,研究理论、方法的探索,新领域、新议题的开发三大基本方面,检视七十余年现代文学文献学研究所取得的重要成就及不足,并对其未来发展的方向作一初步研判;进而从前此学界所疏忽的空间、制度与代际等视角入手,剖析同时存在的某些普遍性问题的原因之所在,以图窥见推动/制约现代文学文献史料研究背后的多重影响因素,尤其是结构性、制度性因素;最后,对目前在这一领域出现的"文献学转向""史学化"研究趋势等热点问题再作理论层面的讨论,以期正本清源、导夫先路,启发后之来者,推进相关研究。

一 现代文学文献史料的持续开掘

现代文学文献史料的开掘,主要指的是对现代作家作品及研究资料的搜集、整理、编辑出版,但无论是之于文学作品还是研究资料,都经历了一个转变过程。概括而言,这一转变过程主要表现在四个方面,即从左翼文学转到自由主义文学、国民党官方文学、沦陷区文学文献的开掘;从新文学转到现代的通俗文学、"古典写作"(亦即从"新文学"立场命名之"旧体诗词")的开掘;从"鲁郭茅巴老曹丁二萧"等已在文学史享有崇高地位者,转至沈从文、张爱玲、常风、李影心等"非典律化"作家作品及其资料的开掘;从汉文文献转至外文文献、域外文献及少数民族现代文学文献的开掘。

但这一转变过程并不容易。1958年前后,为配合文学史教学与当时形势下放手发动群众自编教科书、各类史志的政治任务,北京师范大学、中国人民大学、吉林大学、河北大学等高校中文系,不约而同地编辑出版了"中国现代文学史参考资料";大约与此同时,由田汉、欧阳予倩、夏衍、阳翰笙、阿英、张庚、李伯钊、陈白尘等人组成的编委会,编辑出版了《中国话剧运动五十年史料集》,先后出版三辑。1960年,周扬指示中国科学院文学研究所(今属中国社会科学院)"要有从古到今最完备的资料""要大搞资料",揭启此后文研所主持编纂大型现代、当代文学资料丛书的序幕。同年,又有山东师范学院中文系编辑、济南印刷厂印行的"中国现代作家研究资料丛书"问世,这一丛书规模较大,包括《中国现代作家小传》《毛主席诗词研究资料汇编》《郭沫若研究资料汇编》《茅盾研究资料汇编》《巴金研究资料汇编》《老舍研究资料汇编》《曹禺研究资料汇编》《赵树理研究资料汇编》《夏衍研究资料汇编》《李季研究资料汇编》《杜鹏程研究资料汇编》《周立波研究资料汇编》等,供"内部使用"。[1]这些资料集在当时也许发挥了一定的作

---

[1] 有关山东师范学院中文系组织编辑"中国现代文学研究资料丛书"等问题的研(转下页)

用,但其缺陷则表现在完整性方面明显不足,所收许多研究资料并非据其初刊本、初版本,而有不同程度的修改。

为了扭转这一趋势,1961年,唐弢先生在受命主编《中国现代文学史》时,为该书制定了五项编纂原则,其中之一即是"必须采用第一手材料。作品要查最初发表的期刊,至少也应依据出版或者最早期的印本,以防辗转因袭,以讹传讹。"据严家炎先生查考,这是中国现代文学研究界首次提出研究现代文学必须采用第一手材料,此前学界对此尚未有普遍重视。[1]但唐弢这一不合时宜的主张,既未完全地贯彻于这部文学史的编纂当中,也并未成为当时文学研究者的共识。直至20世纪80年代初期,教育部委托北京师范大学组织举办全国高校现代文学教师进修班,唐弢做《关于中国现代文学史的编写问题》的报告,回顾当初编写《中国现代文学史》的"约法三章",首当其冲依然是材料问题:"第一,必须用原始材料。特别强调看当时的期刊,要把历史面貌写清楚。……只有看了当时的期刊,才能把历史真象弄清楚……我强调尽量看期刊还有一个原因,期刊上都是最初的文章,代表作家当时的思想,符合于文学史的要求。……历史就得根据原始的作品,讲当时的情况。作者修改了,我们就加注。"[2]待其主编新版《中国现代

(接上页)究,请参李宗刚、高明玉:《山东师范大学中国现当代文学学科资料汇编的历史回溯》,《山东青年政治学院学报》2021年第5期。相形之下,其他各校的同类工作经验及历史梳理,尚未见有专论发表,在笔者看来,这同样也是现代文学文献研究,尤其文献研究史之研究的一个重要方面。

[1] 严家炎:《唐弢先生对中国现代文学学科建设的贡献》,中国社会科学院研究所编:《唐弢纪念文集》,社会科学文献出版社1993年版,第597—598页。
[2] 唐弢:《关于中国现代文学史的编写问题》,北京师范大学中文系现代文学教研室编:《现代文学讲演集》,北京师范大学出版社1984年版,第1—2页。

文学史简编》梓行,钱理群、温儒敏、吴福辉、王超冰著《中国现代文学三十年》及陈平原著《二十世纪中国小说史》第一卷等著作陆续问世后,这一重视原始资料的原则才算是真正落到了实处。重视原始资料,特别是主张研究从阅读原报、原刊入手,渐成现代文学史研究的主潮。由此出发,近三四十年来,学者们对原始资料持续地开掘、分类整理、汇编出版,蔚成风气。无论是自由主义文学、国民党官方文学、沦陷区文学,还是现代通俗文学、"古典写作",抑或是其他的"非典律化"作家作品及其资料,乃至外文文献、域外文献及少数民族现代文学文献,也都有不止一种大型的资料集、作品集、丛书出版,为进一步的研究创造了较好的条件。[1]

现代文学文献史料的开掘工作中,一个较为次要的方面是对作家作品、报刊文章及其他研究资料编制目录、索引,并编纂作家年表、年谱、著述年表、笔名录等。这一工作仍自1949年前即已开始,但无论是范围、数量,还是深度,此后无疑取得了更大的进展。以现代文学期刊目录的编纂为例,早在1961年,现代文学期刊联合调查小组先后编辑的《中国现代文学期刊目录(初稿)》《中国现代电影戏剧期刊目录》即由上海文艺出版社"内部出版",但其收录范围仅限于上海图书馆及上海地区各大高校、研究机构的馆藏资料。与此同时,全国图书联合目录编辑组编《全国中文期刊联合目录(1833—1949)》以及山东师范

---

[1] 当然,对开掘的新文献、新资料的研究价值,学者看法不一,有人甚至发表了极为激烈的批判,其认为,"如果某种'史料'仅仅包含邻猫生子一类的信息,那它实际上就只能算伪史料。……而这些年,中国现代文学研究界'发掘'出的,有些正是'邻猫生子'式的资料。"因此将这一类的"发掘"与发现,称为"伪发掘"。参王彬彬:《中国现代文学史料的"伪发掘"》,《中华读书报》2008年10月22日。

学院中文系编《1937—1949主要文学期刊目录索引》相继印行。不过，无论如何，这些著作标志着摸排现代文学家底、清点其基本文献史料的工作，在"文革"前已成学界较为自觉的观念，而其高潮乃是1988年出版的由唐沅、韩之友、封世辉、舒欣、孙庆升、顾盈丰编著的《中国现代文学期刊目录汇编》。按此书《前言》所记，其"由北京大学和山东师范大学部分教师和研究人员合作编纂，其中1915年至1937年6月创刊的一百七十种期刊（另有附录二种），由北京大学中文系唐沅、封世辉、孙庆升负责编辑，乐黛云、袁良骏、高艾军、商金林、任秀玲、胡安福、朱殿青、玄英子参加了部分期刊目录的辑录和《简介》的编写；1937年7月至1948年12月创刊的一百零六种期刊（另有附录二种），由山东师范大学中文系韩之友、舒欣、顾盈丰负责编辑"。其中，北大中文系的学者们利用了北大图书馆、系资料室及北京图书馆的积藏，而山东师大则很可能依据的是此时收购的著名藏书家瞿光熙先生的大批现代文学藏书。[1] 纵观这一目录的特色，在于不仅首次完整、逐期收入了近300种现代文学期刊的全部目录，而且更重要的是，编著者们尽可能地袪除了意识形态的影响，而将《新月》等自由主义刊物也一例纳入了进来，以存史存真，为无法阅读原刊者提供参考。

从唐沅等人编著的《中国现代文学期刊目录汇编》及同时代其他目录、索引中，亦可一窥20世纪80年代近现代文献史料（包含现代文学文献史料）工作的特点："首先，由资料室、图书馆员主导的局面已发生了变化，学者们表现得相当积极、活跃；其次，在史料发掘、整理与研

---

[1] 刘增人、陈子善先生谈话记录，2019年6月5日。另，据此谈话记录，可知朱子南《瞿光熙藏书的下落》（《世纪》2014年第6期）有关记述有误。

究中,较偏重于发掘、整理;在发掘、整理中,虽然也编辑了'研究资料''资料选''作品选''史料汇编''辞典'等书,但无疑更青睐于目录、索引的编纂这一形式,特别是就近现代文献的大宗——报章杂志——而言。然则,资料室、图书馆人缘何当时热衷于编制目录、索引?主要原因是政治运动,导致原书、原刊饥荒,专业研究者和普通读者只能到部分资料室、图书馆查阅,此间工作人员既有一定专业素养,同时出于工作的方便、要求(图书馆学的专业训练和图书馆工作实践中原本就有编制目录索引一项)和对学术的热忱,遂编辑完成了一种又一种的目录索引;至于学者们积极参与的缘由,既有出于学术的良知、追求,更多的则是由于教学和研究的需要。再次,编者们对目录和索引未能严格区分,可见其目录学、文献学的专业素养,似亦未敢高估。"[1]21世纪之后问世的吴俊、李今、刘晓丽主编《中国现代文学期刊目录新编》及刘增人、刘泉、王今晖编著《1872—1949文学期刊信息总汇》,虽然亦有其重要价值,但就开创性而言,似仍不能与唐沅等人编著的《中国现代文学期刊目录汇编》比肩。尤为令人遗憾的是,自20世纪80年代有学者提出编纂"中国现代文学副刊目录"计划至今,只有单个的、零散的报纸文艺副刊目录相继发表,但整体计划仍无任何进展。这究竟意味着什么?在笔者看来,至少意味着文献史料工作还面临着不少的挑战,挑战之一在于文献史料的整理仍无法被视同著述一般的学术成果,在推崇论文、专书的学术生产与评价体系中难以容身,无法刺激学者投入巨大热情(除非可以快速完成,作为某集体项目、"工程"之成

---

[1] 王贺:《目录学向何处去》,原载"澎湃新闻·上海书评"2019年3月19日,现已收入本书,参见本书第七章。

果);挑战之二在于各种报纸副刊,绝大多数尚未电子化,因此非数据库简单爬梳可得,须耗费大量的人力、时力、精力和财力,到海内外各大馆"动手动脚找材料,上穷碧落下黄泉"(傅斯年语),方能有所斩获。

概而言之,从现代作家选集、文集、全集,到专题性、综合性研究资料(包括资料集、作家年谱、著述年表、笔名录、期刊目录等)的编纂,70年来都在不断地拓展、延伸、深化,现已成绩斐然,有目共睹。在此基础上,陈子善先生还结合其数十年来的学术实践,提出了建立"现代作家文献保障体系"的论述,[1]认为"对一位作家的研究,必须建立在包括其作品、相关回忆录和研究资料在内的文献保障体系",[2]作家全集、回忆录和其他研究资料的编纂,构成了一个相对完善的"现代作家文献保障体系",此三者无一可偏废。显然,此论述是对现代文学文献学的一个重要贡献,尤其对于作家研究而言,无疑需要就此准备材料、搜集材料;而对于文献学者而言,可以此为据指导自己的实际工作。此论述同时也强调了回忆录作为研究资料之一的独特、重要的性质和意义,只是,回忆、传记、口述资料用作研究时,仍须考辨。换言之,在未经充分批判、辩证之前,除了作家作品,其余任何资料的重要等级、程度究竟为何,内容是否可靠,仍须深入探讨。另外,图像资料、地方文献、民间文献等不同类型的文献史料,亦可纳入这一体系的建设当中。[3]最后,与现代文学文献史料开掘所取得的成就相比,目前我们

---

〔1〕 陈子善:《十五年来史料研究的回顾和展望》,西安:中国现代文学研究会第六届年会,1994年5月2—6日。
〔2〕 陈子善:《为"张学"添砖加瓦》,《光明日报》2016年1月12日。
〔3〕 关于现代文学史研究中如何整理、运用图像资料的初步探讨,参见王贺:《现代文学版本及其图像资料的整理、研究——评黄开发、李今编著〈中国现代文学初版本图鉴〉》,《中国现代文学研究丛刊》2019年第4期;葛兆光:《成为文献:从图像看传统中国(转下页)

对1950—1970年代文学史料的整理、研究还太少,而这既是当代学者的使命,也是当下研究中至为切要的。[1]与近现代研究资料数据库的开发、建设所取得的成就相比,当代文献史料数字化、数据化面临的困难尤其多,除了思想观念层面有待自觉,在文献资料的开放政策与意识形态因素等方面,也受到了重要、明显的制约,这就导致我们在从事文献发掘、整理、研究工作时,较容易找到近现代的文学作品及研究资料,反倒当代尤其是1949—1979年间的单行本、作品集、报章杂志及其他资料,却较少有数据库可用,只能借助于图书馆、档案馆和私人收藏等渠道。[2]

二 研究理论、方法的初步探讨

与古文献学、西方语文学/古典学(Philology/Classical Scholarship)的情况相似,现代文学文献学长期以来注重实践而轻忽理论、方法之探讨。这一局面的形成至少有三方面原因。一是文献学的理论、方法,须建基于大量具体、深入的研究之上,而不能如其他专业领域可以理论、方法先行,实践在后。换言之,"所谓现代文学文献学或史料

(接上页)之"外"与"内"——复旦大学文史研究院研究员葛兆光在上海博物馆的讲演》,《文汇报·文汇学人》2015年11月13日。笔者与陈子善先生就扩充"现代作家文献保障体系"的讨论,可参王贺:《中国现代文学文献学的自觉——陈子善教授访谈录》,王贺编:《中国现代文学文献学的自觉——陈子善教授荣休纪念集》,香港大学饶宗颐学术馆2020年版,第82—86页;及本书第三章的有关论述。

[1] 对当代文学史料研究的一个初步观察,参吴秀明、史婷婷:《当代文学史料研究状况考察——基于数据的统计与分析》,《当代作家评论》2018年第6期;《近十年来当代文学史料研究的总体图景——基于数据的类型分析》,《文艺争鸣》2019年第2期。

[2] 实例详参本书第八章第二节。

学,有着先在的实践属性,首先或者主要并非观念的辩诘、体系的建构,而在于广泛的实践——从文献发掘整理的实践之中去获取感性、直观的经验,去获取观点、看法乃至文学史的认知。"[1]二是现有的个案研究、文献编纂实践虽然成绩显著,但发展并不平衡,很多工作尚未展开,因此在一定程度上无法支撑我们对其理论体系、研究方法进行建构。正如本书第一章所论,除辑佚等少数几部门较发达外,其余领域均相当薄弱。而且,即便是在辑佚学内部,所盛行者,乃是作为文献整理实践的辑佚之学,而并非作为理论、方法的研究对象的辑佚之学,对许多基本问题都还没有进行充分讨论。三是在文献史料学者的工作方式中,的确更青睐单一文献的开掘、具体问题的辨析及作家生平疑难的考证,而在理论、方法的探索方面缺乏兴趣。但如同其他任一专业领域,理论、方法与文献整理、研究实践之间息息相关,前者未能深入,必然影响、制约后者取得更大的进展。也正基于此种考虑,有学者对现代文学文献学的理论体系与研究方法作出了一定探索,这主要集中于1980年代以来。1980年代初,王瑶先生语重心长地指出:"在古典文学的研究中,我们有一套大家所熟知的整理和鉴别文献材料的学问,版本、目录、辨伪、辑佚,都是研究者必须掌握或进行的工作,其实这些工作在现代文学的研究中同样存在,不过还没有引起人们应有的重视罢了。"[2]以此为肇端,推进现代文学文献学各分支领域的工作,尤其理论、方法层面的探索,渐次得以展开。

在版本学领域,自1940年代中后期开始,唐弢即已聚焦于新文学

---

[1] 易彬:《"钩沉集腋,功在文苑"——陈子善老师学术工作评述》,《传记文学》2019年第3期。
[2] 王瑶:《关于中国现代文学研究工作的随想》,《中国现代文学研究丛刊》1980年第4期。

第二章　现代文学文献学的回顾与前瞻

版本问题的书话写作,被叶圣陶称许为"开拓了版本学的天地"。[1]至1980年代中期,朱金顺先生不仅系统地解释、说明了铅印本、影印本、拓本及线装、平装精装及毛边书,精印和普及本,原版书、翻版书、盗版书和伪装书,丛书和单行本,合订本和抽印本,通行本、袖珍本和签名本,禁书和绝版书等几乎全部现代文学文献的版本类型,更创造性地提出现代文学"新善本"的概念,并强调应从文献史料价值而非文物价值的角度予以界定,指出"重要新文学书籍的原本"、孤本、手稿本及1949年后问世的部分新印书籍,悉属"新善本"。[2]其后,姜德明先生在此基础上对"新善本"定义予以扩充和补充,认为作家题跋签名、亲笔校订之本,部分土纸本、革命烈士的作品,引发出版界命案和重大风波的书,从装帧艺术角度讲有价值的新文学书刊等,亦可归入"新善本"。[3]当然,这些观察仍不无商榷、探讨的空间。

　　至于目录学领域的理论、方法之探索,远不能与其编纂实践所取得的成就相提并论。[4]我们目前只有对现代文学目录这一专科目录的类型学的讨论,如徐鹏绪、赵连昌"按目录著录的文献性质,将著录原创文献的现代文学著译目录视为原典文献目录;而将著录有关现代

---

[1] 叶圣陶说:"古书讲究版本,你(指唐弢——引者注)现在谈新书的版本,开拓了版本学的天地,很有意思。"转引自朱金顺:《新文学版本的学术和文物价值》,种福元、刘爱平编:《中国古旧书报刊收藏交流指南》,上海古籍出版社2002年版,第59页。
[2] 朱金顺:《新文学资料引论》,北京语言学院出版社1986年版,第112—117页。
[3] 姜德明:《新文学版本》,江苏古籍出版社2002年版,第28—36页。
[4] 关于1921—1983年间的现代文学目录学的简要考察,请参黄慎玮:《六十年中国现代文学文献目录工作述评》,《图书馆学刊》1983年第4期。但其自1983年至今的进展,迄今似仍无专论发表。实际上,迟至2003年,还有学者在呼吁建立健全现代文学资料目录索引体系,参李今:《建立健全中国现代文学资料的目录索引体系及其机制》,《中国现代文学研究丛刊》2004年第3期。

文学研究文献的目录,视为二次文献目录"。在这两大类目录之下,又将现代文学著译目录分作作家目录、专题目录、期刊目录和报纸目录、馆藏目录,现代文学研究文献目录则分作现代文学史著目录、现代文学专题研究目录和现代作家研究目录,而"现代作家研究目录"又可进一步分作诸作家研究汇编目录和作家个人研究目录。[1]但"在互联网搜索引擎和数据库出现之后,绝大多数目录、索引的工作都已被自动生成的检索结果和在线'机读目录'等形式取代"[2]的当下,传统的目录之学不仅面临着巨大的危机和挑战,现代文学目录的编纂与研究也同样危机重重,"数字目录学"[3]等领域的发展更有待充分展开。

在校勘学领域,除了继承陈垣等近人发明的校勘方法,学者们还结合版本研究,提出了"校读法"和"版本批评"的理论、方法,试图将其由文献学的理论、方法改造为一种文学(史)研究的理论、方法。解志熙指出,"按照通常的学术概念,校注、考释的工作属于文献学的范畴,而对文本的整体性解析和评价,则属于文学批评的范畴。""但是,也有一些字词句的校注与考释关系到对文本之整体篇章的解读与评价,所以把文献学与文学批评的区分强调到互不往来的地步,也未必妥当。何况说到底,文学文本乃是由语言建构起来的意义结构,读者和批评家对文本意义的把握,固然需要创造性的想象与体会,却不能脱离文本的语言实际去望文生义、胡思乱想、穿凿附会,而必须有精读文本、

---

[1] 徐鹏绪、赵连昌:《中国现代文学目录类型论略》,《鲁迅研究月刊》2007年第5期;赵连昌:《中国现代文学目录学类型研究——中国现代文学文献学类型研究之一》,青岛大学硕士学位论文,2004年。
[2] 参见本书第七章。
[3] 参见拙著:《数字时代的目录之学》,香港大学饶宗颐学术馆2021年版。

慎思明辨的功夫,并应比较观听作家在文本的'话里'和'话外'之音,才可望对文本的意义以至作家的意图做出比较准确的体认和阐释。"故此,从文献学的"校注"中或可发展出批评性的"校读"这一"广泛而又细致地运用文献语言材料进行比较参证来解读文本的批评方法或辨析问题的研究方法"。[1] 金宏宇则在借鉴中国古文献学、版本学,参考西方的"新文本主义"、"文本生成学"(Génétique Textuelle,或译"发生校勘学")、叙事学、阐释学等理论和方法的同时,将版本研究运用于现代、当代重要作品与文献史料的文本批评,试图通过对一书的版本变迁的历史考察和不同版本文字异同的校勘,解释其不同版本之文本在不同时期、不同因素影响下不断变化的原因。但其核心理论、方法仍为校勘学,其所谓的"版本批评"乃是对校勘学的创造性转化,与一般意义上理解的版本学研究相去甚远。最近,还有青年学者建议,在现代文学文献的校勘中,除了比勘文本之同异,还需要将其"与印刷的文化史和社会史研究相结合","将传统校勘学与关注文本的物质形式及其生产过程的书籍史研究相结合",从而"考察印刷书的生产和制作过程,以及这一过程中现代作家对于印刷文化的参与乃至印刷书对于现代文学或文体观念的塑造"等问题,将校勘学的研究引入书籍史、出版史的畛域。[2] 这也就是将校勘学作为一种研究工具,运用于文献学之外的研究,突破了传统的校勘学的理解范围。[3]

---

[1] 解志熙:《老方法与新问题——从文献学的"校注"到批评性的"校读"》,氏著《考文叙事录:中国现代文学文献校读论丛》,中华书局 2009 年版,第 17 页。
[2] 张丽华:《通向文化史的现代文本文献学——以鲁迅随感录〈新青年〉刊本与北新书局〈热风〉本的校读为例》,《文学评论》2018 年第 1 期。
[3] 参见王贺:《作为研究工具的校勘之学》,《东方早报·上海书评》2016 年 8 月 21 日。

在辑佚学领域,与古文献多从类书、总集、丛书、方志、墓志等处辑佚不同(如鲁迅辑录唐宋传奇,多原《太平广记》,兼及《说郛》《青琐高议》《顾氏文房小说》《文苑英华》等[1]),近现代文献辑佚仍以报刊为主。为此,谢泳先生提出有必要拓展范围、多方搜求的观点,不少学者在其辑佚实践中,也将范围从原先的文学类书、报、刊转入非文学类、地方性报刊及校园刊物、拍卖图录等来源,[2]特别是由于近年来晚清民国报刊数据库如雨后春笋纷纷涌现,为文集、全集补遗(一般所谓的近现代文献"辑佚")变得极为容易。然而,当此之时,我们也许有必要重温前人所谓不应为辑佚而辑佚、辑佚本学问成熟之后事的治学观念,不但应该重视对近现代文集、全集、资料集、通信、日记在内的"常见书"的研读,取得"常见书"与稀见史料的综合,[3]而且,应该看到"常见书"中就有不少"集外文"和"新资料",值得利用、研究,甚而在辑佚之外,可探索数据库对现代文学文献史料研究更大的效用(本章第三节对此问题将予讨论)。

考证学、辨伪学的具体研究的成绩极为突出,可以说是迄今为止

---

[1] 顾农:《鲁迅怎样编校〈唐宋传奇集〉》,《中华读书报》2014年5月14日。
[2] 参见李怡:《地方性文学报刊之于现代文学的史料价值》,《中国现代文学研究丛刊》2010年第1期;刘涛:《绪论——民国边缘报刊与现代作家佚文》,氏著《现代作家佚文考信录》,人民出版社2012年版,第1—12页;凌孟华:《抗战时期非文学期刊与作家佚作发掘胜论——以〈国讯〉为中心》,《现代中文学刊》2015年第4期;汤志辉:《民国时期的中学校刊及其文学史料价值》,《中国现代文学研究丛刊》2015年第9期;易彬:《集外文章、作家形象与现代文学文献整理的若干问题——以新见穆旦集外文为中心的讨论》,《文学评论》2017年第4期。
[3] 王贺:《"常见书"与现代文学文献史料的开掘——以穆时英作品及研究资料为讨论对象》,《探索与争鸣》2018年第3期;《"常见书"与现代作家、学者的"集外手稿"——以〈志摩日记〉为讨论对象》,《上海鲁迅研究》2019年第1辑;《"常见书"中的于赓虞诗歌研究资料》,《上海鲁迅研究》2019年第4辑。又,其中第一文现已收入本书,系本书第四章,意者可参看。

所有现代文学文献学分支领域中成就最高的两个部门,但在新世纪以来的现代文学文献研究者、尤其年轻一代的文献史料发掘者中间,却大有被忽略的倾向。不过,就其理论与方法而言,若与清季及清末民初的考证学、西方语文学/古典学已达到的高度相比,似仍无较大进步。从"二重证据法"到"三重""四重"证据法的提出、研究须结合"内证"与"外证"、注重"史料批判"并确立孤证不足凭之为检验证据的基本原则之一等等,都不能算是现代文学文献学的发明、创造。也许唯一有价值的观念是,学者们通过诸多具体、专门的研究,得出了一个至今大致为学界认可但仍有点脆弱的"共识",即无论是作家、学者的"自我表述"(见之于文学作品、自传、回忆录、口述史料),[1]还是其他的一手、二手资料,在未经充分批判、辨证之前,都不可视作完全可信的证据,而这一"共识",严格说来,不过是中西文献学、史学研究的常识。

此外,在这些承自传统文献学的现代文学文献学各分支领域的理论、方法发展之外,举凡现代文学文献之编纂、文献的存藏与流传、文学史的编年之体及其与年表、年谱关系等与文献学紧密相关的诸多方

---

[1] 对这一问题的集中讨论,主要出现在鲁迅及其他现代重要作家的研究领域,如朱正、陈漱渝等著:《鲁迅史料考证》,河北教育出版社 2000 年版;陈漱渝:《试谈回忆录的鉴别》,《文学自由谈》2008 年第 4 期;《关于"回忆录"的话题》,《粤海风》2010 年第 3 期;《一场旷日持久的论辩——兼谈口述史料的判别》,《鲁迅研究月刊》2018 年第 1 期。傅光明通过对"老舍之死"这一事件相关人等的采访、调查研究中发现,"无论对于钦定的历史文献,还是我——一个非历史学家由田野作业亲自得来的口头证据,都不能绝对相信。它们只是两种不同类型的资料来源而已,只能相互补充或印证,无法相互替代,更无法相互超越。"见傅光明:《口述史:历史、价值与方法》,《甘肃社会科学》2008 年第 1 期。当然,历史学者对近现代学人、政治人物自传、他传、回忆录等文献史料有意无意之作伪问题,素有精深研究,如胡适对于美国出版的、所谓的《李鸿章自传》的辨伪,罗尔纲对于太平天国运动史的辨伪、考证,唐德刚在整理《胡适口述自传》《李宗仁回忆录》时所作大量考证,陈鸿森关于《清史稿》《清史列传》《清代人物生卒年表》的细致考辨(现已集结为《清代学术史丛考》出版),茅海建研究康有为《我史》的专著等,均可参考。

面问题,也激发了学界讨论的热情。如在关于作家文集、全集、研究资料集编纂问题的讨论中,既有"对繁异体字更换、二简字处理、异形词更换、标点符号用法、数字用法、校勘成果处理形式、手迹释读、引文处理等具体问题"[1]的经验总结,亦不乏就理想的编纂原则、作业方法及其中预设的学术思想观念的分疏、辨析。[2] 在关于文学史的编年体的讨论中,既有如钱理群主编《中国现代文学编年史——以文学广告为中心》时,提出旨在打破僵化的文学史叙述结构,以"编年体的结构方式""呈现文学本身的复杂、丰富、无序、模糊状态"的考量;[3]亦有王德威主编《哈佛新编中国现代文学史》时,拒绝先在的理论预设,将"编年体"与"纪事本末体"予以结合,重思"何为文学史? 文学史何为?"的写作实践;[4]更有学者对某种"编年研究"(实为一文学史书目提要)的性质及学术贡献深表怀疑,批评其名实不副、作者鄙夷"简陋的'史料长编'或按照时间编排的'史料汇编'"而所为仍系"资料汇编"[5]等的评论。但包括编年史在内的一切史著之编纂,其体裁、体例并非只是简单的技术层面问题,[6]相反,"历史理论的运用,史料的掌握和处理,史实的组织和再现","刘知几所谓才、学、识,章学诚所谓

---

[1] 廖久明整理:《中国现代文学文献整理谈》,《现代中文学刊》2018 年第 5 期。
[2] 王贺:《从"研究资料集"到"专题数据库"》,原载《苏州教育学院学报》2019 年第 3 期,修订稿载微信公众号"抗战文献数据平台"2019 年 7 月 18 日;《"集体署名"与全集编纂的"现代性"问题》,《现代中文学刊》2019 年第 3 期。
[3] 钱理群:《有缺憾的价值——在〈中国现代文学编年史〉出版座谈会上的讲话》,《文学评论》2013 年第 6 期。
[4] 王德威、李浴洋:《何为文学史? 文学史何为?——王德威教授谈〈哈佛新编中国现代文学史〉》,《现代中文学刊》2019 年第 3 期。
[5] 杨洪承:《"新编年体"在史料整理与学术研究之间的徘徊——评付祥喜〈20 世纪前期中国文学史写作编年研究〉》,《文艺研究》2014 年第 5 期。
[6] 陈其泰:《历史编纂:中国史学优于西方史学》,《人民日报》2015 年 3 月 30 日。

史德,都可以在这里有所体现"。[1]不过,这些具体抑或抽象的讨论,是否可以被视作理论、方法之创获,或在何种范畴、程度上被视为创获,都是次一等的问题,它们的被提出,毋宁说明了现代文学文献学对自身的理论体系、研究方法的探索,自1980年代至今已成一不容小觑之支流,将鼓励后人循流而下,"向青草更青处漫溯"。[2]

尽管如此,还有必要强调的一点是,对现代文学文献学研究理论、方法的探索,并非意味着我们在这一领域的所有工作,都必须要有理论、方法论的自觉,从而陷入唯理论体系是尊、言必称"问题意识""迷信研究方法"[3]的误区。因此举不仅悖离了文献研究"先在的实践属性"[4],也可能会取消文献研究之为一专业领域的专业度。实际上,任何一种理论、方法,倘若不能帮助我们解决实际研究中遇到的问题,其意义、价值注定就要大打折扣(我们只要想想1980年代流行的系统论、控制论、信息论及21世纪初如走马灯般刮过的当代西方文论之风,就不难明白这一点)。而且,重要的是,任何一种理论、方法,皆有其局限性,在研究中一般需要配合使用,需要以掌握坚实证据、尊重文献原意、体贴前人心曲为前提,二者如不能配合,恐难得出真正有说服力、洞察力的结论。更何况任一新的理论、方法的提出,不仅对学者个

---

[1] 白寿彝:《中国史学史》第1卷,上海人民出版社2006年版,第17页。
[2] 徐志摩《再别康桥》诗云:"寻梦?撑一支长篙,/向青草更青处漫溯;/满载一船星辉,/在星辉斑斓里放歌。"见氏著《猛虎集》,百花文艺出版社2020年版(据新月书店1931年版影印),第38页。
[3] 付祥喜:《现代文学史料研究主体的三个"危机"》,氏著《问题与方法:中国现代文学史料研究论稿》,中国社会科学出版社2017年版,第28—35页。
[4] 易彬:《"钩沉集腋,功在文苑"——陈子善老师学术工作评述》,《传记文学》2019年第3期。

体的要求极高,首先也必须建基于具体、深入的个案研究的基础之上,其理论总结、概括须具有一定的普遍性,极高的创发性、前瞻性、逻辑性和思想深度,经得起广大同行无数次的模仿、检验、证实、证伪、试错及理论批判,直至被证明能够行之有效地指导研究实践,才能最终认定其成立,否则便与任人都有的感想、印象、呓语无异,与文学创作无异,但与学术研究无涉。

三 正在开发的新领域、新议题

在前述现代文学文献史料持续开掘、理论体系与研究方法不断探索的背景之下,21世纪以来,新的领域、议题也被相继开发出来。这些新的领域、议题,依主题、重心和处理方法的不同,可概括为三个方面:其一是开始重视对档案资料、图像资料及其他类型的此前较少注意的文献史料的搜集、整理与利用;其二是有关手稿、签名本、毛边本等的研究;其三是包括"数字文献学"在内的"数字人文"研究。

在这三者当中,对档案资料、图像资料及民间文献、地方文献等其他类型的此前较少注意的文献史料的搜集、整理与利用,非是新的研究领域,主要与文学史研究如何扩充、利用文献史料这一材料搜集和处理方式有关,但这仍是比较传统的看法。在21世纪,自觉在文学史研究中利用此类文献史料,从文献学的角度对这些材料予以专门处理,开始成为20世纪70—80年代出生而今活跃于学术界的年轻学者的新的追求。不过,以图像资料运用于文学史研究为例,其首要前提乃是搜集,搜集已不易,要理解图像,无疑更有难度,"这从不少西方学者倾心于撰述'怎样读懂一幅图'之类的论文即可看出"。"研究图像资料的取向,若要极其概括地叙述,似可约略分作三种:一是以图证史(文学史、文化史……历史),二是视觉文化研究,三是艺术史研究。对于文学研究者来说,'以图证史'(这里的'证'自非简单之'证明''证实',也包括重估、商榷、批评、补充等等)和视觉文化研究无疑是更为需要也可以学习、驾驭的取向。前一方面的典范性著作如布克哈特、赫伊津哈杰出的文化史著及彼特·伯克的《图像证史》、哈斯克尔《历史及其图像》,后一领域的重要研究则有福柯对《宫娥图》的解读、罗兰·巴特对商业广告的批评及电影研究等等,皆可资借镜。"[1]而所有这些取向、视野当中的图像,围绕着各自的学术传统、问题意识和研究方法,也都产生了一系列核心议题,在现代文学史研究中,是否会带出新的议题,还有待学者省思、发展。

在有关手稿、签名本、毛边本等的研究方面,中外学者都做出了不同层次的努力。以手稿研究为例,虽然迟至21世纪才有理论、实践层面的双重考察,但中外学者的贡献同样引人注目。2005年,陈子善在香港中文大学发表题为《签名本和手稿:尚待发掘的宝库》的演讲,疾呼学界应重视手稿与签名本的搜集、整理和研究,并对手稿的定义和价值等问题作出了初步探讨。[2] 在此前后,其对周氏弟兄、胡适、张爱玲等重要作家手稿的研究,开风气之先,且较之前的研究(如朱正《鲁迅手稿管窥》)偏重于观察作家如何修改文章这一角度,显得更为

---

[1] 王贺:《现代文学版本及其图像资料的整理、研究——评黄开发、李今编著〈中国现代文学初版本图鉴〉》,《中国现代文学研究丛刊》2019年第4期;及本书第十三章。
[2] 陈子善:《手稿的定义和价值》,《南京师范大学文学院学报》2005年第4期;《签名本和手稿:尚待发掘的宝库》,季桂保编:《思想的声音——文汇每周讲演精粹》,上海书店出版社2006年版,第377页。

多元。2006年,冯铁(Raoul David Findeisen)在中国社会科学院发表题为《中国现代文学手稿研究现状》的演讲,从五个方面介绍了其所从事的"手稿研究":"一是手稿研究与传统学科,如版本研究、目录学、校雠学等的异同;二是手稿研究的概念和范围;三是手稿研究的重心在于重视构写的过程;四是手稿研究对单独文件的重视;五是手稿研究的最终关注,是在对单独文件与构写过程的关系中来重新描述历史的动态和写作的不稳定性。"[1]此后,王锡荣、赵献涛等人提出了建立中国手稿学的设想。[2]但在目前,对现代作家手稿的研究,仍集中于鲁迅研究领域,且研究成果多为对手稿发现和鉴定过程的报道、手稿所涉相关史实的重建,或是就其文献史料价值层面所作的讨论,亟待进一步深入;所依赖的理论资源,只有法国学者皮埃尔—马克·德比亚齐的"文本生成学",而较少参考中国古代手稿(包括写本、抄本、稿本等等)和其他国家、地区手稿的研究传统,但正如有学者所言:"法国学者之现代手稿研究或文本生成学,究竟与校勘之学(指英美世界的textual criticism——引者注),中文传统之版本学目录之研究,前现代手稿之研究,是否有截然之分别,是历史与理论待解问题",[3]更何况"文本生成学"也只是欧美手稿研究之一脉而已。[4]

---

[1] 张重岗:《冯铁:中国现代文学手稿研究现状》,《中国社会科学院院报》2006年4月4日。
[2] 桥畔:《"中国现代作家手稿及文献国际学术研讨会"综述》,《上海鲁迅研究》2014年第3辑;赵献涛:《建立现代文学研究的"手稿学"》,《上海鲁迅研究》2014年第3辑;王锡荣:《手稿学在中国》,《文汇读书周报》2015年10月26日。
[3] 易鹏:《"花心动":周梦蝶〈赋格〉手稿初探》,洪淑苓主编:《观照与低徊:周梦蝶手稿、创作、宗教与艺术国际学术研讨会论文集》,台湾学生书局2014年版,第271页。
[4] 关于现代文学手稿研究理论、方法等问题较为详细的整体性论述,除可参考前引诸文外,尚请参考本书第九章。笔者有关的专题研究,请参王贺:《郁达夫手稿〈她(转下页)

签名本、毛边本则是近现代印刷出版史、书籍史向版本学提出的新命题和新挑战。事实上,直至1980年代中后期,学者们对签名本、毛边本的认识还比较简单,如形容签名本时,宣称"国外图书发行,有所谓限定版,即一书出版,精印若干,不再重印,限定了印数,以抬高印本的身价。外国出版文学书,有发行作者签名本的传统,售价极高,也是一种生意经。我国新文学出版界,也用过类似的方法,但没有出版过限定版"。[1]形容毛边本,则表示"当时的平装本书,一般都是三边切光的,只有一部分,是不切的,称为毛边书。比如北新、光华、大江、创造社等书店,多出毛边书,为新文学出版物的一个特色。毛边书是吸收了外来影响,也是新文学的特殊现象……毛边书的兴起,是随着新文学的勃兴而来的,它便成了新文学书的一个标帜"。[2]无论是对这两大新的文献类型的特点的揭示,还是相关的大量个案的研究,显然都还很不够,但到了21世纪,《签名本丛考》及即将出版的《签名本丛考续集》《毛边本丛考》等著作共同表明,不仅此二方面有了长足的发展,学者且能对其历史源流、版本鉴定及相关领域问题皆有所考察:如陈子善发现"1927、1928年间,中国新文学出版发生了一个新的变化,大量新文学创作以洋装毛边本的形式印制发行",[3]这一问题的

(接上页)是一个弱女子〉是善本吗?》,原载"澎湃新闻·上海书评"2017年5月15日,网址见:https://www.thepaper.cn/newsDetail_forward_1682388,2021年11月1日检索;《"常见书"与现代作家、学者的"集外手稿"——以〈志摩日记〉为讨论对象》,《上海鲁迅研究》2019年第1辑;《手稿文本如何复原:侧重于技术层面的考察》,上海:现代手稿研究方法与文本分析实践学术研讨会,2019年11月9日;《"类手稿"的文献史料价值及其整理、数据化》,北京:第三届北京大学数字人文论坛,2018年6月14日。

[1] 朱金顺:《新文学资料引论》,北京语言学院出版社1986年版,第95页。
[2] 同上,第87页。
[3] 陈子善:《"希望不要买毛边书"》,《文汇报》2019年6月16日。

提出,对毛边本研究、现代文学史及出版史研究,可谓意义重大;其对叶圣陶《城中》初版本毛边本的研究结论则是,此书"是符合鲁迅标准的书顶书口毛书根光的毛边本","是开明书店印制的第一批新文学毛边本之一","大概也是叶圣陶新文学创作的第一种毛边本",[1]既将这一毛边本的文献史料价值、文物价值清晰地呈现了出来,同时也启发同类型研究,不妨从书籍史、出版史、作家生平创作史等多元、不同的视角予以审察,以见出书籍、文献史料背后的历史,开发"材料"之中的"议题"。

但关于手稿、签名本、毛边本的研究,更大的意义在于将文献学研究的对象,从抽象的文献、文本,转入手稿、纸质书等文物、实物的研究。如下文即将分析的那样,这一实物研究的倾向,在"博古学者"(Antiquarian)的努力下一直都有发展,但文献学的研究,无论在任何时候,都有必要强调以实物文献为主这一原则。[2]这不仅是指,在整理和研究现代文学版本时,要从实物(而非书影、书刊照片、扫描件)出发,根据实物进行分析、研究;还意味着,对于从事目录、考证、辨伪之学乃至手稿研究等等,在很多时候都需要从实物出发,否则很难深入。例如,有学者对鲁迅名著《呐喊》第十三版、《彷徨》第八版的研究,即从

---

[1] 陈子善:《叶圣陶的〈城中〉》,《文汇报》2019年6月18日。
[2] 朱金顺:《讲究版本要靠实物,初版时间要凭初版本版权页——序〈中国现代文学初版本图鉴〉》,黄开发、李今编著:《中国现代文学初版本图鉴》,河南文艺出版社2018年版,第1—3页;陈子善在其文献编纂、研究及"新文学史料学"课程的讲授中,一直践行并强调从实物出发这一作业原则。当然,强调文献学研究要从实物出发,不能脱离实物而谈文献,可谓传统文献学的共识、常识,在此基础上,近年也发展出了"实物版本学",参见李开升:《明嘉靖刻本研究》,中西书局2019年版,第16—28页;《雍正汪亮采本〈唐眉山集〉版本之鉴定——兼谈活字本鉴定及实物版本学相关问题》,《印刷文化》(中英文)2021年第3期。

二书所见特殊的版权凭证(一般所知只有鲁迅名章蓝印,此二书还套有书名首字红印)出发,从提出并解释这一不同寻常的版权凭证何以在此时此书出现,作为研究的开始,不仅详细探求了二书版本的特色,也为我们揭示了此二版本的问世背后,鲁迅编纂出版自家著作的惯例及其变化、鲁迅与北新书局版权纠纷案的另面、鲁迅与创造社的论战及其回响、鲁迅林语堂关系破裂背后的人事和偶然性因素等问题。不待言,这一研究既是版本学、文献学的研究,同时也是文学史研究的精彩个案。[1] 但这一切,如非研究者搜集原书、实物,从实物出发,是万难产生的。推而广之,手稿、报章杂志和书籍的影印件和电子版,固然有其便利、优长之处,但对于实物文献学的研究,仍嫌不敷使用,在今天这样一个研究者时常依赖于数据库作研究的时代尤须注意及之;最后,在书、报、刊之外,"像作家的藏书、生活用品之类的实物"[2] 及现代文学史上特有的文物如现代作家的徽章、会员证、纪念册、书写工具、稿纸,乃至其遗迹、图像、音视频资料等等,虽然绝大多数迄未有学者专门研究,但在此一学术观念不断转型、落实之后,未来的发展态势,似可大胆预期。

最近"数字人文"研究的发展,也为现代文学文献学开发了新的研究领域,提出了若干新的议题。"数字人文"研究由"量化史学"、社会科学的定量研究方法发展而来,建基于目前已有的各种近现代文史数

---

[1] 陈子善:《〈呐喊〉〈彷徨〉版本的几个问题》(演讲),上海:复旦大学古籍整理研究所,2019年6月27日。此一演讲的部分内容,现已发表,见《〈呐喊〉版本新探》,氏著《中国现代文学文献学十讲》,复旦大学出版社2020年版,第3—21页;其前期研究,见《〈呐喊〉版本新考》,《中国现代文学研究丛刊》2017年第8期。
[2] 胡博:《樊骏——中国现代文学的守护者》,中国社会科学院青年人文社会科学研究中心编:《学问有道——学部委员访谈录》下册,方志出版社2007年版,第1530页。

据库这一基础设施之上,旨在向学者提出"超越检索"、以数字方法切入研究的新的意图和思路,因此也被论者视作新的"学术革命"发动的契机,目前已在全球范围内引起广泛关注。据笔者粗浅的观察,在其与中国近代、现代、当代文学研究结合的过程中,亦可发现不少用武之地,这主要包括"数字文献学"和"数字现代文学"研究两大方面,具体而言:

第一,针对数字文献本身的研究,或可称之为"数字文献学"。作为现代文学、文献研究者,我们至少应该考虑下述问题:与传统文献相比,现代文献本身有何特点?给文献学、文学研究提出了哪些新的问题?如何解决?被数字化之后的文献本身有何特点?如果我们今天的研究已经无法脱离数据库,则又该如何看待数据库、利用数据库?学者与数据库的关系是什么?线上的所作所为与线下的学术活动有何关系……

同时,在具体的研究过程中,我们亦可利用大量的、可供检索和利用的数字文献,推进包括现代文学版本、图像史料在内的诸多文献史料的具体研究。有一种看法认为,"数字人文"将会埋葬传统的版本、目录、校勘、考据等学问,但这种看法即便不是杞人忧天的话,目前看来可能还显得有些为时过早。以校勘学为例,现有的在线典籍校勘整理系统,哪怕是以机器学习技术(Machine Learning,简称 ML)为支撑,采用了众包模式(Crowdsourcing),吸引了不少用户在线参与测试、整理,但就其总体而言,尚处于摸索阶段,且以古代文史典籍为主,并未纳入海量的近现代文学文献,同时也还需要不少专家智慧和人工干预。际此情势之下,任一较为完备、精良的现代文学文本尚无由生成,何谈其他?不过,更重要的是,这并非是说传统的校勘学已经一无是处,或无须作出任何改变,相反,如面对"多数数据库采用的是未经整理的文献底本"这一现状,如果站在为其他数据库用户着想、尽量节省其劳动并帮助其尽快辨识版本异同、发现并比勘异文的立场来看,选择较好的底本进行数字化、数据化是一大关键,同时,传统校勘规范不甚重视的"底本以外的版本讹误",乃至于一书的所有不同版本、异文等等,恐怕也都需要被呈现、处理。

第二,以对数字文献、数据库本身的文献学、信息科学的探讨为基础,或不从事这方面的专门工作(但仍须有这方面的自觉),而是致力于利用数据库及其他数字技术、方法、工具展开现代文学研究,就其文本和数据进行深度分析、挖掘,提出新的议题和分析形式(forms of analysis)、论证模式(models of argument),对旧问题作出新的、量化的分析和研究结论等等,直至促生新的研究典范或"数字现代文学"这一新的领域,也同样是我们需要探索的方向。[1]

其中这第二个方向的探索无疑是更为重要的。仔细说来,我们可以利用数据库、互联网,至少在以下几个方面展开研究,包括:1. 作家生平传记的大规模研究;2. 文学社团、思潮、流派的重新研究;3. 以"关键词"为主的文学思想史、观念史的量化研究;4. 文学文本的文体学(风格学)、修辞学、语言学的计量研究和情感分析等;5. 同样以量化研究为取向,以现代文学(史)为研究对象的跨学科、跨地域、跨族裔、跨语言的比较与综合研究;6. 文学文本及研究数据的可视化与分析(如与地理学、社会学研究的结合)等。[2] 凡此种种,既是未来重要的发

---

[1] 王贺:《"数字人文"如何与现代文学研究结合?》,原载《现代中文学刊》2019年第1期,现已修订收入本书,为本书第十一章。
[2] 详参本书第十一章。

展方向,目前也已有中外学者开始致力于相关研究,值得期待。

四 空间、制度与代际:影响现代文学文献学的重要因素

七十年来现代文学文献学所达到的成就及其问题、可能的发展方向已如上简述,但如何评价这一领域研究的历史与现况,其成败得失又该由谁负责等问题,同样也是本章论述的题中应有之义。事实上,无论是现代文学文献史料的持续开掘,理论体系与研究方法的初步探讨,还是新领域、新议题的相继开发,它们首先都是现代文学文献学自身不断发展、成熟的"内在理路"催生的结果,但在同时,也是学者们对自身的学科、专业定位及其展开过程中遭遇的各种困难、疑惑、焦虑,以学术的方式所作出的共同的回应。这种种困难、困惑、焦虑的感觉,清楚不过地体现在几代学者连续呼吁建构一个独立的"现代文学文献学"的有关论述当中。

1985年,马良春先生在《中国现代文学研究丛刊》第1期发表了《关于建立中国现代文学"史料学"的建议》一文,首次旗帜鲜明地提出将"现代文学史料学"予以学科化的倡议。此文首先区分了文学史学和文学史料学的不同研究任务,进而就建立现代文学史料学的必要性和可能性予以解释,最后也最具有指导意义的是,作者对现代文学文献史料的类型学观察,和以此为基准展开相关工作的设想。依文献史料类型的不同,其将工作范围划分为专题性研究史料(包括作家作品研究资料、文学史上某种文学现象的研究资料等)、工具性史料(包括书刊编目、年谱、文学大事记、索引、笔名录、辞典、手册等)、叙事性史料(包括各种调查报告、访问记、回忆录等)、作品史料(包括作家作品

编选、佚文的搜集、书刊的影印和复制等)、传记性史料(包括作家传记、日记、书信等)、文献史料(包括实物的搜集、各类纪念活动的录音录像等)、考辨性史料等七大类。尽管在今天看来,这一观察仍显粗疏,且偏重于文献史料的搜集、整理,亦未涉及一个专门领域建立时需要确立的理论、方法、作业规范、程序等前提问题之讨论,但作为拓荒性的工作,在现代文学文献学史仍占有重要地位。此后不久问世的樊骏的《这是一项宏大的系统工程——关于中国现代文学史料工作的总体考察》,也审慎地接纳了这一提议,但有所修正。不过,马良春、樊骏等人的洞见,不仅在1980年代处于边缘地位,就是在1990年代也被暂时搁置,此时如火如荼的"重写文学史"热避之不谈文献史料,致使有关的文学史书写不免硬伤累累。[1] 直至2004年,刘增杰先生发表了

---

[1] 两个代表性的例子是钱理群、温儒敏、吴福辉著《中国现代文学三十年》(北京大学出版社1998年版)和陈思和主编《中国当代文学史教程》(复旦大学出版社1999年初版)。关于前书所记史实错误、复述作品时存在的瑕疵的指正,参见付祥喜:《〈中国现代文学三十年〉(1998年版)的瑕疵及补订》,《中国现代文学研究丛刊》2009年第6期;黎保荣:《也说〈中国现代文学三十年〉(修订本)中作品与史料复述瑕疵》,《南京师范大学文学院学报》2013年第2期。针对后书的文献使用错误、匮乏及"过度阐释"等问题的讨论,近十余年来,更层出不穷,参见徐润润、徐楠:《"多义性的诠释"不是脱离文本的随意阐释——为陈思和主编的〈中国当代文学史教程〉指瑕》,《上饶师范学院学报》2007年第5期;唐德亮:《〈中国当代文学史教程〉的错谬》,《文学自由谈》2013年第2期;付祥喜:《当代文学史编写中的文献史料问题:以陈思和〈中国当代文学史教程〉为考察对象》,《文艺研究》2014年第3期;李明军、拉珊娜:《〈中国当代文学史教程〉诸问题商榷》,《边疆经济与文化》2018年第6期。当然,这些问题在其他重要的现代文学史著如夏志清著《中国现代小说史》(刘绍铭等译,香港友联出版社1979年版)、杨义著《中国现代小说史》(人民文学出版社1986年版)中,也不同程度地存在着,有论者因此感慨道:"一直以来的文学史著作,过于强调体系性、思想性、理论性、规范性和资料丰富性,但由于各种原因,对于信度问题即资料的准确性、真实性问题却不暇顾及,结果不少文学史著作的资料错讹比比皆是,甚至到了触目惊心的地步。"参见黎保荣:《现当代文学作品复述的"信度"问题》,《中国现代文学研究丛刊》2010年第1期;《现当代文学史著作的史料错讹》,《中国现代文学研究丛刊》2014年第12期。

《建立现代文学的史料学》,表明现代文学研究者的治学观念、研究取向再一次发生变化。四年后,谢泳先生又发表了《建立中国现代文学史料学的构想》,使设想变得更为具体。此外,也有青年学者"基于中国现当代文学研究中存在的问题与文学史料的发掘对中国现当代文学的意义",提出建立"中国现当代文学史料学"学科的看法。[1] 凡此种种,既是现代文学文献学自身不断发展、成熟的"内在理路"所致,但在同时,也象征着这一领域的学者们对自己充满浓厚兴趣的文献史料工作不断寻求意义、如何向同行及更为广大的学术共同体说明工作意义何在的不懈努力。

为什么文献学者需要不断寻求意义,并向同行作出解释、说明?这固然是任何学术工作需要的,但的确在这一领域更为突出。因为,就在马良春、樊骏等人试图建立现代文学文献史料研究学科、力图"完成自身系统工作的建设"未久的 1990 年代初,孙玉石先生就发表了与此迥然不侔的看法:"现代文学史料学要成为一门科学的意义,不仅在于促进文学史料的发掘与整理,辨伪与考订,不仅在于完成自身系统工程的建设",更重要的"是如何发挥史料建设在现代文学理论研究中实现科学化的调节机制。没有完整史料建设基础的理论是残缺不全的理论。同样,没有理论升华的史料建设也是没有完成的史料学。史料学应该尽到促进理论研究科学化的责任"。[2] 从表面上看,此一看法是论者在向文献史料工作提出注重理论提升的要求,但在事实上,却也显露出文学史家对现代文学文献史料整理与研究(当时流行的术

---

[1] 袁洪权:《文学史料与中国现当代文学研究》,《西昌师范高等专科学校学报》2004 年第 4 期。

[2] 孙玉石:《史料建设与理论研究科学化问题随想》,《中华文学史料》第 1 辑。

语是"资料工作")持以不敢信任、认同的态度。在文学史家看来,文学文献史料研究是需要为文学史研究服务的,过于强调其独立的学科性、专业度,而不能与理论对话、与文学史研究对话,其价值或恐微不足道。这也是迄今为止学界的主流看法,但正如刘福春先生所论:

> 有些人常常说,我们这些做文献的就是为研究服务的。我觉得不对。这就等于说,我们的文学批评并不完全是为创作服务的。文献研究也有自身独立的价值。随着社会分工越来越细,文献工作有自己的研究范围、工作规范、治学方法和独立的学术价值,已经能够成立一个相对独立的学科。文献无疑是为史的研究和作家作品研究服务的,但对于文献工作却并不尽然。如果将文献工作与研究工作视为两种不同的学术工作的话,文献工作无疑是一切研究工作的开始,可研究工作未必一定是文献工作的目的,文献工作应该有自己要达到的高度和深度。……学科独立了,有了制度的保证,才能使现当代文献整理研究工作有合法的身份、合理的评价和健康的发展。古典文学文献学可以不用依附于古代文学研究而独立存在,现代文学文献学同样也可以独立存在。[1]

就此而言,刘福春的论述代表了 21 世纪中国现代文学文献学者最重要的一个观念,即我们所发掘、整理、校读、研究的对象,并非"史

---

[1] 刘福春:《寻求中国现代文学文献学学科的独立学术价值》,《长沙理工大学学报(社会科学版)》2016 年第 6 期。

料",而是"文献"。二者的分野其实非常明显:对于"史料"而言,其必然臣服于史学,只是史学研究的资料;而对于"文献"来说,自有其多方面的参考价值,非只史学(包括文学史学)一端。易言之,"史料整理是个初始的工作,为的是给进一步的研究提供基础,现代文学也首先需要史料的发掘和整理,甚至也可以有我们的史料学。真正的文献工作则不止于此,通常,它本身的过程就可以成为发动学术的工具,甚至成为一代思想的发源……不应该将其视为前学术阶段的工作。"[1]由此出发,在众多先驱者所开辟的道路上,"现代文学史料学""现当代文学史料学"及"现代文学资料学"等理论构图,开始不得不转入"中国现代文学文献学"这一新境。但回顾来时路,我们不得不指出,在学术思想观念的变动之外,仍有其他重要因素,影响了这一领域数十年来的发展。这些影响因素,在此主要指的是学术与高等教育在空间上的差异,学术生产、评价制度及文献资料利用制度的不良,学者代际的转换等。

如所周知,自1949年至今,虽然在北京大学、北京师范大学、华东师范大学、复旦大学、厦门大学等校的"中国现当代文学"专业课程中,一度皆有专人开设"新文学史料学"等课程,也培养了一些从事现代文学文献史料整理、研究的专门人才,但与七十年来中国现代文学研究、教育的整体格局及人力资源相比,仍如杯水车薪。这首先是由于开设这些课程的高校,集中于北京、上海等优质学术、教育资源聚集地和文化中心地带,未能辐射至全国各地,造成了发展的不平衡。其次,即便

---

[1] 王风:《现代文本的文献学问题——有关〈废名集〉整理的文与言》,《中国现代文学研究丛刊》2004年第3期。

是在这些高校内部,无论是课程建设,还是相关的学术研究,也只限于任课教师个人的努力,而未能获得制度的支持;其所用于教学、研究的文献史料,多为任课教师个人收藏,极小一部分才来自学校和当地的图书馆,远远谈不上系统、深广;其间进行的文献史料整理与研究,在很大程度上也表现为一种师门内部的传承、一种"默会之识"(Tacit Knowledge)的习得,而非是现代、当代文学研究专业训练中一个不可或缺的部分。实际上,就连授课教材基本上也是由任课教师自编自印,直至 1986 年朱金顺以课程讲稿为基础、修改完成的《新文学资料引论》[1]作为该领域首部教材问世,情况才有所改变。因此,这些课程的影响,只能及至于选课学生、任课教师所指导的少数研究生和访问学者。

但与此同时,学者们也在努力消除空间差异,试图寻求制度支持,缔结学术共同体,从而相互支援,共享专业资讯、资源及学术研究的信念。这表现在自 1980 年代中后期以来,中华文学史料学会等学术团体和中国现代文学馆、华东师范大学中国现代文学资料与研究中心等机构相继成立,《中国现代文艺资料丛刊》《新文学史料》(创刊时为辑刊,后改为期刊)《中华文学史料》(辑刊)《东北现代文学史料》(辑刊)等刊物的创办。但这些努力是否奏效?我们仅从《中国现代文艺资料丛刊》《中华文学史料》《东北现代文学史料》等刊物相继停办,最后只剩下《新文学史料》这一发表现代、当代文学文献史料及其研究的专业刊物即可一窥全豹。然而,学者们尝试将现代文学文献研究学科化、

---

[1] 朱金顺:《新文学史料学研究之回顾》,氏著《朱金顺自选集》,山东文艺出版社 2007 年版,第 535 页。

制度化的种种努力，并未因此而中辍。新世纪以来，一系列以现代文学文献史料研究为主题的专业会议的召开，乃至中华文学史料学会近现代史料学分会这一学术团体的成立，不仅使得全国范围内该领域学者走向联合、达成共识成为可能，也推动了"现代文学史料学"向"现代文学文献学"的全面转型。2003年12月20—21日清华大学召开"中国现代文学的文献问题"座谈会，2004年10月13—16日河南大学举办"史料的新发现与文学史的再审视——中国现代文学文献问题学术研讨会"，2006年9月24日中华文学史料学会近现代史料学分会在河南大学正式宣布成立，2009年11月1—3日中国现代文学馆举行"中国现代文学新史料的发掘与研究"国际学术会议，2016年4月8—10日"中国现代文学文献学的理论与实践"国际学术研讨会在长沙理工大学开幕。同时，《中国现代文学研究丛刊》《现代中文学刊》等专业刊物也开始接受文献工作成果。现代文学文献学似乎正在迎来它自己发展最好的时候。

然而，也许我们不必高估学科化制度化的倡议，及学术共同体的发育在中国现代文学文献学七十年历史上所扮演的角色的重要性，因不良的学术生产、评价制度和文献资料获取、利用制度也同样深刻地影响了其发展历程。从中华人民共和国成立之初的"百家争鸣、百花齐放"，到1980年代专业期刊的逐渐增加旋即凋零，变为以报纸副刊、书讯类报纸、非学术刊物为主，再到如今为专业期刊和报纸部分接纳，七十年间现代文学文献整理成果和研究论文的发表条件，可谓一波三折，当然，这也与相应的学术评价密切相关。正如前引不止一位文献学者在呼吁建议现代文学文献学、史料学时所指出的那样，其在长期以来并未得到应有的积极、公正的评价。直至今天，"文献搜集整理和研究工作困难重重，工作辛苦、时间长、见效慢，而出版的成果学术评价不高"[1]仍使同道中人耿耿于怀。一个更有说服力的例子是，迄今为止，在"王瑶学术奖""唐弢青年文学研究奖""《中国现代文学研究丛刊》论文奖"等专业奖项中，也几乎看不到关于现代文学文献史料研究的论文，更无论文献整理成果。

毋庸置疑，这一有欠积极、公正的学术生产、评价制度的形成，原因是多方面的。但其中一重要因素，乃是不同"世代"(Generation)的现代文学研究者，对何谓现代文学、何谓现代文学史、何谓现代文学文献史料、如何做现代文学文献史料整理和研究、如何评价这一工作等问题的理解有异。尽管"世代"这个社会学的概念"在使用时要相当谨慎"，[2]但正如史学界正在发生的"世代交替"现象所示，不仅21世纪年轻一代的文献学者的"问题意识、书写或表达形式、研究规范与学术价值观"，已经呈现出与前辈学人"迥然不同的样貌"，[3]就是在此前几代学者内部，不同世代的学者，对现代文学的定义、现代文学研究的取向、学术工作方式及其意义的理解有异，也直接影响了现代文学文献史料学者的研究、写作取向，影响了其在相应阶段的学术生产、评价体系中的位置、角色。举例来说，当阿英、唐弢等人从事现代文学文献史料工作时，极为热衷于"五四"新文学、左翼文学；而朱金顺、姜德明、刘增杰、陈子善、商金林、刘福春、解志熙等人的观念、实践则较为多

---

[1] 刘福春：《寻求中国现代文学文献学学科的独立学术价值》，《长沙理工大学学报(社会科学版)》2016年第6期。
[2] [法]罗·埃斯卡皮：《文艺社会学》，罗美婷译，台北南方丛书出版社1988年版，第27页。
[3] 陈春声：《新一代史学家应更关注"出思想"》，《史学月刊》2016年第6期。

元,但因他们与现代文学家多所接触,进退取舍之间,仍不无感情倾向;但到了包括笔者在内的更为年轻的世代进入这一领域时,现代文学及其文献史料已成相对客观的研究对象,而我们所要面对的也不仅仅是历代前修所理解的现代文学研究、现代文学文献学的"影响的焦虑",还有来自古文献学、西方语文学/古典学、"数字人文"等等不同学术传统、领域的学者的影响和挑战。

从这里我们也可以看出,与中西方关于古典文学、历史等领域的研究相比,中国现代文学研究尚未获得一个独立的学术领域必须具备的"古典化"和"平常心",而习惯于在中西方常规人文社科学术研究中将自身包括在外。另一方面,现代文学文献学,既与现代文学(史)研究相关,但同时也须具有自己独特的理论、方法与问题意识,有相对较为清晰、稳定的边界,有专门的研究对象与作业规范、程序及相应的评价标准——这些新的学术观念,虽然已经诞生并引发了广泛而持续的回响,但基本上仍属于此一专业领域内部学者的共识(这里所谓的"共识"也近乎思想者研究者所谓的"情感的同一性",即大致认为理应如此,但对于其每一项的具体内容,或缺乏深入思考、人云亦云,或各主其说、未能形成一致之见解),未能进入绝大多数一直缺乏文献史料训练却活跃于当下学术界的现代文学研究者们的思想视野当中。因此,在当下甚至今后的一段时期,奢望其能对前辈甚至同龄的、更年轻的文献学者的工作作出客观、公正、内行的评价,是不现实的。

图书馆及其他文献庋藏机构的书刊利用制度的不够友善,致使研究者获得并利用原始文献资料极其不易,也是限制现代文学文献学发展的一个重要因素。就此,周谷城曾指出:"造成民国时代学术文化的断层,原因之一是民国图书的馆藏量少和流通不善,书籍难与广大读者见面,严重影响了民国时代的学术成就直接服务于现代化事业。当前,民国图书成了学术文化界迫切需要而又难寻的书籍。全国只有少数大城市和几所主要大学藏书较多,但缺乏完整性与系统性,而且纸张变质,有的字迹模糊不可卒读。十年动乱,人为损坏更严重。因损失较多,有些书籍已成为孤本。在流通中,只能作为内部参考,而不能对外开放。同时,由于古籍的影印本与文献复制本的出现,竟形成了民国图书比明清古本甚至宋元古本更难看到的奇特现象。"[1]既然专业学者长期以来都难以接触、阅读到自己所需要的文献资料,而不得不借助于建立个人收藏,或是寻求建立与收藏家、书商的私人的文献史料交换网络,才能从事相关工作,其他对此怀有浓厚兴趣却缺乏一定条件、能力的同行,若欲顺利迈入这一行列,就无异于痴人说梦了。直至 21 世纪,随着图书馆、档案馆等文化馆所服务意识的提高、晚清民国报刊数据库的迅速发展、旧书刊售卖和拍卖网站的开放运作,才逐步消除了这一制度的负面影响,使我们更多、更充分、更多元的文献研究成为可能。但在另一方面,恰以文献利用制度的不良,激发了学院内外的学者,投身于广泛搜集实物史料、建立个人收藏、辨别史料真伪、注释和考订文本等工作。阿英、唐弢、瞿光熙、丁景唐、魏绍昌、朱金顺、姜德明、包子衍、陈梦熊、倪墨炎、徐重庆、胡从经、陈子善、张伟、龚明德、谢泳等几代学院内外的文献学者,莫不如此。他们的工作状态,颇有几分近似阿诺尔多·莫米利亚诺所说的,在欧洲近代史学出现之前十分活跃的"博古学者","对历史的事实充满兴趣,但对历史

---

[1] 周谷城:《民国图书资料的学术文化价值》,种福元、刘爱平编《中国古旧书报刊收藏交流指南》,上海古籍出版社 2002 年版,第 58 页。

学却兴味索然。"[1]但也因此,这一领域较文学理论、批评或文学史学等其他领域,对来自大学、社会科学院系统之外的学者更少排斥和敌意,后者当中的佼佼者,也取得了与职业学者不相上下的出色成就。

然而,就其总体而言,由于上述所论诸影响因素的存在,1949年至今的中国现代文学文献学虽已有不少成绩、可圈可点,但问题仍很突出。例如,樊骏当年提出的"从史料工作者需要具备怎样的知识修养,到应该如何进行史料工作,再到如何检验工作成果,它应该达到何等水平等,都缺少具体明确的要求和标准",[2]可谓是该领域的核心问题,然而直至今日其仍未被充分讨论,只在辑佚学等分支领域稍有论及。[3]诸如此类,理应构成21世纪这一领域研究的起点。

五 观其会通:文学、文献学与史学的辨证

自笔者于数年前提出"现代文学研究的'文献学转向'"至今,当代文学研究界亦出现了所谓的"史料学转向"之说,但与此同时,近年来亦有学者检讨了中国现当代文学研究的"史学化"趋势等问题。在这一讨论中,有学者强调了"史学化"研究趋势对文学的"内部研究"可能造成的另一种压抑、弱化,重新提倡"文学史"研究不应过分重视"史"

---

[1] 转引自王晴佳:《西方史学如何完成其近代转型?——四个方面的考察》,《北京大学学报(哲学社会科学版)》2016年第4期。
[2] 樊骏:《这是一项宏大的系统工程——关于中国现代文学史料工作的总体考察(下)》,《新文学史料》1989年第4期。
[3] 参见潘树广、涂小伟、黄镇伟主编:《中国文学史料学》,华东师范大学出版社2012年版,第1303—1307页;王贺:《〈西北文艺〉所载夏旱佚诗、佚文与遗札——兼论现代文学文献的散佚及价值》,《北方论丛》2018年第4期。

而轻忽其为"文"的面向。[1]此后,尽管也有学者从正面提出了在现代文学领域采取"史学化研究"路向的必要性,并提出重视朴学方法,以求得戴震所谓的"十分之见"(而非"成见""偏见"或"不见"),[2]显示出文献史料学者不畏时议、坚持己见的姿态,但也有年轻学者就此类现象发表了更为严厉的批评:

> 必须承认,中国现代文学研究界这些年在佚文搜集、版本考证、史料挖掘等方面取得了令人可喜的进步,为后世研究者的工作打下了极为坚实的基础。不过,如果仔细想一下,那么我们会发现这些年出现的大部分研究只是在已有的研究格局的基础上做进一步的细化而已。因此,学界对现代作家生命中的隐秘之处有了更为深入的了解,对作品发表时的环境有了更加全面的考察,那些早已被作家本人遗忘的佚文也纷纷进入我们的视野,然而,所有这一切却并没有从根本上改变80年代以来研究界对大部分作家、作品的判断。也就是说,中国的现代文学研究者往往是首先划分出各自的研究领域,然后分头进行深耕细作式的钻研,根本没有余暇看看旁边的"风景",更不要说去重新思考现代文学这个学科的整体图景。[3]

---

[1] 郜元宝:《"中国现当代文学研究"的"史学化"趋势》,《中国现代文学研究丛刊》2017年第2期。
[2] 金宏宇:《现代文学的史学化研究》,长江文艺出版社2018年版,第15—16页。
[3] 李松睿:《整体研究图景与单一化的历史想象——谈王德威的抒情传统论述》,《文艺争鸣》2018年第10期。

这一论述涉及两个互相关联的重要判断,一是自1980年代至今中国现代文学界仍未有大的创新,大致上仍延续1980年代的研究格局(在作者看来,王德威等海外学者的相关研究是唯一的例外);二是近四十年来文献史料、文学史研究者们"深耕细作式的钻研"并未带来"现代文学这个学科的整体图景"的改变。但对这两个判断的理解,其实都关系着一个更为根本的问题,即如何理解现代文学文献研究的"碎片化"问题。应该说,近年来随着史学界对"碎片化"的批判,这一问题,也似乎成为了困扰近现代文学研究者的一个重要问题。其批判的原因,无外乎是说"碎片化"不能导向"整体图景"的重新描绘,亦即对现代文学史的重新理解。但在事实上,这一问题本身是有问题的。这不单是因为我们的现代文学研究(包括文献史料研究)还不够"碎片化",诸如一些重要作家生平(如穆时英是否"附逆"、何以"附逆")之类的基本史实迄今未能解决,对一些重要问题的理解(如周氏弟兄如何失和)常因关键性文献的缺乏而徘徊于此亦一是非、彼亦一是非的窘境不能向前,对一些重要作品的批评(如丁玲第一部小说集《在黑暗中》)因不顾及版本学、校勘学研究而无法使之重新进入我们的研究视野;也不单单是由于我们可以援用历史主义、实证主义认识论及其修辞,得出"整体化研究如果不以碎片化研究为基础很难站住脚,碎片化研究如果没有整体化视野价值可能要大打折扣"之类折衷、调和的看法;而恰恰是说,无论是史学界所谓的"全史""通史"或"整体史",还是文学理论界所谓的"总体性""整体化"视野的重建,在不同的学术发展阶段,提出这些设想虽然都有其必要性、现实关怀,但在同时我们也应该清醒地意识到:这种种设想,既有其洞见、贡献,也是一种"迷思"、一种"想象"、一种重新建构"宏大叙事"的诱惑(对于一个现代文学研究者而言,还有什么比以毕生之力书写一部现代文学史更具诱惑力?),在更大的思想视野、川流不息的时间长河中,仍不过是一个个"碎片"甚且"碎片"的"碎片"。[1]正如王笛先生所指出的,"碎片"并不必然导向"碎片化",一如有宏观、整体之眼光,并不必然带来对文学史的重新建构、解释。

其实,目前在中国学术界出现的对"碎片化"与"整体化"问题的争论,早在几十年前,西方学界已有充分的讨论和辩论。[2]有研究者也观察到,日本的中国文学研究亦缺乏"共同关切"和"什么整体的面貌",并指出,其"很能理解这种在文学史教学的熏染下的对'整体性'的迷恋。在框架、结构、位置中确认对象的有效性和限度,仿佛是文学研究中不言自明的基本功夫。就好像,如果一个作家、作品无法被归入到某一流派或是群体性的特征中,无法作为一种整体性的隐喻而显露身影,仿佛就会给研究者带来极大的焦虑,甚至会让人怀疑其是否有被纳入视野的价值。如何砍掉偏离整体性的枝节,将研究对象安稳地放入到'模具'中,或者,削减掉其'异质性'而使之转变为'稳定性',这似乎是中国文学研究的一种主流的、共识性的思考"。但"日本学者所做的,正是对'整体性'迷思的破解。从既有框架的定位中'解救'出作者和作品、关注无法被归类的那一部分'溢出物',以这样的方式去质疑任何一种'归类'。这就好像是,用'异质性'这个小锤子,在看似坚不可破的'整体性'的表面凿出一个足以使整个体系坍塌的小洞,并以这种方式让人们察觉到被'整体性'遮蔽掉的更为广阔、生动的文学

---

[1] 王笛:《不必担忧"碎片化"》,《近代史研究》2012年第4期。
[2] 王晴佳:《历史研究的碎片化与现代史学思潮》,《近代史研究》2012年第5期。

空间。"[1]当然,无论是在中国、日本,还是西方学术界,是否选择微观(史)研究的取向,既与学术潮流、学者个性、才具、研究习惯等因素纠缠在一起,也因为许多批判"碎片化"的学者未有专精之研究,不免使其批判陈义过高,难以以理服人。

而在笔者看来,论者之所以认为"碎片化"与"整体化"是对立的,正如部分学者认为文献史料研究与理论批评、文学史研究工作对立一样,乃是对文献史料研究的性质及其与理论批评、文学史研究的关系缺乏较深入之认识所致。以至今尚未"古典化""历史化"的当代文献史料的整理与研究为例,洪子诚指出,"史料与文学批评、文学史研究之间,是一个互相推进、辩驳、制约的双向运动"。因为,"'史实'与'史识'是相关的。文学史料工作不是'纯'技术性的。史料工作与文学史研究一样,也带有阐释性。'史料'不是固定的、死的、摆在那里的,需要发现,赋予意义,给予'编排',因而是有生命的,生长、变化或消亡的。这里面有三方面的因素,一是有待搜集整理的材料,一是搜集整理者,另一是整理者与材料建立的关系。尽管史料工作有基本的要求和'作业规范',但是这个关系是独特的,难以通约化。如果对文学历史的状况和问题晦暗不明,欠缺相应的历史观和艺术判断力,将如何理解材料的价值,如何将它们放置在适当的位置上?"[2]

但如此立论,并非是想要弱化文献史料研究的问题意识、思想视野及其与文学、史学研究的对话关系。恰恰是说,我们一方面要尊重

---

[1] 王晴:《序言》,王晴编:《日本汉学中的上海文学研究》,上海远东出版社2021年版,第1页。
[2] 王贺:《当代文学史料的整理、研究及问题——北京大学洪子诚教授访谈》,《新文学史料》2019年第2期。

文献史料研究的专业度和重要性,另一方面也必须承认,要从每一小的、具体的细部研究中得出某些普遍性的观察是有难度的,并非所有的具体研究、偏重实证的研究,都能必然得出较具普遍性、抽象性的结论。正如汉学家德沃斯金所言:"自从十九世纪以来,我们已普遍接受这样一种看法,即历史学的灵魂不是按年罗列事实,而是解释。"[1]无论是开掘文献、校勘文本,抑或是钩沉考证、重建史实,无一都需要提出新的解释,而不只是对事实本身的尽可能的还原或历史实存的无限接近。支撑我们从事文献研究的基本观念是历史主义、实证主义,但对历史主义、实证主义的批判,自尼采、福柯、波普尔、伽达默尔、哈贝马斯至史学理论家海登·怀特、思想史家昆廷·斯金纳等人,都有诸多精彩论述,显然,历史主义、实证主义不可能亦不必推崇至极端境地。不过,"求真""求实"仍为人类认识自我、世界的主要目的、冲动,因此,后现代主义并未摧毁实证研究,相反,实证研究所以长盛不衰,乃是从后者那里汲取了不少新的灵感和思想,从而一面清醒地意识到自己的局限、不足,一面用心开拓胡适所谓"历史家需要有两种必不可少的能力"之一的"高远的想像"[2](如对于布罗代尔而言,与"努力工作"或"语言能力"之类素养相较,"想象力"才是历史学家更为核心的特质),训练自己"批判性思考"的能力,以使研究与事实相合、与逻辑无违。在此二方面认识配合之下,学者们实虚相济、文史兼修、图文互证,并辅之以新的研究工具、资源,或可使其专门研究及所作结论、相

---

[1] 原文出处不详,转引自杨天宏:《"心通意会":历史研究中的虚证》,《社会科学研究》2019年第3期。
[2] 胡适:《〈国学季刊〉发刊宣言》,陈平原编校:《中国现代学术经典·胡适卷》,河北教育出版社1996年版,第708—709页。

关认识,既不会像传统的学者那样天真地以为真理、事实、真相在握,也不会轻易地走向妄说、臆测之境地,而失去应有的分寸感,使"科学性""客观性"及韦伯所谓的在学术研究中尽量悬置价值判断、保持价值中立的追求,成为一纸空言。

我们也有必要确立这样的"常识":文学研究并非中西人文社会科学研究的"化外之地",也并无超越其他任何专业领域的"治外法权"。事实上,我们已经听闻许许多多的文学研究者(特别是现代、当代文学研究者)对研究对象的"特殊性"的强调(因此,文献学、史学研究的规范,社会科学研究的行规,似无必要注意)、对引进西方当代流行诸种文学理论、方法的"必要性"的强调(向中国、西方的古典学术传统和常规学术研究虚心学习,从中汲取自己发展、革新的动力,似就不必重视),但与之形成鲜明对比的是,其对现代文学文献史料整理、研究,却一例充满了偏见和成见。尽管对现代文学研究"碎片化"的担忧本身并非偏见、成见,但也与此密切相关,或可谓是这些偏见和成见刺激、延伸而出的一个必然的观点。不过,正如上文所论,基于文献史料的文学研究者,固然有必要在其研究中重视对"整体图景"的理解,从而使文献整理与研究在获得具体、细部的认识同时,推动、帮助我们形成对现代文学史的重新理解,亦须使此一工作享有其应有的尊严和荣誉的同时,不断保持与传统、现实之间的对话关系,在不断被重建的历史语境、文本语境和不断变化的现实语境中,找寻文献史料与当代社会、生活对话的可能。然而,有必要指出的是,这一对话关系,是内蕴于文献整理、研究本身的,并非我们强加、强行赋予或"过度诠释"得来。与那些担心文献研究无关现实、无法回应现实关怀的学者的看法相反,余英时从明清学术思想史研究中就得出过完全不同的判断:严肃、认真的学术研究(包括文献研究在内)本身,即具有"内在的批判力",学者们的"最后创获自然会对政治与社会透射一种深刻的批判作用,在人文研究方面尤其如此"。[1] 学风如何影响世风、政风之变,正可由此想见。

　　总之,现代文学研究目前存在的诸多问题,既与未能充分吸收、转化西方文学理论、方法有关,也与其间的文献学、史学取向发展尚处于原始阶段相关(恰非是论者所谓的"过犹不及")。因为,若是文献学取向已有长足之进展,我们应该就不会只有一部《鲁迅全集》可以信赖(其实从文献学角度看,此集仍不理想,问题极多),其余则聊胜于无;若是史学取向能有出色之发挥,我们的研究能与专业历史学者的成果比肩,则文献史料是否需要开掘、其与研究之关系何在等问题,似亦不必在此饶舌。其实,历史学者早已指出,"史料无论新旧,关键是要发现新的问题,提出新的认识,否则无论前人用什么材料,讨论什么问题,甚至就是一篇小说,都可以把我们想要说的话提前说了"。[2] 进一步来说,"'材料(史料)'与'议题(问题)'"是"学者终日涵泳于其间、终生面对且尽心竭力处理的对象"。"从某种程度上说,研究水平的高下,正是取决于论著者对于'材料'与'议题'的把握方式。在各学科体系重组、知识结构更新的时代背景之下,希望求得实质性的学术突破,而不是满足于用语、词汇的改变,必须从议题的了解与选择、从材料的

---

[1] 不题撰人:《余英时访谈录》,网址见:http://mooc.chaoxing.com/course/509018.html,2019年5月11日检索。
[2] 赵世瑜:《明清时期的四川到底是怎样的——梁勇〈移民、国家与地方权势〉书序》,氏著《面目可憎:赵世瑜学术评论选》,商务印书馆2019年版,第107页。

搜讨与解读开始"。[1]

因此,无论是现代文学研究的"文献学转向",还是令其他学者担忧的"史学化"研究趋势,所折射出的恰是当下的现代文学文献学与文学史研究共通的焦虑、困难与盲点,以及其尝试提出的因应之道:在文学、文献学与史学之间,如何辨证、折冲、协商、妥协,互相支援、互为其用,从而使得我们的研究既获得历史化、古典化的品质("文学史"的"史"),亦不失其当代性和文学性("文学史"的"文学")。当然,面对种种一时难以定谳的争论,文献学者既不必妄自菲薄、自觉低人一等,亦不必因此妄自尊大,以为斯文在兹、学问在兹。相反,始终保持开放、包容的心态,努力、广泛地吸收新知的同时,做出诸多切切实实的研究,以使自己的工作成果,成为此后从事相关研究的重要参考和有效的学术积累,恰是应该追求的境界。但这仍只是最低层次的追求,我们更高远的目标是,让既有的宏大叙述、历史书写及文献编纂"实践中一贯的简化、区隔、压抑、排斥策略以及选择性、习惯性遗忘等"[2]得以再度彰显,从而尽可能还原一个复杂、多元、歧义共生、众声喧哗的文学/历史图景,而这将有助于人们更为深入地认识中国现代文学及其与现代社会、制度、文教、道德伦理之关系的同时,亦可使我们自身不断成为更加开放、包容并具有充分的实践性和能动性的现代自我。这不仅是现代文学文献学之于全部人类学术工作的贡献,也是其之于当代人、当代社会的意义之所在。

---

[1] 邓小南:《永远的挑战——略谈历史研究中的材料与议题》,氏著《朗润学史丛稿》,中华书局 2010 年版,第 506 页。
[2] 孙民乐:《"不屈不挠的博学"——评刘福春〈中国新诗编年史〉》,《现代中文学刊》2013 年第 5 期。

第三章　现代、当代文学文献研究的不同问题与"视域融合"

一　如何重述研究史？

　　谈及近年来的现当代文学"史料热"、文献史料的"繁荣"局面，或是其所取得的诸多成就、贡献，论者多强调是由一代又一代的学人承担、完成，后之来者承其余绪、勉力前行的结果。这样的叙事模式固然不能说错，特别是站在建构现当代文学学科史、现代文学文献学、当代文学史料学等角度来看，具有一定的合理性，但正如本书第二章所论，在形塑这一学术传统、遗产的过程中，意识形态和学术、教育制度之力也同样值得重视。

意识形态方面,不唯有文化、文艺政策此一面向,实际上,重视资料工作且身体力行本是马克思主义经典作家的传统。在"马克思主义中国化"过程中,区分研究材料与研究本身、问题的解决、结论的得出之不同这一重要观点,也被得到不同程度的强调。[1] 在赓续传统的基础之上,早在1950年代初,中央人民政府政务院就颁布了古迹、珍贵文物、图书及稀有生物保护办法,其后文化部又颁发了《改造北京图书馆方案》《未决定图书分类法以前整理图书的一个临时办法》[2]等一系列文件,指导图书馆、文化馆、档案馆等处保存、整理资料,及至新的图书分类法问世尤其新时期以来,相关工作更形规范、成熟。1981年6月27日通过的《中国共产党中央委员会关于建国以来党的若干历史问题的决议》,也提出"要在全党大大加强对马克思主义理论的研究,对中外历史和现状的研究,对各门社会科学和自然科学的研究。"但研究不能没有资料,重视对大学及其他文化馆所的资料的搜集、整理和利用,因此也就是不言而喻的了。简言之,1949年后,来自学院内外的学者们整理、研究这些资料的理论与实践,与文化、文化政策、意识形态的变化,呈现出一定程度的相关性。

学术和教育制度方面,无论是现代文学文献研究,还是当代文学史料整理,同样都是被规训的对象。本书第二章曾分析过1949—2021

---

[1] 如毛泽东为《日本帝国主义在中国沦陷区》(解放社1939年版)一书所作序文指出,"这一类的时事问题丛书,仅仅是材料书,它是重要的材料,但仅仅是材料,而且还是不完全的材料,问题是没有解决的。要解决问题就须要研究,须要从材料中引出结论,这是另外一种工作,而在这类书里面是没有解决的。"引自《毛泽东文集》第2卷,人民出版社1993年版,第249页。
[2] 国家图书馆研究院编:《我国图书馆事业发展政策文件选编(1949—2012)》,国家图书馆出版社2014年版,第5页。

年间学术与高等教育在空间上的差异,学术生产、评价制度及文献资料利用制度的变化等多重因素,在现代文学文献研究领域所造成的影响和限制,当代文学史料领域亦大率如此。但与现代稍有所不同,早期受作协体制影响较大,基本上处于被压抑、边缘化的状态,而自 1990 年代中后期以来,大学体制、学科制度、学术制度的变化,与当代文学研究不断历史化、知识化的"内在理路"相耦合,从而开始在文学史的研究范畴中重视文献史料的搜集、整理与利用,同时,也出现了许多仍有待检讨、发展和完善的问题和现象。当然,相较于现代文学而言,当代文学研究资料种类更多、数量更为庞大,且处于一种不断发展、变化的状况之中,更具有丰富的研究的可能。但可以肯定地说,倾心于整理当代文学史料,或是从文献史料出发、重新整理当代文学史的研究理念目前尚未普及,与之相应的若干做法目前也才刚刚起步,一切还有待观察。

也正借由上述两个方面极为扼要的梳理和分析,我们可以说,成就了现代、当代文学文献史料研究的,不完全是现当代文学文献史料研究者。当然,这一研究所遭遇的挫折、艰难险阻和某些至今仍无法克服的局限、不足,也不应该由其完全负责。换言之,如果今天我们重述文献研究的历史,理解学者个体、群体的贡献或限度之时,不能在一定的、复杂的历史语境和社会网络中进行,那么,我们至少不应该将某些问题、现象(如长期以来的"以论代史"的学术风尚)的形成,归结于学者个体、群体的堕落或不守学术纪律、不谙学术传统等缘由。

总之,在如何认识学者个体与时代、社会的互动之间,我们也许应该发展出一种更加辨证的、务实的、灵活的看法,而不是一任"主体性""本质主义""化约论""历史决定论"或某一所谓的"历史规律"等思想学说,主宰、辖制我们的思考空间、方向。不仅现代、当代文学文献研究如此,窃以为,其他的研究领域似亦应作如是观。

二 共通的难题

在现代、当代文学研究中,常见的文献史料,无外乎包括文学作品,评论和研究,作家书信、日记、回忆录等。依马良春之见,一般可分为专题性研究史料(包括作家作品研究资料、文学史上某种文学现象的研究资料等)、工具性史料(包括书刊编目、年谱、文学大事记、索引、笔名录、辞典、手册等)、叙事性史料(包括各种调查报告、访问记、回忆录等)、作品史料(包括作家作品编选、佚文的搜集、书刊的影印和复制等)、传记性史料(包括作家传记、日记、书信等)、文献史料(包括实物的搜集、各类纪念活动的录音录像等)、考辨性史料等七大类。[1] 不过,我们平常搜集、整理、利用最多的仍然只是文学作品,评论和研究,作家书信、日记、回忆录这几种,而档案资料、地方文献和民间文献,长期以来既未进入现当代文学研究者、史料者的视野,立足于现当代文学研究的本位,对其进行大规模整理和研究,似也无从谈起,[2]因此,其之于现当代文学史料研究、现当代文学研究的重要性,仍须予以

---

[1] 马良春:《关于建立中国现代文学"史料学"的建议》,《中国现代文学研究丛刊》1985年第1期。当然,这一分类未必严谨、准确,但本书对此问题不拟深入讨论。
[2] 在目前仅有的、几套大型的当代文学史料丛书,或是可为研究者提供大量文献史料线索的编年史著作中,其所依据者仍多为报纸杂志、书籍等公开发表的各类资料,编选的档案资料、地方文献、民间文献均相当有限,这包括自1980年代、1990年代陆续编辑出版的《中国当代文学研究资料丛书》,及张健主编《中国当代文学编年史》(全十卷)、程光炜总主编《中国当代文学史资料丛书》(凡十六种)、吴秀明总主编《中国当代文学史料丛书》(共五种)、吴俊总主编《中国当代文学批评史料编年》(全十二卷)等。

申说。

　　档案资料方面，1981年人民文学出版社版《鲁迅全集》注释工作的展开过程中，学者们就曾查阅了大量档案资料[1]，目前也已出现一些利用档案资料研究一作家生平传记经历、一作家群体的文学与学术活动、"思想改造"运动、一次文代会及当代文学生产制度等方面的论著，但就其总体情况而言，运用档案资料（或以之为主要参考资料，或与其他资料参证），研究现代、当代文学者仍不多见。特别是在当代文学研究中，与其关系比较密切的"革命历史档案、民国档案及建国初期历史档案目前在研究中利用率不高"。"实际上，作为'直接形成'的'过程史料'"，"它们可以为文学组织研究提供作家、编辑、批评家在单位制度下原生态的生活史料"，"为经典文本提供可以比勘的'现实版本'，可以打开有关个人想象、社会再现方面的问题空间。此外，对于文学传播与接受研究，档案亦可提供'不宜公开'的珍贵史料"。[2]

　　地方文献方面，早在1940年代，《中共中央关于调查研究的决定》中就提出，"收集县志、府志、省志、家谱，加以研究。"此后，地方志编修传统虽曾一度中断，直至1980年代中期才恢复[3]，但对于地方文献的搜集和整理，在各地图书馆、文化馆、档案馆等处仍然继续进行着，并形成了富有特色的收藏。其中，也有不少现代、当代文学史料，不仅

---

[1] 王军：《〈鲁迅全集〉编注工作与档案》，《档案学通讯》1983年增刊。
[2] 张均：《档案文献与中国当代文学研究》，《现代中文学刊》2016年第5期。另，有学者将档案中的重要文件、讲话、批示等视作"公共性文学史料"，以区别于其所谓的"私人性文学史料"、"民间与'地下'文学史料"（参吴秀明主编：《中国当代文学史料问题研究》，中国社会科学出版社2016年版，第52—82页），但很显然，档案中存在的大量的个人档案、通信、日记及其他材料，足以搅动上述这一区分。
[3] 参见景军：《神堂记忆：一个中国乡村的历史、权力与道德》，吴飞译，福建教育出版社2013年版。

可为研究、撰写地方文学史和国别文学史提供新资料,还可补正其不足,订正其错误,并用于研究地方社会文化、民间文化[1],但长期以来现当代文学研究者对此普遍重视不够。最近关于莫言、余华等作家早期生平创作经历的研究,开始搜集、利用地方文献,但若就其总体状况而言,仍有待开掘、整理和研究。[2]

与地方文献仍可能出自地方政府、精英人士之手不同,民间文献来源于每一个"无名"的普通人,其中既有乡民、下层市民、侨民,也有一般所谓的"乡土知识分子"和"工人阶级"、"无产阶级"作者。就其文献类型而言,既有契约文书、乡规民约、账簿、族谱、碑刻、日记、笔记、生活杂记、自传、年谱等常见资料,也包括科仪本、唱本剧本、课业文章、书函信札、日用杂书、地理书、善书、医书及庙宇红榜、村头村尾的张贴告示等[3],内容相当丰富。若欲重构一个村落或社区的文学、文化的历史轨迹、图景,自须对上述材料有相当之倚重。近年来出版的多种大型民间文献丛书及目前已建成(及规划中的)的多种民间文献数据库项目,正可为我们展开这方面研究提供帮助,亦使得历史研究对"总体史"的追求有了更多新的可能。[4]但与华北、华南、华东等地地方文献的搜集、整理、出版与研究较充分相比,西北、西南等地尚有

---

[1] 参见林田蔚:《地方文献研究与分论》,北京图书馆出版社2006年版;张廷银、石剑:《民间及地方文献的文学史意义——以地方志家谱资料为例》,《齐鲁学刊》2008年第2期。
[2] 参王秀涛:《地方性史料与中国当代文学研究》,《文艺争鸣》2016年第8期。
[3] 张侃:《民间文献收集的学理与实践》,网址见:https://www.thepaper.cn/newsDetail_forward_1790268,2021年5月24日检索。亦可参王蕾、叶湄、薛玉等:《民间历史文献整理概论》,广西师范大学出版社2020年版,第3章。
[4] 黄向春:《民间文献、数据库与作为方法的总体史》,《光明日报》2020年2月17日。

许多空白;迄今学术界对民间文献的利用仍嫌不足。[1]

然而,也许应该指出的是,在历史学家、人类学家对地方文献、民间文献的重视背后,不简单是研究资料、范围的开拓,更隐藏着一种文献与田野并重,文献搜集、实地调查、实物寻访与人物口述、访谈融汇为一体的方法论自觉。这种方法论中,不仅蕴含着德国19世纪史学和中国近现代"疑古"学派所倡导的"史料批判"意识(正如顾颉刚所说,许多史料系"层累地形成"),同时也强调了学术研究的想象力。仅仅将其视作对一种或某几种特定类型的文献史料的开掘和利用的做法,则颇有几分近似于阿马蒂亚·森所谓的"高级理论的低级运用"。其实,地方文献、民间文献和其他任何一种文献史料一样,都需要"史料批判"和"想象力",正如科大卫所说,"历史学者研究的文献,来源于田野;田野可以在乡村,也可以在达官贵人的官邸。文献怎样产生,怎样流传,什么文献保留下来,什么文献没有,都在某类田野经历过一定的时间。它活在田野之中,有的,仍然活着。历史学者若不能从文献看到田野,他或她只是一个抄袭的机器。从田野的角度读文献,文献的内容是一层一层的,原来某句话经历过解读,又放了另一篇文献之内,如此转手多次,才到达历史学者的视野。您有兴趣知道的,是文献的哪一层呢?您又有多少田野的幻想,帮助您看出其中的变化?我们这些城市长大,五谷不分的人,不跑田野,怎样可以有看透文献的想象力?"[2]当然,文学(史)研究和历史研究有所不同,前者多关注精英人

---

[1] 参见邓群刚:《当代中国民间文献史料的搜集、整理与利用综述》,《中共党史研究》2011年第9期。
[2] 科大卫:《明清社会和礼仪》,曾宪冠译,北京师范大学出版社2016年版,第323—324页。

物的、极具原创性的文本,亦即一般所谓"第一流作品"或"重要作品"、名作、经典等,而后者描述、理解社会和历史的变迁,既可倚重传统的"正史"(官修史书)、别集、类书等资料,亦可纳入下层社会民众遗留的历史记录,发展出不同于上流社会、精英人物的庶民立场、视角,自下而上来重新理解和解释历史。

当然,除了历史学家、人类学家给予我们的丰富启示,整个现当代文学学科传统内部也不乏先例。刘半农、周作人、顾颉刚等"五四"时期知识分子对于民间歌谣、谚语、传说、儿童文学的发掘、讨论和利用,虽是基于将传统文学、文化视为贵族、精英文学的观念出发,为了建构一种新的国语、国族文学和新的文化、文明形态,也在某种程度上暗含着对农村生活的浪漫化、理想化和后来逐渐成为事实的"民粹主义"的立场(尽管其初衷是藉此向以都市文明为主导的现代文明发起批判),较为缺乏法国年鉴学派所谓的"民众思维",或是人类学家所谓的"野性的思维",或是在"地方性知识"视角理解农村、在"街角社会"理解城市生活逻辑的理论和方法自觉。但从今天的文学史研究的角度来看,这些研究理念、方法及其对民间文献、地方文献的深入解读,仍有相当可资借鉴之处。也正如已有的部分成功的研究实践所证明的那样,将研究重心转移到档案资料、地方文献、民间文献的整理和研究方面之后,往往会有新的史观、史识(尽管有时可能显得比较细小、具体),这不正是我们所渴望的吗?

虽然文学(史)研究与历史研究仍有所不同,前者的研究资料较多依赖于文学作品、评论等,但通过本节的简要论述,笔者希望已经论证了在现代、当代文学研究过程中,注重档案资料、地方文献、民间文献等其他类型的文献资料,进而综合运用多种类型的文献资料,并将其确立为文献开掘、利用及历史研究、叙述的前提这一观点。另一方面,毫无疑问,它同时也构成了现代、当代文学文献研究的重要内容与工作对象。

三 不同问题和"视域融合"

尽管现代、当代文学文献史料研究存有上述共通的难题,但不可否认的是,也有各自面临的不同而具体的问题。极为概括地说,现代文学文献重研究胜过整理,常见文献、基本文献大多已整理出版,相关研究也已呈现出一定的体系化的倾向(建立一个完整、独立的"现代文学文献学"学科,渐已成为这一领域许多学者的追求),但这一领域最大的问题并不是像某些学者所批评的那样太具体或"碎片化",而恰恰是研究过程中问题意识的匮乏。也正因此,一篇、一组新发现的作品和评论,在多大程度上能够改写既有的文学版图,就成为许多同行质疑、责难现代文学辑佚之学的理由。不过,笔者在此想指出的是,这种批评仍是将"现代文学文献学"视为文学史(或是历史)之附庸的文献史料研究,未能将其视为历史悠久、中外皆然的文献学的一个分支领域,甚至是一个新的研究领域,实际上是将"文献学"和"史料学"等而同之、混为一谈。就此而言,如果我们仍在这样的学术思想视野中看待文献史料工作,或是幻想着通过一些新资料来颠覆、改写文学版图,或许注定是一种徒劳。因为作为研究者/解释者,我们既无法完全摆脱、离开现有的学术积累(可能常常体现在文学史研究、书写中)和各种前理解(当然也包括研究者自身的各种"主观性"认识),也很难仅凭对某种/些新文献史料的发现、利用,或是对"常见书"不同寻常的解读,从而得出一系列石破天惊、惊世骇俗的洞见,甚至一个新的研究、叙述框架，一种新的、整体性的文学史观。哪怕是在纯粹的历史研究领域，这样的研究其实也并不多见。以陈寅恪对隋唐政治制度渊源的研究为例，我们恐怕也很难说这一著作的问世，就代表着一种新的历史认识论、一种新的学术典范。

与此同时，我们更应该洞察到"文献学"和"史料学"的不同，体认在现代文学、当代文学研究领域发展纯粹的文献学研究的可能。这一研究和作为文学史（或是历史）之附庸的文献史料研究的不同在于，"每一个学科都有自己的史料问题，史料整理是个初始的工作，为的是给进一步的研究提供基础，现代文学也首先需要史料的发掘和整理，甚至也可以有我们的史料学。真正的文献工作则不止于此，通常，它本身的过程就可以成为发动学术的工具，甚至成为一代思想的发源，有很多历史经验可以说明这一点，……文献学是具有发动学术的意义的，不应该将其视为前学术阶段的工作。……一个学科发展到一定阶段，核心文本成为文献学追逐的目标确实是学术向更高层面重新发动的标志，同时也是学术精神的淬炼和提升。"[1]就纯粹的文献学研究而言，其需要我们在中西、古今文献学的学术传统中发展出一种真正以现代、当代文学文献史料为研究对象，为之建立其独有的方法论和学科规范、边界的文献学，而在这一研究图景中，搜集、整理资料固然极为重要，但也只是其中的小小一环；瞄准改写文学史的"问题意识"，也只是所有"问题意识"中的一种，不必过分强调，更不必成为文献史料研究者行动的牢笼、枷锁和自我贬抑的思想根源。

---

[1] 王风：《现代文本的文献学问题——有关〈废名集〉整理的文与言》，《中国现代文学研究丛刊》2004年第3期。

与现代文学文献重研究胜过整理而言,当代文学史料重整理,特别是"抢救性整理"的要求,较研究更加迫切。不仅整理工作期待着在"点"和"面"上突破,在整理和研究过程中许多研究者不甚熟悉既有做法、规范往往不尽如人意的现象,同样有待克服(如以"史料整理"为名的工作,全无校勘、注释和版本异同之比较),而新造概念,或将原有的文献学、史学研究概念泛化等(如所谓"考释"者,既无"考",亦无"释",不过是从知识社会学、考古学视野出发而展开的一项研究,与"考释"何干),对文献学、史料学传统的隔膜的研究现状,也需要反思和纠正。不过,概念术语、研究工具方面的问题,是两者都必须共同面对的,学者们也在不断地进行摸索、调整(如笔者力主在近现代文献研究领域慎用"佚文"概念,可喜的是,近年来渐已为"集外文"说所取代)。更重要的是,与现代文学文献已属历史遗迹不同,当代文学研究资料更加贴近当下社会、生活,常常与政治、社会环境同频共振,且以我们"贵远贱今"的普遍心理作祟,许多文献史料未能被及时、有效地保存,人为造成的散佚、毁坏现象较为突出,对一些重要讲话、会议记录的查阅和对许多档案资料的积累,需要经过严格的审查和批准,不便阅读、研究和传播,颇值努力发掘、利用;许多重要当代作家、社团、流派的资料,也还有很多空白,需要搜集和整理;同时,因其资料种类增加、数量更为庞大,也向我们提出了新的挑战,例如,是否、如何以纸质出版物的形式,整理海量的互联网文学资料,就成为当代文学史料研究者需要探究、思考的重要问题之一。

另外,在研究方法和研究资料上,对现代文学资料的研究,基本上是文献、历史研究,只有一小部分实物、口述、访谈的音视频资料,而在当代文学研究中,除了作家作品(书籍)、报章杂志、手稿,尚可有大量口述、访谈、田野调查、特殊的出版史和书籍史资料及各种形态的多媒体资料作为凭借,因此需要的研究方法也更加多元,远不止是普通的文学批评、历史研究和文献研究几种,而这也就意味着我们在从事相关研究时,不仅需要师法古文献学和"现代文学文献学",还需要更多的"视域融合",让"不同的视域相互克服彼此的局限性,达到更大的普遍性"。[1] 所谓"视域融合"(Fusion of horizons),本是德国诠释学者伽达默尔(Hans Georg Gadamer)在《诠释学Ⅰ、Ⅱ:真理与方法》中提出的一个概念,强调在理解文本的过程中,读者的视域和文本的视域(同时都具有历时性和共时性)的融合。换言之,在其看来,文本的意义并非由作者决定,而是由不同情境下的读者和文本之间的互动形成,不必切切于追寻作者原意。本书在此借用此一概念,也是希望在现当代文学文献史料的研究过程中,研究者能够考虑到自己作为解释者的视域,文本、文献的视域和当下情境、视域有意无意之间可能早已凝结在一起,左右了我们的判断,而从研究者/解释者"本身来清理出现有,先见与先行把握",让"不同的视域相互克服彼此的局限性,达到更大的普遍性"因此就很有必要。就此而言,我们从现有的文学史研究、书写这一认识框架出发,且在根本上受其支配的现当代文学史料工作(因此也在很多时候呈现为一种查漏、补缺、订误的边缘状态)中,能够得到多少颠覆关于某一作家、社团、流派或典型文学现象的新知,或是由此对某一时期、区域的文学史形成的新的判断呢?提出这一任务本身,恐怕也是不现实的。

---

[1] 丁亮:《伽达默尔理解与解释的辩证的客观性》,《青岛农业大学学报(社会科学版)》2009年第4期。

但对于这一不现实的任务(或常见的质疑、责难),文献史料学者应该做出何种认识、回应?窃以为,至少可有以下两点观察:一是在体认现代文学文献和当代文学史料研究有其不同的基础之上,努力沟通现代与当代,研究与整理并重,重视搜集多种资料(证据),从历史主义、实证主义的角度取得研究结论;二是明确地意识到为文学史(或是历史)做附庸的文献史料研究和纯粹的文献学研究路线之间的不同,认识到在研究的出发点上,无论现代、当代,既可有纯粹的文献学研究,也可有作为文学史研究附庸的文献史料研究,不必硬将二者(即"史料学"和"文献学")混为一谈,从而既支持、发展前者的研究,但同时也可以试着将自己的工作重心转向后者,即纯粹的文献学研究,在中西文献学的学术传统中发展出一种真正的现代、当代文献学。与前者相比,后者无疑更难,但更值得我们共同努力。

实际上,与其说这一任务根本无法实现,毋宁说提出这一任务本身(或类似的质疑、责难)可能多多少少忽视了"守正创新"乃为学术研究之常态。这可能与现当代文学学科尚未形成自己真正的、成熟的学科规范、传统有关。私以为,比执着地回应那些几乎从来不事文献史料工作的同行所提出的诸种看起来无比"重要""正确"的问题更重要的,也许是在一个又一个具体的研究中,"在文学、文献学与史学之间,如何辨证、折冲、协商、妥协,互相支援、互为其用,从而使得我们的研究既获得历史化、古典化的品质("文学史"的"史"),亦不失其当代性和文学性("文学史"的"文学")。"[1]当然,这仍是就现代、当代文学文献研究而言的,纯粹的现代、当代文献学,似不必以此限,囿于一隅也。

―――――

[1] 详参本书第三章第五节的有关论述。

第二部分

从文献学到"数字人文"

第四章 "常见书"与现代文学文献的开掘

重视文学文献史料的开掘,已是近年来现代文学研究领域不争的事实。为了称呼的简洁、明了起见,这一开掘、整理集外文献史料的工作,一般也被称为"辑佚"。但在事实上,其与古文献学所谓的"辑佚"颇为不同。古书之辑佚,多由类书、旧注及出土文物得来,又以求书不成,转而求卷、求篇、求片言只字。但近现代文献之所谓"辑佚",多是搜讨在报章杂志发表或见载于某书而未能编入作者文集、全集的单篇文字,观其所谓之"佚文",其实只是"集外文",而并非经数百年甚至千年时间,真正亡佚于天地之间者。在许多时候,近现代文献之开掘工作的起点,也只是为着文集、全集编纂时的搜讨不全。为补文集、全集之失,学者们做了许多工作,进入新世纪以来更因近现代报刊数据库的建置、各类网络资源的开放获取,俾此一工作变得前所未有的容易,以致重复开掘现象数见;有的研究者更以专门开掘集外文献为能事,以成其大,有时不免马勃珠玉并陈,反而给人"辑不胜辑"之感。[1]

饶是如此,有关近人集外文及重要研究资料之搜讨来源、线索,仍不无可议之处,此即常见的书籍、报刊等文献,亦即一般所谓的"常见书"。尤其就现代文学文献史料的开掘来看,目前似已从我们较为熟悉的大报大刊,转入地方性报刊、非文学类报刊等等较属不常见之文献来源,[2]更有学者从拍卖图册、旧书刊网站斩获不少新的文献史料。[3]若概而言之,则是随着其开掘范围的不断拓展,辑佚工作与"常见书"的距离越来越远,而辑佚者愈发倚重于生僻、稀见的文献来源,但是,此举仍有一定偏至。本章试举穆时英研究领域中的三个例子,以为说明。其中,前二例攸关穆氏集外文之开掘,第三例则是关于穆氏研究资料的开掘,但这三者的来源无一例外,皆系"常见书"。例释完成之后,结语部分上承全文,概括指出"常见书"之为现代文学文献史料开掘的一重要来源、不可忽视,同时,提请学界同仁在文献开

---

[1] 有关论述亦可参见本书第一章。
[2] 参见李怡:《地方性文学报刊之于现代文学的史料价值》,《中国现代文学研究丛刊》2010年第1期;刘涛:《绪论——民国边缘报刊与现代作家佚文》,氏著《现代作家佚文考信录》,人民出版社2012年版,第1—12页;凌孟华:《绪论 现代文学研究的"非文学期刊"视野》,氏著《旧刊有声:中国现代文学佚文辑校与版本考释》,中国社会科学出版社2020年版,第1—10页。
[3] 这方面的例子很多,如陈子善对现代文学文献史料的发掘,一直重视拍卖图册、目录;谢泳在《建立中国现代文学史料学的构想》(《文艺争鸣》2008年第7期)、《拓展中国当代文学史料的几个方向》(《文艺争鸣》2016年第8期)等文中也都将此视为重要的资料来源;易彬的《从新见材料看穆旦回国之初的行迹与心迹》(《扬子江评论》2016年第5期)即利用某旧书刊售卖网所见穆旦个人档案等资料,对归国后的穆旦生平、心态加以重新研究。

掘、整理、研究中,重视对"常见书"的研读,注意取得生僻、稀见资料及"常见书"之间的平衡。如此行事,不仅会帮助我们拓展"辑佚"的范围,尽可能全面地搜集新文献和新史料,且有益于我们下一步做出好的阐释、研究,更不必说近现代文史研究界第一流学人多强调治学须读"常见书",前人的治学经验值得充分借鉴、参考。

一 "常见书"中的集外文
——以《穆时英全集》为例

严家炎、李今二先生编辑的《穆时英全集》(下简作《全集》)[1]第三卷附录"对穆时英的评论与回忆"一辑,选录有穆时英旅港时期的友人、香港作家侣伦所撰回忆文章二篇,分别是《穆时英在香港》和《悲剧角色的最后》。[2] 在《悲剧角色的最后》中,侣伦抄录了穆时英写在自己的一本纪念集上的题词:

——窗外是皑皑的冬空,那么,春天的到来,也不是很遥远的事了罢?

此题词虽然短小精悍,且由化用雪莱《西风颂》中的名句而来,但同样应该被视为一篇穆时英的集外文,并作一定考释。首先,穆时英

---

[1] 严家炎、李今编:《穆时英全集》(全3卷),北京十月文艺出版社2008年版。以下征引穆时英作品及研究资料,如无特殊说明,均据此书,不再一一说明。
[2] 此二文并载香港《大公报·大公园》副刊,后收入侣伦《向水屋笔语》(三联书店香港分店1985年版),《穆时英全集》即据后者编入。

写作此一题词的纪念册,并非子虚乌有者,实即侣伦所述之蓝色皮面纪念册。其《珍贵之页》[1]云:

> 在我的一个蓝色皮面的纪念册里,留着我好些亲爱的友人的手迹和思想;我翻开了它,一些不同的面像和一些有连带关系的记忆,都会在温暖的友谊的直觉中,一片一片地浮泛起来。我爱着它们每一页,正和我爱着它们每一页的主人。

侣伦自陈对于自己的书稿、朋友的手迹乃至薄物细故,都有珍藏的"精细的习惯",以致多到处理都有困难的程度,仍不厌倦。其《焚葬》[2]又云:

> 我爱一切值得我爱的东西:我给它们以温暖。一本书,一页原稿纸,我会看出了生命;一封信,一张照片,一块写着碎语的小纸,甚至一根线,只要曾经是一只心爱的手接触过的,我都会看出了意义。无论那是眼泪或是微笑的记忆,我都作为一种生命的"文献"似地,统统留了下来:珍重地藏着。

故此,《焚葬》虽记述作者一次焚烧书物之情事,但很明显,当时其所焚烧者,并非全部书物,应该还保存了一些,纪念册应即其中之一,此所以其能在数十年后抄录纪念册之穆时英题词,敷衍成文也。事实

---

[1] 侣伦:《珍贵之页》,香港《星岛日报·星座》1938年8月17日。
[2] 侣伦:《焚葬》,香港《星岛日报·星座》1938年11月23日。

上,作者所以痛下决心焚烧书物,借用其《书与我——断章之什》[1]的原话,乃是由于"动乱时代的人需要一个轻便的身子,而书就成为人的赘瘤了"。但到战争结束,发现这些"生命的'文献'"尤其自家藏书中的一小部分,竟幸运地留存下来,欣喜之情简直无以言表。

其次,侣伦此前曾公布此一纪念册中另一友人题词,并撰文记其与题词者之交往故实(见《珍贵之页》),可知在回忆穆时英的文章中,写到穆时英为自己的纪念集所作题词,并非一时心血来潮,显有成例可循。虽然,这一点只是旁证,但颇有助于我们对侣伦所谈纪念册及其间题词之真实性有较正面之认识。

再次,若谓此题词非穆时英所作,则以侣伦作伪之可能性为最大。然而,在战火纷飞之时,此一写满朋友题词的纪念册能被善加保存,常伴作者左右,足见在其心目中享有崇高地位,而至其回忆穆时英之时,纪念册既在手边,则无不征引之理,何况穆氏的题词,也丝毫无碍时局、时人,又何须作伪?侣伦之作伪,既然无从谈起,则作者为穆时英者就可以判明了。

最后,关于此文的作时、作地,也有必要略作探究。侣伦宣称,穆时英来港不久,即与其相识,及至其辞去报馆职务,"时间较为空闲,彼此又相隔不远,穆时英便常常到我的住处闲坐和聊天。"后来,"穆时英应聘担任了一份副刊编辑,于是由九龙搬到香港居住。差不多同一时间,我也进了电影公司做事。各自忙于工作,我和穆时英便少有接触机会。以后也不再有。"[2]据此可知,此文的写作地点当在香港九龙

---

[1]　侣伦:《书与我——断章之什》,香港《华侨日报·文艺》1947年4月27日。
[2]　侣伦:《悲剧角色的最后》,《穆时英全集》第3卷,第530—531页。

岛,时间为穆时英担任副刊编辑、侣伦任职电影公司之前。

按,此处所谓穆时英担任副刊编辑事,乃是指1938年8月《星岛日报》创刊,穆时英任该报副刊编辑;而侣伦任职电影公司,则是自1937年开始。其先入职新成立的合众影业公司,任编剧,后于1938年夏转入南洋影片公司,任编剧及宣传,先后编写多部电影剧本。但若说与穆时英任副刊编辑同时的工作经历,必然是其供职南洋影片公司时期。所以,此文最晚已在1938年8月之前、二人来往较密时期写就,殆无疑义。但如前述,因穆时英写此文是在九龙岛,而其租住九龙岛事,发生于"七七"卢沟桥事变后,[1]是故,此文最早之作时,当不逾1937年7月,亦即此文作于1937年7月至1938年8月间。复按题词内容,是在冬日遥望春天来临,传递一种审慎的乐观情绪,可知其文必作于冬季,亦即1937年冬。

但透过此文,我们可以确认穆时英与侣伦的交谊范围,不过在一年光景左右,因此,侣伦所述穆时英之旅港数年经历,虽有可征实者,但亦不可尽凭为确说。余如其提示我们注意穆时英的西方文学渊源,乃至其旅港时期生平著述、思想观念之曲折展开过程(一种审慎的乐观之情绪,如何转变为妥协—投降主义思想的同情、支持者,抑或后者只是其"爱国主义"的掩护)等等诸如此类的文献史料价值,自可因读者、研究者之识见而言人人殊,似不必枚举。

至于此文遭前此出版的《全集》刊落的原因,推想起来,或许是由于编者当时未能考虑到"文献/文本"的多样性的缘故所致。但无论如何,以后若要新编《全集》或《全集》补遗卷,即可以《一九三七年冬题侣

---

[1] 李今:《穆时英年谱简编》,《穆时英全集》第3卷,第566页。

伦纪念册》为题,编入此文。

二　常见报章中的集外文
——以《新命月刊》载穆时英书简为例

1940年12月20日南京出版《新命月刊》第2卷第7、8期合刊本,揭载《一年来的中国文艺运动》,作者署名"重绿",真实身份暂不可考。[1] 不过,此文对于研究汪精卫政府领导的"和平文艺运动"等问题,具有重要的参考价值。

全文洋洋洒洒,共六节,八千余言,至于其要旨,似可由其各节目次窥见:一、和平文艺的抬头;二、和平文艺的建立;三、两个论战(香港的文艺论战、上海的文艺论战);四、两个损失(穆时英、刘呐鸥);五、文艺团体的组织及其刊物;六、结论。显然,此文之命意,非如文题所示,用以检讨一年来中国文艺运动,而恰在总结1940年作为抗战文艺对立面的——和平文艺——所取得的成绩、进展,以为和平文艺运动张目。其中第四节第一小节《穆时英》,言穆时英生平经历尤其详备,而且,以笔者目前掌握的资料看,几乎可说是至今为止、众多关于穆时英的生平小传中,错误最少的一个记录。内中叙及穆时英投身汪政府、访日归来之后,"即遭暴徒的顾忌",后又曾呈交汪政府行政院宣传部

---

[1] 疑为此时同样服务于汪政权的朱重禄之笔名。朱氏生卒年不详,苏州人,曾供职《中华日报》指导科、《民国日报》(原《南京新报》)副刊部、国民党吴县县党部并任执行委员会主任委员,参见章克标:《世纪挥手》,深圳:海天出版社,1999年,第219—220、225页;章克标:《九十自述》,北京:中国文联出版公司,2000年;吴县地方志编纂委员会编、詹一先主编:《吴县志》,上海:上海古籍出版社,1994年,第747页。

一工作报告,报告末另附致宣传部长林柏生一信谓:

> 职离沪赴日后,有人打电话至寓中恐吓,返沪后复有此类电话打来,职自追随钧座以来,生命早置之度外,惟母老家贫,所虑者仅此,设有不测,职有一弟,在上海银行服务,此人学有专门,尚恳钧座鼎力提携,俾家族不至冻馁,则职幸甚。

此信虽然是残稿,也是穆时英的一篇集外文。何以见得呢?首先,此文所述穆时英随汪政府答礼识节团一行访日事,在1940年5月16日至6月2日,是为穆氏第二次访日。是此出访之前,其家人就曾接到恐吓电话,及其2日返国当天,又有恐吓电话打来。信云"职离沪赴日后,有人打电话至寓中恐吓,返沪后复有此类电话打来"便是此时真实处境之写照。至于"母老家贫"一语,更是人尽周知;而所谓"一弟,在上海银行服务""学有专门"云云,亦即指其大弟穆时彦,彼曾就读光华大学商学院经济系,后因家道中落辍学,旋即服务于上海银行业,且在穆氏死后代表"和运殉难同志"家属致辞。审读此信中所述,句句皆可证实。

其次,"重绿"此文又称穆时英致林柏生信附录于其工作报告之后,亦非向壁虚构。按,6月29日《国民新闻》登载林柏生当日谈话纪要,谓穆时英"一星期前在工作报告之函信,曾提及沪上反动分子,近日屡施恐吓",据此可知此信及工作报告皆实有其事,且最晚于6月22日已交林氏。不过,穆氏此信专说恐吓电话,只字未提恐吓信件,然按其行迹,6月20日还曾收到一恐吓信,[1]由此可推知此信之作时尚在

---

[1] 李今:《穆时英年谱简编》,《穆时英全集》第3卷,第571页。

20日之前。若合一星期之数,即为17日(周一)至20日(周四)之间也。准此,可确定此信必为穆时英所作,而"重绿"之记录亦无误,他日也不妨以《一九四〇年六月下旬致林柏生信(残稿)》为题,编入新版《全集》或《全集》补遗卷。

现在收入《全集》的穆时英的书简,只有寥寥二三通,因此,我们可以想见这一残简的价值之所在。就理解穆时英之"附逆"经历而言,藉由此信可知,穆时英自其"附逆"后,的确人身安全面临危险,且承担着巨大的精神压力,然其竟能视死如归、置生死于度外,究竟是什么原因呢?相信其为汉奸者,或可不容分说,视之为一种修辞、言说,断然否定其价值,但如康裔所说,则穆氏并非汉奸,循此而观之,此番言论似亦别有所托。表面来看,其宣称自己已抱定殉国之志,一旦异日遭遇莫测,尚祈官方惜念旧情,代为照拂家族家人。事实上,穆或恐坚信自己不过是暂时投身汪伪政权、而心系中华民国之一人,真相总会有大白之日,今日之捐躯,乃为民国、为民族,何足惜哉?又何足惧哉?

清人王鸣盛曾在其名著《十七史商榷》序中,分别从三个层次谈及历史解释与历史还原/重建之关系:"大抵史家所记典制有得失,读史者不必横生意见,驰骋议论,以明法戒也,但当考其典制之实,俾数千年建置沿革,了如指掌,而或宜法,或宜戒,待人之自择焉可矣。其事迹则有美有恶,读史者亦不必强立文法,擅加与夺,以为褒贬也,但当考其事迹之实……而若者可褒,若者可贬,听诸天下之公论焉可矣。……经以明道,而求道者不必空执义理以求之也,但当正文字,辨音读,释训诂,通传注,则义理自见而道在其中矣。"[1]诚然,无论怎样

---

[1] 王鸣盛著、黄曙辉点校:《十七史商榷》,上海书店出版社2005年版,第1页。

解释这一书简的价值及其意涵,历史解释须在尽可能还原/重建历史事件、现场的基础之上进行,有赖于经过批判的、有效的文献资料。这封新开掘的穆时英书简,经由上述批判后,自可与其他文献资料一道,用作对其"附逆"抑或"牺牲"这一生平疑案问题的研究。

考证此信并就其文献价值予以初步诠释之后,或许还应就其来源问题略作探讨。我们知道,登载此信的《新命月刊》,并非一生僻刊物,恰恰相反,研究"和平文艺"、穆时英及其死亡事件之学者多所征引,但这封书简,却未能被提起专门的注意;偶有摘录原文者,亦仅谓之"据说",未予考证,因此,也就不敢放手使用。分析其疏漏的缘由,似在三方面:其一,此信潜藏于另一文本(具总结性质、且政治立场可疑之《一年来的中国文艺运动》)之中,亟易遭忽视;其二,自新文学文献搜集、整理工作展开以来,学者们开掘的重心,似较偏向于文学作品,而对书信、日记等等非文学文本,不免稍稍有所轻视(唯一的例外是《鲁迅全集》的编纂),直至近年来始有所变;其三,学者开掘文献时,较重视一完整、系统的文本,而对片言只语、残稿零条,有时不免视如无睹。其实,无论是从研究者利用资料的角度而言,还是就纯粹的文献学研究来看,它们都同样可宝,并无价值等级。

三 "常见书"中的作家研究资料
——以朱自清论穆时英《南北极》初版本为例

1932年1月20日,穆时英早期代表作《南北极》由上海春光书店初版。然而,正如我们所知,该书真正的出版商乃是湖风书局,一家支持左翼文学书刊出版的小型出版机构。全书收录有穆时英的五篇小

第四章 "常见书"与现代文学文献的开掘　　　　　　　　　　　93

说,分别是《黑旋风》《咱们的世界》《手指》《南北极》《生活在海上的人们》。两年之后,其改订本交由鼎鼎大名的现代书局出版,其中除了作者特意为此撰写的自述之外,还增加了三篇小说,计有《偷面包的面包师》《断了条胳膊的人》《油布》。因此,严格来说,改订本与初版本已是二书,不可混同。

但从目前所见资料看,当时很多关于《南北极》的评论,都是基于这一改订本而作,有关该书初版本的评论则极少。在屈指可数的几篇早期评论中,"五四"新文学的先驱朱自清的《论白话——读〈南北极〉和〈小彼得〉》就显得颇为重要。此文原载《清华周刊》第38卷第4期"文艺专号""介绍与批评"栏目,[1]起首论及"胡适之的国语""周作人先生的'直译'""创造社对于语言的努力"及徐志摩、李健吾等人的诗文,赵元任改译的《最后五分钟》剧本等,无不都在努力使用、创造白话文学,但要说因此创造出一种新文体来,仍难允称本色当行。恰在此时,亦即1930年代初期,左翼文学界提倡以"大众语"作"大众文艺",因此,朱自清就建议作家们"不妨尽量地采用活的北平话""多多采用北平话的句法和成语(可以望文生义的)",这样,民众受过一定教育,即可读懂;而南方读者,只要学过国语文或白话文,便不会读不懂,"大众文艺"才能名副其实。

而在朱自清的心目中,"采用活的北平话"进行写作、已然取得成功的典型,便是穆时英的《南北极》和张天翼的《小彼得》这两部短篇小说集。事实上,朱自清的这篇评论,不仅提出了如何认识穆时英早期

---

[1] 佩弦(朱自清):《论白话——读〈南北极〉和〈小彼得〉》,《清华周刊》第38卷第4期(1932年10月24日)。

创作的语言特质这一至今仍悬而未决的重要问题,即便是在具体评析《南北极》初版本所收诸篇什时,也能要言不烦,时有切中肯綮之论:

> 《南北极》和《小彼得》两部书都尽量采用活的北平话,念起来虎虎有生气。《小彼得》写工人,兵,讲恋爱的青年,和动摇的投机的青年。作者写某一种人便加进某一种特别的语汇,所以口吻很像。《稀松的恋爱故事》写现在恋爱方式的无聊,《猪肠子的悲哀》写一个在观望在堕落的小资产阶级,《皮带》写一个患得患失的谋差使的人,都透彻极了。《面包线》写一件抢米的故事;篇中空气渐渐紧张起来,你忿忿了,然后痛快地解决了。《二十一个》写得不大结实些;别的都不坏。《南北极》只写工人,海盗,渔人,都是所谓"流浪汉",干脆得多[,]不像《小彼得》里有时还免不了多少欧化的痕迹。《南北极》自然最酣畅淋漓,写一个流浪汉对于上层阶级的轻蔑与仇恨。这种轻蔑与仇恨是全书的中心思想。其中三篇只表这个思想和对于将来的确信。《咱们的世界》写海盗,表面上虽也还是《水浒》式的英雄;骨子里他们却不仅是反抗贪官污吏,替天行道,而是对于整个儿的上层社会轻蔑与仇恨。他们相信,"这世界多早晚总是咱们穷人的"。《生活在海上的人们》便写这班穷人的动作。虽然暂时失败了,可是他们"还要来一次的"。这一篇写集团的行为,头绪太繁了,真不容易。但和前几年的"标语口号文学"相比,这里面有了技术;所以写出来也就相当地有了效力了。书中只《手指》一篇太简略些。这里五篇有一个特色,就是都用第一人称的口气;这第一人称无论是多数还是单数,总是代表着一个集团的。《小彼得》中写小资产阶级的几篇也有一个

特色，就是在个性的描写里暗示着类型。这种手法表现着一种新意识，从前还不多见。这两部书最重要的是其中对于社会的新态度；虽还不能算是新兴文学的最进步的样子，但这个过渡时代，在现有的作家中，这些怕也算得是很不坏的努力了。

此文后来被相继收入《朱自清全集》[1]等书，并不难找，一些研究白话文运动的学者也曾注意及之。但在穆时英研究领域，据笔者调查，只有吴立昌、饶峭《穆时英小说论》等极少数论著有所征引，且并未考虑其所关涉的语言问题，至于一般论者，则似乎闻所未闻。更重要的是，此文亦遭严家炎、李今编《穆时英全集》附录"研究资料"之部漏收。然而，这一《全集》对近十余年来的穆时英研究有着非常重要的影响，一旦某些穆氏作品、研究资料未被收入其中，那么，一般不专门从事穆时英研究和文献开掘工作的学者，恐怕也就不会特别注意这篇散落于"常见书"中的新的研究资料。另外，此文在被收入《朱自清全集》及其他的选集、读本时，不仅产生了新的讹误，删落了文前的书志信息（正是这一书志信息，提醒我们此文只是书评，并非文学批评论文），[2]也未能注明其原刊处，不便读者检核。因此，研究者从上述这些来源引用这一文本、资料时，便不自觉地遗漏或承袭了其中的某些方面（错误），而这也正是上文我们要依据其初刊文本过录此文关键论

---

[1] 朱自清：《论白话——读〈南北极〉与〈小彼得〉的感想》，朱乔森编：《朱自清全集》（全12卷），江苏教育出版社1988年版，第267—268页。收入全集的文本，虽注明了来源，但从题名及正文看，似皆源于朱自清散文集《你我》（商务印书馆1936年版）所收《论白话》一文，而非《清华周刊》初刊本。
[2] 关于书评与文学批评在1930、1940年代之分野、联结问题，请见王贺：《李影心与三四十年代的文学批评》，《现代中国文化与文学》2016年第2辑。

述的一个重要理由。

四 结论

来自穆时英研究领域的三个例子显示,无论是穆时英集外文的开掘,还是重要的穆时英研究资料的辑录,"常见书"仍是一重要来源,特别是与某些文献工作者反复强调搜集新僻、稀见文献资料相比,"常见书"的重要性有必要予以强调。然而,使人好奇的问题是:这些作家集外文和研究资料既在"常见书"中,又为何会被专业学者和文集、全集的编纂者所忽视?

推想其缘由,似在于未能深研中国古典学术之传统,而对近现代文献存佚一道缺乏自觉。这表现在:较看重逸文逸书,而残稿零条,则不自觉有所弃;对于常见书刊,更弃之若敝履;加之生逢网络时代、数据库时代,只要键入作者全名、笔名,将检索所得与现成之文集、全集对照,再将未收录其中者输入电脑,其所谓之辑佚工作则大功告成。但真的大功告成了吗?

回顾文献辑佚发展之传统,忽略"常见书"而对辑佚家之治学所造成的影响不小。辑佚一道,自宋人肇其端,至有清一代,可谓洋洋大观,然而,清人以辑佚为终身之志业者,多置常见之书、既有之文献典籍不顾,不免"陵节躐等,自乱步骤"。等而下之者,或以存为佚,或滥收杂取,或采而未尽,或疏于考证,[1]可见"常见书"在此未能发挥其

---

[1] 参见喻春龙:《清代辑佚研究》,上海古籍出版社 2010 年版,第 278—295 页;郭国庆:《清代辑佚研究》,民族出版社 2010 年版,第 142—174 页。

第四章 "常见书"与现代文学文献的开掘　　　　　　　　　　　　　　97

应有之作用。降及近代,第一流文史学者多强调读"常见书"的重要性。陈寅恪的名言"读常见书,写非常文",陈垣教导学生读已见书、习见书,自是津津乐道的学林佳话。此外,刘永济有赠学生程千帆一联,语云:"读常见书,做本分事;吃有菜饭,着可补衣。"汪辟疆则撰有《读常见书小记》等文,略可见示其治学旨趣。迨至1980年代初,张舜徽桑榆未晚,主持中国历史文献研究班,复谆谆教诲学员"读常见书"。在其著作中,还曾如此反复提醒读者,"大凡读书,有先后,有缓急,有轻重","必以先读常见书为急","至于自己动手搜辑佚书,更是学问成熟以后的事"。[1]

　　从这一学术史的脉络出发,审视当下开掘、整理近现代文学文献的工作,着实令人感慨良多。抛开不同学者的治学方法、步骤、经验等问题不谈,单是推进这一工作本身,应可从中获得这样的启示:汲汲于地方性报刊、非文学类报刊等等较属不常见之文献来源,的确能有许多收获,但如上所示,已经公开出版的全集(选集、文集),及研究领域内必读、常见之书刊(更无论近现代大报大刊),实亦可构成一个辑录集外文献的重要来源,学者大可不必仅以新僻、稀见来源为尚。不仅如此,正以"常见书"常见且常读,故而学者更宜穷蒐尽取、深稽博考,以免遗珠之恨。然而,这还是就文献开掘一方面着眼所得,其实,此后对这些新发现的文献史料的整理、研究,尤其不能脱离"常见书",而满足于对新资料的"就事论事"。

　　一言以蔽之,对"常见书"的研读、体认,以及对其中的集外篇什、

---

[1] 张舜徽:《中国古代史籍举要　中国古代史籍校读法》,华中师范大学出版社2004年版,第456、457页。

重要研究资料的撷取,既是一切学术工作,包括文献工作不可或缺的部分,亦有助于我们深化文学、史学等领域的学术研究。"常见书"中既有旧的文献史料,也有值得学者重视的新文献、新史料,对这些新文献、新史料的辑录与研究,一样应是文献学者的义务;至于更进一层,综合新旧文献资料,提出新的问题,作一深入、透辟之专论,或就老问题作出新的诠释、论述,自是题中应有之义,如此,似亦无需发愁难以推陈出新,或费心找寻所谓"学术兴奋点"等等。穆时英研究既如此,其他的现代文学研究领域又何尝不是如此?

第五章 "一体两面"的现代文学辨伪与考证

目前大量新发掘的现代作家集外文,许多因缺乏严格、审慎的考证而使人难以信服、难以放心作为研究资料使用,同时还出现了另外一些新问题。例如,有些集外文或亦可谓重复"发掘",即以整理、重刊时间有先后之别,一研究者与另一研究者不约而同地在不同刊物上发表了自己的所谓"辑佚"成果,[1]但无独有偶,两种甚至多种辑佚作业均缺乏相对较为深入的考证,似已令人"司空见惯",其成因为何,颇值深入探究。不过,在笔者看来,这些现象的出现,都在不同程度上表明

---

[1] 对现代文学文献史料的重复发掘问题的简要讨论,请参宫立:《中国现代作家集外文的发掘、整理与研究》,《广州大学学报(社会科学版)》2021年第1期。

了辑佚与辨伪、考证结合的重要性。

换言之,在文献学研究过程中,为了实现作为目的的辑佚,须综合采用辨伪与考证两种研究方法。在笔者看来,这两种研究方法本属一体,不过研究重心、旨趣稍稍有所不同。一者名为"辨伪",专门考辨其真伪,旨在判明作者归属、身份;一者亦称"考据",范围更大,所考辨者不仅是文本、文献本身的真伪,而且还欲就其内容、所涉人、时、地、事、物等进行考察,都属于传统文献学的学术遗产。传统文献学似乎疏于揭示一点,即二者同属于历史主义、实证主义研究发展出的、拥有不少交叠部分的不同面向,堪称"一体两面"之物。无论是在具体的文献整理实践中,还是理论思考、探索中,都不可偏废、偏执一端,而恰需要我们举一反三、闻一知十、融会贯通,以达致"求真""求实"之境界。以下对加拿大出版的《华侨评论》月刊所载《瞬息京华》之译者,究否为郁达夫的研究,或可说明本书提出的这一观点。

一 所谓的郁达夫译 Moment in Peking

2015年10月21日,台北林语堂故居公布《华侨评论》月刊所载《瞬息京华》,并宣称此文系郁达夫所译林语堂英文小说 Moment in Peking(今多译《京华烟云》)的一部分。如此名译名著,即使只是断篇残简,仍弥足珍贵,复经"澎湃新闻"等媒体传播,[1]此消息遂不胫而走,引起学界关注。在其所谓郁达夫译文扫描件公布之同时,尚有一

---

[1] 林夏:《郁达夫译林语堂作品〈京华烟云〉电子档网上免费浏览》,网址见:http://www.thepaper.cn/www/v3/jsp/newsDetail_forward_1387592,2015年10月22日检索。

前言,略表其良苦用心云云,为方便本章讨论,兹迻录如下:

  《京华烟云》原名 Moment in Peking,是林语堂于 1939 年〔49岁〕所完成之作品,耗时一年,并为专心书写举家迁法。该书经过构思研究布局长达半年后,方才写作,写作期间历时一年。全书 70 万字,分 3 卷,共 45 回。出版后仅半年时间,就热卖 5 万册,被《时代》周刊誉为"极有可能成为关于现代中国社会现实的经典作品"。

  Moment in Peking 出版后掀起一股热潮,在当时的上海有诸多粗陋的盗印及滥译本,这促使林语堂委托好友郁达夫协助。林语堂认为郁达夫"英文精,中文熟,老于此道,达夫文字无现行假摩登之欧化句子",是最理想的翻译者。1940 年,林语堂致信给当时在南洋的郁达夫,请他翻译此书。为表示郑重其事和诚意,专门从美国给郁达夫寄去了 500 美元作为翻译订金,并附上原著所引用的出处、人名地名及成语,并着成两册资料。当时,郁达夫投身抗战,动手翻译了一部分在《华侨评论月刊》上连载。此后,郁达夫在苏门答腊遇害,翻译未完。其子郁飞虽接续其衣钵,翻译成《瞬息京华》,但未受读者喜爱。且源自郁达夫的文墨极少,若要看原始翻译,还是得查看本收录。

  台北林语堂故居并未收藏到此月刊,但仍寻访到复印本,现以电子书方式呈现,希望可以提供读者更多林先生的相关信息。本收录共计六篇,请对照最下方页数,郁达夫已完成第一章及第二章第一节之翻译。其文字具有时代感,精炼流畅尚不足以形容,仅此献给喜爱林语堂及郁达夫的读者。

林语堂故居 2015.10.21

覆按《华侨评论》所刊载之《瞬息京华》，译者署名"汛思"。但是，令人首先起疑的问题是：此即郁达夫之笔名？故居方并未提供可以证实此一判断的任何证据。遍查海内外出版的各种现代作家学者笔名辞书，亦未尝有解。不过，即便如此，郁达夫或有其他笔名为辞书所疏漏，也有一定之可能，然而，果若"汛思"是郁达夫之另一笔名，即译作出自郁达夫之手，殆无以下若干疑点。

按，《华侨评论》（Overseas Chinese Critic Monthly）是一本在加拿大发行的中文刊物，16开本大小，每期约40余页，铅印。1946年1月创刊于温哥华，华侨评论社发行，虽为月刊，却不能依期出版，第5期以后才固定于每月16日出版。其停刊时间不详。该刊原件甚稀见，就笔者所知，两岸三地图书馆、博物馆系统只北京国家图书馆有藏，其所收藏者为第1期至第15期。然该刊第14期（1947年3月16日出版）有一《本刊重要启事》，哀叹"自本社社长陈立人返国后，人力经费均感缺乏"，故此宣布谢绝寄赠，敦请各方长期订阅并代为推销，可见此时或已难以为继。迟至三月之后，第15期才得以问世，从此停刊，似亦在情理之中。2011年9月，耿素丽、张军选编的"民国文献资料丛编"之一《民国华侨史料汇编》由北京国家图书馆出版社刊行，《汇编》凡十五册，第14、15册即收入《华侨评论》全套景印本，因此读者阅读、研究皆极方便，无须赘述。

惟须指出者，乃是自第6期（1946年7月16日出版）起，该刊开始连载"林语堂原著、汛思译"《瞬息京华》。首次发表其"第一回"后，第7期（1946年7月16日出版）、第8期（1946年9月16日）、第9期（1946年10月16日）、第10期（1946年11月16日）、第13期（1947年2月16日）分别连载"第二回"，其后未有下文。但前后6次所发表之译文，仅为原作第一册《一个道家的女儿》(THE DAUGHTERS OF A TAOIST)的第一章与第二章的第一部分的翻译。然则,从上述这一简短的叙述中可以见出,汎思译《瞬息京华》之发表时间,为1946年7月至1947年2月,但众所周知的是,1945年8月29日,郁达夫在印度尼西亚苏门答腊岛惨遭日本宪兵杀害。也就是说,汎思译《瞬息京华》发表于达夫遇害之后。准此,我们首先要问的是:若是达夫译稿,缘何不在其生前发表?

早在《京华烟云》英文原作尚未出版之前,林语堂就已经邀请达夫担任此书的中译工作。1939年9月4日,林语堂自纽约致信郁达夫:"得亢德手札,知吾兄允就所请,肯将弟所著小说译成中文,于弟可无憾矣。计此书自去年三月计划,历五月,至八月八日起稿,今年八月八日完篇。纪念全国在前线为国牺牲之勇男儿,非无所为而作也。"[1]嗣后语堂寄奉手订翻译参考数据二册及一定之订金(有说是五百美元,有说是一千美元,有说是五千美元,待考),达夫不久当即着手翻译。次年,林语堂决定自美返国,飞赴重庆前夕,给达夫一信,彼复信称"译事早已动手,大约七月号起,可以源源在《宇宙风》上发表"。而且"想近在本月底边,同时在上海,第一次译稿,也就排就矣"。[2]然而,此时《宇宙风》为避战乱,已迁至香港,可能达夫不知内情,因而甚为乐观,大开包票,此其一。

---

[1] 林语堂:《给郁达夫的信》,氏著《林语堂名著全集》第18卷,东北师范大学出版社1994年版,第295页。

[2] 郁达夫:《嘉陵江上传书(致林语堂)》,吴秀明主编《郁达夫全集》第6卷,浙江大学出版社2007年版,第336—337页。以下所引郁达夫作品,如出自此一版本《郁达夫全集》者,不再一一注明其出版处、出版年等。

其二,由于种种我们至今无法获知的原因,《宇宙风》卒未刊出达夫的译文,但郁氏之翻译工作的确已经在进行,且不久将在南洋地区的报章上发表了。1941年11月16日,亲见过郁译初稿的徐悲鸿,给林语堂写信,称郁达夫已"译完大约三十万字",而在《宇宙风》未能发表的译作,此时正在由达夫本人主编的《华侨周报》揭载,"彼已有十分之一,发表于此间《华侨周刊》者殆两万字,闻至来年五月可以全部译成。……(中为引者略)彼今在《星洲日报》副刊编辑兼编《华侨周刊》,甚为忙碌,以弟观之,明年五月必不能完工也。"〔1〕但此信中的《华侨周刊》,是徐悲鸿的笔误,应是《华侨周报》,其由驻新加坡的英国情报部门主办,聘请郁达夫兼任编辑。

徐悲鸿的这一记录还得到以下证据的支持。首先是新加坡《星洲日报》所刊《华侨周报》之广告显示,1941年8月30日出版之《华侨周报》第22期已开始连载郁达夫译《瞬息京华》,且署名"郁达夫",并非笔名。〔2〕其次是达夫当时的友人、左翼作家王任叔,亦曾表示《华侨周报》曾发表郁达夫所翻译的《瞬息京华》。〔3〕再次是与闻其事的郁达夫之子郁飞,也证实了此一发表记录。郁飞尝谓父亲听取自己的建议之后,决定在《华侨周报》发表译稿,"每期周报上都有一栏译文。女助理自然从旁斟酌文字。按说,以他的程度再加作者的详注,他译此书决无难处。可是拖延近两年,终因大局逆转而只开了个头。"〔4〕几

---

〔1〕 陈子善:《郁达夫译〈瞬息京华〉》,氏著《沉醉春风——追寻郁达夫及其他》,中华书局2013年版,第88页。
〔2〕 同上。
〔3〕 参见王自立、陈子善编:《郁达夫研究资料》上册,天津人民出版社1982年版,第118页。
〔4〕 郁飞:《杂忆父亲郁达夫在新洲的三年》,《新文学史料》1979年第5辑。

第五章 "一体两面"的现代文学辨伪与考证

十年后,郁飞还在新加坡最大的华文报纸《联合早报》撰文,希望搜集"《瞬息京华》的译文若干段",以为"只要有那份刊物就能复印"。[1]综合上述资料,我们可以发现,《华侨周报》曾发表郁达夫译作,且其字数在两万(郁飞语)至三万(徐悲鸿语)之间,林语堂亦具悉一切,为构成今人发掘达夫所译《京华烟云》稿的三点重要之事实。

但是,同年12月27日,《华侨周报》因太平洋战争爆发而停刊,达夫译文的发表也随之再次夭折,从此成为林语堂、郁达夫及万千读者永远的遗憾。也因此,这一残存的三万字左右的郁达夫译《瞬息京华》,成为海内外中国现代文学研究者极力搜寻的重要文献史料。2015年夏,业师陈子善先生访台前,嘱笔者查访台北市立图书馆。原来先生数年前曾蒙林语堂之女林太乙见告,知林语堂全部藏书暂存此馆,郁达夫译作手稿及《华侨周报》或亦厕身其中,但此后林氏藏书及遗物却全部移交林语堂故居。待先生来台后,遂于会议、讲演之暇,驱车上阳明山,访问故居,试图找到这份发表件,希望给即将迎来的郁达夫一百二十周年诞辰送上一份最好的礼物。

此故居兴建于1966年,由林语堂亲自设计,融合中西建筑风格,颇为别致。林氏晚年曾在此居住十年之久,直至逝世。因获政府资助,加之执事者苦心经营及社会各界的鼎力支持,遂能集纳全部林氏藏书、著作、手稿及其遗物,而向社会开放,不仅具有一般纪念馆所功能,可以招徕游客(来自中国大陆之游客尤其多见),亦构成一艺文活动空间(当地市民及团体亦可租借场地)。是日我师弟二人,无暇饱览风光,只逐一查检林氏藏书,费时甚久,然达夫译文仍如石沉大海,难

---

[1] 方修:《序言》,方修、连奇编:《郁达夫佚文集》,新加坡风云出版社1984年版,第9页。

觅其踪,不禁为之怅怅久矣。后先生作《语堂故居与达夫译文》[1]即略述此一因缘,不过,这是后话了。

要紧的是,如果《华侨评论》所发表者是达夫译文,我们还忍不住要问:缘何郁达夫不在生前、在南洋地区报刊发表其译作,而在身后交由温哥华一具有国民党背景的党派刊物发表?《华侨评论》首任主编,为国民党海外部驻加拿大总支部书记长陈立人,第9期(1946年10月16日出版)以后罗金水(其生平不详)任编辑,陈立人任社长,经理林万有。该刊常设时评、侨讯、特载等栏目,所发表之文章以与侨务有关者为主,其总旨是"研讨报导一切有关华侨问题,以引起政府和社会的注意","运用各种力量来保护华侨和协助华侨事业的发展"。[2]亦揭载少许诗文。但就我们目前所掌握的资料,郁达夫与陈立人、罗金水等人凤无交往。要说达夫生前投稿,不大可能;要说达夫身后,由亲朋故友转寄,亦无证据,目前为止,郁达夫旅居南洋时之未公开发表之著作,除少许诗稿外,尚未见有亲朋故友保存、重刊者。

二 重刊本或盗印本疑云

那么,有没有可能《华侨评论》所刊出之《瞬息京华》为郁译之重刊本甚或盗印本(一称盗版,即未经作者、译者允许的重刊本)?检视汎思译《瞬息京华》,可知此稿有两大特点:一是原书结构上的调整,二是

---

[1] 陈子善:《语堂故居与达夫译文》,《文汇报》2015年9月26日。
[2] 耿素丽、张军选编:《民国华侨史料汇编》第14册,国家图书馆出版社2011年版,第409页。

语言文字层面的经营。首先,译者无视原著各章之分别,而自出心裁,大胆地将原著的章节结构改为回目,导致了结构上的不平衡。具体地说,其将第一章劈作一、二两回,第二章第一部分因之被放入第二回中,但这样一来,第二回的字数就变成第一回的三倍之多,故此,原作各章字数大致相当的背后的相对平衡、自成一体的结构,也就在这一译本中消失了。

其次,译者竭力使用北京土语写小说中人物的对话,时常还不忘操持旧小说的习语,使之披染上一层章回小说之风味。但是,我们很难想象类似的表述,会出自达夫之手。如第二回末五段中,有四段话重复以"且说"此类旧小说"话头"开头:"且说姚老爷合家老小出门在途,……";"且说众人顺着保定大道一天工夫赶到涿州,……";"且说姚老爷一家开始三日途程,……";"且说众人第四日响[晌]午稍许一歇,……"这样的陈词滥调,岂不构成对郁达夫自谓的"对于翻译,我一向就视为比创作更艰难的工作"[1]的反讽?

但吊诡的是,《华侨评论》的编者和译者汎思,可能都熟悉林语堂对《京华烟云》的第一个全译本——1941年上海春秋社出版的郑陀、应之杰译《瞬息京华》——的评价,因其连载之正文前,亦有如下按语:

> 林语堂博士的英文原著《MOMENT IN PEKING》是一本伟大的杰作,自出版以来,风行一时。本刊兹得汎思先生的合作,分段译出逐期登载本刊,以飨读者,汎思先生不仅译笔信雅,且对北平话下一般苦工,故于书中人的对话,神态身份,描摹尽致,译风

---

[1] 郁达夫:《谈翻译及其他》,《郁达夫全集》第11卷,第449页。

别具一格,敬希读者留意。——编者

我们知道,也正是在对郑陀、应之杰译本的长篇讨论之中,林语堂道出了自己委托郁达夫翻译此著的全副设想:"一则本人忙于英文创作,无暇于此,又京话未敢自信;二则达夫英文精,中文熟,老于此道;三、达夫文字无现行假摩登之欧化句子,免我读时头痛;四、我曾把原书签注三千余条寄交达夫参考,如此办法,当然可望有一完善译本问世。"[1]而作为理想人选的郁达夫,不仅中英文俱精,还能掌握地道之京话,可采京话翻译,其译品因此颇有望成为《京华烟云》最权威、可靠的译本。另一方面,语堂对翻译的语言问题之重视,也可从上述感言中尝鼎一脔。

事实上,作为此一译事赞助人的林语堂,作为曾获得过莱比锡大学语言学博士学位的文学家,对翻译的语言问题重视到无以复加的地步。《京华烟云》甫一出版,听闻国内有翻译出版消息,语堂当即发表重要声明,"劝国内作家勿轻易翻译"。其后又表示:"我不自译此书则已,自译此书,必先把《红楼梦》一书精读三遍,揣摩其白话文法,然后着手。"郑陀、应之杰译本以其"未谙北平口语",且夹杂上海话,令语堂深表不满。考察其相关论述,至少包括如下重点:其一,在白话与文言之间,倾向于白话;其二,在口语与书面语之间,强调口语为主,无口语则用书面语;其三,在众多方言之中,独独青睐北京话,为的正是其中有大量浅白清白之白话、口语足敷使用。简言之,林语堂并不希望对

---

[1] 林语堂:《谈郑译〈瞬息京华〉》,陈子善编:《林语堂书话》,浙江人民出版社1998年版,第348页。

译入语(target language)——汉语——有丝毫的扭曲,反而希望破坏英文原著的语言结构、内在的意指网络,从而成就一上佳的中文作品。然则汎思的译本表现如何呢?

试举例以言之。汎思译文第二回第三段,介绍八国联军侵华、庚子事变之起因,谓"那端王欲使太后猜忌各国对其废立之举有意阻挠,故假造列国公使会衔照会,要求太后让位光绪亲政。太后不知情诡,乃遽信以为真,因见那义和团以驱逐洋人为帜,甚足号召一时,乃毅然决用之以雪同仇之恨。但有几个朝臣,却是深明大义,认为拳匪焚毁使馆之议,有违西洋惯例,乃极力谏阻。无奈均遭端王党徒谋杀"。纯是文言口吻,极少口语,甚且,小说中人物的对话,就连一个十岁小女孩的思想意识,译者也要大笔一挥,以半文半白、迹近文言的口吻出之。如临行前姚老爷告诉木兰,已妥善安置历年所藏,但逃难归来后,是被人刨去,还是仍属于自己?都在未定之天。这时,木兰"同时又得了一个教训":"正是一人有无福气只是命中注定。断非偶尔逢遇。而有福必有德,才能享受。凡应分享福之人,一瓮之水,见之变为银。其不应分享福之人,一瓮之银,见之化为水。"显然,这是以高贵典雅的语言风格重写一少不更事的女子的片刻思绪,全然不符合其身份、语言特征。

试看原文:

>　　This made Mulan happy. But it was also a lesson to her. Luck, or fochi, was not something that happened to a man from the outside, but was within him. To enjoy any form of luck or earthly happiness, a man has to have the character to enjoy and keep it. For one qualified for luck, jars of water will turn into

silver; and for one who is not qualified, jars of silver will turn into water.

在这里,叙述者试图运用自由间接思想(free indirect thought)这一叙述策略,讲述一个关于好运、福气的古老的东方哲理,虽然可否出自一个少女的头脑仍不免让读者生疑,但在这部"太像外国话"的英文原作的上下文中,相近的句法、文法、腔调,都保证了它至少拥有相对稳定的节奏,而显得不那么突兀。可在汎思的理性化(rationalization)、高贵化(ennoblement)的翻译取向之下,原作内部的语言多样性和创造性、复杂性既无法体现出来,作为小说背景的文言的叙述,也无法与小说人物对话的口语联系起来,形成内在的一致性。

更有趣的是,编者按语极力褒扬译者对北平话下过功夫,但汎思的译稿中却充斥着不少"假摩登之欧化句子"。且看汎思译作第一回开头:"话说光绪二十六年七月二十日那天北京东城马大人胡同西口停住一队骡车,有的排过街外沿着大佛寺粉红围墙一条南北夹道。"这是对下面这句话的忠实的直译:"It was the morning of the twentieth of July, 1900. A party of mule carts were lined up at the western entrance of Matajen Hutung, a street in the East City of Peking, part of the mules and carts extending to the alley running north and south along the pink walls of the Big Buddha Temple."又如姚老爷出场时形容他"好似提防被人不定前后左右猛然一下子打过了来一个模样"。而其原文是"the body……ready for a surprise attack at any unsuspected moment from the front, the side, or behind."这里的中文翻译,也同样是十分机械的直译。

当然,这并不是说直译本身有问题,恰恰相反,好的翻译不免要混用直译和意译[1]，但看上面所引的这几句话，要一口气读完实在都很困难，更遑论达旨与否。造成这一局面的原因是，它们都是不常见的中文长句，其中第一句有三十二字，第二句二十一字（这一点，我们当代人似乎可以接受），第三句二十五字，也是近代以来屡遭讥评的"欧化"句式。提倡白话文学的新文学家，虽然大率使用过"欧化"的长句，但语堂对此却深恶痛绝。他认为，"句法冗长者，非作者愿意冗长，乃文笔未熟，未得恰当文语以达其意而已。"[2]因其深知，典范的中文表达，当以简洁、凝练为要，而且，无论中文、外文，总要求"用字须恰当，文辞须达意"。

实际上，在《沉沦》《春风沉醉的晚上》等早期作品里，郁达夫也曾写过一些"假摩登之欧化句子"，但到了20世纪三四十年代，早已弃之如敝屣，若谓其翻译文字会如此不通，而且将这一不通文字还勇敢地置于一本著作的最重要的位置——全书的开头部分，这是让人难以置信的。当代批评家爱德华·萨义德说："但凡作家，都知道选好开端，不仅因为下文大大地取决于开端，更是因为一个作品的开端，几乎可以说，是进入其内容的主入口。而且，一本书写完后回头看，它的开端可以视为一个点，由此出发，作者与所有其他作品踏上两条不同的路；作品的开端，一上来就确定了同已有之作品或连续或对抗或两相混合的关系。"[3]然而，《华侨评论》刊汎思译《瞬息京华》不仅拥有这样失败的开头，而且文中多有误译、删译、强（弱）化表达等等瑕疵，足见译

---

[1] 思果：《翻译研究》，中国对外翻译出版公司2001年版，第13—14页。
[2] 林语堂：《谈郑译〈瞬息京华〉》，陈子善编：《林语堂书话》，浙江人民出版社1998年版，第350页。
[3] [美]爱德华·W.萨义德：《开端：意图与方法》，章乐天译，生活·读书·新知三联书店2014年版，第19页。

者的中英文及翻译功夫难称高明。

至此,识者不难发现,《华侨评论》之编者按极力褒扬译者,对北平话下过功夫,究系溢美之词,而其中只字不提郁达夫翻译之事,既有抹杀郁译、独标自家译作之嫌,且暗示出译者"汎思"实另有其人,有待进一步查考。再者,若此文属郁译之重刊本或盗印本,语堂焉能无片言只语?但引人瞩目的是,彼终其一生,从未提及此一译作,推想起来,或是未能亲见、据以作文,或是以为不过是又一种劣译,不值一提罢了。

三 "张冠李戴"的别样启示

综合上述讨论,《华侨评论》载汎思译《瞬息京华》既非出自郁达夫之手,亦非郁译之重刊本或盗印本,庶几可以定论焉。然而,何以会出现此种"张冠李戴"之现象?原始其本末,乃是林语堂故居方面,误将《华侨评论》载汎思译作等同于《华侨周报》所刊郁达夫译文,而未能有严密考证所致。大抵十余年前,有感于某些学界中人特重辑佚而无意辨伪、考证之风气,郁达夫研究会的陈松溪先生就曾经发表过这样语重心长的看法:

> 既然确定一篇作品是否出自郁达夫的手笔——特别是那些未署名的作品或用其他笔名发表的作品是否出于郁达夫手笔,是要调查研究,从多方面来论证的,那么,我们就不要单凭自己主观的设想或者不切实的旁证,宣称某一作品是郁达夫的佚文。[1]

---

[1] 陈松溪:《关于郁达夫抗战佚文的辨认》,《新文学史料》1997年第3期。

第五章 "一体两面"的现代文学辨伪与考证

事实上,目前出现的《鲁迅全集补遗》《鲁迅全集补遗续编》(此处所论均为唐弢编本)[1]、《郭沫若佚文集》[2]、《郁达夫佚文集》[3]、《全集补》、[4]《徐志摩佚文集》[5]、《闻一多诸作家遗佚诗文集》[6]等,在不同程度上亦有所辨证,[7]但由于种种原因,编者对各篇新发现的现代作家"集外文"的考证、辨伪之根据,往往疏于说明、分析,似亦未展开深入研究。但是,从文献学研究的根本原则出发,笔者认为,发掘、整理近现代文学作品在内的一切文献史料,皆须综合辑佚、辨伪与考证这三方面的工作,而不必如俗语所谓"拣到篮里就是菜",轻易判定某文当属某人之散逸文字者也;至于整理,则须严格遵守古典整理规范与作业程序,"不可不精详审慎,而务止于至善。"[8]

最后,或许还应该指出的是,故居发表此一译文之前言称,林语堂的《京华烟云》,"在当时的上海有诸多粗陋的盗印及滥译本"(故居方所依据的或是秦贤次、吴兴文编《当代作家研究资料汇编·林语堂卷》,其所录1949年之前《京华烟云》中译本只三种,皆系上海出版者,其疏漏无须赘述)。其实,此书在1940年代的上海、北平都有译本,至于究竟有哪几种是盗印、滥译,翻译史、文学史和出版史领域的研究者

---

[1] 唐弢编:《鲁迅全集补遗》,上海出版公司1946年版;《鲁迅全集补遗续编》,上海出版公司1952年版。
[2] 王锦厚、伍加伦、肖斌如编:《郭沫若佚文集(1906—1949)》,四川大学出版社1988年版。
[3] 方修、连奇编:《郁达夫佚文集》,新加坡风云出版社1984年版。
[4] 郁达夫著、陈子善编:《全集补》,海豚出版社2016年版。
[5] 徐国华编:《徐志摩佚文集》,浙江人民美术出版社2017年版。
[6] 梁锡华编著:《闻一多诸作家遗佚诗文集》,香港文学研究社1979年版。
[7] 如方修对《郁达夫佚文集》所载郁氏于《星洲日报》所撰社论的考辨,见方修:《再谈郁达夫的佚文》,氏著《评论五试》,辽宁教育出版社1997年版,第196—205页。
[8] 梁启超:《立宪法议》,张品兴主编:《梁启超全集》第1册,北京出版社1999年版,第407页。

们都还在研究,在未作出可靠的结论之前,似不可一概否定,厚侮先贤。另,或可补充的是,至 1940 年,日本也已出现三种日译本,但全然删削原作中的抗日救亡思想[1],实不敢恭维,当年耳闻此事的达夫,就曾建议林语堂,不必抢时间与此一较短长。[2]

至于其前言交代此事之背景,将林语堂委托郁达夫翻译的时间记误,且引用了两处富有争议性的记录(即其所付订金金额与英文原著初版时之畅销数量),似皆是不必要的疏忽,应予一定之注意。[3]

总之,通过上述个案研究,不仅我们可以得出《华侨评论》月刊所载《瞬息京华》非为郁达夫所译这一具体结论,犹可见出在新文献、新史料的发掘、整理过程中,须综合辨伪与考证两种研究方法、手段的必要性。易言之,"未经考证、辨伪之所谓'辑佚',不能谓为真正的辑佚研究成果",[4]非得有如此作业,否则我们便不能将某一文献、文本(无论其发表时署本名、笔名、常见笔名或其他,无论其存在状态为手稿、发表或出版)放心地列入某一作家、学者的著述之林,大胆地编入其新的选集、文集、全集,至于据此展开某一方面之专题研究,或将其用作宏大叙述之建构者,就更等而下之了。尽管如此,我们恐怕没有理由讽刺、嘲笑这些可能较为擅长理论批评的同行,因为发掘、整理这些文献的研究者很可能并没有尽职尽责,没有充分地交代、论述自己

─────────

[1] 施建伟:《〈京华烟云〉问世前后》,《中国现代文学研究丛刊》1992 年第 1 期。
[2] 郁达夫:《谈翻译及其他》,《郁达夫全集》第 11 卷,第 449 页。
[3] 本文发表后,有研究者发表了商榷意见,但有意思的是,其并未否定笔者的研究结论,即《华侨评论》月刊所载《瞬息京华》非为郁达夫所译,只是不满于拙文对此译本价值的评价较低一点,而有所论议,参卜杭宾:《林语堂〈瞬息京华〉译本考——兼议林语堂故居公布的"郁达夫译"〈瞬息京华〉之真伪与价值》,《华文文学》2017 年第 6 期。
[4] 参见本书第十三章。

判断的全部证据及如何鉴定、鉴别的过程。

　　故此,在笔者看来,面对那些不确定的文献、文本,我们应该勇于承认自己的无知,持以存疑、待考的审慎态度;而对于那些经过严格考证、充分辨伪之后,可以得出相对较为可靠的结论的文献、文本,我们则需要将这一判断和鉴定的过程、依据全部写出,以供读者复核、审查。质言之,在现代文学文献研究中,我们需要的,不仅仅是发掘、整理,还有辨伪和考证。辨伪和考证工作,是内蕴于发掘、整理文献史料这一学术实践之中的,单纯的发掘(如在某报章杂志看到一个署作家本名或其常用笔名,即轻率地断定其属作家"集外文")、整理(泰半不过是抄录、输入电脑,几乎不考虑校勘、注释等)文献史料,不仅只是全部文献工作的一个方面,也是近现代文献研究的初级阶段,其学术意义、价值似皆不必特别放大、郑重强调。

第六章 "非正式出版物"的文献价值与文学意涵

在现代文学文献史料开掘、整理过程中,除了应该重视"常见书"这一重要来源,将"常见书"的重读与稀见、冷僻资料的开掘结合起来,在辑佚之时充分考虑辨伪与考证综合的重要性,还有哪些方面值得注意而目前较少讨论呢?窃以为,也许我们还需要考虑"辑佚"之所谓"佚"的复杂性,检视承袭自传统文献学的"佚书""佚文""佚作"等既有概念的有效性,发展新的概念、分析工具,甚或有必要重思"佚"之是否重要,对何者、解决何种问题较为重要等一系列基本问题,在此基础上,努力将现代文学文献研究从传统文献学的范围中解放出来,将其确立为一个新的、专门的学问领域。以下即以林语堂著 *How I Celebrated the New Year*(拙译《过年》)一书为例,对上述问题作一个案研究，并对为何需要重视"非正式出版物"这一特殊的文献资料类型等问题作出论证、分析。

一　一个流动的文本

1938年末，纽约的John Day Book出版公司印刷出版了一本精装小书，书名题 How I Celebrated the New Year，作者乃为大名鼎鼎的文学家林语堂，当时其正客居巴黎。检覈现行林语堂著作系年、年谱、书目资料及海峡两岸所出多种林氏文集、全集，均未见记载此书，可谓是一种近现代"佚书"。[1]

该书不足二十页，无版权页，虽是一非正式出版物，但装帧、印制甚为考究。全书采用硬皮作封面封底，环衬页有清人金农所绘梅花图《无媚有清苦》；书封和正文之前，还有一枚"恭贺新禧"的红色印章；"内页用纸厚而白，且带帘纹。"[2]如此郑重其事，大概与John Day Book是林氏长期合作的出版商，且此书之印制系作者或该公司用作新年贺礼（"礼品书"）一途不无关系。书前另有一页说明文字，试译如下：

> 压在封面和正文页处的四个字，是常见的中国人过年时的问候语。书末还翻印了一张清人金农的梅花图。正如冬青在西方

---

[1] 本章所论 How I Celebrated the New Year 一书，系业师陈子善先生购藏，在其购得后，命余查考有关资料，乃有此文，谨此致谢。
[2] 荆江波：《林语堂"计划今年奉行新历，不过农历新年"之后》，网址见：http://www.thepaper.cn/newsDetail_forward_1430778，2019年1月16日检索。

是圣诞节的象征,梅花则寓意着中国的年节到了。

因为是向外国人讲述中国人过年的情况,书中林氏的英文,除了文风一贯的清通、准确和幽默,在写法上也取很典型的英美报刊散文随笔路数。始而叙述国人过农历新年的盛况,旋即倒转矛头,撇清自己与此种盛况之关系,大谈特谈自己对公历新年的热情和对过农历年这一旧俗的反对,但周遭人的提醒、儿时的记忆、节日的氛围等等接踵而至,让林氏不仅发现反对、拒绝无效,甚且发现了过年的好处,最后,竟也愉快地享受起了过年的感觉。

"在噼里啪啦的爆竹声中,我坐下来吃年夜饭,不自觉地觉得很愉快。"[1]全书以此曲终奏雅,深得隽永三昧。不止此也,其欲扬先抑的叙事手法,配合着一波三折的故事情节,读来颇有些茨威格、马克·吐温短篇小说的味道。

然则,我们究竟应该如何理解 How I Celebrated the New Year 一书的价值? 须知此书为"佚书"不假,但书中全部文字,早已收入另一林著英文小品集 With Love and Irony(《讽诵集》)。坊间多记《讽诵集》于"1940 年由英国威廉·海涅曼公司(William Heinemann Publishing House)出版,1941 年由国华编译社出版"[2]等等,其实都已较晚。此书最早的出版商正是前文所谓的 John Day Book。该公司总裁理查·沃尔什是赛珍珠的第二任丈夫,赛珍珠正由阅读《中国评论周报》(The China Critic)而注意及之于林语堂,从此建立起长期的

---

[1] 此处及以下中译文字,如无特殊说明,均为拙译。
[2] 罗维扬:《林语堂的编、译、著》,氏著《罗维扬文集·学术卷(一)》,武汉出版社 2014 年版,第 18 页。

合作关系,为林氏先后出书 13 部,如果加上这本 How I Celebrated the New Year,就是 14 部了。至于二人因版税问题割席分坐等等,都是后话,此处按下不表。

自 1934 年初版至 1940 年,林语堂《讽诵集》在 John Day Book 多次再版,相当畅销。书中第十八篇即是 How I Celebrated the New Year,但这并不是该文首次发表,相反,此文文本的形成,经历一个为时甚久且颇为复杂的变化过程。

首先,1935 年 2 月 7 日,上海的英文杂志《中国评论周报》Vol. Ⅷ, No. 6 揭载林氏所撰 New Year 1935(林译《纪元旦》),且就登在该刊的著名专栏"小评论"(Little Critic,一译"我的话")内。或许是由于 New Year 1935 一文的署名 Lin Yutang,未出现在当期目录及正文文题之下,反而置于文末,故林语堂的这篇文章一直不大受人注意。但是,将此文与 How I Celebrated the New Year 对照,可见后者一半多内容已在其中。当期刊物出版时,恰逢中国农历新年,因此,本期除了林语堂这篇文章,还有不题撰人所作 The Lunar New Year(《农历年》)。

其次,New Year 1935 发表数日后,林语堂又将此一英文文章略作改写,并以 How I Celebrated the New Year 一题同样发表于《中国评论周报》Vol. Ⅷ, No. 9(1935 年 2 月 21 日出版)的"小评论"专栏。在"小评论"专栏,林语堂前后总共发表过百余篇英文小品,其中多篇皆以"How…?"作为文题,如 How I Bought a Tooth-brush(《我怎样买牙刷》)、How To Write Postscripts(《怎样写"再启"》)、How to Write English(《怎样用英文写作》)、How to Understand the Chinese(《怎样懂得中国人》)等。看得出来,这些文章既面向在华居住的外国人,为之介绍中土习俗,也针对粗通英文的中国读者,助其习得西方知识。

同年5月,商务印书馆还将林语堂在《小评论》所撰文章精选七十六篇,结集为 *The Little Critic*: *Essays*, *Satires and Sketches in China* (英文小品甲集、乙集)出版。How I Celebrated the New Year 也收入其中乙集(Second Series:1933—1935)之第三辑 Sketches 一辑(如该书名所示,其第一、二辑分别为 Essays 与 Satires),是为该辑第六篇、全书倒数第二篇。全文一开头,即称自己是一极现代之人、没有人说其守旧云云,点出个人反对过农历新年的背景,自此以下,至文末向传统风俗投降,可以说,与后来的 *How I Celebrated the New Year* 一书之主体若合符节,后者近九成内容在此已经形成。

但这个文本的故事,至此并未完结。在《中国评论周报》刊本的基础上,林氏又进行了第二次改写,这也就是单行本 *How I Celebrated the New Year* 出版时的文本,是为此文全璧。将此单行本与初刊本稍作比较,即可见出,一个最为明显的差异是,林语堂在单行本中新增加了开头的四段话。为便读者参考,仍将其翻译如下:

> 传统的中国农历的新年,是中国人最伟大的节日,比起来,其他任何一个节日好像都缺少完整的节日精神。这五天里头,全国人民穿上盛装,关了店门,闲逛,赌博,敲锣打鼓,放鞭炮,拜年,看戏。在这充满好运、不同寻常的日子里,每个人都希望新年更美好、生活更富裕,每个人都因为自己长了一岁而喜悦着,也准备好了一连串的吉祥话送给亲邻们。
>
> 地位最卑微的女佣,在过年的时候有权不挨骂,而且,令人称奇的是,一向勤劳的中国妇女也开始闲混,磕着瓜子,不肯洗菜、烧饭,甚至拒绝拿起菜刀。这么懒的理由是,过年时剁肉会切掉

好运,把水倒在水槽里会倒掉好运,洗任何东西都会洗掉好运。每扇门上都贴了大红对联,对联里总有"运、福、安、富、春"等字眼。因为这是一个春天归来的节日,是一个充满生机、寓意着成长和富足的节日。

家中的庭院、街道和四周,到处都是鞭炮声,空气中弥漫着硫磺的味道。父亲们失去了昔日的尊严,祖父们比以往任何时候都更加和蔼可亲,孩子们吹着口哨、戴着面具,和泥娃娃尽情玩耍。乡村妇女会穿上最好的衣裳,去三四里外的邻村看戏,花花公子也会尽情、放胆地去调情。这是妇女解放的节日,让她们从烧饭和洗涤等繁重的家务劳动中解放了出来。如果有人饿了,可以炸份年糕吃,或者用先前准备好的酱汁下碗面,或去厨房偷鸡块吃。

尽管中华民国政府已正式宣布废除农历新年,但农历新年仍然没有离开我们的生活,它拒绝被废除。

二 写译之间 语际之间

当我们厘清这一文本、版本源流,回到单行本 *How I Celebrated the New Year* 的源头 New Year 1935 时,还会发现,此文原来早已以中文形式写就。1935 年 2 月 16 日上海出版的《论语》第 59 期,即载有林语堂的《纪元旦》(《林语堂名著全集》等俱误作"记元旦")一文。按其内容,与 New Year 1935 几乎只有写作语言的不同,再无其他出入。但根据《林语堂全集》编者的说法,此后《纪元旦》"又曾以英文改写发表于《中国评论周报》,题为《我怎样过除夕》,内容有较大改动。故重录之。"[1]是否确实？复按《论语》及其他文献，可见编者此说虽非错谬，但因掌握材料不甚齐备，只知其一而不及其二，或有误导读者张冠李戴之嫌。如上所述，《中国评论周报》曾于一月之内发表林氏据《纪元旦》先后改写而成的两个英文文本，其所谓"有较大改动"的《我怎样过除夕》(即 How I Celebrated the New Year)只是其中之一，且属较晚出者。

从《纪元旦》到 New Year 1935，中经 How I Celebrated the New Year《中国评论周报》刊本(《讽诵集》据此收入)，直至其单行本问世，这个文本的写译实践仿佛终于完成，全文也才真正出现。可是，How I Celebrated the New Year 在《中国评论周报》发表后，几乎没有产生什么影响(这是否说明该刊的中国读者无多？)，反倒是在其收入《讽诵集》之后，产生了多个中文译本。较早的如蒋旂译、唐纳校订的《讽诵集》(上海国华编译社 1941 年版)中的《庆祝除夕》，今文编译社译《爱与刺》(桂林明日出版社 1941 年版)中的《我怎样过除夕》，朱澄之译《语堂佳作选》(上海国风书店 1941 年版)中的《怎样过阴历年》等。[2]其中，蒋旂译《讽诵集》为 *With Love and Irony* 一书的全译本，今文编译社译《爱与刺》与朱澄之译《语堂佳作选》皆为节译本，但三位译者能够不约而同，编选此文入集，足见其眼光不俗。同年上海自强书局也

---

[1] 林语堂：《记元旦》，氏著《林语堂名著全集》第 15 卷，东北师范大学出版社 1994 年版，第 268 页。另，*此文题有误，应为《纪元旦》*，本书已订正。

[2] 参郭碧娥、杨美雪编：《林语堂先生书目资料汇编》，台北市立图书馆 1994 年版，第 55 页；北京图书馆：《民国时期总书目(1911—1949)文学理论·世界文学·中国文学》下册，书目文献出版社 1992 年版，第 1183 页；俞元桂等编：《中国现代文学总书目·散文卷》，知识产权出版社 2010 年，第 296 页；秦贤次、吴兴文编：《当代作家研究资料汇编·林语堂卷》，网址见：http://www.linyutang.org.tw/big5/pimage/20130818104150093.pdf，2019 年 1 月 16 日检索。

出版了《爱与讽刺》,只题"林语堂著",不署译者大名,其实是从《爱与刺》照搬而来。此后还有一些译本,如巴雷编《林语堂杰作选》(上海新象书店 1947 年版)中的《过除夕》等等。1980 年代以来的林氏散文、小品文选本,乃至文集、全集,收入此文时也都译成了中文,许多文题直译作《我怎样过除夕》。

饶有意味的是,众多他译之外,林语堂本人曾于晚年将其回译作中文《记农历元旦》,构成了这个流动的文本的最后一环。《记农历元旦》今已收入 1974 年 10 月台北开明书店初版《无所不谈合集》等,但英文文章中的开头三段及正文中部分语句均遭删除,全文也有一些极为细微的修改,第一段更是新写:

> 三十年前我曾作英文小品,记旧历元旦。三十年后我回国首次过农历,仍是那样顽固,那样贪欢,未敢以三十年后之我笑三十年前之我。深觉欲以理智克情绪之不易。所以撮译出来,不敢做人模样,只求同病相怜。

另有一种译文,题作《记旧历除夕》,以中英文对照形式收入《记旧历除夕》(百花文艺出版社 2002 年版),并为朱立文编《林语堂著译及其研究资料系年目录》(厦门大学图书馆 2007 年版)等所记,引起部分翻译研究者的注意。中英对照版《记旧历除夕》之《出版说明》谓"本套丛书各篇均为林语堂所选与林语堂所译,以中文名篇与英文名译两相对照,可谓珠联璧合"。据此知此文似亦由林氏所译,但没有别的证据证明译文出自林语堂之手。与此同时,单行本、初刊本 *How I Celebrated the New Year* 所参照的 New Year 1935 及《纪元旦》,均已收入钱锁桥编选《林语堂双语文选》(香港中文大学出版社 2011 年版)、《小评论:林语堂双语文集》(九州出版社 2012 年版)二书,可供读者复核。

但这一切显已不再是一文本有数版本而历经变迁、须作单纯的版本学研究的过程,更多地则是为我们讲述了一个因由这个不断流动的文本(作为作者复杂的写、译实践和语际实践的结果)所带来的"文本性"和"物质性",都在不断发生变化、变异的故事。从最初的《纪元旦》,到 New Year 1935,再到 How I Celebrated the New Year 初刊本与单行本,直至《记农历元旦》,同一个主题,林语堂用一个文本和四个"次文本"(这里所谓的"次文本"仍是相对于本章所论及的 How I Celebrated the New Year 一书而言的),分别做出了五种相互关联但仍不乏差异的表述。在这五种表述中,《纪元旦》洵属道地的林氏小品文,New Year 1935 与 How I Celebrated the New Year 皆有各自特色,单行本 How I Celebrated the New Year 较《中国评论周报》初刊本内容更完整、也更胜一筹,而《记农历元旦》的文字则远不及《纪元旦》,不仅失去了林氏小品文一贯的风格,似乎也可见出作者的力不从心之感(至于疑似林译《记旧历除夕》,遣词造句漫不经心,颇类敷衍,不知何故)。

这个不断流动、衍生的文本,也让我们再一次联想到林语堂中英文创作的"互文性"。研究表明,其"于 1930—1935 年间在《小评论》发表的英文作品往往以他译、自译及改写等形式译成中文刊载在 1932—1936 年间的《论语》《人间世》《宇宙风》等刊物上。其中大部分小品文作品则是由林语堂自译或改写之后,登载在他主编的中文杂志上。其中一些中英文小品文形成互文,文本内容大致相同;但有少数作品中英文本间存在经过改写后形成的差异。"[1] *How I Celebrated the New Year* 乍看属于其所论"少数作品"之一，但不仅非为英文写成而再译、写作中文，情况更为复杂，而且在在揭示出写译之间、语际之间的文本/书写流动、衍生的性质，已成其最为重要的特质，诚非"互文性"一语所能概括也。

三　从"佚书"到"非正式出版物"

探究 *How I Celebrated the New Year* 这一文本（姑不论单行本、初版本之差异）的"语际实践"并非本章任务，这里，笔者更想指出的是，无论是此一英文文本，还是英文文本的中文原型《纪元旦》和英文母本 New Year 1935，抑或是林氏据英文再译之中文《记农历元旦》，都并非是什么"佚文""集外文"，这一判断应构成我们从事相关研究的基础和"共识"。不过，本章开端即已提出，作为单行本的 *How I Celebrated the New Year* 可谓一近现代"佚书"，然而，其既属"佚书"而非是"佚文",[2] 则其"佚"之性质为何、如何定义等等，当然大可一问，况且"发掘、整理近现代文学作品在内的一切文献史料，皆须综合辑佚、辨伪与考证这三方面的工作"。[3]

---

〔1〕 黄芳、张志强：《著名英文专栏〈小评论〉与中国现代小品文发展》，《中州学刊》2017 年第 8 期。
〔2〕 与此例相仿的是穆时英著《珮珮姑娘》，此书虽为"佚书"，但就其文本性而言，仍与前此出版的短篇小说集《圣处女的感情》中的《五月》一文若合符节，可谓"佚书非佚"的另一典型案例，有关研究请参王贺：《穆时英〈珮珮姑娘〉出版史臆测——兼论近现代"佚书非佚"现象》，《鲁迅研究月刊》2021 年第 12 期。
〔3〕 参见本书第五章。

进一步来说，古文献学所谓的"佚书""佚文"（或统称"佚作"）等概念，如运用在此书/文的研究中，似皆不够准确，或至少不能统一。这从一个角度提醒我们注意这些概念的适用范围和局限性，刺激从事近现代文献研究的学者们更新、提出一些新的分析工具。但是，这并不意味着此类名相之争将使林氏此书黯然失色、全无价值。从文学性、文本性的角度来看，How I Celebrated the New Year 虽然不能算是林氏的代表作，也不是什么了不起、第一流的文学，但是，就中林氏的笔墨、架构、修辞技巧抑或瑕疵，既可放置于其整体创作脉络中进行分析，亦可与同类型的文本、尤其外文文本作一比较，他如有助于研究林氏生平行止、思想观念、翻译策略等等，更不必赘言。

另一方面，从作为书籍、尤其是自其"物质性"的视野出发，How I Celebrated the New Year 一书的存在，则自有其不同于一篇文章的价值。简言之，在笔者看来，其要在揭橥了"非正式出版物"的重要性。

"非正式出版物"（有时被称作"灰色文献""内部交流资料"），按照其字面意思，是未取得公开出版许可、执照的出版物的统称。在言论自由、出版自由受到限制的情况下，现代作者绕过现行的公开发表、出版制度，转而以自费印刷、发行或赠阅的方式，为自己的著作寻求阅读、流通的可能，很好理解。因此而印行、出版的大批著作，成为一种合法的非法存在，中外亦然。例如，新文化史学家罗伯特·达恩顿曾将 18 世纪活跃于法国"格拉布街的写手、盗版书商、斗篷下掖着禁书的小贩"写成了一本书，德国学者齐格弗里德·洛卡蒂斯等人则撰作了《民主德国的秘密读者：禁书的审查与传播》等，研究苏联及东欧、中国"文革"时期的地下文学作品，已为学界熟知。但在西方，非正式出版物（Underground Press）的确曾作为一个专名而出现，此后意涵才不断泛化。其最早"指本世纪(20世纪——引者注)60年代中期开始出现的、由很多团体创办的大量地下出版物。其中有些是秘密组织的,但也有很多和一些大学保持着联系。非正式出版物大多是报刊,但也有不少是发表杂文、诗歌和小说的杂志,政治观点激烈"。"现在'地下'一词用于任何秘密出版的、从事文艺或社会试验的、标新立异的文艺作品。除了地下出版物以外,还有地下电影和地下艺术。地下出版的作品大都以'小杂志'的形式出现,这种小杂志种类数以千计,但是一般流通量非常有限,而且多数只在当地流传。"[1]非正式出版物(书、刊、报等)的文献史料价值,似乎毋庸多言。不仅一些图书馆和资料中心已在悉心搜集,就是一般的历史研究者,固然未必从事、利用过相关史料,但也从理念上知道这类文献资料的可贵。

然而,是否其只具有文献史料价值,不必言及其他？ 其实如上简述,对于文学类的"非正式出版物"(当然也包括部分非文学类的"非正式出版物")来说,尚具有一重文学价值,亦不宜忽视。简言之,无论一非正式出版之文本/文献是否为"佚书""佚文",我们也不必过分表彰、拔高其文学(史)意义或文献史料价值,但仍需承认,其与新发现的同一作者的集外诗文及书札所固有的文学价值,在一定程度上可以被相提并论。不过,以往我们对此类书物、资料的文学价值,似乎都还强调不够。

笔者曾以1948年版《西北文艺》所载夏羊诗文、遗札为例,推及近现代诗家文士集外诗文、书札之文献史料价值,以为"不妨先从文集/全集之编纂、年谱之增补考订、文学史之重新建构、供给其他领域研究

---

[1] 林骧华主编:《西方文学批评术语辞典》,上海社会科学院出版社1989年版,第101页。

材料数端,加以界定".[1]而在当代文学史的研究中,公开出版的图书、期刊、报纸以及手稿、日记、书信等常见的文献史料之外,国家机关尤其意识形态机关的内部文献、文件和会议简报、内部言论汇编、校报校刊、学生期刊及旧诗人的诗集等"非正式出版物"的史料价值,同样已由学者指出。[2]但 *How I Celebrated the New Year* 一书的"浮出历史地表",似更充分地说明了史料价值之外,"非正式出版物"所具有的文学价值。纯粹的文献史料整理、书籍史及出版史研究与一般的文学研究、批评,在此应能结合,且文学研究者可以大显身手,不使史学研究、文献学研究专美于前。

当然,包括 *How I Celebrated the New Year* 在内的一切"非正式出版物",和其他任何一种书籍一样,都还有更为实用的价值。以此书/文而言,我们今天若是从最低限度估价,对于英文世界的读者,欲借助文字之力、了解现代中国人如何过年者,恐仍不失为一很好的指南、导览。

四 余论

与林语堂著 *How I Celebrated the New Year* 一书较为接近的例子,还有清末陈季同所撰法文小说 *Le Roman de L'homme Jaune*(《黄衫客传奇》)。该书初版于 1890 年,以其对传统文学观念有所革新,促

---

[1] 王贺:《〈西北文艺〉所载夏羊诗文、遗札——兼论现代文学文献的散佚及价值》,《北方论丛》2018 年第 4 期。
[2] 谢泳:《拓展中国当代文学史料的几个方向》,《文艺争鸣》2016 年第 8 期。

进中外文学、文化交流,影响及之于曾朴等人,近年来更被文学史家推许为中国现代文学史的"发端之作"之一:"陈季同作为先驱者,正是在参与文学上的维新运动,并为'五四'新文学的发展预先扫清道路。……引导中国文学走上与世界文学交流的轨道。稍后,伍光建、周桂笙、徐念慈、周瘦鹃的新体白话,也正是在翻译西方文学的过程中逐渐形成的。"[1]但无论这一观点是否成立,陈著毕竟还是正式出版物,在当时的社会影响云云尚可估量。

可是,一般的"非正式出版物",尤其由中国作家、学者用外国语文所撰就的"非正式出版物",至今仍未得到很好的搜集、整理与研究。坊间诸种流行的近现代文学史著,对新文学家的自印诗集、小说散文集乃至旧体诗词集,都能够在不同程度上纳入,叹赏不置,但旧文学家、通俗小说家乃至其他一些机关、团体的非正式出版物,不少仍被排斥在外;至于在域外写成、出版者,更成遗珠之憾。推原其本末,研究"海外汉学"者,或嫌其不够"海外";而治近现代文学史、文献史料者,如不能将自己的研究与收藏之道相结合,或勤于访求海内外公私藏书,则势必难以亲见,遑论深入研究?

但至此亦可见出,*How I Celebrated the New Year* 一书是否为"佚书"已无关紧要,相反,它作为一种"非正式出版物"所具有的文献史料价值与文学意涵,才是值得我们认真对待的。甚至,可以毫不夸张地说,这两重价值,既构成了我们判定包括此书在内的一切"非正式出版物"的研究价值(及有关的学术工作)的重要根据,也构成深入理解此类近现代开始大规模出现的文献资料(尤其文学类非正式出版

---

[1] 严家炎:《中国现代文学的"起点"问题》,《文学评论》2014年第2期。

物)的两个不可或缺的维度。而这也是近现代文献向学者们提出的一个新的命题和挑战。

当然,本章关于"非正式出版物"的论述,仍以书籍为主,而较少论及限制发行范围的报纸、杂志(在当代亦被称作"内刊")、小册子、传单和各种单页的宣传材料等,其实在现代、当代文学研究中,不仅上述类型的"非正式出版物"有其参考价值,仅地方性的文学报刊尤其内刊(一类没有刊号但拥有当地有关部门颁发的准印证,一类既无刊号亦无准印证),已相当重要,[1]凡此,均须再行深入探讨。

但也正缘于如此"内在理路",在传统的文献学停下脚步的地方,近现代文献学开始了自己的探索之旅。

---

[1] 有关的初步研究,参见李怡:《地方性文学报刊之于现代文学的史料价值》,《中国现代文学研究丛刊》2010年第1期;程光炜:《再谈抢救当代文学史料》,《中国当代文学研究》2021年第3期;毕文君:《文学内刊与当代文学生态——以江西为例》,《创作评谭》2021年第6期。

第七章 "非单一作者文献"与全集编纂

与传统文献学、东洋文献学、西方文献学较重视"编集文献学"[1]的研究不同,在中国现代、当代文学研究领域,针对现代、当代文学文献史料的编纂及其相关问题的研究,一向并不多见。目前仅有的一些研究论著,多侧重于探讨几种重要全集、研究资料集、辞书、百科全书、教科书、文学史著等的编纂策略、形成缘由及其与时代、社会、学术大势之关系,而未能具体深入于某种或某些文献的性格、特点、内容,揭示其不同的文本原貌与"作者"身份之间的复杂关联,进而建构出相应

---

[1] 关于"编集文献学"的定义、分类、基本问题及研究方法等,详参拙撰《"编集文献学"初探:中国、日本与西方》,未刊稿。

的、更为适切的编纂原则与标准,以满足今天的学术、文化发展需求,这是比较令人遗憾的。例如,在《鲁迅全集》的编纂与出版中,是否完整收入由鲁迅、许广平合作完成的《两地书》,诚然是一重要问题,但在事实上,比《两地书》更为复杂的合作行为、作品在所多见,大量作为历史实存的"非单一作者文献",不仅揭橥了近现代文献生态的复杂性,同时也向我们指出:"作为现代版权制度、'作者权'基石的'独创性'观念,在印刷出版与知识生态激烈变革的19—20世纪遭遇了严峻挑战,挑战之一即是'集体署名'和合作撰写、发表作品成为常态。无论是作为作者,还是读者的我们,都已经且将持续与单一、独立作者为王的时代告别。事实上,在印刷出版媒介、载体和其他现代的言论空间之外,'集体署名'的现象也非常普遍。"[1]

但是,自18世纪以来,基于单一作者而发展出的许多文学、诠释与编辑理论,无法恰如其分地解释包括由诸多作者合作完成的文艺创作在内的诸多"非单一作者文献"的贡献,因此,我们不仅需要走出"个人创作"或创作乃由单独的个人的天赋构筑这一迷思(the myth of solitary genius)[2],还需要在全集(包括文集)的编纂实践中不断地反思、调整自己的编辑策略,依据实际的"作者身份"(authorship)和晚近形成的关于"共同作者"(co-authorship)与"多个作者"(multiple authorship)[3]应

---

[1] 王贺:《"集体署名"与全集编纂的"现代性"问题》,《现代中文学刊》2019年第3期。
[2] Jack Stillinger, *Multiple Authorship and the Myth of Solitary Genius*. New York & Oxford: Oxford University Press, 1991, p. vi.
[3] Sondra Bacharach and Deborah Tollefsen, "We Did It: From Mere Contributors to Coauthors", *The Journal of Aesthetics and Art Criticism* 68(2010), p. 25; Darren Hudson Hick, "Authorship, Co-Authorship, and Multiple Authorship", *The Journal of Aesthetics and Art Criticism* 72(2014), pp. 147-156.

予区别的观念,做出更加符合实情的判断。具体而言,在近现代全集(也包括文集)的编纂中,如何处理作者不限于集主一人的作品、文献,亦即"非单一作者文献",因其不仅关涉着我们如何理解一作家、学者之生平事功和实际贡献,也是近现代文献编纂、研究的现实需要,长期以来亦不乏学者关注,但这些研究,大多仍集中于局部、个案的讨论。最近,学术界亦有对此问题的重新研讨,笔者亦参与了这一讨论,[1]然而,实事求是地说,包括拙文在内的所有论述,虽较此前提出不少新的观察,但因报章杂志篇幅有限,所论甚为疏略,亦使我们对这一问题的理解未能充分展开。事实上,"非单一作者文献"的类型,并不局限于先行讨论范围,而其是否、如何被纳入全集编纂的视野,也因文献史料本身的性质、特点、内容的不同,呈现出各不相同的状况,故而有必要再作尽可能周详、深入之探究。

概而言之,在现代中国早期的作品、文献史料中,这些需要被专门处理的"非单一作者文献",大致包括如下四类:第一,两人合作之文艺创作,或被视为文艺创作之通信,或非文艺创作,但由二人合作者。如鲁迅、许广平合著《两地书》,袁静、孔厥合著之《新儿女英雄传》,某某访谈录、口述、演讲记录稿一类文字;第二,三人及以上之"集体创作",如塞克、萧红等人"集体创作"的多幕剧《突击》、自延安时代至共和国历史上的诸多"集体创作";第三,三人及以上之联合宣言、声明、通电等,如鲁迅参与署名的《对于北京女子师范大学风潮宣言》《中国文学家对于英国智识阶级及一般民众宣言》等;第四,三人及以上之谈话记

---

[1] 这些研究包括易彬:《现代作家全集的文献收录问题》,《现代中文学刊》2019年第2期;王贺:《"集体署名"与全集编纂的"现代性"问题》,《现代中文学刊》2019年第3期;陈子善:《现代作家的联名宣言》,《文汇报》2019年7月15日。

录(多为会议座谈记录),如穆时英、叶灵凤、刘呐鸥等六人"座评"影片《自由神》的谈话记录。因四类"非单一作者文献"的性质、特点皆有不同,故此,在其是否被收入相应的作者之全集、又该如何收入等问题上,一直存有争议。当然,另一方面,毋庸置疑的是,与理论层面的聚讼纷纭相较,在近现代全集的编纂实践、传统中,其中有些类型的文献史料,已初步形成相对比较成熟、稳定的做法,有些则无。究竟应该如何看待这些表面上差异很大的做法?怎样从中汲取处理这类文献的经验,用以指导今后我们的全集编纂实践?这一研究又将如何帮助我们重新认识现代中国文学、文化、历史等领域的合作与作者问题?[1]本章即依各类"非单一作者文献"之复杂程度,结合有代表性的实例,对上述问题分别予以考察。

一　两人合作之(非)文艺创作

这一类作品、文献,一般都会收入两人各自的作品集。如《两地书》既被完整地收入《鲁迅全集》(人民文学出版社 2005 年版),也被完整地收入《许广平文集》(江苏文艺出版社 1998 年版),因为这是无可争议的两个人实际参与、写就的作品,鲁迅、许广平都是著作权人,而且缺少某一方面,都显得不够完整。[2]

---

[1] 关于现代中国早期作者身份的生成,及其与阅读文化、出版文化关系问题的研究,请参王贺:《作者的诞生:从"小说界革命"到〈新青年〉》,郑绩编:《陈子善教授执教四十周年纪念论文集》,海豚出版社 2017 年版,第 41—63 页。
[2] 相反的例子很多,如《舒芜致胡风书信全编》(东方出版中心 2010 年版)与《胡风致舒芜书信全编》(中华书局 2014 年版)的分别出版。

但也有例外。正如拙文所论,"如新版《鲁迅全集》(中国文联出版社 2013 年版)不得不剔除《两地书》这一鲁迅许广平通信集,显然是出于维护《两地书》作为一个独立、完整而不可分割的原创作者的'文学财产权'的考虑。"但这一考虑的代价是不仅剔除了许广平致鲁迅信,也剔除了鲁迅致许广平信,而鲁迅书信作为全集之一部分,亦将因此而不全。更重要的是,这一新版《鲁迅全集》并未严格执行这一标准,其在将《两地书》剔除的同时,又纳入了"江宁顾琅、会稽周树人合纂"的《中国矿产志》。这也许是由于,在全集、丛书的出版中,要坚持统一的标准并不容易。因为即便是人民文学出版社 2005 年版《鲁迅全集》这一目前比较通行、校注颇佳的鲁迅全集版本,也同样未能将统一标准贯彻到底。尽管其中完整地收入了《两地书》(但并非据其手稿整理排印),但却漏收《中国矿产志》此一"非单一作者文献",漏收的同时,其又在第八卷《集外集拾遗补编》列入原书增订三版封底的《本书征求资料广告》(易题为《〈中国矿产志〉征求资料广告》),而此文署名"编纂者",并非鲁迅一人所作。有评者讥之为"丢西瓜捡芝麻"。[1]

不独《中国矿产志》增订三版的《本书征求资料广告》,围绕着《中国矿产志》这一"非单一作者文献"而衍生出的其他文章,在一定程度上也存在着这个问题。该书初版本中所载该书出版广告和顾琅独立编纂《中国矿产全图》一书的出版广告,也被学者判定为鲁迅所作,收入 1938 年版《鲁迅全集》这一最早的《鲁迅全集》版本之后问世不久的《鲁迅全集补遗续编》[2],但除了鲁迅先生纪念委员会编、吴龙辉等整

---

[1] 周楠本:《〈中国矿产志〉版本资料》,《鲁迅研究月刊》2012 年第 5 期。
[2] 唐弢编:《鲁迅全集补遗续编》,上海出版公司 1953 年版,第 444—445 页。该书也收入了《〈中国矿产志〉广告》《〈中国矿产志〉征求资料广告》二文。

理《鲁迅全集》(新疆人民出版社1995年版)第8卷"鲁迅全集补遗"之部将其收入,"附录"在《〈中国矿产志〉征求资料广告》之后,其余诸种全集均未编辑此二文。而原刊于《豫报》第一号(1906年冬东京出版,具体时间不详)的该书出版广告,以及同期刊发的顾琅独立编纂《中国矿产全图》一书的出版广告,虽无署名,但经由学者多方考证,判定其"很可能"[1]为鲁迅所作,至今似亦未列入任何一种《鲁迅全集》。就此数文而言,由人民文学出版社出版的《鲁迅全集》的做法,显然更为保守、稳健,即纳入鲁迅参与其中的"非单一作者文献",而对无署名且其实际执笔者有待再考察的作品持以保留态度。也正基于同样的理由,《两地书》自问世以来,相继被编入1938、1958、1973、1981、2005各版本的《鲁迅全集》。两相对照,中国文联出版社2013年版《鲁迅全集》将其排斥在外的做法,迥异于主流,格外引人注目;而光明日报出版社2012年版《鲁迅全集》同样未编入《两地书》,其理由却是"鲁迅与许广平的通信集《两地书》印行过多次,而且版本多样(包括原信、手抄本和整理本),读者很方便寻找阅读,本书不再收录"。亦删除了许多鲁迅翻译作品;[2]长江文艺出版社2011年版《鲁迅大全集》则只收鲁迅致许广平信,删除许广平致鲁迅信,甚且在编入鲁迅致他人信件时漏录其附件等等,引起学者批评。[3]但这些或不收或只收部分的做法,除了前述"维护《两地书》作为一个独立、完整而不可分割的原创作

---

[1] 刘增杰:《有关鲁迅早期著作的两个广告》,《中国现代文学研究丛刊》1980年第1期。
[2] 刘运峰:《残缺与凌乱:"光明版"〈鲁迅全集〉》,《中国图书评论》2013年第5期。
[3] 此集问题极多,相关讨论包括王世家:《〈鲁迅大全集〉:一次失败的尝试》;孙玉石:《〈鲁迅大全集〉注释错讹举隅》;止庵:《谈〈鲁迅大全集〉的编辑体例》,三文并载《鲁迅研究月刊》2012年第1期;王得后:《关于〈鲁迅大全集〉的编辑问题》,《书城》2012年第3期。

者的'文学财产权'的考虑",真正的原因也可能是《两地书》未取得其权利人的授权,而这一问题涉及任一作品的著作权、版权,包括全集在内的任何出版物皆需处理、面对。

但在大多数情况下,《两地书》仍被收入《鲁迅全集》,当然也不乏比这更为激进的做法。如《台静农全集》(海燕出版社2015年版)第十二册,乃为《台静农往来书信》。所谓"往来书信"也者,顾名思义,即指台静农与他人之间的书翰函札,非是台静农单方面所作、所寄出之信,也包括其所收到的信件。统观全书,所收他人致台静农信计有60通,竟在台静农所作、所寄出信(计有53通)以上。此外,该书还附录了与台静农往来书信有关、但收寄件人均非台静农的书札数通(如《陈垣致北平市公安局、国民党北平市党务整理委员会》《陈垣与蒋孝先往来函》),为是书增色不少。与之相类,1938年版《鲁迅全集》第七卷收入杨霁云作《集外集编者引言》,第二十卷收入许广平为《死魂灵》所撰《附记》,另"附录"许寿裳编《鲁迅先生年谱》《鲁迅译著书目续编》《鲁迅先生的名・号・笔名录》、许广平《鲁迅全集编校后记》等非鲁迅作品;《丁玲全集》(河北人民出版社2001年版)第一卷《母亲》后"附录"《丁母回忆录及诗》,第十卷《魍魉世界——南京囚居回忆》后"附录"1984年7月14日中央组织部《关于为丁玲同志恢复名誉的通知》、1940年10月4日《中央组织部审查丁玲同志被捕被禁经过的结论》、1979年5月3日中国作家协会复查办公室《关于丁玲同志右派问题的复查结论》等文件;诸多近现代作家、学者全集甚至专辟"研究资料"一编,收入重要的集主研究资料,其致一也。

所有这些激进的做法共同表明,在这些全集的编纂者眼中,"向读者提供更多有关作家作品的研究资料"[1]的考虑是第一位的,相形之下,是否需要维护某书作为一个独立、完整而不可分割的原创作者(无论多少人)的"文学财产权"则不甚重要。这也就是说,在全集的编纂实践中,除了可以收入两人合作之(非)文艺创作,与集主有关的重要文献史料亦可斟酌编集,以助读者更好地理解集主及其作品(编次、校勘、注释等等工作的目的,亦是如此),从而将全集只收集主一人所作、兼收其合作作品的一般理解"再问题化"(Re-problematization),为我们打开了重新想象、定义"全集"的空间。

至于某某访谈录、口述、演讲记录稿一类文字,虽系"非单一作者文献",但一般而言,非经访谈者、口述者、演讲者最终审定,否则仍不可阑入其全集。以演讲稿为例,鲁迅生前编定《集外集》时曾删落不少,且明确表示,"记录的人,或者为了方言的不同,听不很懂,于是漏落,错误;或者为了意见的不同,取舍因而不确,我以为要紧的,他并不记录,遇到空话,却详详细细记了一大通;有些简直好像是恶意的捏造,意思和我所说的正是相反的。凡这些,我只好当作记录者自己的创作,都将它由我这里删掉。"[2]口述文献方面,"萧红遗述、骆宾基撰"《红玻璃的故事》,曾刊发于《人世间》复刊号第1卷第3期(1943年1月15日桂林出版),其附记称"是稿,乃萧红逝前避居香港思豪大酒店之某夜,为余口述者。适英日隔海炮战极烈,然口述者如独处一境,听者亦如身在炮火之外,惜未毕,而六楼中弹焉,轰然之声如身碎骨裂,触鼻皆硫黄气。起避底楼,口述者因而中断,故余追忆止此而已",

---

[1] 王贺:《"集体署名"与全集编纂的"现代性"问题》,《现代中文学刊》2019年第3期。
[2] 鲁迅:《〈集外集〉序言》,《鲁迅全集》第7卷,人民文学出版社2005年版,第5页。

因之亦为多种《萧红全集》收入,其实欠妥,但骆宾基作为撰者无疑,应可分享此文之著作权,《骆宾基短篇小说选》(人民文学出版社1980年版)亦编入此文。

二 三人及以上之"集体创作"

这一类作品、文献,是否系入每一作者之作品集,虽然不无争议,但一般也照常分别编集。如署名"塞克、端木蕻良、萧红、聂绀弩共作"的三幕剧《突击》剧本,即被收入了《萧红全集》(北京燕山出版社2014年版)。事实上,在决定收入《突击》这一点上,迄今为止大多数版本的《萧红全集》(哈尔滨出版社1991年版、哈尔滨出版社1998年增订版、黑龙江大学出版社2011年版、北京燕山出版社2014年版)均表欢迎。学术界一般认为,这是萧红参与创作的第一个剧本,但是,在此一剧本未正式发表前,1938年3月11日《西北文化日报》刊登的一则消息却宣称,"剧本为端木蕻良塞克等之集体创作。"[1]然据端木蕻良所述,"这剧本的'设意'和'制出'""其实都是塞克一个人",其余诸位只是"参加意见,商榷词句者"。[2] 该剧后并由塞克执导[3],在西安、兰州等地演出。但也有研究者认为,"将塞克列为《突击》作者的第一位",不仅"是因为剧本的最后完成是塞克所为""塞克还是该剧导演","更

---

[1] 不题撰人:《〈突击〉将在本市公演》,《西北文化日报》1938年3月11日。
[2] 茅盾:《评〈突击〉》,王建中、白长青、董兴泉编:《东北现代文学研究论文集》,辽宁大学出版社1986年版,第44页。
[3] 丁玲:《易俗社与西北战地服务团》,张炯主编:《丁玲全集》第10卷,河北人民出版社2001年版,第288页。

重要的原因可能是：在塞克、端木蕻良、萧红、聂绀弩四位作者中，只有塞克是西北战地服务团团员，作为西北战地服务团自己创作的抗战剧，自然应该将塞克列为第一位"。并推测道，《突击》的剧名、部分情节和主要人物形象的塑造，都应该来自端木蕻良早已发表的同名小说《突击》。因此，"某种程度上可以认为他是第一作者"。〔1〕

但端木的这一证言在很大程度上是可靠的，不然也就无法解释此剧在《七月》第12期（1938年4月1日汉口出版）首次发表至今，塞克缘何一直作为该剧第一作者而并无争议。但为何端木蕻良、萧红、聂绀弩（当期杂志目录页署"绀弩"）依次署名第二、第三、第四责任人，我们并不知情。另外，也有论著称王洛宾亦参与了该剧的创作。〔2〕然而，无论如何，如果它可以被收入《萧红全集》（编者的注释还说明其"由塞克整理完成"），〔3〕那么，也就意味着它同样有资格被分别收入其他三位合作者塞克、端木蕻良、聂绀弩的全集。虽然塞克至今未有全集，但《吼狮——塞克文集》（文化艺术出版社1993年版）、《塞克集》（黑龙江大学出版社2011年版）均收入了此一剧本。《吼狮——塞克文集》也采用了端木的说法。同样地，八卷本《端木蕻良文集》（北京出版社2009年版）和《聂绀弩全集》（武汉出版社2004年版），虽然并未注意四人的实际合作情况，却也仍然将其视作集主的作品一例收入。由此可见，在《突击》这一"非单一作者文献"是否被收入所有作者的全集（包括文集）这一问题上，无论是塞克、端木蕻良文集的编者，还是萧

---

〔1〕 袁培力：《端木蕻良与抗战三幕剧〈突击〉》，《文学报》2015年5月28日。
〔2〕 秋石：《绘得红楼铸青史》，文汇出版社2015年版，第342页。
〔3〕 《突击（三幕剧）》注1，章海宁主编：《萧红全集·诗歌戏剧书信卷》，北京燕山出版社2014年版，第40页。

红、聂绀弩全集的编者,都达成了统一意见,作出了肯定的回答。其所依据的是该剧本在杂志初刊时的署名,以及当事人端木蕻良的自我表述,凸显的是对作者意志和文本初刊面貌的尊重。一言以蔽之,这种做法是以作者生前对其作品、文献的态度,作为相应的全集编纂过程中是否选入此文的标准。

也因此,我们可以说,三人及以上之"集体创作",与两人合作之(非)文艺创作一样,都被视作所有合作者(无论其中实际贡献的大小)无可争议的版权作品,需要被收入每一作者相应的全集。唯一的不同是,如果说《两地书》这样由鲁迅致许广平信、许广平致鲁迅信组成的作品,还可以被顺利地分割其著作权(即将此一书信集分割为鲁迅的去信和许广平的复信,分别单独地收入其文集、全集)的话,那么,像《突击》这样的真正的文艺创作的著作权,则完全无法分割,只能由它的合作者们共占共有。尽管如上所述,这些作者在合作中的实际贡献,可能并非如其初刊时署名次序所显示的那样清晰、准确,甚至有所遗漏,但这一类"非单一作者文献"的性质,决定了它们只能被分别编集。这是由于,作为文本的文艺创作,具有内在的统一性,很难被哪怕模糊地分割为不同主体发挥其力道的几个空间(文学理论中所谓文学文本的"话语空间"云云,只是一修辞、想象性论述而已),而且,作为"创作"而非"制作"的文艺创作,体现出高度的"独创性"和"个性化"特质,这为作者们赢得了声誉的同时,也必将使其享有与之匹配的"文学财产权"。

不过,有必要对上述论述作一限定,即此处我们讨论的"集体创作",是指由不同作者合作完成同一个文本的文学行为,并非是指将不同作者的作品汇编为一书(如《中国的一日》《红军长征记》)之类的现象。如所周知,"集体创作"这一概念,在上世纪三四十年代,尤其苏区、延安解放区等地的文学生产中,曾被广泛使用,但在很多时候,恰恰指向后一种情形。实际上,按照我们今天的理解,后者恰不能被看作"集体创作"(作为个人创作的"他者"),而应该是文学与学术生产的常态、另一组成部分,如出版一本收录了多个作者的多篇作品的作品集、论文集。值得注意的是,由不同作者合作完成同一文本的"集体创作"曾广泛存在。据研究者统计,只1944—1947年间延安、晋绥地区、晋察冀地区、河南、河北、天津、山东、东北等地出版,且在作者一项径署某组织、团体"集体创作"或"集体讨论"的秧歌剧剧本,已在三十种以上,[1]而被认为是解放区"新歌剧运动"代表作的《白毛女》,更是典型不过的例证。该剧于1945年春由延安鲁迅艺术学院师生集体创作[2],贺敬之、丁毅执笔,[3]马可、张鲁、瞿维、焕之、向隅、陈紫、刘炽等作曲,王滨、王大化、张水华、舒强(加入较晚)导演,王昆、林白、张守维、陈强、王家乙、邸力、韩冰、李百万、李波、赵起扬等十余人出演,许珂担任舞台美术设计。这些有名有姓的"作者"之外,"参加讨论和发表意见的,有曾在发生这传说的一带地方做过群众工作的同志,有自

---

[1] 这一统计所依据的资料是首作帝的《战争期间集体创作的秧歌剧目出版发行简表》[《中国新文学集体创作研究(1928—1976)》,华中师范大学博士学位论文,2010年,第62—67页],但在统计时,笔者剔除了本章所述名为"集体创作"实为合著作品选的例子。
[2] 也有研究者强调了边区文艺工作者、西北战地服务团在该剧早期形成阶段中的贡献,指出从20世纪30年代末在晋察冀地区流传的土改故事,到边区文艺工作者写成小说和报告文学,编成民间形式的歌舞表演,再到20世纪40年代初往来于延安、晋察冀地区的西北战地服务团成员将文学和歌舞剧带进延安,构成了延安鲁艺的歌剧改编的基础,参见孟悦:《〈白毛女〉演变的启示——兼论延安文艺的历史多质性》,段宝林、孟悦、李杨:《〈白毛女〉七十年》,上海人民出版社2015年版,第50—51页。
[3] 丁毅:《歌剧〈白毛女〉创作的经过》,文艺理论教研室编:《作家谈创作》上册,北京师范学院中文系1978年版,第93页。

己过过长时期佃农生活的同志,有诗歌、音乐、戏剧的专家","上自党的领导同志,下至老百姓中的放羊娃娃"[1]也都参与了这一创作过程,但很显然,我们无法将《白毛女》的著作权交给参与其创作的所有人以平等的方式共占共有,而只能采取权宜之计,将其视作贺敬之、丁毅等人的作品,分别编入其文集、全集。

另外那些可能由多作者合作完成但发表时只署一化名、笔名的作品,或亦可被视为二三人及以上之"集体创作",但除非我们明了其实际写作成员和具体写作流程、分工,否则仍无法定义其作者、作者身份,亦难编集。如共和国历史上某些集体写作组以"梁效"(谐音"两校")、"罗思鼎"(谐音"螺丝钉")、"石一歌"(谐音"十一个")等名义发表的文章,20世纪90年代以来《人民日报》刊载的署名"任仲平"("人民日报重要评论"的简称和谐音)、"任理轩"("人民日报理论宣传部"的简称和谐音)、"钟轩理"("中央宣传部理论局"的简称和谐音)等名的社论,《解放日报》发表的署名"皇甫平"的系列社论,《求是》杂志登载的署名"秋石"的评论文章[2]等等。

三 联合宣言、声明、通电

第三类"非单一作者文献",是三人及以上之联合宣言、声明、通电

---

[1] 张庚:《关于〈白毛女〉歌剧的创作》,氏著《张庚文录·补遗卷》,湖南文艺出版社2014年版,第82页。
[2] 参陶铠:《关于"本报评论员文章"的署名问题》,《新闻战线》1985年第10期;张正伟:《从"皇甫平"到"申言":〈解放日报〉署名评论员文章研究》,复旦大学硕士学位论文,2010年,第12—13页;陈方圆:《〈人民日报〉集体署名评论员文章特色研究(1978—2015)》,郑州大学硕士学位论文,2015年,第7—20页。

等,其是否编集,极富争议。首先,联名发表宣言、声明、通电,对某一事件公开发表看法,非独现代作家为然,实为近现代史上一"常规动作"。唐继尧等人的《护国讨袁通电》、宋庆龄等人的《讨蒋通电》、中共以"延安民众"之名发表的《延安民众抗战六周年纪念大会关于呼吁团结反对内战通电》,皆系著名之联合通电。联合宣言、声明,若欲公之于众,非藉报章杂志而不能,通电亦复如此。近代政治人物醉心于"通电全国",即指电报发往全国各地之大报要刊、重要人士,但电报只是滥觞,终须见载报端,以大造舆论。

其次,欲认识此类文献史料之性质,"联合"二字非常关键。联合声明、宣言、通电固然多人"联合"发表,但实际起草者泰半只一二人,其余仅邀请署名而已。换言之,这些文献中的"联合"署名人,只可被视作名义上的"多个作者"(multiple authorship),而不能被看作实际上的"共同作者"(co-authorship)。与此同时,与书信、集体创作的小说、戏剧及下文即将论述的谈话记录等材料相比,这一类文献的"独创性"和"个性化"程度,如果不是太低的话,也令人感到十分可疑。更关键的是,其中的"独创性",应该由实际起草人负责,而绝非其他联合署名者。也因此,它们的真实作者,亦即实际起草者,需要我们耐心地予以考证。这些真实作者,当时或署名,或一直隐身幕后,不一而足,自有其缘由可表,[1]但在起草人本身,此类文字,无论是否署名,似乎并未如我们想象得那么重要。鲁迅生前自编之文集,从不杂入此类文字,即是最明显不过之一例证。萧军甫抵延安未久,亦即发现"这里的人

---

[1] 陈子善:《现代作家的联名宣言》,《文汇报》2019年7月15日。

凡事全乐意列名而不工作",[1]自己也"几乎成了时人,这里挂名,那里开会讲演……",[2]其中所谓"列名""挂名"云云,正道出了"联合"之真相。

但类似现象并非只有鲁迅、萧军见及,亦非上海、北京及延安等地独有。长期在冀中抗日根据地从事文化行政工作、1949年后担任地方文教干部的王林,同样也深有体会。其在私下里曾大胆地批评这类追逐于列名而不作切实之文章、事业的现象,尤其中共领导干部(文学艺术、文化领域的领导干部)重视这类联合宣言、声明胜过切实之文章、事业的现象。1946年7月8日王林致沙可夫信称:"将来我还打算写《点线间》,那带着传奇味道了。但是,领导上对一个作者的劳作,看得不比宣言签名重要,弄得我对重写《平原上》的勇气,日渐冲淡了。"[3]这一问题至迟在1950年也被高阶政治人物注意到。是年7月25日,周扬在对下厂文艺工作者谈话时说道:"应尊重五四,尊重传统。不应只要叫他签名……应叫他创造。"[4]这里所谓的"签名",不仅包括专家学者在出席会议、活动时广泛的签名行为,当然也包括各式各色的联合声明、宣言中的签名。

再次,即便我们可以洞察联合声明、宣言、通电的真相,关于其究竟是否应被收入署名者之全集,仍有不少困难。即如丁玲、潘梓年1933年5月14日被上海市公安局逮捕后,蔡元培、林语堂、郁达夫、戴

---

〔1〕 萧军:《延安日记1940—1945》上卷,牛津大学出版社2013年版,第96页。

〔2〕 同上,第282页。

〔3〕 王端阳整理:《王林日记:文艺十七年》,王端阳自印本2019年版,第14页。关于此类"非正式出版物"之文献史料价值及文学意涵的讨论,请参本书第六章。

〔4〕 王端阳整理:《王林日记:文艺十七年》,王端阳自印本2019年版,第107页。

望舒、邵洵美、穆时英、施蛰存等近四十人联名致电南京国民政府行政院、司法行政部,此电文亦属"非单一作者文献"。但其实际起草人之考索,已属难题,一旦异日经由学者考定,且其重要程度决定编者非收入不可,自可置入全集"附录"一编,以免将其与"原创性""个性化"程度更高之"正文"(专论、专书)混为一谈,反失其本。此处所谓"本",亦即如何理解"全集"。按照清人章学诚的理解,"全集"者,一人"著述"之全体、裒为一集而得之者也。然而"著述"之旨,亦宜先知:古之"著述",多为专家之书,与酬酢之事、给求之用无涉,与"三家村村学究的恶滥诗文"无涉[1];近人多宽容无似,不惜将一集主之所有作品(如在联合声明、通电中,泰半仅列名而已)作"著述"看,可乎?故此有学者指出:"编'全集'的最大困惑是,这到底是'个人著作'呢,还是'专题档案'?很多分歧其实是由此而生。"[2]笔者亦指出,全集、专题资料集自可继续编纂,但对于大量的近现代文献,不妨转换思路,将其建置为专题数据库,以解决这一问题。[3]当然,文集、全集、资料集、数据库亦各有其使命,不必混为一谈。

但从这一类较为特殊的"非单一作者文献"来看屡遭坊间讥评的"全集不全"之问题,似乎亦可有别解。近现代作家学者之全集不全,俨然文献编纂、整理者之原罪,然而,如上所述,以联名宣言、声明、通电是否编入全集此点观察之,如非考定其实际起草人,似仍不便贸然

---

[1] 黄永年:《古籍版本学》,江苏教育出版社 2005 年版,第 220 页。
[2] 陈平原:《为何以及如何编"全集"——从〈章太炎全集〉说起》,《中华读书报》2014 年 6 月 25 日。
[3] 王贺:《从"研究资料集"到"专题数据库"》,原载《苏州教育学院学报》2019 年第 3 期,修订稿载微信公众号"抗战文献数据平台"2019 年 7 月 18 日。

列入,全集也大可不必求全。更不论说,还有集主及其后代的遮拦、全集编者的辑佚力量不够、意识形态的限制[1]等原因,以致有学者发现直至2002年才全部出齐的《郭沫若全集》"极有可能是世界上最不全的作家'全集'之一",只"'文学编'遗漏的文学作品至少有1600篇以上"。[2]而本节的分析则指出,在全集中剔除那些仅署名而未实际参与创作的联合宣言、声明、通电,可以是编者的有心之举,并非一般所谓无心之过。进而言之,全集不全,实可谓文献编纂之常态,其不全之结果,自是后人治学之起点。至于其间法式、源流,是非得失,皆须邃密商量、深沉培养,诚非浅学之士所能道也。

与联名宣言、声明、通电等"非单一作者文献"相近者,还有近现代作家、学者担任行政职务时所签署的公文。这类文献,有些意见认为不必编集,有些则相反,如《饮冰室合集集外文》《章士钊全集》均收入了梁启超、章太炎的部分公文,至今未有公论。简而言之,举凡职务写作、公文写作,仍须视其具体情形甚至全集编纂体例而定,难求一律。[3]

四　三人及以上之谈话记录

第四类"非单一作者文献",是三人及以上之谈话记录。较为传统

---

[1] 朱金顺:《辑佚・版本・"全集不全"——读"中国现代文学的文献问题座谈会"论文随想》,《中国现代文学研究丛刊》2004年第3期。
[2] 魏建:《郭沫若佚作与〈郭沫若全集〉》,《文学评论》2010年第2期。
[3] 相关讨论如吴小东:《全集不全　佚文非佚》,《中华读书报》2014年8月6日;葛涛:《何谓真"佚文"　如何编"全集"——谈〈章士钊全集〉兼答吴小东先生》,《中华读书报》2014年9月10日。

的看法认为,"诸如参加会议的发言摘要,听报告的报告人速记,讨论会时临时拟的发言要点,以及采访什么人的访问记录等等,这些内容对了解那个作家,也许有价值,或者是他传记的好材料,但编入他的全集"[1]乃为不当,其实不然。更准确地说,至少对于作者生前已经发表的谈话记录(多为会议座谈记录),近年来学界已日益表示出应将其编入全集的倾向。如穆时英、叶灵凤、刘呐鸥等六人"座评"影片《自由神》的谈话记录,已被收入《穆时英全集》(北京十月文艺出版社2008年版);日本近年出版之《定本横光利一全集》《定本佐藤春夫全集》等亦辟有"谈话"之部,尽收集主参与之谈话记录。它们被编入全集的目的"是向读者提供更多有关作家作品的研究资料"。这些不同人参与的谈话记录,的确也有充足的理由被视为不同人的作品。因集体谈话发生、整理出版之时,已具备了真实性、统一性,而在传布、流通之中,完整的谈话记录不仅可以被看作不同人之谈话集合,谈话人各自独立负责言论之情况也已泾渭分明,故此,这一由众人参与的谈话记录中的每一人,不仅共占共有这一记录文本的版权、著作权,而且与集体创作不同的是,其权利可以被较为清晰地分割开来。

以穆时英等人"座评"影片《自由神》的谈话记录为例,《穆时英全集》的编者完全可以只择取其中穆时英的发言,而将其作为一个独立文本编入全集,但编者并未如此行事,相反,为避免将其与文本语境割裂、有碍读者之阅读,绝大多数中外近现代全集的编纂者,都收入了包括集主发言在内的整体谈话记录。不过,台湾出版的《刘呐鸥全集》

---

[1] 朱金顺:《辑佚·版本·"全集不全"——读"中国现代文学的文献问题座谈会"论文随想》,《中国现代文学研究丛刊》2004年第3期。

第七章 "非单一作者文献"与全集编纂

《刘呐鸥全集:增补集》却漏收此一文献,而"座评"的其他几位参与人叶灵凤、江兼霞、高明、姚苏凤,因无全集,暂论不到编集的必要。其实,伴随着1930年代电影、话剧业的蓬勃发展,"座评"影剧之风在上海艺文界颇为盛行。1936年11月24日《大晚报》刊登的《〈赛金花〉座评》即是又一例。这一"座评"活动由《大晚报》学艺部主催,于11月22日在该报社举行,参加者计有七人,包括钱亦石、阿英、沈起予、夏征农、柯灵、郑伯奇、崔万秋,记录者为阿英。但此一座评记录仍未收入《阿英全集》(安徽教育出版社2003年版),只收入了阿英为此剧所撰一短评《〈赛金花〉公演小评》,可谓"常见书"中的"集外文"。[1]

至于哈尔滨出版社1991年版《萧红全集》之外的其余多种全集版本,或以"萧红发言、谈话录"之部,或以"附录"之部,编入萧红1938年参加的《抗战以后的文艺活动动态和展望——座谈会记录》《现时文艺活动与〈七月〉——座谈会记录》,亦属此种情形。饶有意味的是,这两次座谈会皆由《七月》杂志发起,其中,第一次座谈会参加者多达十人,包括艾青、东平、聂绀弩、田间、胡风、冯乃超、萧红、端木蕻良、适夷、王淑明等,还不算因病未能出席的萧军;第二次座谈会参加者仍十人,但人员有不少变化,包括胡风、端木蕻良、鹿地亘、冯乃超、适夷、奚如、辛人、萧红、宋之的、艾青等。通过《七月》公开发表的谈话记录看,萧红在这两次座谈会上发言较少(实情如何,已无可考),但如上所述,《萧红全集》将其编入,也有十足的理由。不过,其他与会者的全集(包括文集)中,并未全部收入这两次座谈会记录,而在这一未收集的背后,

---

[1] 参见本书第四章,及王贺:《"常见书"与现代作家、学者的"集外手稿"——以〈志摩日记〉为讨论对象》,《上海鲁迅研究》2019年第1辑。

既可能是不同的全集编纂者对多人谈话记录这一类文献的不同理解在起作用，也许还包含了集主生前对此类文献不以为意的态度，亦即编者尊重作者的意志，以其生前对其作品、文献的去取和估价，作为全集编纂的方针。其意旨当然可成立，但并非全无可商榷之处。诚然，无论中西古今，在文献编纂、整理作业中，研判编纂之类例、撰次之得失、详略之攸宜[1]，乃至文本之复原等问题之切当与否，须尽可能尊重作者之意志，否则，一文献之文本既晦，作者、时代不明，辞章义理之发挥，也就无从谈起，但是，对于那些作者未明确表露（或我们难以推测）其真实观念、意志的文献、作品，因作者墓木已拱，实难再乞灵于作者，只得依靠编者自己的判断，而斟酌去取，而这也就再一次地将包括全集在内的文献编纂实践中可能的主观性、任意性，暴露于全体读者面前，其间稍有不慎，势必引发质疑。

三人及以上之谈话记录是否可以编集的争论，也再一次地表明，根据对一个作者在这些"非单一作者文献"中实际贡献的大小而"裁定作者"(attributing authorship)的做法，并不可取，但谈话记录是一例外。这不仅是由于实际贡献的大小，在文艺创作等行为中，很难做出唯一的、排他性的判断，而谈话记录却与此迥然，还是因为，我们同样应该考虑这一文献的原始面貌，尤其是它在首次发表、出版过程中的署名情况，更重要的是，这一署名和发表行为早在作者生前已经完成，而未见其有异议（也不排除个别记录其生前未曾寓目的可能）。总之，与合作的文艺创作相比，集体性的谈话记录，较为清晰地呈现了其中

---

[1] 章学诚撰，吕思勉评，李永圻、张耕华导读整理：《文史通义》，上海古籍出版社2008年版，第26页。

每一位作者的实际贡献,也在相当程度上代表了其中每一作者最早关于此一作品的真实态度,因此,应该被视作其中每一个人的作品而平等地收入相应的文集、全集当中。

五 结论

承前所论,可知在全集编纂中对"非单一作者文献"这一问题的处理,尽管迄今仍聚讼纷纭,但就其大体而言,一般有以下三种考虑:一、向读者提供更多有关集主(作家、学者)作品、文献的研究资料,而无视其是否悉数皆为独占性"著作权";二、维护某书、某文作为一个独立、完整而不可分割的原创作者(无论人数多少、实际贡献如何)的"著作权""文学财产权";三、尊重作者意志和文本初刊面貌,以作者生前对其作品、文献的去取和估价,作为此后全集编纂是否勒入此类文献之主要标准。其中,前两种占主导地位,且比较显露,第三种考虑似乎显得隐晦、曲折一些,但不可否认,仍是较为重要的影响因素。

在这三种考虑之下,全集编纂者所采取的编辑方针、原则等,不仅有其一定之合理性、合法性,且在中外现行的近现代全集编纂实践中,根据这些文献的一般特点、性格,编者们形成了相对比较成熟、稳定的做法。具体到四种类型的"非单一作者文献",对于两人合作之(非)文艺创作、三人及以上之"集体创作"、三人及以上之谈话记录这三类文献,不仅可以纳入全集,亦不必非得置之于"附录"之部,还可视其重要程度,与其他"正文"平分秋色;但对于三人及以上之联合宣言、声明、通电等,只有考定其实际起草人,才能完全视作某一二人之作品、文献编入,否则便只能被剔除,以免有损全集的学术性质。尽管这些"不同的做法恰说明迄今为止我们对'什么是全集'仍未取得共识,而是充满了不同的理解和想象",[1]但在此,我们也有必要重申一个常识,即"在编辑一个版本时,编辑者须谨记编辑的目的,及其假定的读者对象"。[2]全集理应是学术性质的,其读者自当以专业研究者为主,而其他的编辑结果、目标(如选集、规模较小的文集、多人作品的结集等等),则面向普通读者,其中,一文献之是否收录甚至一文献因不同版本而造成的文本差异等工作的重要性,在此不必被过分强调。

由此可见,"非单一作者文献"是否入集这一问题,与其著作权、版权问题并无必然联系[3],亦非无关宏旨的细枝末节或单纯的体例、技术性问题,而恰应作为一个值得持续、深入探讨的学术问题看待、提出。但对于这一问题的分析和解决,除了本章这样相对偏向综合性的类型学考察,也还需要我们深入其中所涉四大类型文献的内部,具体问题具体分析。以鲁迅等人参与的联名宣言为例,有学者指出,在其

---

[1] 王贺:《"集体署名"与全集编纂的"现代性"问题》,《现代中文学刊》2019年第3期。
[2] [美]雷·韦勒克、奥·沃伦:《文学理论》,刘象愚、邢培明、陈圣生、李哲明译,生活·读书·新知三联书店1984年版,第57页。
[3] 当然,这并非是说,编入全集的作品、文献,无须征得其权利人的同意。事实上,有时正因权利人未授权,导致文集、全集不全,乃至权利人与出版商之间的"互相伤害"。全集,和任何一种出版物一样,需要解决这个问题。一个关于1938年版《鲁迅全集》版权问题的研究,就说明了这一点,参见郭刚:《1938年版〈鲁迅全集〉的版权问题》,《鲁迅研究月刊》2017年第4期。但在另一方面,恰因为许多现代文学作品、文献的著作权保护期,已逐渐走向终止,进入"公共版权"领域,遂导致包括单行本、选集、全集在内的大量"公版书"纷纷上市。以《萧红全集》为例,除本章所讨论的四个版本之外,还有凤凰出版社2010年版、中国青年出版社2014年版、华中科技大学出版社2015年版、北方文艺出版社2018年版等四个版本;《张爱玲全集》在海内外也出现五个版本;《徐志摩全集》也已诞生至少七个版本,最新一版据闻亦将由商务印书馆梓行。从《鲁迅全集》到《萧红全集》《张爱玲全集》《徐志摩全集》众多的"全集"版本,绝非如我们一般所想象的那样,后出者转精、颇可信赖,其中不乏徒有其名、粗制滥造者(这还不包括众多的"盗版本"),而这一问题在可以预见的将来,或将更形严峻。

内部,至少包含四种完全不同的情形(同一宣言文本的不同版本中署名顺序有异;宣言起草人并非最末一位签名者;集体署名的宣言乃由二人起草者;实际起草而未署名者)[1],显然,我们也只有对这些不同类型的文献的性质、特点、内容,及其作者、作时、作地、事由、发表与出版过程的来龙去脉等问题,拥有透彻的研究和充分、全面的理解,才有可能在遭遇每一个别的"非单一作者文献"是否入集这一难题时,作出清晰、准确且有理有据的判断与回答。这一切无疑有赖于未来更多关于"非单一作者文献"的个案、细部讨论,以及更为开放、富有想象力的文集、全集编纂实践。

但在这些全新的讨论和实践未能产生之前,与其主观地在种种做法之间评判高下、随意臧否,未如将其视作一个文本、文献和学术研究"历史化"的过程,一个留待我们克服的、未完成的难题,一个承认暂时无法获得共识、不妨各行其是的现象,待之以平常心,而不必深责、苛评(粗制滥造者除外)。毕竟,全集之编纂并非一二人或一代人的事业;全集之不全,亦属文献编纂之常态。而此二点认识,也应该构成我们理解全集(包括文集)编纂之道的基础认识。由此出发,对各种"非单一作者文献"的性格、特点、内容的把握,亦可成为我们深化认识现代中国文学、文化、历史等领域的合作、作者问题,尤其是其作品、文献问题的起点。[2]

---

[1] 陈子善:《现代作家的联名宣言》,《文汇报》2019年7月15日。
[2] 如冯铁对吴曙天章衣萍夫妇、沈从文张兆和夫妇的文学行为进行的富有启发性的研究,参见[德]冯铁:《在拿波里的胡同里:中国现代文学论集》,火源、史建国等译,南京大学出版社2009年版,第279—329页。

第八章 目录之学的当代危机及其因应

本书第二章曾将现代文学目录学实践，放入文献史料开掘的范畴进行讨论，其实，按照传统文献学的研究框架和一般理解，目录之学系一专门部门，虽多与版本学合论(因无论编纂目录，还是研究目录，皆须建立在对图书版本特色、源流、流通、典藏、学术价值等问题的一定掌握之上，至于传统文献学者戏称目录之学为"书衣学""书皮学"等，则凸显出其与版本学研究的重心、范围之不同，而较重其"目"与"录"，非为针对版本本身及相关问题作精深之研究，)，但与相对侧重发掘文献史料的"辑佚"和聚焦于考辨真伪的"考证""辨伪"之学等，仍有相当明显的差异，因此，本章即以部分现代文学目录、索引(兼及当代文学目录、索引)为主要讨论对象，探究其在今天所遭遇的危机及其可能的因应之道,而这一危机及其因应之道,正由我们今天所置身的"数字时代"[1]提出,也因此,乍看起来颇为传统的目录学、文献学研究,也不由自主地迈进了"数字人文"的畛域。

一　目录之学的当代危机

《新月》杂志是上世纪二三十年代著名的文艺、政论刊物,也是自由主义知识分子努力开拓、维护的言论空间。在互联网、数据库未出现之前,如欲查找其中某篇文章,势必得借助于目录、索引一类著作(近人多视之为"工具书"),但在 1949 年前,有关的目录、索引并未出现,非得查阅原刊方能毕其功于一役。不过,在此之后,单行本《新月》目录和收入他书的完整的《新月》目录的相继出现,显著地弥补了这一缺憾。

此处所谓的单行本只有一种,即复旦大学分校中文系资料室编印《〈新月〉目录索引》(自印本,未署印行时间)。按,该校 1978 年 12 月 9 日建立,即设有中文系,1983 年 8 月 28 日并入上海大学,成为上海大学文学院中文系,因此,此书印行时间必在 1970 年代末 1980 年代初。具体编辑者不详。

收入他书的完整目录至今有四种。分别是:1、唐沅、韩之友、封世辉、舒欣、孙庆升、顾盈丰编《中国现代文学期刊目录汇编》(天津人民

---

[1] 其核心为数字媒介、数字技术(与建立在仿真信号基础上的各种"旧"媒介、技术针锋相对),此外也有诸如"信息时代""网络时代""新媒体时代""大数据时代"等各式各样的命名,但在笔者看来,似皆不如"数字时代"准确,详参王贺:《数字时代的目录之学》,香港大学饶宗颐学术馆 2021 年版,第 3 页。

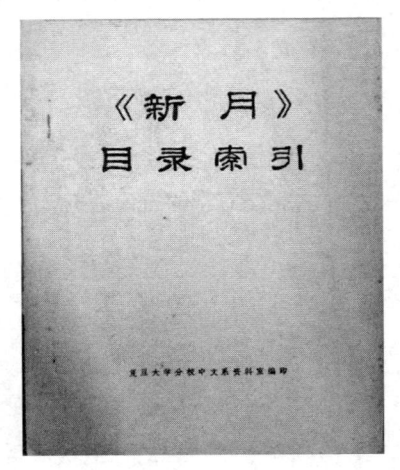

图1 复旦大学分校中文系资料室编印《〈新月〉目录索引》

出版社,1988年9月;知识产权出版社,2010年),收入《新月》目录;2、周锦编著《中国现代文学史料术语大辞典》(台北智燕出版社,1988年10月),收《〈新月〉月刊作品目录》。3、吴俊、李今、刘晓丽主编《中国现代文学期刊目录新编》(上海人民出版社,2010年),收入《新月》目录。4、新版《新月》杂志影印合刊本(上海书店出版社,2017年),收入《新月》目录。按,上海书店1985年首度影印本及台湾、日本据此影印之《新月》合刊本中,均无目录索引;直至2017年新版影印本出版,才收入了此一目录。

由是不难见出,复旦大学分校中文系资料室编印《〈新月〉目录索引》为全部五种目录中的最早一种,在《新月》目录、索引编纂史上占有重要地位。如所周知,《新月》作为"反动文艺刊物",在此之前连名字都不容易出现,至于目录、索引的疏于编纂,亦属"理有固然"。如全国图书联合目录编辑组编《全国中文期刊联合目录 1833—1949》(北京图书馆出版社,1961)以及山东师范学院中文系编《1937—1949 主要文学期刊目录索引》(自印本,1962)等,就采取了弃之不顾的做法。甘冒大不韪者,则有现代文学期刊联合调查小组编《中国现代文学期刊目录(初稿)》(上海文艺出版社,1961),虽然依例只记其刊名、刊期、已知卷期、编者、发行处、收藏单位等等基本信息,但已远胜于一笔抹煞。而详尽的篇目索引,确曾要等到复旦版《〈新月〉目录索引》的问世,始葳其事。其次则为唐沅、韩之友、封世辉等编《中国现代文学期刊目录汇编》中的《新月》目录。大约与此同时,在台北出版了《中国现代文学史料术语大辞典》五册,其中亦收有《〈新月〉月刊作品目录》,而编著者周锦以一己之力建立"中国现代文学研究中心",为中外及海峡两岸作家、学者提供一定的艺文、学术交流管道,亦可谓台湾地区中国现代文学研究史上不可忘却的一笔。然其名为"研究中心",研究的性质、色彩并不甚浓,相反,工作重心乃为搜集文献资料,并予整理、出版。但无论如何,周锦所编此一目录,亦富先行之功。[1]

但此三种目录,毫无疑问,都是 1980 年代学术的产物,且并非皆由资料室、图书馆员主导完成。第一种和周锦所编《〈新月〉月刊作品目录》的情况前已述及,第二种"由北京大学和山东师范大学部分教师和研究人员合作编纂,其中一九一五年至一九三七年六月创刊的一百七十种期刊(另有附录二种),由北京大学中文系唐沅、封世辉、孙庆升负责编辑,乐黛云、袁良骏、高艾军、商金林、任秀玲、胡安福、朱殿青、

---

[1] 关于周锦个人生平著述、编辑出版志业等问题的初步研究,请参王贺:《中研院文哲所图书馆的周锦先生赠书》,澳门《艺文杂志》2019 年第 5 期。

图 2 周锦(左二)、谢霜天(左一)夫妇与孙陵(右二)等人

玄英子参加了部分期刊目录的辑录和《简介》的编写;一九三七年七月至一九四八年十二月创刊的一百零六种期刊(另有附录二种),由山东师范大学中文系韩之友、舒欣、顾盈丰负责编辑"。[1] 从这三种目录中,似乎也很能见出 1980 年代的近现代文献史料工作的特点。首先,由资料室、图书馆员主导的局面已发生了变化,学者们表现得相当积极、活跃;其次,在史料发掘、整理与研究中,较偏重于发掘、整理;在发掘、整理中,虽然也编辑了"研究资料""资料选""作品选""史料汇编""辞典"等书,但无疑更青睐目录、索引的编纂这一形式,特别是就近现代文献的大宗——报章杂志——而言。然则,资料室、图书馆人缘何

----

[1] 编者:《前言》,唐沅、韩之友、封世辉、舒欣、孙庆升、顾盈丰编:《中国现代文学期刊目录汇编》上册,天津人民出版社 1988 年版,无页码。

当时热衷于编制目录、索引？主要原因是政治运动频仍,导致原书、原刊饥荒,专业研究者和普通读者只能到部分资料室、图书馆查阅,[1]此间工作人员既有一定专业素养,同时出于工作的方便、要求(图书馆学的专业训练和图书馆工作实践中原本就有编制目录索引一项)和对学术的热忱,遂编辑完成了一种又一种的目录索引;至于学者们积极参与的缘由,既有出于学术的良知、追求,更多地则是由于教学和研究的需要。然而,编者们对目录和索引未能严格区分,可见其目录学、文献学的专业素养,似亦未敢高估。

不过,复旦版《〈新月〉目录索引》虽具有拓荒意义,却由于未能公开出版、发行,在当时直至今天,传播范围应较有限;及至数年后,由唐沅等人所编的目录,因为公开销行,取得更大影响;周锦编《〈新月〉月刊作品目录》则以地利之便,辐射到台湾及海外地区的读者。其余更晚出者,虽则查漏补缺、指谬补苴,不无小补,但就其总体而言,仍属后出蹈袭之作。易言之,《新月》目录编辑的格局,早已由复旦大学分校中文系资料室的同人、唐沅、周锦诸先生奠定,后之来者无论如何努力已翻不出什么新花样,大抵这就是学术史的无情了。

更无情的是,在互联网搜索引擎和数据库出现之后,绝大多数目录、索引的工作都已被自动生成的检索结果和在线"机读目录"等形式取代。作为专门之学的传统的目录学(这是就其狭义而言的,并非是指"辨章学术、考镜源流"的广义的目录学),固然在古籍整理、研究中不断发展,但面对《新月》在内的近现代文献,面对新的学术与知识生

---

[1] 樊骏:《这是一项宏大的系统工程——关于中国现代文学史料工作的总体考察(上)》,《新文学史料》1989年第1期。

态,已在很大程度上丧失了实用性、当代性,而使自身成果成为了资料室、图书馆中的"遗迹",乏人问津;面对当代浩瀚无边、旋起旋灭的网络文献,更使人感到任何人力编制一目录、索引的徒劳、无力。

如果说目录的历史漫长而悠远,那么,索引自诞生之日起,堪称知识分类生产的新工具,被发明用于加工、利用原始文献资料。易言之,作为"二次文献"的索引,极大地提高了知识生产的效率,促进了知识的积累、学术的发展,拓展了人类思维的疆界,若将其誉之为全球知识史、文明史上的一大革命,恐怕也毫不夸张。但如今美人迟暮、英雄难有用武之地,其前路何在,不得不引人深长思之。

二 危机中的意义:重新理解目录之学

2019年3月19日,本章第一节以《目录学向何处去》发表。发表后,许多师长、朋友慷慨提供了不少意见、建议。这些精彩的意见、建议,约略可归纳为二方面:一是针对此文具体所论《新月》目录、索引及复旦大学分校中文系资料室编印《〈新月〉目录索引》而补充、提示新的研究资料和研究线索、来源。这些补充和提示,不可谓不重要,因学术研究的任务之一,乃是向读者提供新的、尽可能准确的知识。不过,由于笔者尚未完全掌握这些新的资料和采访对象等,目前无法作出进一步的、全面的补充与修正。二是因此而生发出的,关于现时代目录学之意义、价值如何认识,中西目录学学术传统如何评估等等相关问题的讨论。这些问题,拙论其实并未充分展开,其间寥寥数语,似亦不免理有未周、意犹未尽,故此再作若干分析、解释,以免谬种流传而不自度,且以售其欺者耳。

拙文尝谓："在互联网搜索引擎和数据库出现之后，绝大多数目录、索引的工作都已被自动生成的检索结果和在线'机读目录'等形式取代。作为专门之学的传统的目录学（这是就其狭义而言的，并非是指'辨章学术、考镜源流'的广义的目录学），固然在古籍整理、研究中不断发展，但面对《新月》在内的近现代文献，面对新的学术与知识生态，已在很大程度上丧失了实用性、当代性，而使自身成果成为了资料室、图书馆中的'遗迹'，乏人问津；面对当代浩瀚无边、旋起旋灭的网络文献，更使人感到任何人力编制一目录、索引的徒劳、无力。"又称："如果说目录的历史漫长而悠远，那么，索引自诞生之日起，堪称知识分类生产的新工具，被发明用于加工、利用原始文献资料。作为'二次文献'的索引，极大地提高了知识生产的效率，促进了知识的积累、学术的发展，拓展了人类思维的疆界，将其誉之为全球知识史、文明史上的一大革命，也毫不夸张，但如今美人迟暮、英雄难有用武之地，其前路何在，不得不引人深长思之。"

凡此种种，似乎给读者留下了笔者竭力否定目录学的实际功能、价值的印象。事实上，学界对目录、索引类著作的一般性批评，并非始自拙文，[1]而前辈学人虽未有专门撰文，但在其具体批评中仍涉及此类工作的一些根本问题，如周一良在自藏《世说新语引得（附刘注引书引得）》（洪业主持之哈佛燕京"引得编纂处校订"之《引得》第12号，1933年5月由"哈佛燕京学社"出版）一书封面，即写下如此之批语："世说一书不可解处太多，此引得仅就可解项目编制，不可解者仍付缺

---

[1] 如刘国华：《丑陋的目录学》，《大学图书情报学刊》2002年第2期。

如,为用殊狭耳。""刘注只有引书引得,亦为美中不足。"[1]虽寥寥数语,却点出了索引编制的内在缺陷。更何况作为一种发展趋势,目录学在互联网、数据库时代遭遇了严重挑战,其所面临的危机是无可否认、毋庸置疑的。不过,正如笔者在另一论及校勘学研究方法的短札中所言,这并不意味着其已沦落到人人可哂、殆无足观的地步,相关的工作也已不能被视作严肃的学术工作,相反,仍存在着不少有待今人深入思考、努力开拓的空间。[2]校勘学如此,其他的传统文献学的分支领域,何尝不是如此?

(一) 目录、索引在现时代之意义及其功用

首先,有必要强调的是,对于任一迄未建立数据库的文献资料,目录、索引仍有其存在价值。例如,1951年9月24日,前苏联作家爱伦堡、智利诗人聂鲁达等作为"世界和平理事会"、"加强国际和平"斯大林国际奖金委员会代表访问上海。到沪当日下午,即参观虹口区大陆新村鲁迅故居、鲁迅纪念馆,并与陪同的丁玲、周而复等人合影留念。参观结束后,爱伦堡夫妇、聂鲁达夫妇在该馆纪念册上题词,中云:"鲁迅虽然没有看到新时代的新事物,但他是培养新时代新事物的人!""之后,爱伦堡夫妇由陈虞松等陪同参观了新华印刷厂,聂鲁达夫妇由黄华等陪同参观了水生生物研究所。"[3]当晚还一道出席了由中华人

---

[1] 周一良先生过世后,其藏书陆续流出,旧藏《世说新语引得(附刘注引书引得)》为一藏家所得,示余以原书照相。该书封面页除钤有周一良藏书印二方(较大),尚有二批语。第一处批语位于书页左下方,末有"廿七年十一月一良识",钤朱文小印,印文为"周一良印";第二处批语紧挨其后,写于书页左上方,末仍钤一朱文小印,印文作"一良"。另,二批语原无标点,笔者酌补之。
[2] 王贺:《作为研究工具的校勘之学》,《东方早报·上海书评》2016年8月21日。
[3] 本报讯:《访问人民的新上海 爱伦堡与聂鲁达昨抵沪》,《文汇报》1951年9月25日。

民保卫世界和平反对美国侵略委员会华东总分会暨上海市分会、中苏友好协会上海分会、中华全国总工会华东办事处、上海总工会、上海市民主妇女联合会、上海市文学艺术界联合会等多个团体联合举办的招待晚宴。唐弢为此还在《解放日报》发表杂文《新的鼓舞》，对二人到访上海表示热烈欢迎，讴歌来之不易的国际友谊，表达对世界和平的期许。

然而，关于此一史事，透过"读秀学术搜索""中国知网""谷歌学术"等各大学术搜索引擎和数据库，我们只能查得三条记录。其中之一即来自李万春编《苏联当代文学研究资料索引》的《爱伦堡、聂鲁达参观上海鲁迅纪念馆》。[1] 据该书所示，此文原载《文艺新地》1951年第10期，但是，包括《文艺新地》在内的大量当代报刊，几乎很少被建置为数据库，故此我们只得循此线索至图书馆查询原刊，以顺利获得全文。然而，如果没有这一专题索引，我们焉能看到这一研究资料？此外，上海《文汇报》1951年9月25日头版也发表了题为《访问人民的新上海 爱伦堡与聂鲁达昨抵沪》的消息，并载有该报记者徐开垒的报道《爱伦堡与聂鲁达访问鲁迅纪念馆》，述之甚详，足供参考。《文汇报》《人民日报》《光明日报》等大报，尽管早已建成各自的数据库或光盘版全文检索系统，但或需要图书馆采购，或需要购买、安装光盘才能使用，且未能进入各大学术搜索引擎，因此较难为学者所利用，而三十多年前问世的《苏联当代文学研究资料索引》，在此正体现出它不衰的

---

[1] 李万春编：《苏联当代文学研究资料索引》，东北师范大学出版社1985年版，第105页。其余二条记录分别为：《爱伦堡、聂鲁达访问杭州、上海》，《华东新闻汇编》1951年第9期；刘时平：《新闻工作者如何面向群众——摘记爱伦堡对上海新闻工作者的谈话》，《新观察》1951年第7期。

价值。

在许多学者和读书人的认识、想象中，越是古老的文献越不容易找到，似已是一定论，若欲查找当代文献，又何愁之有？但以上的实例就告诉我们，诸如《文艺新地》等等当代文献，仍需要我们为之建立专题目录、索引；而当代文献的大宗——网络文献，更以其生命周期短、每天以高速度增长、传输介质的不稳定性等等原因，导致其难以有效保存，致使后之来者难以利用。与此相比，既有的"互联网档案馆"(Internet Archive)等旨在定期收录、永久保存全球网页的网站、项目所取得的成就，则显得微不足道。也正因为我们长期以来崇古而卑今的文献意识(刻板印象?)作祟，学界中人每每语及当代文献史料，虽未必弃之如敝屣，但谈到其搜集、保存及整理工作，恐怕很难不表示不置可否的态度；而不重视阅读、利用专题目录、研究资料索引等书的结果，便是坊间流行的一些关于"爱伦堡在中国""聂鲁达与中国"的研究成果，在一定程度上失去了更为丰富的基础资料的支撑，而只能在"螺蛳壳里做道场"，不断地进行其所谓的"文本细读"，从而无法进行起码的史实重建，更无论就相关问题进行深入、透辟的分析、解释与论证，当然也很难构成坚实、有效的学术积累，何其憾也。

(二) 图书馆在线"机读目录"等目录之局限

其次，面对图书馆的在线"机读目录"(MARC)[1]或藉由搜索引

---

[1] 正如研究者所指出的，图书编目系统也是一种数据库，两者真正的不同在于它们的作用，前者一般用于定位图书馆藏资料信息，而透过后者我们可以进行更加深入的查阅，帮我们打开一份期刊、报纸并查看里面的文章。参见[美]马特·厄普森、C. 迈克尔·豪尔编：《怎样玩转信息：研究方法指南》，孙宝库译，四川文艺出版社 2019 年版，第 62 页。

擎(尤其学术搜索引擎)和数据库自动生成的条列式检索结果,我们固然有充足的理由为之额手称庆,但也同时必须承认其有限性。例如,2007年3月8日,意大利作家、学者翁贝托·埃科(Umberto Eco,一译艾柯)结束北京之行,莅临上海,次日在上海书城参加其新作《波多里诺》中译本发布活动。与1993年首次访华、在北京大学发表《独角兽与龙》的学术演讲不同,这次埃科还接受了许多新闻媒体的采访,也与普通读者有了较多接触、交流机会。其中,发表于同年3月15日《南方周末》的专访,不仅有两个专版,而且思想、内容深刻,问世后引发不少关注。通过使用学术搜索引擎,我们可以清楚地掌握这一专访的基本信息,甚至知道这一专访的超链接地址,指向该报官方网站的某一页面,但是,当我们试图重新访问时,却发现该地址已经失效。实际上,在该报官方网站和其他种种来源上,都完全查找不到这一专访的内容,最后仍只能到图书馆中去查检原报。

一旦我们想要进入图书馆查检原报,就必须通过查询图书馆在线"机读目录",确认其是否已纳入馆藏这一程序。但是,正如我们所知,在图书馆"机读目录"中,一份报纸无论发行时间多长、总数有多少张、合订本有多少册,一般可能只有一个条目(亦即一条书目数据)。在这一条目之下,除题目、著者等一般著录的字段,常常也还罗列有馆方依其发行年限或其他标准加工而成的各个合订本的所谓"详细书目记录",但很明显,这仍然无法深入我们所需要的具体的某篇文献。试想,假如我们没有之前获得的具体的发表时间等信息,当如何查得这篇专访资料?实无异于大海捞针。然而,这一切,恰是专门的目录、索引,可以派上用场的地方。不仅如此,为了方便"检索"、图书分类归档而创制的"机读目录"本身,正如史睿先生评论拙文时所指出的,"产生于计算机信息处理技术发展初期","早已远远落后于当今信息处理技术发展水平,就知识体系而言不及纸本目录,就直指关键词检索而言不及纸本索引等检索工具书",而且,"目前图书馆的机读目录表面上便于检索,因其完全无序(书目内在意义的顺序),其实是取消了传统目录'即类求书'功能,更不要说用以'辨章学术、考镜源流'了。"[1]

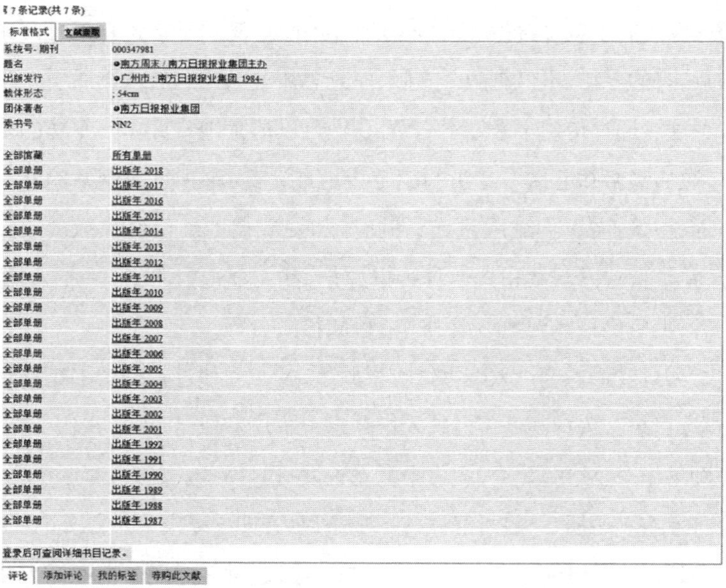

图3 复旦大学图书馆联机目录中的《南方周末》

这也意味着我们需要更加充分、自觉地认识图书馆"机读目录"的成就与不足。作为图书馆系统(档案馆系统也采用了与此类似的做法)编制书目数据时所遵循的作业规范,和描述、揭示文献信息的国际

---

[1] 史睿:《〈目录学向何处去?〉按语》,微信个人账号"史睿",2019年3月19日。

标准格式,"机读目录"较传统的"卡片目录",在很多方面的确更胜一筹,其最大的长处即在于利用机器(电脑)识读和处理图书信息,并根据一定的编目规则、格式及编制方法,自动生成书目信息,既可沟通出版商与图书馆(这也是"机读目录"被发明的初衷),减少二者之间信息传递的成本,亦可为读者快速查询、图书分类与书目数据资源的共享提供帮助,极大地节省了人力、物力和财力,但自其诞生发展至今,亦已暴露出不少局限性,根本无法满足读者深入单一、个别文献乃至"即类求书""辨章学术、考镜源流"的需求,正是其一大不足。

另一方面,图书馆"机读目录"中的许多著录项、字段因可由出版商、图书代理商提供,或与之合作取得(据笔者所知,近年来,中国大陆许多图书馆的编目业务,多已由外包公司承担,馆方只待其完成初稿之后,交由正式的图书编目员稍作校对,便汇入书目数据库系统),但此一整合与共享书目数据之举,究竟是技术革新所取得的进步,还是说明此一工作已渐失其专业水准、门槛,从而化为图书馆学实务之一附庸?"数字时代"的图书(及其他类型的文献资料)编目实践,又该如何满足读者不同层次的"目录"需求,兼顾其对权威与可信数据的需求?如何克服日益增长着的文献(及其信息)与读者"对文献特定需求之间的矛盾"?[1] 仍值得包括图书馆员、编目员在内的一切目录编纂实践者,结合数字技术、方法的不断革新,及人文学术的内在需求,在实践中逐渐寻得一解决方案。

但无论如何,在此之前,读者都必须面对、利用这一不尽如人意的"机读目录"。史睿因此感慨道:"从这个角度说来,当今图书馆读者被

---

[1] 刘国华:《丑陋的目录学》,《大学图书情报学刊》2002年第2期。

机读目录误导,知识管理能力尚不及古人。此今日图书馆极为可悲可哀之事,今之图书馆人'不暇自哀而后人哀之,后人哀之而不鉴之,亦使后人而复哀后人也'。"更进一步,还"需要诘问的是:技术转型真的带来文明提升吗? 至少在图书馆目录这件事上我们看到的是,技术转型带来了读者知识管理方式的丧失和知识管理能力的下降。这表明图书馆绝非是几位二五眼的程序员能包打天下的。学者们抗拒'数字化',其实根子在此。"

令人忧心的是,无论是在线"机读目录",还是全文数据库及其相关的"数字人文"研究工具的开发,与中西目录学广阔而丰富的传统似已呈现出相互割裂的状况。这在一定程度上既影响了当代"数字学术"的进展,也使得目录、索引等主流学术形式蒙尘,从此不断凋零,走向衰亡。徐力恒先生阅毕拙文后,亦检讨道,近些年"数字人文"工具的开发,似并未充分参照、总结目录学的传统和源流,从中获得宝贵的经验和启示,而图书馆学界与文献学界、文史研究者各自为政,疏于交通,或系造成此一现况的重要原因。[1] 力恒兄参加过"中国历代人物传记资料库"(CBDB)的建置工作,对文史数据库的开发、利用情况相当熟悉,其高见应予重视;至于如何消除学科、专业壁垒,促进不同领域的交流、沟通,使不同学术成果之间交相辉映、启迪,文献学与"数字人文"深度融合,确属目前及未来相当长一段时间内亟待解决的问题。

(三) 作为研究工具的目录之学

再次,"上世纪九十年代以来,文献学和实证主义史学影响下的现代文学研究虽已取得不俗成绩,但仍有许多人认为,文献学和一般的

---

[1] 徐力恒:《〈目录学向何处去?〉按语》,微信个人账号"徐力恒",2019年3月19日。

现代文学研究关系不大，而与古代文学、经学、历史研究更为相关，或者说，一个合格的现代文学研究者，只要学会利用文献史料及相关研究成果即可，并不必接受文献学的训练，当然，从事自己的研究也不必自文献学开始。"[1]而一般研究历史的学者，对目录之学等中西传统学问，似亦不觉其重要，因即便不习得、利用此类研究工具，照样无碍于援笔作文、立论陈词。但事实是否如此？

其实目录和索引的核心，就是依照一定标准，将文献资料进行排序、分类组织、整理。其产出的成果，也就是我们一般所谓的目录、索引，为读者查检某一领域、主题的资料提供方便。但在同时，它也完全可作为一种研究工具被使用，不仅可以产出相应的研究成果，也构成了我们展开新的研究的基础。因为专题目录和索引，既可以有效地呈现出其所属的一个小的领域、小的主题的结构与框架，也能使得其中一些研究不足的更小的领域、主题重新被照亮、被发现，从而有了引起研究者重新研究的可能，更重要的是，这一工作还有利于研究者系统、深入地汲取既有研究成果，避免了因资料丰富、不知分门别类而使自己的思考、研究陷入薄物细故不辨、牛溲马勃并陈之窘境。[2]

不过，为了讨论的方便，这里仍不妨举一个与《新月》杂志有关的资料（包含专书、报刊文献等等）编目的例子。但首先必须声明的是，这个目录只是我自己一时所拟，只是一方便法门，实际情形一定要较此复杂得多，当然也需要不断地进行完善、修改：

---

[1] 王贺：《文献学取向的穆时英研究》，香港《文学评论》第54期（2018年3月）。
[2] 不题撰人：《如何用目录学追踪艺术史的最新进展：书籍编目的工具Zotero》，微信公众号"艺术史图书馆"2019年4月29日。

《新月》
　基础资料
　　总论
　　历史研究
　　　《新月》杂志社研究
　　　《新月》作者生平传记研究
　　　《新月》影响之研究
　　文学研究
　　　《新月》所刊作品研究
　　　《新月》所刊自由派文人作品研究
　　　《新月》所刊胡适作品研究
　　　《新月》所刊徐志摩作品研究
　　　……
　　　《新月》所刊左翼文人作品研究
　　　《新月》所刊普通作家作品研究
　新文献
　　目录、索引
　　　附：关于《新月》目录、索引之研究
　　　……

在实际使用过程中，我们还可以为这个目录的每一方面添加研究资料的重要信息，甚且借助 Zotero 等软件实现编目需要（类似的软件可以同时将我们研究资料的电子版，导入这一目录，以便参阅、引用），帮助我们建立对这一研究领域及其所属子领域的基本判断。待其初步建成之时,我们不仅应能对《新月》研究的进程、现况了然于胸,而且将会对此一领域的研究前景有所洞察。更重要的是,它能够帮助我们对自己的研究作一清晰、准确的定位,亦即个人的研究将在什么方面作出何种贡献,还有什么问题、薄弱环节仍待补足,诸如此类问题也都将会有相当的自觉。

也因此,按照罗伯特·达恩顿袭自法国启蒙运动时期思想家狄德罗的观察,这种乍看似"目录"、分类整理知识的框架的建立,实际上无异于培植下一棵有机的、"记叙'人类知识的秩序与连贯'"、枝繁叶茂的"知识树"。[1] 对于任一专业研究者而言,势必都要经年累月、持续追踪一个或几个研究领域的进展,但如果其研究工作由目录之学开始,由"知识树"的培植开始,随着新的研究成果和资料的不断加入,这棵"知识树"也将不断成长,从而呈现出知识的系统性、专业性与重要性;细致、耐心地观察同一个树枝下不同果实的差异,或者,对同一个果实,利用新的研究工具,转换观察、诠释的视点,也一定会激发学者新的思考,带来新的发现。

对于研究《新月》杂志、"新月派"而言,这一"知识树"必将发挥巨大的作用。学者若能在研究的过程中,可以时时返顾、浇灌此一"知识树",其《新月》及相关研究的整体格局、问题意识势必不以个案的讨论、史实的考证、单一文本的解读而削弱,相反,尽可以小大由之,使细节、个案在与整体的无尽对话中,提出并完成一个又一个的研究甚至新的理论论述,从而切实推动这一领域的深入。

---

[1] [美]罗伯特·达恩顿:《屠猫记:法国文化史钩沉》,吕健忠译,新星出版社2006年版,第206页。

文学研究之外的例子也在所多见。如所周知,近代史学"二陈"(陈寅恪、陈垣)凡所研究,几乎都从编定资料目录、索引开始,尤其陈垣更是如此。所作《文津阁本元六十家文集目录》《中国佛教史籍概况》《明末清初教士译著现存书目》《四库全书书目考异》《四库全书撰人目录》诸书,今人或不免视之为研究"副产品",确乎多为其从事元史、佛教史、近代中西文化交通史等研究工作之前所作另一准备工作,但它们本身也自有其作为学术作品的独特价值,至今不灭。[1]

至此,可以肯定地说,在学术研究中,若能重视研究资料的排序、分类组织整理,"观察所得需要加以筛选"[2],积极编制专题目录和索引,将会给我们的研究工作带来很多帮助,直接推动学术研究的深入,而这也就是笔者所理解的目录之学作为研究工具、"致用之学"[3]的意义。

(四)超越"检索"走向阅读

最后,依笔者有限的阅读、写作及研究经验,阅读纸质图书(包括纸质的专题目录、索引)与专门查检资料而后狼吞虎咽、罗织为文,似仍为二途。更准确地说,由于学术专业化程度的不断加深、国际高等教育市场与大学体系的激烈竞争,制度性的学术生产且"根据研究的问题进行检索,以问题的探索为导向进行阅读"渐已成为主流,但"按照目录的方式,将某一主题的文献逐一阅读"[4]仍然十分重要。

---

[1] 倪士毅:《中国古代目录学史》,杭州大学出版社1998年版,第3页。
[2] [美]罗伯特·达恩顿:《屠猫记:法国文化史钩沉》,吕健忠译,新星出版社2006年版,第202页。
[3] 朱天俊:《中国目录学本是致用之学》,《图书情报工作》1983年第6期。
[4] 不题撰人:《数字人文时代的个人数据库之导论:目录学下的数据库阅读》,微信公众号"艺术史图书馆"2019年4月24日。

陈寅恪、吕思勉、严耕望、罗尔纲等杰出的近代学人,亦曾不约而同地分别此二者,强调读书而非查检资料,方为治学之正途。但"读书宜有门径",以故近人张之洞教导门生弟子,须拜《四库全书总目提要》此一目录学著作为师:"泛滥无归,终身无得。得门而入,事半功倍。或经,或史,或词章,或经济,或天算地舆,经治何经? 史治何史? 经济是何条? 因类以求,各有专注。至于经注,孰为师授之古学? 孰为无本之俗学? 史传孰为有法? 孰为失体? 孰为详密? 孰为疏舛? 词章孰为正宗? 孰为旁门? 尤宜抉择分析,方不致误用聪明。此事宜有师承。然师岂易得? 书即师也。今为诸生指一良师,将《四库全书总目提要》一过,即略知学术门径矣。"[1]不仅如此,张氏还撰有《𬨨轩语》《书目答问》等,金针度人。

也就是说,对于许多杰出的学者而言,目录、索引、提要、叙录等等,并非工具之书,而只有偶一查检之用,反之,恰是通读、研读的对象。以近现代文史研究为例,由于时间、精力及其他条件有限,我们终其一生,都无法通读(也许也并无必要通读)全部的近现代报刊、作家学者文集和全集,但至少可以做到通读诸多期刊、报纸的目录和索引(假如有的话),循此再进入原刊、原典的阅读与思考,必将事半功倍。另一方面,如果能在选择性地阅读原刊、原典之后,再将有关的目录和索引通读一过,则我们收获了感受、印象、资料、线索的同时,也不致失去整体观,从而避免了"碎片化""捡到篮里都是菜"甚或入宝山而空手回的情况。在此意义上,不仅清人王鸣盛所谓的"目录之学,学中第一紧要事,必从此问途,方能得其门而入,然此事非苦学精究,质之良师,

---

[1] 张之洞著,陈居渊编,朱维铮校:《书目答问二种》,中西书局 2012 年版,第 247、248 页。

未易明也""凡读书最切要者目录之学,目录明方可读书,不明终是乱读"[1]数语仍适用,且《〈新月〉目录索引》等近现代文献的目录、索引,亦不因数据库中有其目录甚至全文检索功能而黯然失色,反之,仍待有心人反复打磨、完善,推出一个定本,供读者阅读、参考。

至于前文所谓目录学丧失的实用性、当代性,当然也应该加一必要的限定,此即其主要针对着那些完全依赖互联网、数据库做其所谓"学问"的学者(互联网民族志学者等或是例外)。我们不应该忽视的是,还有很多学人,仍切盼着一个时常可以关闭电脑、远离网络的世界,无数个可以潜心研读、圈点、勾画、校阅,与书籍及作者思接千载、心游万仞的时刻,而非深陷于"论文机器""学院动物"状态不能自拔。这种阅读、思考的状态,有时呈现为"按照目录的方式,将某一主题的文献逐一阅读",有时则纯粹代表了第三种阅读方式——漫无目的的阅读(desultory reading),而后者的存在,在在提醒我们,不妨享受"非职业阅读"、沉思、奇思妙想的乐趣。按照亚里士多德、培根、夏目漱石、鲁迅等人的理论,学术研究也好,艺文创作也罢,本来就是闲暇、余裕的结果,而闲暇"是一种精神的现象","一种灵魂的状态","强调一种内在的无所忧虑,一种平静,一种沉默,一种顺其自然的无为状态"。[2] 今天,"硬写""硬译""硬评"如火得风而炎炽,几有遮天蔽日之势,但在我看来,有志的学者仍不能轻易向此流俗缴械投降,降低自己阅读、思考、研究和写作的难度。

最后,无论是利用纸质目录、索引,还是利用图书馆在线"机读目

---

[1] 王鸣盛著、黄曙辉点校:《十七史商榷》,上海书店出版社2013年版,第1、68页。
[2] [德]约瑟夫·皮珀:《闲暇:文化的基础》,刘森尧译,新星出版社2005年版,第40页。

录"、搜索引擎及书目数据库、全文数据库等,我们最初的旨趣或为"检索"之后的阅读、思考、研究,但面对不断扩张、日益增加的海量文献资料,什么时候停下"检索"脚步,或敢于承认从事某一研究的文献资料已"竭泽而渔"、全部掌握,已成为困扰着我们的、实在在在的问题(笔者在完成本书稿的过程中,同样也一再被此一问题所困扰)。但是,正如作为学者个体,我们在不断做"加法"的同时,也应该考虑做"减法"的必要性,文献学的学术实践,要义也并非是原封不动地、全部地保留人类历史上的一切文献、文化遗产,相反,仍有必要对其进行选择、淘汰、删除、遗忘,亦即承认、尊重此一事实:人类文明、历史的发展,由"记忆"与"遗忘"共同塑造。因此,我们固然要恢复那些主动的"遗忘"、强制的"遗忘"、消极的"遗忘"(如寻访并研究被禁止、焚毁的书刊资料等),"要考察那些被排斥在记忆之外的内容,特别要看到某些特定内容是被什么样的权力组织精心且系统地排斥出集体记忆之外的",[1]但也同时需要以当代人的视野、眼光来形成积极的"遗忘",亦即"非历史""反历史"的认知、判断及学术实践。

与不辨良莠、务在求全、求新的"机读目录"、搜索引擎及数据库相比,传统的以纸质媒介为载体的目录、索引,在很大程度上正发挥了这一功效,为我们展示了相对较为准确、可靠、稳定的文献资料及其历史脉络,体现了专业人士的智慧、责任与良知,也为我们超越"检索"、走向"阅读"提供了某些可能。假如没有纸质目录、索引,我们很难不陷入"网洋大海""报林""刊海"。

---

[1] 罗新:《一切史料都是史学》,氏著《有所不为的反叛者》,上海三联书店2019年版,第21页。

三 朝向新的目录之学

一言以蔽之,除非人类的全部书刊资料都已经被充分地电子化、数字化,且可长期、有效存储,开放给读者访问、使用,否则,目录学的重要性容或下降,但其意义、价值,绝不可能被取消而致沦亡。从中西学术传统来看,自其发端至今,目录学的意义、价值,都和我们阅读、研究的实际需要——查找、利用文献资料——联系在一起。因为无论是作为二次文献的主流形式,还是知识管理、知识工程的重要内容,目录、索引不仅与此一实际需求密切相关,也构成了我们走向文献、获得知识的必经之路(尽管现时代的途径已更加多元)。这一实际需要同时决定了图书馆、资料室等机构的核心功能,即在于存藏文献资料。换句话说,在任何时代、境况中,图书馆、资料室的发展皆须将此一需求置于优先地位,而非其他。更何况,我们即便拥有海量的数据库,它也并不是万能的,它的问题之多,绝不亚于纸质文献史料。[1]

在当下,无论在中国内地,还是全世界的其他国家和地区,图书馆等搜集、整理、收藏文献资料以供人阅览、参考之馆所,朝向电子化、数字化、数据化、"智能化"的大势,已然浩浩汤汤、一望无涯。置身于此一新的时代潮流之中,或许更有必要强调的是,包括图书馆在线"机读目录"或藉由搜索引擎和数据库自动生成的检索目录(甚至个性化的目录定制推送服务)等等新的知识管理成就,乃至其他五花八门的知识工程、服务等等的发展,并不应该以摒弃、弱化存藏文献资料此一核心功能作为代价。如果我们无视这一读者的实际功能/需求,昧于中西目录

---

[1] 参王瑞来:《警惕数据库》,《史学月刊》2018 年第 9 期。

学及文献学传统的守正创新,而完全依赖于信息技术的革命,甚或认为透过人工智能等新技术和大数据分析,即可拯救世界、包打天下、解决文明遗产保护和传承的所有问题,或恐不免有舍本逐末、自毁长城之虞。

对于目录之学来说,今天更应该在近代学者奠定的良好基础之上追求更大的发展,而不只是驻足于目录学史研究这一方面,止步不前。近人余嘉锡尝言:"吾国学术,素乏系统,且不注意于工具之述作,各家类然,而以目录为尤甚。故自来有目录之学,有目录之书,而无治目录学之书。"[1]但自其讲论目录学至今,中国目录之学的轮廓已大致建立,近代意义上的目录学研究成果极为丰硕,可以说,我们所有人都受惠于这一学术遗产。也因此,尽管目录学在今天面临着重重挑战和危机,但重温前人这些拓荒性、奠基性的论述,窃以为,我们同样也应该有勇气、有责任,从危机、挑战中为其寻找意义,创造新的发展方向和可能。

就此而言,无论是对"数字目录学"[2]等新目录学的理论建构,还是在实操中改进现有的各式编目与检索系统,探索"数字时代"的书目控制、循证之道,[3]乃至对近现代目录学进行全面、深入之勘探,[4]皆属后之来者责无旁贷的使命。

---

[1] 余嘉锡:《目录学发微 古书通例》,上海古籍出版社2013年版,第3页。

[2] 参柯平:《从文献目录学到数字目录学》,国家图书馆出版社2008年版;王新才:《中国目录学:理论、传统与发展》,国家图书馆出版社2008年版;彭斐章等著:《数字时代目录学的理论变革与发展研究》,武汉大学出版社2009年版;王贺:《数字时代的目录之学》,香港大学饶宗颐学术馆2021年版。

[3] 参罗式胜:《书目控制论》,《图书馆理论与实践》1988年第2期;严鼎忠、许静芬:《图书馆在书目控制管理作业的构想——以全国图书书目资讯网(NBINet)为例》,《中华民国九十九年图书馆年鉴》,台北"国家图书馆"2011年版,第31—36页。

[4] 如有学者从古典目录学角度,对现代文学目录之学的不足提出极为严厉的批评,参郭宝军:《中国现代文学目录平议——基于古典目录学的视角》,《现代中国文化与文学》2022年第2辑。

第九章　手稿研究的基本问题及其未来

　　近年来的现代文学研究中,手稿研究似亦如火如荼,但关于现代文学手稿研究的理论、方法与技术条件这三个基本问题,至今几乎未有讨论。本章即以鲁迅、巴金、郁达夫手稿研究为例,对上述问题作一扼要论析,并指出:其研究理论似过于依赖"文本生成学"理论,有待开拓;其研究方法虽较多元,亦可引进历史研究中的"史料批判"取向,以为补充;而在技术条件层面,手稿复制技术(如影印出版、照相、建置数据库)和手稿文本复原技术(如排印整理的形式、符号,如何处理并尽可能呈现不同手稿的"文本性"与"物质性"等)在一定程度上制约着手稿研究的深化,亦须不断改进、革新。因手稿文本的整理,不同于一般的文献史料整理,不仅难度极高,需要丰富的手书辨识、鉴定经验,也牵涉到文本复原问题(如在排印整理本中如何恢复一则日记、笔记手稿的"天头"),需要探索新的作业规范和技术。最后,笔者认为,"数字时代"的到来,重新定义了手稿和手稿研究,因此提出有必要将"数字手稿"视为手稿研究对象这一观点,并讨论了"数字时代"手稿研究的发展方向。

一 手稿研究的理论、方法

尽管现代文学手稿研究(下简作"手稿研究")早在1949年前就已开始,但简要回顾其学术脉络可知,自觉的、作为问题的手稿研究之提出,乃是在新世纪。正如本书第二章所论,在1949年至今"现代文学文献史料持续开掘、理论体系与研究方法不断探索的背景之下,新世纪以来,新的领域、议题也被相继开发出来。这些新的领域、议题,依主题、重心和处理方法的不同,可概括为三个方面",其中之一即是有关手稿、签名本、毛边本等的研究。特别是手稿研究,不仅有不少专题研究论文发表,且拥有了理论、实践层面的双重考察,以手稿整理出版为主要目标的大型研究项目(如国家社科基金重大项目"《鲁迅手稿全集》文献整理与研究")亦得以重新启动。此外,连续数次在上海召开的手稿学研讨会,在东北等地召开的手稿研究论坛、南北高校成立的手稿研究中心等,都说明了它在学术界受到的欢迎程度。

传统的手稿研究,多与版本学、校勘学相结合,以此作为研究方法。现代手稿研究则与文本生成学、叙述学关系极为密切,尤其法国学者皮埃尔—马克·德比亚齐(Pierre Marc de BIASI)的"文本生成学",成为这一领域重要的理论资源。但是,正如本书第二章所论,在此之外，研究现代文学手稿的学者，似乎较少吸收、参考中国古代手稿（包括写本、抄本、稿本等等）和其他国家、地区手稿的研究传统。正如有学者所谈："法国学者之现代手稿研究或文本生成学，究竟与校勘之学（指英美世界的 Textual Criticism——引者注），中文传统之版本学目录之研究，前现代手稿之研究，是否有截然之分别，是历史与理论待解问题。"[1]其实"文本生成学"只是欧美手稿研究之一脉，且是对现代作家（如福楼拜等）手稿的研究中建立起来的，与欧美古代手稿研究传统颇多有异。最近也有学者从近现代手稿与政治遗产、书法艺术的纠葛，其所关涉的著作权与名誉权，学术价值，鉴定与研究等方面论及手稿研究的视野、方法诸问题，[2]向学界再次提出须重视手稿研究这一观点。然而，除此之外，在手稿研究理论、方法上，还有哪些可以汲取的学术遗产？窃以为，历史研究中的"史料批判"研究，似亦可为手稿研究提供一定的理论资源，或方法论层面的镜鉴。

"史料批判"又称"史料论式的研究"，或"历史书写的研究"。[3]借用日本学者安部聪一郎的话来说，是"以特定的史书、文献，特别是正史的整体为对象，探求其构造、性格、执笔意图，并以此为起点试图进行史料的再解释和历史图像的再构筑，将此作为明确的目标进行研究"。[4]中国学者孙正军则将其定义为"通过分析史料来源、书写体例、成书背景、撰述意图等，考察史料的形成过程，以此为基础，探讨影

---

[1] 易鹏：《"花心动"：周梦蝶〈赋格〉手稿初探》，洪淑苓主编：《观照与低徊：周梦蝶手稿、创作、宗教与艺术国际学术研讨会论文集》，台湾学生书局2014年版，第271页。
[2] 陈平原：《手稿研究的视野、方法与策略》，香港《中国文学学报》第11期（2021年6月）。
[3] 孙正军：《魏晋南北朝史研究中的史料批判研究》，《文史哲》2016年第1期。
[4] [日]安部聪一郎：《三国西晋史研究的新动向》，《中国中古史研究：中国中古史青年学者联谊会会刊》第1卷（2011年2月）。

响和制约这一过程的历史图景,并揭示史料形成所具有的历史意义"。[1]这一研究取向,在日本的以中国为中心的东洋史学领域(亦有专门的学术团体史料批判研究会,长期编辑出版专刊《史料批判研究》)、中国的中古史研究领域颇为发达,自有其来源。当然,另一方面,也正如不少学者所指出的,无论是日本的东洋史研究,还是中国的古史、近现代史研究领域中出现的"史料批判"取向,远承现代史学的奠基人物、德国历史学家兰克等人的历史主义、实证主义史学传统,近接1920年代由顾颉刚、钱玄同等学者发展出的"疑古"史学思潮,而蔚为大国。

从表面上看,以"正史的整体"为批判对象、旨在研究历史书写和文本构造的"史料批判",与手稿研究似乎并无关联,但在事实上,两者都面对共通的问题,首先是史料来源问题。在这方面,无论是"史料批判"研究中对史料来源问题的重视,还是传统的文献学对文献来源、流传情况的研究,至少向手稿研究者提出了三个大的问题:

其一,我们如从事手稿研究,研究资料从何处获得?对于手稿研究而言,可以依赖的资料无外乎实物/原稿、照片、扫描件或影印件、数据库或电子版,但从何处开掘我们的手稿研究资料?与搜集实物/原稿、照片、扫描件或影印件、数据库或电子版等等来源相比,也许还应该注意到"常见书"(含近代报刊)这一手稿研究的重要来源,因其中仍有大量"集外文"和"集外手稿",有待研究者开掘、利用。[2]

---

[1] 孙正军:《通往史料批判研究之途》,《中国史研究动态》2016年第4期。
[2] 参见本书第四章,及王贺:《"常见书"与现代作家、学者的"集外手稿"——以〈志摩日记〉为讨论对象》,《上海鲁迅研究》2019年第1辑。

其二,如何确定一份手稿的真正的作者(及其写作时间、地点)？事实上,在现代文学研究领域,除非是专门的研究者,一般不会对史料本身的真伪提出研究。而严重依赖手稿实物的手稿研究,从理论上来说,固然应该更重视对手稿实物本身的真伪提出讨论,以之作为整个研究的前提和先行作业,但因为我们大多数时候无法利用原物、实物,故而对此问题实难进行深入探究。特别是一旦利用手稿的照片(常常出现在旧书刊售卖和拍卖网站)作为辑佚的来源、研究的资料时,这类问题变得极为紧迫、重要。诚然,没有任何一位学者可以仅凭照片、图片,就顺利鉴定出任何手稿的真伪,鉴别手稿史料对于专门的手稿研究者也极有难度,但这一基础的"史料批判"意识,似仍是手稿研究过程中我们应该具备的。

其三,作为书写结果的手稿文本,其内容是否系此作者(手稿书写者)所独创？如果是,我们应该提出相应的论证和论据,如果不是,它又来源于何处,经历了怎样的发展、变化过程？就此而言,一份纯粹抄录古人诗作的手稿,可能是很好的书法艺术作品,在书法史等领域具有较高的研究价值,但对于我们据此研究文学史、文化史、社会史、作家私人生活史等,其用途可能就相当有限,反倒不如同一作者所写的一张便条,或一张领款单(这是否可以被视作"手稿"？)。换言之,面对不同来源的手稿文献,研究者都需要从其来源、作者及思想内容等方面进行批判和再批判。

更重要的是,参考史学界的"史料批判"研究,[1]我们对手稿研究

---

[1] 本章所论"史料批判",乃据研读史学研究成果而来,最近亦有学者提出所谓的"现代文学史料批判"说,近乎"发见",与笔者之理解相当不同。关于后者,请参金宏宇:《中国现代文学史料批判的理论与方法》,社会科学文献出版社2021年版,第1章。

第九章 手稿研究的基本问题及其未来

可在现有的研究框架、视野之外提出许多新的问题，或至少是对既有研究提出必要的反思。例如，在鲁迅手稿研究领域，我们可以提出诸如此类的问题：如将不同版本的《鲁迅全集》《鲁迅手稿全集》的整体视作一个个独立的文本，则其中的"鲁迅像"有何不同、如何构筑、有何意涵？新版《鲁迅手稿全集》与旧版相比，其独创性究竟体现在哪些方面？单篇的鲁迅手稿，与一部作品集手稿、后人编纂的手稿集之间，究竟呈现出何种关联？其中有哪些要素、性质，是我们所创造的、添加的，而并非原稿所有的？既有的鲁迅研究、现代文学史研究与叙述，有多少是据其手稿所作？文学史家何以如此书写？这在何种程度上影响了我们对鲁迅手稿、文学与思想的重新理解？

在更为广泛的手稿研究中，我们还可以进一步提出下述问题：一份手稿，为什么会呈现为如此这般的"文本性""物质性"？其通过何种方式、途径进入我们的研究视野？拍卖行、藏家、文博机构、学术机构、出版商分别在其中扮演了怎样的角色，发挥了怎样的作用，是否影响了我们准确地理解这一手稿的性质、要旨？不同学者"校读"或批评同一文本的手稿（不同层次、形态的手稿）与初刊本、初版本、再版本、《全集》本（标准本？）的"问题意识"是什么？是否彻底解决了与手稿本身关系最为密切的问题，还是仅将其作为一种和其他类型的文献资料一样的研究资料在使用？后者是否亦可被称作"手稿研究"？不同学者以何缘由，如何参与、介入、建构我们的手稿研究的面貌，从而致使我们在面对包括手稿在内的一切文献史料时本该拥有的、尽量抛开一切前理解，虚心倾听文本内部声音的态度持续受到挑战？

但即便如此，当前手稿研究的关键，似仍为如何处理"材料"和"议题"的关系，这也和历史研究如出一辙。正如本书第二章引述邓小南先生的高见,"从某种程度上说,研究水平的高下,正是取决于论著者对于'材料'与'议题'的把握方式。在各学科体系重组、知识结构更新的时代背景之下,希望求得实质性的学术突破,而不是满足于用语、词汇的改变,必须从议题的了解与选择、从材料的搜讨与解读开始。"[1]陈平原先生也指出:"如何将零碎的资料(手稿)编织进庞大的知识系统,上串下联,给出准确定位与深入阐释,这对学者来说,是个巨大的挑战。"[2]仍以新版《鲁迅手稿全集》为例,其体量较旧版几乎增加一倍,学者通读一遍已属难事,如何从中开发新的议题、建构新的研究,并使之具有一定的普遍性和代表性,而不是只局限于个案的精妙研究;抑或有意追求、完成每一个案的深入研究,而不必醉心于建立一座"高楼大厦"。推而广之,文献史料的新旧,在手稿研究中是否重要?作为新文献、新史料的手稿,如何帮助我们"以小见大"?又或者,"以小见大"在手稿研究中是否重要?手稿整理是否可以总结出一套相对可以通行的规则、程序?手稿研究、整理过程中如何复原文本?相应的标识符号、形式等应该被如何呈现?……值得每一位手稿研究者深思。

二 手稿研究的技术条件

在从事手稿研究之时,与我们从事其他带有历史性质的研究一样,我们所依赖的研究资料,一般情况下无外乎"原件、复印件、照相

---

[1] 邓小南:《永远的挑战——略谈历史研究中的材料与议题》,氏著《朗润学史丛稿》,中华书局 2010 年版,第 506 页。
[2] 陈平原:《手稿研究的视野、方法与策略》,香港《中国文学学报》第 11 期(2021 年 6 月)。

件、抄写件"[1]这四类,但由于手稿"原件"极难查找、利用,因此,后三类既构成了主要的手稿研究资料类型,当然也代表了三种存在形态。其中,21世纪之前,手稿"抄写件"是主流,而在激光打印、复印技术和快速照相技术不断革新、生产成本降低,以致走入万千平民之手后,"复印件""照相件"代替"抄写件"成为复制、保存、传播"手稿"的常见形式。但不容忽视的是,在这之前,大学、科研院所和出版机构早已在采用新的文献复制、出版技术,将手稿以"复印件""照相件"的形式印刷出版,这也就是我们一般所谓的影印出版,诸多现代文学手稿藉此得以重见天日。然而,这些手稿究竟是如何被影印的?其整体成就如何?存在着何种不足?又该如何改良、克服?其标准何在?最后,如何评估一种影印书稿的质量、学术价值?对这一连串问题的讨论,虽然不能说是既往学术研究的空白,但的确缺乏较深入、透辟的分析,尤其是从历史考察、方法论、技术分析等多重视角,对这些问题进行"再脉络化"(Reconceptualize),予以重新检视,显得极为必要。这里仅以巴金、郁达夫手稿研究为例,对手稿研究的技术条件作一简要论析,其余则留待以后。[2]

如所周知,巴金手稿的整理与影印出版,在巴金研究会、巴金故居

---

[1] 中国社会科学院文学研究所鲁迅研究室:《第二卷 编者说明》,中国社会科学院文学研究所鲁迅研究室编:《1913—1983鲁迅研究学术论著资料汇编》,中国文联出版公司1986年版,无页码。
[2] 可以开掘的研究对象,也许还包括鲁迅手稿、胡适手稿、周作人手稿、郭沫若手稿、冰心手稿、萧红手稿等,但因为研究条件的限制,亦即我们无法查看这些手稿的原稿,只能根据经过修版、修图及其他技术处理之后编辑出版的手稿影印本(及一些含混不清或有意无意漏记其"物质性"特征的所谓"出版说明"),来从事所谓的手稿研究。但很显然,这样一来,我们的研究空间就受到了很大的限制,当然也无法据此展开关于手稿研究的技术条件这一课题的探究。

的大力推动下,早在 1990 年代末已经开始,至今成果卓著。其中,以单册或套装形式发行的全部出版物,计有如下四种:

1.《巴金〈随想录〉手稿本》(一函五册),上海文化出版社,1998 年 11 月出版

2.《寒夜:手稿珍藏本》(一册),上海文艺出版社,2005 年 10 月出版

3.《憩园:手稿珍藏本》(一册),上海文艺出版社,2007 年 8 月出版

4.《〈第四病室〉手稿珍藏本》(一册),华文出版社,2019 年 8 月出版

此外,如巴金未完成的中篇小说《春梦》手稿残稿,也在 2010 年被整理发表。据闻原稿照片也曾被制作为光盘,在部分巴金研究者内部流通、阅览。[1] 2021 年,巴金故居还影印出版了巴金策划、文化生活出版社出版的鲁迅散文集《夜记》,[2] 这也是此书的第二次出版(虽然并非公开出版,仍只限于部分学者之间的阅读、流通)。

其中,《寒夜》《憩园》是巴金的代表性作品,此二部小说连同《第四病室》也被认为是巴金的"人间三部曲",其得以在新世纪完整影印出版,势必将推动巴金研究尤其是巴金手稿研究的发展。在这之前,围绕着《家》《随想录》《寒夜》《憩园》四部手稿影印本,产生了一系列专题

---

[1] 陈思和:《关于巴金〈春梦〉残稿的整理与读解》,氏著《巴金晚年思想研究论稿》,复旦大学出版社 2015 年版,第 211 页。
[2] 陈子善:《巴金与鲁迅的散文集〈夜记〉》,《新文学史料》2021 年第 3 期。

研究,尤其以周立民先生的研究最为集中。这些研究成果无一例外出现在新世纪,至少包括以下四种:[1]

1.《〈家〉手稿释读——巴金手稿研究系列之一》,《现代中文学刊》2015年第3期

2.《另一个文本——〈随想录〉的手稿解读》,收入周立民著《〈随想录〉论稿》,复旦大学出版社,2016年2月出版(该书初版名为《巴金〈随想录〉论稿》,复旦大学出版社,2012年1月出版),第341—365页

3.《〈寒夜〉的修改与中国现代文学文献学问题》,收入陈思和、李存光主编《一粒麦子落地:巴金研究集刊卷2》,上海三联书店,2007年10月出版,第103—126页

4.《读〈憩园〉手稿札记》,收入周立民著《巴金的似水流年》,中国书籍出版社,2014年7月出版,第202—207页

但这些研究,主要的关怀仍为"呈现作家的具体写作、修改的过程,从而对研究作家的艺术追求和变化提供实在的参证"。[2] 这些研究的展开,除了依赖相应的手稿影印本,更重要的条件是被影印的手稿,在作家生前都已发表、出版。因此,两种甚至两种以上版本之间的比勘就成为了可能,借助于版本学、校勘学的研究也就变得顺理成章了。但对于《春梦》这样的仅以手稿形式存在的手稿,又该如何研究?

---

[1] 据作者见告,关于《〈第四病室〉手稿珍藏本》的研究,也正在进行之中,应可期待。
[2] 周立民:《〈家〉手稿释读——巴金手稿研究系列之一》,《现代中文学刊》2015年第3期。

恐怕首先取决于其手稿复制技术和文本复原技术的成熟。就前者而言,因由《春梦》手稿照相所制作完成的光盘笔者未见,暂无法讨论;但就后者来说,因其已公开发表,似可作一管窥。简言之,《春梦》手稿的排印整理文本,采取了正文加注释这一形式。具体来说,"凡是作者明显笔误或错字者,以[ ]形式在该字后标注正字;因原稿字迹模糊无法或不能辨认的字,以□替代;所有注释均为整理者所加,在注释中酌情标注作者原稿中划掉、删去的部分重要文字。"[1]但这一正文加注释的形式,其实并非理想的手稿文本复原形式,其最大的问题是,一般只能说明其中文字的一次、两次变化,难以揭示其多次变化,而读者必须通过时时对读注释与正文,才能了解手稿文本的面貌。故此,窃以为,我们有必要重新思考、发明新的手稿文本复原形式、技术。[2]

如上所述,《家》《随想录》《寒夜》《憩园》《第四病室》五部手稿皆已影印出版,其成就如何评价都不过分,但其间是否也存在一定的不足?而恰足以说明新世纪以来现代文学手稿影印出版的问题?实际上,已有学者指出,《寒夜:手稿珍藏本》的正文是对《寒夜》手稿本的影印,编辑时也参校了这部小说的初版本(上海晨光出版公司1947年版),但其所附录的《后记》并非初版本《后记》,而是在初版本《后记》基础上进行修改、压缩的一个新的文本。[3]换言之,《寒夜:手稿珍藏本》虽然就其主体而言,乃是《寒夜》手稿的完整影印,但该书同时

---

[1] 巴金著,周立民整理:《春梦(残稿)》,《现代中文学刊》2010年第2期。
[2] 详参王贺:《手稿文本如何复原:侧重于技术层面的考察》,未刊稿。
[3] 陈思广:《如何辑与如何用——中国现代长篇小说接受史料与接受研究中的两个问题》,《青海社会科学》2012年第1期。

第九章　手稿研究的基本问题及其未来

也是一个新的、独立的文本,是对《寒夜》手稿和《寒夜》初版排印本的一个综合,如果不能注意到这一事实,读者、研究者或将产生误判。[1]最新出版的《第四病室》手稿影印本,仍取彩色影印形式,印刷、装帧颇为考究,但仍非原大原样影印,原稿单页尺寸为 31.5×22cm,[2]影印本单页尺寸为 24.9×18cm,因此,在每一页底端的最后一字、最后一个标点符号或此处其他修改、涂抹的痕迹,在很多时候可能是残缺的(如影印本第 355 页第 9 行"了"字下部被涂抹的内容);而在每页首部和中部被涂抹、修改过却又难以辨识的文字、符号(如影印本第 354 页第 6、7、8 行被涂抹、修改过的内容)等,我们虽然不清楚是保存多年的原稿已如此模糊,还是影印时压缩图片质量、缩小版面或是其他技术力量限制所致,但在客观上给我们的手稿研究带来了不少困难。不过,需要强调的是,由原稿本身造成的局限并非没有可能,因为作家第一次书写和后面修改的字迹,绝大多数一样都是黑色墨迹,难以清晰区别。影印出版时如何修改、调整手稿图像的颜色(逐字逐句地修改,虽然在技术上是可能的,但在事实上难以办到),以示二者区别,确有难度,事实上也只有极少数出自红色墨迹者,在影印本中未有问题。

再以郁达夫手稿研究为例,新近发现并影印出版的郁达夫唯一完整的中篇小说手稿《她是一个弱女子》问世后,引起了学界一定关

---

[1] 王贺:《郁达夫手稿〈她是一个弱女子〉是善本吗?》,发表于"澎湃新闻·上海书评"2017 年 5 月 15 日,网址见:https://www.thepaper.cn/newsDetail_forward_1682388,2021 年 11 月 1 日检索。

[2] 周立民:《〈第四病室〉手稿珍藏本后记》,巴金:《〈第四病室〉手稿珍藏本》,华文出版社 2019 年版,第 398 页。

注。[1]该书影印质量较高,且于一书之中,除影印手稿本外,还有一排印本,以为对照,形式颇见"创新"。但正如拙文所论,两相对照之下,一个再明显不过的问题即浮现在我们面前,即"这一排印本是据何者排印而来？据出版方见告,乃是由陈子善、王自立二先生所编《郁达夫文集》(广州花城出版社、香港三联书店1982—1984年版)中载之《弱女子》排印。当然,我们知道,理想的做法之一是依据其初版本(上海湖风书局1932年版)校录,但这个初版本竟遍寻不见,据此整理也就无从谈起；做法之二是依据这一手稿本进行整理,而暂不顾其他的版本、文本之出入,不作校勘。虽然此书未能如此行事,而是在《郁达夫文集》所提供的排印本的基础上,结合手稿,做了部分的校订,加了必要的说明"。但严格说来,这一据手稿整理排印的文本,这一试图综合手稿、初版本和其他诸版本而形成一较完善之版本的新刊本,在事实上却成为了一个大杂烩式的文本:其时而据《郁达夫文集》中载《弱女子》之文字迻录,时而据手稿径改,时而加注以说明版本异同,时而又弃之不顾。显然,这既不符合业已基本确立的若干现代文学文献整理规范,更不是传统文献学所能理解的做法,因此也无法运用于郁达夫手稿研究在内的相关研究。

要之,透过上述扼要讨论,笔者希望指出,手稿复制技术(如影印出版[2]、照相、建置数据库)和手稿文本复原技术(如排印整理的体

---

[1] 相关研究包括陈子善:《郁达夫〈她是一个弱女子〉手稿本》,氏著《从鲁迅到张爱玲——文学史内外》,北京大学出版社2017年版,第35—46页；王贺:《郁达夫手稿〈她是一个弱女子〉是善本吗？》,出处同上；李杭春:《读郁达夫手稿本〈她是一个弱女子〉》,《文汇报·文汇学人》2019年6月28日。

[2] 以影印出版为例,早期对其理解相对比较简单,代表性的说法如朱金顺:"影印本,就是依据手迹或原书影印出的书籍。若从印刷方式区别,有珂罗版、胶印和缩微照(转下页)

第九章　手稿研究的基本问题及其未来　　191

例、形式、符号等)作为手稿研究关键性的技术条件,在一定程度上制约着手稿研究的深化,目前存在的问题较多,需要不断改进、革新。另一方面,我们也同样需要吸收、扩充其他领域的研究理论与方法,为手稿研究开拓新的可能,而不是只停留在观察其在写作中具体如何修改、创作风格如何变化等极其有限的方面。就此而言,冯铁对周作人译、鲁迅校《神盖记》译稿的文学史、翻译史、思想史研究,[1]陈平原利用胡适《尝试集》删改底本及胡适、鲁迅二人间的相关书札,探讨"经典是怎样形成的"系列论文,[2]为学界提供了精彩范例,值得我们重视。[3]

　　(接上页)像三种。比较早的影印本,多用珂罗版印刷,又称玻璃版印刷,即用化学药品在玻璃版上照象制版,像《初期白话诗稿》《忆》等,就都是珂罗版影印的。现在常见的影印本,多为胶版印刷了,这比珂罗版进了一步,是照象后制成胶版所印。如《嵇康集》、《鲁迅诗稿》等,就是胶版的影印本。近来,开展了广泛的复印工作,如一九八〇至八一年上海文艺出版社影印的《中国新文学大系》,一九七九年十二月上海书店复印的《鲁迅先生纪念集》,以及上海书店近两年复印的多种《中国现代文学史参考资料》等等。这种原书的'依原样复印',则是用缩微照象制版的影印本。"(氏著《新文学资料引论》,北京语言学院出版社1986年版,第85—86页)但在事实上,近年来由于复制、出版技术的革新,影印出版条件也发生了很大的变化,当然,问题依然很多,相关的经验和不足都需要被认真讨论,详参王贺:《手稿如何影印？现代文学手稿影印出版史的"再脉络化"》,待刊。

〔1〕冯铁:《未被倾听的声音——论周作人译、鲁迅校〈神盖记〉手稿》,李树春译、王贺校,《现代中文学刊》2018年第1期;王贺:《记忆深处的冯铁教授》,原载"澎湃新闻"2017年11月18日,网址见：https：//www.thepaper.cn/newsDetail_forward_1868202,2021年12月15日检索。
〔2〕陈平原:《鲁迅为胡适删诗信件的发现》,《鲁迅研究月刊》2000年第10期;《经典是怎样形成的：周氏兄弟等为胡适删诗考》(一、二),《鲁迅研究月刊》2001年第4、5期。
〔3〕当然,诸如《神盖记》译稿、《尝试集》删改底本之类的重要材料,并不多见,对大多数手稿、稿本的研究,是否能够(或有必要)导向对较为重要、宏大的议题的讨论,仍需要我们不断摸索、思考。本章第一节即对上述问题有所论述,意者可参考。

三 "数字时代"重新定义手稿

中国拥有漫长的手稿研究传统。今天,其研究对象已从古代手稿,扩展到近现代作家学者手稿,但就其研究方法、取向而言,如上所述,似仍较多停留在传统的版本学、校勘学和欧美现代手稿研究的范畴之中。近年张涌泉、伏俊琏等学者基于敦煌写本的研究,提出了建立"写本文献学""写本学"的理论主张,[1]也许是这一领域最重要的进展。但无论是这些研究古代写本的学者,还是研究近现代手稿的专家,至今似乎都仍未充分考虑到如何面对"数字时代"的挑战。

与此相较,欧美学术界的手稿研究似乎更趋科学、现代。根据研究对象的不同,其手稿研究大致可分为古代手稿研究、中世纪和早期现代手稿研究(Medieval and Early Modern Manuscript Studies)、现代手稿研究三个方面。其中,关于古代手稿的研究,又被称之为"古文书学"(主要研究法律和行政类手稿,强调其格式、形制)、"古文字学"(核心内容是对字迹的考察、鉴定,也涉及手稿介质、流传、来源、文本转写、版本、作者)和"抄本学"(侧重研究其"物质性"、书写材料和工具、手稿收藏等问题)。当然,所有这些手稿研究,都离不开一个共通的前提,即如何正确地识读、释读和整理手稿。但是,就其总体而言,这些不同的手稿研究传统,与研究印刷图书的"书志学"(Bibliographical)恰形成一定的对立关系,承担着不同的研究任务、目标。

---

[1] 张涌泉:《敦煌写本文献学》,甘肃教育出版社 2013 年版;伏俊琏:《写本学对中国早期文献研究的意义》,《先秦文学与文化》第 9 辑(2020 年 12 月)。

其在研究方法、取向上的探索尤为多元。2008年,著名的欧洲早期现代手稿研究专家诺埃尔·J.金纳蒙(Noel J. Kinnamon)在总结文艺复兴时期手稿的最新研究进展时,就提出了十多个业已展开的重要面向。除上述"古文书学""古文字学"的发展外,还包括编制目录索引、总体研究、手稿学、稿本、誊写、创作修改过程、确定作者、手稿由来、手稿文化、手稿传播、手稿对于重新解读文本的重要性,以及手稿和印刷的关系等。其特别强调了大量的数字化手稿资源,在推进近年来的手稿研究过程中所发挥的重要性,作者认为:"除了更多的电子资源外,过去十年来学术界最显著的趋势包括:继续研究手稿文化中的写作和传播手段、方法和各种背景;更多地理解手稿和印刷品之间复杂的相互关系;提高认识女性在手稿制作和流通中的重要性;以及关于戏剧手稿的激烈论辩。"[1]而在中世纪古文书学权威、德国学者伯恩哈德·比朔夫(Bernhard Bischoff)看来,手稿研究的内容,至少应该包括关于书写材料(如纸、羊皮纸、蜡板等)、书写工具(如羽毛笔、墨、尖笔等)、文件外在特征(如版面设计、彩饰、装订等)和书写机制等方面的研究,但正如金纳蒙已经发现而为比朔夫所疏于揭示的那样,所有这些研究,随着数字化的手稿资源的出现,迎来了新的发展和变化。

不过,在"数字时代",除了数字化的手稿资源(亦即存有纸质手稿"母本"),还有更多原生的(digital-born),径以数字形态产生、发展、流通、典藏的手稿文献(无以名之,姑称之曰"数字手稿"),既构成了新的书写文化,也成为了当代文化生产进程中的重要文献类型。环顾周

---

[1] Noel J. Kinnamon. "Recent Studies in Renaissance English Manuscripts(1996—2006)." English Literary Re-naissance 38(2008)。此处征引的中文,乃由笔者所译。

遭,电脑、手机和其他手持智能终端屏幕早已成为我们新的书写材料,键盘、数字手写笔(digital scribe)、声音(在此,声音作为一种输入法而存在,目前的技术既可支持声音输入,如 iPad 就有语音备忘录功能,也可支持声音直接转换成为文字,说话即写字;同时还有许多软件、硬件设备可以帮助我们实现说话同时即转录为文字这一功能)也已逐渐代替毛笔、铅笔、钢笔、圆珠笔、打字机等,成为新的书写工具,而这些书写实践的结果,在一些当代西方学者看来,也同样可以被视作手稿。对于这些当代的、大量的、新形态的手稿,我们应该进行怎样的研究?或者,让我们缩小一下讨论范围,对于经由电脑、机器写作产生的手稿,我们应该采取何种方式进行研究?这使笔者想到埃科在讨论自己的写作经历时所发表的一些看法:

> 事实上,计算机的妙处在于它鼓励(我们)自然流露,你匆匆忙忙把任何浮上心头的东西一股脑输入进去,而且知道反正日后可以轻易修改。
>
> 计算机的使用实际上关系到修改的问题,因此也就是异文的问题。
>
> 《玫瑰的名字》最后几个定稿版本是用打字机打出来的,所以我得修改、重新打字,有时候甚至还要剪剪贴贴,折腾半天才能交给打字员。拿回来后,我必须再度修改,接着又是剪剪贴贴。使用打字机你只能将文本修改到某一程度。在自己重新打字、剪剪贴贴然后再送去请人重新打字的过程中,你很容易感到厌倦。……
>
> 使用计算机以后(《傅科摆》用 Wordstar 2000 来写,《昨日之岛》用 Word 5,而《波多里诺》用的则是 Winword),情况大大改观。

第九章　手稿研究的基本问题及其未来

你会禁不起一再修改文本的诱惑。你会先写一写，打印出来，然后再读一遍。接着你会东改西改，然后根据挑出的错误，或是想增删的地方，用计算机再顺一次。我通常会保留不同阶段的草稿。但是大家可不要以为一个对文本异文现象感到好奇的人、可以借此重建其写作过程。事实上，你在计算机上写作，打印出来，用手（和笔）改动内容，然后又到计算机上修正文本，可是当你如此做的时候，你是在选择其他的异文，换句话说，你并不是亦步亦趋地，根据你之前亲手改订的版本，一字不差地重新输入一遍。研究异文的批评家，将会在你用墨水修改过的最后版本和打印机打印出来的新版本之间，找到异文现象。总而言之，计算机的存在意味着异文的根本逻辑已经改变了。它们不再是深思熟虑的结果，也不是你的最后选择。既然你知道自己的选择可以随时更改，你就会不断更改，而且经常会回到最初的选择。

　　我真的相信电子书写方式将会影响深远地改变异文的批评，同时心中对孔蒂尼精神〔1〕怀着应有的尊敬。以前我一度研究曼佐尼《圣歌》的异文。在那个时代，更动一字一词是无比重要的事。如今情况完全相反：明天你可以拣选昨天丢弃不用的字，让它起死回生。还能算数的，顶多只是最初的手写草稿，以及最后打印的定稿中间的不同。其他阶段，来来去去的一些东西（可能

---

〔1〕 此处作者用"孔蒂尼精神"指代意大利的语文学、手稿研究传统。在该国学术传统中，吉安弗朗科·孔蒂尼（Gianfranco Contini）提出并实践了一种被其称作"草稿评论"的研究方法，亦即研究一部作品定稿之前的不同阶段，因其认为这些不同阶段都影响了作品的最终形式。参见徐贲：《人文的互联网：数码时代的读写与知识》，北京大学出版社2019年版，第129—130页。

已经不太重要),而且决定它们的是你血液中钾离子的浓度。[1]

不同于打字机书写带给尼采的震惊体验,或是海德格尔对打字机书写的激烈否定(认为其将文字贬低为一种交流工具[2]),对于埃科而言,电脑键盘写作已成常态,但将其写作结果亦即本章所谓的"数字手稿"加以研究,似乎是不可能的,特别是以异文批评为重心的版本学的研究尤其困难——这是电脑写作的任意性、自然性、随时可修改的特点所决定的。也正如许多观察家所指出的那样,电脑改变了我们的书写和阅读,甚至思维习惯、认知图式。在电脑写作中,只要我们愿意,我们可以保留一个文件的任一版本,并利用工具进行对照、比较,但这同时也意味着任一版本(作为一个完整的"版本"的意义上的版本)的文本性是可疑的、不稳定的,提醒我们传统的研究方法、工具在面对"数字手稿"时可能的限度。但另外一些学者的观点与此相反,他们恰恰认为"数字手稿"同样可以被研究,也需要被研究,而且,至少我们可以在手稿和电脑、机器写作的稿件之间,进行比较批评。更重要的是,经由数字技术、方法的创新发展,其可帮助我们复原哪怕是经由特定的电子文档处理程序(常见的如微软公司开发的 Miscrosoft Word)创建、编辑的不同版本,甚至进行机器自动比对。但在此时,考验我们的问题也许变成了另外一些,那就是,所有的"数字手稿"都值

---

[1] Umberto Eco, *On Literature*. Trans by Martin McLaughlin, Orlando: Harcourt, 2004. pp. 329-333. 此处的中译文据翁德明译《埃科谈文学》(上海译文出版社 2014 年版,第 335—336 页),稍有所乙正。

[2] [美]迈克尔·海姆:《从界面到网络空间:虚拟实在的形而上学》,金吾伦、刘钢译,上海科技教育出版社 1997 年版,第 64 页。

得研究吗？什么样的"数字手稿"才有必要被研究？适用于"数字手稿"的研究方法又会是怎样的？研究"数字手稿"的"问题意识"为何？……

　　这些问题的确不容易解决，既需要开拓我们的想象力，也有赖于数字技术、方法的发展及其在人文学术领域中的深度应用。这也正如我们"难以想象维特根斯坦和他的哲学与计算机本身有任何关系，更不用说与人工智能有什么关系了"，但是，"维特根斯坦对图灵的深刻怀疑和公开分歧"却"未能阻止领先的人工智能先驱和实践者声称他是他们自己阵营的一员"，尽管"人工智能研究人员迟迟没有涉足维特根斯坦。事实是，维特根斯坦的语言哲学与从上世纪 50 年代中期至今的计算机语义网络紧密相连，我们不能再对其在人工智能机器中的体现视而不见了"。因此，有研究者提出这样一个重要问题："对于人工智能从业者来说，与维特根斯坦接触意味着什么呢？"[1]同样，我们需要反复追问的是："数字时代"，在重新定义了手稿的同时，究竟给手稿研究带来了什么？

四　"数字时代"手稿研究的六个面向

　　从传统手稿的研究，到"数字手稿"的研究，再到"数字时代"的手稿研究，笔者认为，至少应该有下述六个方面的工作需要我们考虑、推进。

---

[1] 刘禾：《机器中的维特根斯坦》，陈荣钢译，微信公众号"上师大数字人文"2021 年 7 月 26 日。

一是大学、图书馆、博物馆等公私立研究机构、文化机构,应致力于建设手稿数据库。这个数据库不仅应该是图文对照的,图像的像素、分辨率也应该是高倍的,可以进行任意的放大、缩小、浏览、下载和复制,其文字更应该是经过校勘整理的。尤为重要的是,某个单一的数据库,应该和其他数据库可以关联,使作为数据的手稿同时成为一种"关联数据",并对全世界的学者开放,一视同仁。例如由梵蒂冈图书馆 Biblioteca Apostolica Vaticana(BAV)和斯坦福大学图书馆合作共建的"Thematic Pathways on the Web"就将大量手稿进行了数字化,并且提供非常详细、实用的古文书学入门介绍。英国著名的学术出版商 Adam Matthew Digital(AMD)旗下的"Literary Manuscripts, Leeds"就收录了 1660—1830 年共计 194 部手稿,约 6600 首诗歌及一些小说、杂集等,还收录了一些信件草稿、乐谱与剧本等,都是研究文学、社会学、政治学与历史学等的珍贵资料。而另一出版商 GALE 旗下的"British Literary Manuscripts Online"则收集了大量的英国文学手稿,第一部分包含从复辟时期一直到维多利亚女王时期数千页的诗歌、戏剧、散文、小说、日记、通信和其他手稿,既有知名作者的作品,也有不为人知的作者的作品。第二部分"中世纪和文艺复兴时期"收集了从大约 1120 年到 1660 年中世纪和文艺复兴时期知名作者和不为人知作者的手稿包括信件、诗歌、短篇小说、戏剧、编年史、宗教作品和其他文献。但这些资源都需要购买访问权限,才能使用。法国国立文献学院(法国政府 1846 年 12 月 31 日的条例规定,只有在这个学院毕业的学生、获得"档案与古文字学家"称号的人,才有资格担任档案部门的档案管理职务)还设有在线古文书学习平台(ADELE)。但在现代文学文献领域,据笔者所知,只有一个小的、专题性的手稿数据库,即本书第十三章将要讨论的"张爱玲文献"数据库。最近刚刚出版的、新版《鲁迅手稿全集》全套78册,收录鲁迅手稿3.2万余页,较此前出版手稿增加逾14600页,分为《文稿编》《译稿编》《书信编》《日记编》《辑校古籍编》《辑校金石编》《杂编》等七编,实现了"收录内容更全面、编纂方式更科学、印制效果更精美、出版形式更新颖"的编辑出版工作目标,[1]但仍未建立数据库,颇不便于读者查找、利用。

二是开发相应的在线手稿研究工具。如德国海德堡大学手稿研究中心开发的在线手稿研究工具,可以帮助研究者在上载自己的手稿图像后,将其与后台已有的大量手稿资料进行快速比对,以确立手稿的写成时间、文本谱系、作者并定位其"物质性"、历史性、社会性,直至最终促进我们对手稿的"文本性"的理解。而在近些年关于中国近现代文学手稿的研究中,据拍卖行编印的拍卖图录、二手书交易网站发布的各种手稿照相(不少甚至出于保护商业利益、规避相关知识产权争议或保护当事人隐私的考虑,而加以水印和马赛克,兼以文献本身的污损、水渍和折痕等等,实难完全辨识),进行辑佚、校勘和研究,似乎已是一种理所当然的做法。但对笔者而言,始终有这样的疑问:这些可敬的学者们,是如何仅凭这些图片、照片,就判定其属某位作家学者的作品、从而加以研判的呢?这一判断的标准、条件和过程,难道不需要进行细致、耐心的说明吗?与此相较,在古文献学的研究中,古籍版本的鉴定乃是其中极重要、极核心的学问与技艺,近现代文献,尤其"数字时代"的现代文献的真伪鉴定,可能更为困难,但无疑也是亟须

---

[1] 王岩:《〈鲁迅手稿全集〉首发 新增手稿14600页》,网址见:https://baijiahao.baidu.com/s?id=1712162487762774378&wfr=spider&for=pc,2021年12月3日检索。

的。目前，不仅这方面的理论和实践的结合还远远不够，我们也需要在此基础上逐步建立相应的共识，开发出相应的、适应数字环境的研究工具。又如在法国，有在线的古文书学词典，使用这一在线工具，可查询古文书学领域的概念、术语的定义及相应的图例。但据笔者所知，这些研究工具不仅在中国近现代文学文献研究领域还没有出现，在其他的"汉学""中国研究"分支领域也未出现。2017—2019年间，笔者曾参与一项旷日持久的当代民间文献、地方文献整理及数字化研究计划，工作过程中因深感既有的二简字表不敷使用，颇有意于开发一在线的二简字、民间自创简化字字典，如其能顺利问世，应可为整理和研究当代文献，特别是民间文献、地方文献，提供相当便利。

三是应该考虑转换自己的研究方法、取向，扩充自己的研究对象、范围。从传统的文献学、古典学研究走出去，借助媒介研究、图像研究、"数字人文"等研究领域目前正在发展或已有相当发展的理论和方法，进而展开对"数字手稿"的研究。麦克卢汉（Marshall Mcluhan）曾将手稿定义为"冷媒介"，但"数字手稿"，无论是原生态的"数字手稿"，还是作为图像或图文混合体的数字化手稿，无疑都成为了"热媒介"，降低了对使用者的影响、要求。但吊诡的是，这些在私人的屏幕或是赛博空间中漫游的代码和字符串，不仅代表了手稿的最新形态，同时也能容忍并召唤出读者/使用者极高的参与度。那么，如何从理论上解释这一矛盾现象（也许就像保罗·莱文森［Paul Levinson］所说，麦克卢汉也有犯错的时候？），帮助我们更好地理解"数字手稿"的性质？"数字手稿"研究的重心应该落在何处？"数字手稿"研究的边界何在？……总之，"数字手稿"的研究，从大的方面来讲，是属于"数字文献学"的一个分支，但对于手稿研究本身而言，可能是它未来最重要的发展方向。事实上,在法国的"古文书学""古文字学"和"抄本学"研究、教学之中,目前已经开授多种"数字人文"课程,推动数字校勘,利用机器学习技术进行图像识别,采用国际图像互操作框架(IIIF)而建设抄本数据库、数字图书馆等方面的研究;而在现代手稿研究领域,发展出了文本生成学,也出现了一些针对"数字手稿"及其他数字文献的理论和个案研究。但这些工作,在整个近现代、当代文学文献领域,还没有出现。当然,笔者目前的研究,也尚未推进到"数字手稿"研究领域,希望以后可以再作深入思考。

再以"数字人文"取向的手稿研究而言,现已有利用机器学习等人工智能方法、技术确定手稿作者的研究成果发表,可惜并未引起手稿研究者关注。假以时日,特别是在将现有的、可以确定作者身份的近现代手稿建成数据库、语料库的前提之下,这一方面的研究应能取得更大进展或亦可重塑手稿研究的发展格局、面貌,这是可以预期的。

四是需要厘清、界定手稿研究的核心概念,为近现代文学手稿研究乃至"数字时代"的手稿研究建立理论和方法基础。例如,"手迹""手稿""稿本""抄本""写本""写本文献"这一组概念之间的联系和差异为何？在中国、日本、韩国、印度、欧洲、北美和其他国家、地区的学术传统中,如何处理"手稿"这一概念,如何划分其类型,可以给予我们怎样的启示？不同种类、形式的手稿的电子化、数字化版本(如电子版、照片、原件或影印件的电子化版本等)的"物质性"该如何界定,"文本性"又该如何分析,其与不同的媒介、界面之间又构成了什么样的互文性,究竟如何影响我们的阅读、思考、写作？"手稿研究"和"手稿学"之间的差异真的有我们想象得那样大吗？……诸如此类的问题,仍然需要我们不断做出探究。

五是手稿引用、研究的规范仍需要讨论、确立。在手稿研究及专论、专书写作中,我们如何引用一份手稿?是否需要引用手稿全文?如何让同行,甚至是对此感兴趣的学院之外的普通读者、文献史料爱好者循此可以找到这一手稿,进行复核?如何引用一份手稿的数字化版本(最新一期的《数字人文季刊》即发表了罗曼·布莱尔[Roman Bleier]等人合撰的 How to cite this digital edition?一文,专门讨论这一重要问题)?如何呈现一份"数字手稿"的研究?一篇论文如果可以在线发表或被收入数据库,那么,它的附件/数字化的手稿版本/手稿图像/手稿元数据/数据集等等,可否同样能够以合适的方式呈现出来?阻碍我们呈现的因素主要有哪些?学者个人、手稿研究和收藏机构应该付出怎样的努力?刚刚起步的现代文学手稿研究,乃至近现代手稿研究,对此似尚未注意及之。

六是古代写本文献、稿抄本研究与近现代手稿研究之间的融通。以笔者有限的研究经验而言,从事古典文学、文献、历史的研究者,也许可以不必关注近现代、当代文学,文献、历史研究的最新动向、进展,但从事近现代文献研究工作,一定得相当熟悉、了解古典文献传统。然而,笔者总感到,我们对这一传统了解得远远不够,基本上还处于一个学徒阶段,如在中文系、文学院中国现当代文学专业的教学中,长期以来便普遍缺乏文献学(包含古文献学、现代文学文献学等)的教育,至今依然,这可能导致了我们(无论是老师,还是学生)的研究水平(无论是理论、方法,还是实践、具体的个案研究)都还不够高,对此,我们还需要付出非常之多的努力。

第三部分

"数字人文"试探

第十章 "数字人文"与传统学术

在"数字人文"研究中,如何认识其与传统人文学术的关系,构成一重要问题,具体到中国人文学术语境中,其又意味着什么,颇值学界省思。本章即以延安版《解放日报》(1941.5.16—1947.3.27)为讨论对象,考察既有的《解放日报》纸质目录、索引与诸种《解放日报》数据库之间的关系,[1]指出现有的数据库尚无法满足"数字人文"研究的要求;"数字人文"须时时返顾、吸收传统研究成果,方能达到其预想目标;"数字人文"之后的传统研究(即便是传统目录学、文献学研究),仍

---

[1] 本研究进行过程中,先后承蒙《红色报刊档案数据库》项目经理卞泽健先生、上海师范大学图书馆段晓林研究馆员惠赐研究资料,谨致谢忱。

有相当的发展空间,并不一定被其取代。总之,两者应该是亲密伙伴,而非互为敌手。对于人文学者而言,比较理想的境界仍是以问题意识为导向,互相支援、融会贯通,而非有意区分新旧、高下。

一 问题的提出

"数字人文"诞生之后,以往所有的人文学术研究仿佛都变成了传统研究。但我们应该如何认识"数字人文"与传统研究的关系,从而既帮助我们增益、改善我们的学术研究、写作实践,又推动"数字人文"本身的发展?在西方,一种观点认为"数字技术正在侵犯人文学科",另一种观点则认为"数字人文"深植于人文学术的传统当中,且"应该继续宣扬传统的人文学科价值观,如关注历史、美学、语言和文化,以及人类生活和思想哲学的解读",[1]但无论如何,将数字技术、方法运用于人文学术研究这一新的研究取向,为传统的人文学术研究走出"路径依赖"和"思维定势"、突破自己的"天花板"提供了某种可能,因此,无论它最终是否奏效、取得预想中的成功,都值得学术界予以注意、探索。现在亦可谓正当其时。[2]

与此相较,在中国,"数字人文"目前为止几乎未遭遇任何有效的、实质性的批评,它的进展顺利得几乎令人难以想象。[3]其在今日的发展情形,颇有几分近似于1980年代"理论热""方法热"大潮中被引

---

[1] [英]大卫·M·贝里、[澳]安德斯·费格约德:《数字人文:数字时代的知识与批判》,王晓光等译,东北财经大学出版社2019年版,第10页。
[2] 王贺:《"数字人文"如何与现代文学研究结合?》,《现代中文学刊》2019年第1期,现已收入本书,系本书第十一章。
[3] 王贺:《"数字人文"取向的中国现代文学研究:问题与方法》,《文艺理论与批评》2020年第2期,现已收入本书,系本书第十一章。

进的某一新兴学说,被时人/我们视作一种学术时尚不加批判地予以接受,但"朝市之显学必成俗学"[1],其表面的繁荣、热闹之下仍难掩不少真正的、有待深思的问题。其中之一即在中国的人文学术语境中,其与传统研究之间是否存在着某种张力,抑或两者完全一致、可以实现无缝对接?在中国做"数字人文",究竟意味着什么?我们应该如何处理其与传统人文学术之间的关系?换言之,"数字人文"对中国传统的人文学术究竟意味着一种挑战、取代还是新的拓展、增益?

对这一问题的回答,最适合的做法当然是,逐一讨论现阶段不同的人文学术领域对这一问题的不同因应方式及相关论述,但这并不现实。不断发展深入、细密的专业领域和知识分工,不仅让我们及时跟踪自己的某个狭窄的研究领域变得十分费劲,也让那种想要把握整个人文学术领域的努力变得难以实现,甚至有时显得有点业余、可笑。但也许我们可以缩小自己的观察范围,将其放入看起来最为传统的人文学术领域,例如文献学领域的一个分支——目录学(这里指的仍是中国目录学,并非欧美、日韩等地所谓的"书志学""分析书志学"等领域),来看看它究竟在面对"数字人文"时可以做出什么样的回应,已经做出了什么样的回应?还有哪些不足?

事实上,已有研究者指出,早在 Digital Humanities 这一术语被译成中文之前,在中国的计算语言学、历史地理信息系统、学术专题数据库、图书馆或者商业主导的数据库/档案库等领域的"数字人文"发展,已颇具规模。[2]那么,传统目录学、文献学与"数字人文"之间是否也

---

[1] 钱钟书:《钱钟书致郑朝宗信(1988 年 7 月 7 日)》,《郑朝宗纪念文集》编辑组编:《郑朝宗纪念文集》,鹭江出版社 2000 年版,第 295 页。
[2] 陈静:《当下中国"数字人文"研究状况及意义》,《山东社会科学》2018 年第 7 期。

存在着类似的联系,只是目前尚未引起"数字人文"学者注意?本书第八章曾对上述问题有所论述,但在本章中,笔者想离开一般意义上的文学文献和期刊文献,转趋多被视为历史文献和报纸文献的《解放日报》,就其数据库与纸质目录、索引作一比较、对照,藉此再一次集中思考传统的目录学与"数字人文"视野中的目录学的关系,以为我们理解"数字人文"与传统学术研究的关系提供一些基本认识,建构在中国做"数字人文"的意义,助力中国"数字人文"研究的发展。

二 《解放日报》纸质目录、索引及数据库

如所周知,1941年5月16日创刊、1947年3月27日停刊、长期在延安地区出版发行的中共中央机关报《解放日报》[1]是研究中共党史、中华人民共和国国史、解放区文学史、社会史的重要研究资料。该报不仅刊登过大量延安的时政要闻、社会动态和国内外军事新闻,以及中共高级领导的讲话、文件,还发表了许多当时身在延安的作家、报人、艺人等不同社会群体的艺文创作。因此,对这一报纸的阅读、利用,成为研究中共党史、中华人民共和国国史、解放区文学史、社会史等领域的先行、重要工作。但长期以来,该报并未被数字化、建成数据库,学者到图书馆、资料室阅读原报及原报影印件,查检相关纸质目录、索引,成为利用该报的唯二有效途径。21世纪第二个十年以来,由谷浪远景(北京)科技发展有限公司开发的《红色报刊档案数据库》、国

―――――――
〔1〕除延安版《解放日报》外,尚有两种同名的《解放日报》:一为1936年12月13日创刊于西安、1937年2月10日停刊的《解放日报》;一为1949年5月28日创刊于上海、作为中共上海市委机关报的同名报纸,皆不在本章讨论范围之列。

家图书馆出版社建置的《中国历史文献总库·近代报纸数据库》等商业数据库，以及中国社会科学院、国家图书馆、国家档案局共建，中国社会科学院近代史研究所、百度云承办的"抗日战争与近代中日关系文献数据平台"（简称"抗战文献数据平台"）的相继问世，才结束了《解放日报》没有数据库的历史。

但这三个涵括了《解放日报》的数据库，是否为我们提供了像传统的目录、索引那样的便捷的查找文献的方式？甚或有新的索引或知识发现途径？首先应该指出的是，其中只有"抗战文献数据平台"是公益的、供读者免费使用的，其余两个数据库都是商业数据库，只给购买了其使用权限的机构用户使用，极大地限制了用户范围。其次，"抗战文献数据平台"是全文图像库，只提供按年月日这一报纸文献本身的目录进行阅览的利用方式，其余两种虽则提供了包括关键词、标题、日期、作者等字段的检索功能，读者亦可按出版日期、期（号）版次等进行普通浏览，但仍是全文图像库。具体而言，《红色报刊档案数据库》的功能设计[1]如下表一：

表一

检索字段：	关键词	标题	日期	作者
索引浏览：	年代	文献类型	期（号）	
阅读功能：	缩放	笔记	下载	
文件格式：	JPG	PDF		
语言：	简体关键词检索	繁体关键词检索		

---

[1] 不题撰人：《红色报刊档案数据库》，网址见：http://www.bjgtsk.com/show/view?id=105，2020年5月19日检索。

但实际上除按期浏览和按篇目检索外,其功能相当有限。其一,"关键词"未提供检索栏位,只有"关键词推荐"一栏显示"联大""南洋""昆明""印刷""澳门""博山""博古""沂蒙""胡适""非洲""领海""昆明联大""淮南军区""长崎""广岛"等十五个关键词,目前尚未发现其有另外的关键词表、词典。

表二

关键词推荐
聯大　南洋　昆明　印刷　澳門　博山 博古　沂蒙　胡適　非洲　領海　昆明聯大 淮南軍區　長崎　廣島

其二,"作者"字段并未提供检索栏位,无法真正使用。

其三,其所谓的"文献类型"只是指该库目前所收《解放日报》《新华日报》《八路军军政杂志》(该库误为《八路军军政》)《群众周刊》(误作《群众》)四种类别,亦即报刊类别,并非是指这些报刊中每一文献所属的文体分类,一般我们理解的"文献类型"恰为后者。

其四,其"年代""日期"和"期(号)"等字段,似亦可合并作"出版日期"。

其五,该数据库并未提供"笔记"功能。

而《中国历史文献总库·近代报纸数据库》则声称:

本数据库通过报纸图像数据和出版日期、版次、标题文本、篇目坐标等信息的有效关联,提供基于标题的篇目检索,并能够准确定位到单篇内容位置,篇目可实现下载;可选择单独检索一种或数种报纸,以及跨报通检,适应各种研究需要。

第十章 "数字人文"与传统学术

本数据库可按报纸名称、出版日期、版次等进行普通浏览,篇目热区显示,省却了辨识篇目区域的难题。

本数据库可以按拼音、区域进行导航;每一种报纸都撰写了提要,详述报纸的创办经过、内容特点等重要信息;可以运用时间轴,来阅读同一日期各报的不同报道,如选择1937年7月7日,即可阅读"七七事变"在各报的不同报道。……

(本数据库提供)民国报纸数据的多维度查询、统计、勘误、收藏、个人设置等功能,为管理方提供了读者互动和用户使用行为分析的手段。[1]

经笔者使用该库发现,除未见上引第四点的部分功能如"统计、勘误、收藏、个人设置等功能"(《中国历史文献总库·民国图书数据库》则有)可以使用之外,其余皆名副其实。

两相对照,可见《中国历史文献总库·近代报纸数据库》较《红色报刊档案数据库》功能更为强大,因此更具有应用前景,但它们共同的缺陷是并未提供全文文本资料,全部数据仍以报纸图像数据为主。这样的例子并非偶然,早有研究者发现,大量的近现代报刊"文献数据库还处于比较原始的纸质替代状态,普遍只有检索功能,并且只能按原始资料的结构进行浏览,不能帮助研究者统计、分析文本"。[2] 的确,对于"数字人文"研究而言,只有图像资料是远远不够的,我们更需要的是图像文本化之后的文本资料,或者关系数据(relational data)、智

---

[1] 不题撰人:《中国历史文献总库·近代报纸数据库》,网址见:http://www.ralib.cn/Art/Art_131/Art_131_5821.aspx,2020年5月19日检索。
[2] 张耀铭:《数字人文的价值与悖论》,《澳门理工学报(人文社会科学版)》2019年第4期。

慧数据(intelligent data)。于焉可见,学者要想利用现有的这三个《解放日报》的数据库,探索"数字人文"取向的史学、文学等领域研究,目前可能还不现实。

然而,在数字化的《解放日报》之外,其实早有为该报编制目录、索引的做法。如人民日报图书资料组编制的《解放日报索引(1941年5月—1947年3月)》(全六册)、日本近代中国研究会编制的《〈解放日报〉记事目录(1941—1947)》(全四册)及中国人民大学马克思列宁主义教研室编《解放日报摘要索引》、北京图书馆社会科学参考组编《解放日报人名索引(1941年5月—1947年3月)》。此外,一些汇集其中地方文献、文学文献的目录、索引也早已有之,如孙国林、曹桂芳编《〈解放日报·文艺〉创刊前的文艺篇目》《〈解放日报·文艺〉文艺篇目》《〈解放日报·文艺〉停刊后的文艺篇目》(皆载氏著《毛泽东文艺思想指引下的延安文艺》一书)及魏一明著、河南省地方史志编纂委员会编印《新中华报、解放日报索引(河南部分)》[1]、甘肃省庆阳市正宁县史志办工作人员编纂的《〈新中华报〉〈红色中华〉〈解放日报〉索引(陇东部分)》及《〈新中华报〉〈红色中华〉〈解放日报〉索引(关中部分)》[2]、《〈解放日报〉刊载陇东分区资料辑录》《〈解放日报〉刊载关中分区资料辑录》[3]等,都是利用这一报纸进行的二次文献加工,便于读者更进一步查检、利用。

---

[1] 魏一明著,河南省地方史志编纂委员会编:《新中华报、解放日报索引(河南部分)》,河南省地方史志编纂委员会1984年版。
[2] 不题撰人:《乡镇地方史志办公室十二五工作总结》,网址见:https://wenku.baidu.com/view/b4b8787754270722192e453610661ed9ac51554c.html,2020年5月19日检索。
[3] 不题撰人:《甘肃省庆阳市正宁县地方志基层基础工作经验做法》,网址见:http://www.zninfo.gov.cn/xwzx/ztzl/dfsz/fyws/content_8415,2020年5月19日检索。

进一步比较上举三种《解放日报》数据库及《解放日报索引(1941年5月—1947年3月)》《解放日报人名索引(1941年5月—1947年3月)》这两种主要的纸质索引(尽管由于条件限制,在此我们难以作量化分析),并重新优化各个索引/通检字段及其顺序,可得如表三所示结果：

表三

字段 对象	出版日期	版次	标题	作者	人名	主题	关键词	文献类型	备注
解放日报索引						√		√	新闻和文章标题略有更动；未收简讯、启事、广告等
解放日报人名索引					√				中国人名限于"五四"后,外国人名不限时间
抗战文献数据平台	√								免费开放使用
红色报刊档案数据库	√		√				√		商业数据库；关联其他报刊数据库
近代报纸数据库	√	√	√	√	√	√	√	√	商业数据库；关联其他报纸数据库

透过表三,我们可以清楚地看见,除"抗战文献数据平台"表现平平,《红色报刊档案数据库》《中国历史文献总库·近代报纸数据库》中的《解放日报》数据库,较前此编纂出版的纸质目录(本表虽未将其与上举部分目录进行比较、分析,但目录亦可视为篇目索引,即文献"标题"索引)、索引,无论从内容上,还是字段上,都更形丰富,也有不少新的发展(如以范围更为狭窄、准确的"关键词"取代范围更广、语义较为

模糊的"主题")。其中,《红色报刊档案数据库》同时也遗漏了《解放日报索引(1941年5月—1947年3月)》中已初具雏形的"文献类型"字段,当然这还不是最重要的,因"文献类型"旨在揭示我们所需要查找的研究资料的性质,并非主题和内容,而主题和内容才是最重要的。相较之下,《中国历史文献总库·近代报纸数据库》设置的"人名"字段,从表面上看,似乎遗漏了《解放日报人名索引(1941年5月—1947年3月)》中的"人名"这一字段,其所设定的"作者"字段似乎只是数量更为广大、且深入报纸每一篇文献的"人名"之一种,范围缩小不少,但实际上由于其另有"任意词"检索字段、支持全文检索,因此可以极大地弥补这一不足,并杜绝人工编制索引难以避免、克服的主观性。

另一方面,尽管这些纸质索引并不十分完善(参见表三"备注"),但仍有一定参考价值。对于"抗战文献数据平台"及《红色报刊档案数据库》而言,其中的《解放日报》数据库如果在开发过程中,能够充分参考、吸收这些先行成果,即便暂时不能提供全文文本数据,不支持全文检索,也可以方便研究者更大程度地利用,遗憾的是,其并未如此行事。而类似的问题,也不同程度地出现在其他近现代报刊文献数据库中。换言之,数据库建置目前存在的显著的一个问题,就是忽视了这些传统研究成果。[1]

---

[1] 唯一的例外或许是延安大学图书馆开发的《解放日报》数据库,据云其参考了此前出版的纸质索引并予以优化、更新,但该数据库仅限于该校师生使用,外人难以一窥究竟,参王延凤、王思哲、赵振峰、王新凤:《历史文献数据库建设中的信息著录和标引问题——〈新中华报〉、〈红色中华〉和〈解放日报〉数字化建设的体会》,《图书馆建设》2007年第5期。另外,关于近现代报刊、图书数据库现存问题及因应之道更深入的研究,以及其评价标准及开发、利用等方面问题,皆请参王贺:《数字人文与中国现代文学》,上海三联书店2023年版。

但何以会造成这样的问题？其实，无论是对于历史研究，还是文学研究，史料学、文献学的训练都是不可或缺的。前述这些早已编纂出版的《解放日报》目录、索引，作为常见、重要的专题目录索引，在各种近现代史史料学的通论类著作一般都会提及，如张柱洪著《中国近现代史史料学述论》第五章"史料工具书与利用"述及"中国近现代史报刊目录索引"时，就提到《解放日报索引（1941年5月—1947年3月）》《解放日报人名索引1941年5月—1947年3月》二书[1]；曹天忠著《中国近现代史史料学》第十八章"史料蒐集和整理"述及"期刊与报纸类综合目录"（含索引）时虽未举出《解放日报》目录、索引，但也在"报纸索引及报纸期刊、合编索引""报纸与期刊合编的目录和索引"两种类型下缕述许多重要的近现代报刊目录、索引[2]。在中文系，中文工具书的使用是一必修科目，通用教材如祝鼎民编著《中文工具书及其使用》（增订本）第十一章"查书目、报刊目"之第四节即为"查报刊目录"，第十二章"查论文资料索引"之第二节"各报刊索引"之第一小节"查建国前的各报刊索引"不仅列出《解放日报索引（1941年5月—1947年3月）》《解放日报人名索引1941年5月—1947年3月》，还介绍了其编法、用法[3]；至于专门的文学文献学、史料学著作，对此更不陌生，如潘树广、涂小马、黄镇伟主编《中国文学史料学》介绍到报刊中的文学史料及查检史料的工具书时，一再指出近现代报刊目录、索引的重要性，认为"近现代报刊，尤其是近代报刊，年代既远，收藏亦少"，

---

[1] 张柱洪：《中国近现代史史料学述论》，汕头大学出版社2008年版，第230页。
[2] 曹天忠：《中国近现代史史料学》，高等教育出版社2016年版，第467页。
[3] 祝鼎民编著：《中文工具书及其使用》（增订本），中华书局2008年版，第551页。

因之"掌握有关的影印情况和目录索引是很重要的"；[1]而徐鹏绪等著《中国现代文学文献学研究》第一编第二章谈及"中国现代文学目录的编制"时，也将"期刊目录和报纸目录"作为"现代文学作品目录"(尽管这一分类是否准确仍有待商榷)予以重点述说，其间虽未专门提及《解放日报》目录、索引，却仍举出《〈小说月报〉索引》《申报·自由谈目录》等"一些现代文学史上有代表性的文学报刊"[2]的目录和索引，以为说明。

　　凡此种种，都揭示了掌握既有重要的近现代报刊文献的纸质目录、索引之于文学、史学研究不仅必要，且属于其学术训练的一部分。另一方面，关于目录、索引的编制与研究，更是图书馆学领域的"常规动作"。那么，既然其属于图书馆学专家的拿手好戏，且无论文学还是史学研究者，对这方面的目录、索引都耳熟能详，能够将其用作自己的研究，关于《解放日报》数据库的开发者对此置之不顾的原因，也许我们可以尝试性地给出这样一种解释：这些开发人员，很可能并未接受专业的文学、史学和图书馆学学术训练，而是来自计算机科学、数据科学等领域，他们甚或不能称之为这方面的专业人士，而只是一个个熟练的图像扫描操作人员，入门级的数据库系统程序设计员，被外包、录入数据的"数字劳工"。[3]他们对专业数据库、学术数据库的理解和想象，迄今为止似乎仍多停留在电子化、数字化这一基础层面，未能朝

---

〔1〕潘树广、涂小马、黄镇伟主编：《中国文学史料学》上册，华东师范大学出版社2012年版，第318、368—370页。
〔2〕徐鹏绪等：《中国现代文学文献学研究》，中国社会科学出版社2014年版，第134页。
〔3〕参见[加]凯瑟琳·麦克切尔、文森特·莫斯可：《信息社会的知识劳工》，曹晋、罗真、吴冬妮等译，上海译文出版社2013年版。

向数据化、文本化。当然，与近现代期刊数据库容易利用先前已印刷出版的纸质目录、索引相比，报纸数据库由于体量极大、全文数字化成本极高及版面切分、文字和图像识别不易等难题存在，较难利用现有目录、索引或是一客观原因。但这一切都导致了包括《解放日报》数据库在内的许多近现代文献数据库未能走向文本化，更由于不同的数据源之间缺乏共享、开源精神，亦未搭建、设计相应的应用环境和"数字人文"研究工具，难以帮助我们进行整体的、大规模的分析，展开"数字人文"的具体研究。

但在商业数据库迅猛发展的刺激之下，目前，学者们已逐渐意识到建置数据库(语料库)，尤其"专题数据库"、小型数据库的必要性，"并将其视作自己的学术使命和工作的重要内容"。[1] 由此，有研究者提出，"数字人文研究的基础是建立通用的词汇级的本体，转化、集成传统文献检索工具，建立基于本体的神经网络式的知识管理系统，提供语义网的智能知识服务。"其中，知识本体和知识网络是"两个层面的基本要素"，"用传统词汇概括，相当于'辞典'和'索引'。知识本体如同辞典，是指一个不可再分的意义的规范表达形式及其权威解释；知识网络如同索引和索引的综合体，包括各种类型的检索工具，例如范畴索引、主题词表、人物关系索引(传记索引、交往索引、世系表)、年表、地图、书目等等，知识网络把这些索引中的同一意义的标目提取出来，加以综合归纳，形成反映知识自身关联的网络，人文学者可以循此网络进行无限的知识运算，包括聚类、筛选、比较、统计、推理。"[2]

---

[1] 王贺:《从"研究资料集"到"专题数据库"》,《苏州教育学院学报》2019年第3期;修订稿载微信公众号"抗战文献数据平台"2019年7月18日。
[2] 史睿:《数字人文研究的发展趋势》,《文汇报·文汇学人》2017年08月25日。

不仅点明了数字文献研究的若干发展方向,也再一次说明了其与传统目录学的有机联系。但反过来,正如笔者先前所论,尽管"互联网搜索引擎和数据库出现之后,绝大多数目录、索引的工作都已被自动生成的检索结果和在线'机读目录'等形式取代",[1]"数字人文"或将在未来取得更多、更大进展,但我们仍有必要继续进行纸质目录、索引的编制及相应的、传统目录学研究(不只目录学史研究)。[2]更何况,正如图书馆学专家告诉我们的那样,很多时候,想要解决一些特定的问题、查询一些特定的资料,我们仍然"需要利用印刷型书目、目录和索引,只有利用这些检索工具,才能找到较为古旧的资料,它们是计算机数据库未曾收录的"。[3]研究者如果只依赖于通过互联网、数据库找寻研究资料,无疑将会错失很多重要的、有价值的资料,[4]在这方面,图书馆、资料室、档案馆、博物馆、旧书店、拍卖场乃至私人藏家的藏书室,都将持续为我们的研究提供重要的相关资料,也注定将是文献学者,或是建构一切具有历史性质的研究者终身的"田野现场"。

三 在中国做"数字人文"究竟意味着什么？

通过以上的简短讨论,我们可以说,在中国的人文学术语境中,"数字人文"的发展目前的困难很还多,其中最主要的困难来自文本资

---

[1] 参见本书第八章。
[2] 参见本书第八章。
[3] [美]托马斯·曼:《怎样利用图书馆做研究》(第三版),苗华建译,上海教育出版社2014年版,第262页。
[4] 参见前书《序言》,第1页。

料的缺乏，这使得我们无法进行相应的文本挖掘、分析及语料库分析，试验其他的数字技术、方法，因此对其发展态势我们应持有审慎乐观的态度。但与此同时，我们更可以发现，"数字人文"包括"数字目录学""数字文献学"等方面的发展，有必要吸收传统的目录、索引研究成果，从而为我们提供更为便捷、多维的知识发现通道。就此而言，"数字人文"应该继承传统人文学术遗产，而非将其视为落伍、过时之物，排斥在外；但是，一旦拥有大量的、经过编码的文本资料和丰富的关系数据、智慧数据，"数字人文"也就超越了传统的目录、索引提供的知识发现方式，超越了数据库提供的检索、浏览、复制、下载功能，而将我们带入全文检索和文本挖掘、分析的新境界，为数字技术、方法在传统的学术研究的应用创造了新的可能，就此而言，"数字人文"又是传统学术的拓展、深化，甚至有可能取代传统研究。不过，从理论上来说，除非我们可以将所有的研究资料数字化、文本化、数据化，否则，任何时候，谈完全取代都可能还为时尚早，也因此，我们有理由认为，或者是对"数字人文"做出这样的定义："数字人文"乃是传统研究回应目前我们正在面临的数字技术、方法的一种方式，其既质疑、挑战着传统研究，更是对传统研究的增益、改进、开拓和新的发展。

实际上，与一些可能倾向于将传统研究窄化、固化的"数字人文"学者相反，在笔者看来，传统研究的天地极为广阔。严格来说，很可能只是我们使用的某种具体的研究方法，或某个极为狭窄的研究领域，已经或即将碰到它自己的"天花板"、存在着一定程度上的"路径依赖""思维定势"等问题，其实新的资料、新的问题、新的理解每天可能都在源源不断地产生，它的困境并不是不能克服的。另一方面，不可否认，"数字人文"正在尝试为突破、克服其困境提供一种新的可能。故此，无论从何种角度而言,自传统研究中孕育而出的"数字人文",应该是我们的朋友,而非对手。不过学者的禀赋不同,学术训练、旨趣及职业习惯有异,有的学者熟悉、青睐传统研究,亦能多所创获,有的学者则希望学习新的研究技术、方法,试验"数字人文",皆可谓学术研究的常态,我们大可不必在两者之间厚此薄彼、贵新贱旧,有意无意制造新的区隔、等第,比较理想的境界或许仍然是从问题意识出发,在具体的研究实践中,促成两种(甚至多种)不同研究(取向)之间的互相支援、融通。

与此相关的另一个问题是,一些"数字人文"学者也提出以"数据驱动"(data-driven)"流程驱动""任务驱动""项目驱动"等方式进行人文学术研究[1](差堪比拟于文献学者以文献尤其新文献、冷僻稀见文献驱动其学术研究,却遭到许多第一流的文学、史学研究者的严厉批判,后者力主多读"常见书",且能"读书得间","于不疑处有疑"),我们又该如何看待、评价这些观点?承续上文对"数字人文"与传统人文研究关系的思考,我们可以发现,"数据驱动"等方式虽或有效,但问题意识仍然是优先的、不可忽视的。因为无论是"数字人文",还是中国传统人文研究,其起点和终点都是为了解决某个、某一些具体问题或较抽象的理论问题,也正是在这一点上,它们之间拥有共同的连接点(conjunction)。如果离开了这个连接点,离开了问题意识,传统研究和"数字人文"或将渐行渐远。更进一步来说,舍问题而谈方法,何异于群己不分、侈谈自由?又何异于一艘失去锚的船只,航行在茫茫大海之上?

------

[1] 如徐力恒:《数据驱动的史学研究:中国历代人物传记资料库(CBDB)和数字人文研究》(演讲),开封:河南大学,2017年4月28日;欧阳剑:《大数据视域下人文学科的数字人文研究》,《图书馆杂志》2018年第10期。

总之,"数字人文"与传统研究"合则两利,分则两害"。本章第一节开头曾极为扼要地总结西方学术界对于"数字人文"与传统研究的争论,但在此或许需要强调的一点是,这里所谓的"西方"仍然只是一方便法门,其实"数字人文"在美国和欧洲的认知、发展状况尚有所不同,也因此学界关切的问题、讨论的重心并不太一致。[1]受美国学术界影响极大的中国"数字人文"研究者,在面对"数字人文"与传统研究的关系、证明这种新生事物存在的价值和意义时,是像美国学界一样通过引爆对现有的某种研究传统、惯例来展示其原创性、新颖性,还是依违中国学术传统行事,通过揭示新事物如何承继传统,并对此作出补充、完善、开拓、发展,[2]不仅调和、缓和二者之间可能的矛盾关系,也寄望于促进二者之间的融会贯通,的确是值得我们深入思考的问题。

也正如查德·威尔曼(Chad Wellmon)所言,"人文学科以无数形式繁荣发展,而且是在不断应用新方法、实践和技术的同时实现的。"[3]"数字人文"尽管只是这些"新方法、实践和技术"的一种,但作

---

[1] 对其间的差异目前尚未见有专文论述,但针对不同国家和地区,结合其学术传统,探索不同的"数字人文"方法已成为一些研究机构、学者的共识,如耶鲁数字人文实验室发展的关于俄罗斯和东欧研究的数字人文(Digital Humanities and Russian and East European Studies,简称 DHREES)等项目。另外,关于欧843 的"数字人文"研究现况的概述,及欧洲语文学(Philology,一译"文献学")传统与"数字人文"的关系,参见[德]Gerhard Lauer:《文化的数字丈量:"数字人文"下的人文学科》,庞娜娜译,《澳门理工学报(人文社会科学版)》2018 年第 3 期;及 Foxglove — A British Perspective on the Digital Humanities in France 网站(https://foxglove.hypotheses.org)的相关文章。

[2] 关于美国学术界的人文学术研究、写作惯例的概括,参[美]埃里克·阿约:《人文学科学术写作指南》,陈鑫译,新华出版社 2017 年版,第 61 页。

[3] [美]Chad Wellmon:《忠实的工人和杰出的学者:大人文学科与知识伦理》,林太平译,《澳门理工学报(人文社会科学版)》2018 年第 3 期。

为一个总体性的意指,实质上也很多元,表现形式也多种多样,虽然其不可避免地和某些传统研究方法、技术凿枘不投,本身也带有一定的局限性,但脱胎于传统研究、且能从中汲取必要的智慧和养分,是毋庸置疑的。这一点,不仅可以成为我们从事"数字人文"研究(以及推进"数字人文"研究基础设施,开发相应的研究工具、技术等)的一个认识论、方法论基础,同时或亦可平息传统研究者的不屑、质疑抑或汹汹怒火,使之继续守正创新,取得新的成就,斯亦所谓"和而不同""美美与共"之要旨也。

就此而言,在中国做"数字人文",虽然可能很长时间内仍难摆脱西方学术的"影响的焦虑",但尽早确立自己的问题意识和主体性,特别是在其与传统研究的关联而非割裂中展开相应的研究,重新定义"数字人文"的多元、复杂特质,既应该成为中国"数字人文"学者的思想和行动自觉,也可反哺、反刍于传统研究,卒使中国人文学术研究迈入新境。换言之,从清末民初"群趋东邻受国史,神州士夫羞于死"[1],到1930年代"把汉学中心夺回中国"[2]、倡言"科学的东方学之正统在中国"[3]的勃勃雄心,再到今天蔚为潮流的"数字人文"的勃兴中,我们究竟是成为西方"数字人文"理论、方法的注脚,还是"别求新声"、深造自得,使之成为中国人文学术研究的新的起点,抑或是开创出"中国数字人文"研究典范,端赖新一代学者的自觉和不懈努力。

---

[1] 陈寅恪:《北大学院己巳级史学系毕业生赠言》,氏著《陈寅恪集·诗集(附唐篔诗存)》,生活·读书·新知三联书店2001年版,第19页。
[2] 姜萌:《陈垣"把汉学中心夺回中国"考》,《东岳论丛》2014年第3期。
[3] 傅斯年:《历史语言研究所工作之旨趣》,《中央研究院历史语言研究所集刊》第1本第1分,1928年10月。

第十一章 "数字人文"与现代文学研究

在厘清了"数字人文"与传统学术的关系之后,其与现代文学研究的关系问题便出现在我们眼前。究竟为什么需要"数字人文"?甚至,"数字人文"是什么?怎么做?其在现代文学研究领域将会有怎样的用武之地?与现代文学文献研究之间又有何联系?为何需要重视这一新的学术研究潮流、趋势?……诸如此类的问题,本章将予专门探讨。

一 "数字人文"如何与现代文学研究结合?

如果非要给"数字人文"下一个最简明的定义,那也许就是用数字技术、方法来研究人文学术。但究竟什么样的方法才算是数字技术、方法？尽管众说纷纭，一个确定无疑的前提则是大量文本、文献的数字化。也就是说，是数字文献的诞生，才促成了"数字人文"研究诞生的可能。

与传统的文本、文献的载体及存在状态不同，随着媒介与通信技术的革新，特别是互联网和个人电脑的普及，"以二进制数字代码形式记录于磁带、磁盘、光盘等载体"、透过"计算机系统存取并可在通信网络上传输的文本、图像、音频、视频等"数字文献（digital document，也被称作"电子文献"，其中一部分还被称作"网络文献"），已逐渐成为当代文本、文献的主流形式，且在不断挤压传统的文献载体及其存在状态，势必也给学术界带来新的机遇与挑战，甚至也被称作新的"学术革命"发动的契机。

根据研究对象、目的的不同，可将有关数字文献的研究约略分作两脉。一脉集中于讨论数字文献的采集、加工、制作、校对、产生、发展、演变、使用、流通、典藏、管理等各流程与全生态。其中，目前发展最为充分的是古籍、报刊等纸质文献的数字化，亦即各种数据库的建置；另一脉则强调以前者为基础而利用数据库作研究，主要进行深度的文本挖掘与数据分析，提出新的问题及其解释，或对旧问题作出新的、量化的分析，就此而言，它从"量化史学"、社会科学的定量研究方法等领域汲取了不少资源和灵感。也正是从这相互关联，但又有所差异的两个学术脉络的发展中，我们看到了它与中国现代文学研究（包括近代、当代文学）结合的可能性。

第一，针对数字文献本身的研究，或可称之为"数字文献学"。作为现代文学、文献研究者，我们至少应该考虑下述问题：与传统文献相比,现代文献本身有何特点？给文献学、文学研究提出了哪些新的问题？如何解决？被数字化之后的文献本身有何特点？如果我们今天的研究已经无法脱离数据库,则又该如何看待数据库、利用数据库？学者与数据库的关系是什么？线上的所作所为与线下的学术活动有何关系？等等。

举一个具体的例子来说,今天,我们在搜集、利用现代文学研究原始资料(究竟它们有多"原始"？在多大程度上"原始")时,颇依赖于各种晚清民国报刊数据库,然而,这些数据库与20世纪三四十年代开始编纂至今未已的报刊目录索引究竟有何关联、差异,不同的数据库又有何优点、缺陷,具体如何利用等等,一直以来,只有图书馆学和极少数文献学的研究者关注,而大量的现代文学学者还在经验论的层次上徘徊不前。

另一个常见的例子是,我们会通过"百度百科""维基百科"等在线辞书和"谷歌"等互联网搜索引擎、众多的社交媒体(以及电子邮件列表、讨论组、网络新闻和多媒体资源)检索自己所需要的文本、文献及研究资料,但如何确定一份网络文献的来源,并判定其可靠与否,几乎很少有深入的讨论,更遑论达成共识。也因此,许多充满错误的作家生平、交游、著述等记录未经充分辨证,遂以讹传讹,在学术界和普通读者中间流传甚广,[1]而归根溯源,正在于研究者在使用这些文献时,疏于判明其来源及本身质量(如准确性、充分性等)。

更大的问题还在于我们作为研究者、数据库的使用者,在数据库

---

[1] 如充斥于简体中文互联网上的冰心与林徽因之间的所谓"才女之争",参解志熙：《惟其是脆嫩　何必是讥嘲——也谈所谓"冰心—林徽因之争"》,《汉语言文学研究》2011年第1期。

的发展、建设过程中长期缺位,显得相当被动(只有香港中文大学中国语言及文学系、大学图书馆系统所建"中国现代文学研究网"、"中国现代戏剧资料库"、"香港文学资料库",香港浸会大学传理学院所建"早期华文报纸电影史料库",台北艺术大学电影创作学系所建"台湾电影史研究史料数据库"及北京鲁迅博物馆"在线检索系统"等是少数的几个例外),"主体性"几乎从未凸显。故此,笔者在《从"研究资料集"到"专题数据库"》[1]中,曾有如此论述——

> 对于学者而言,我们似应有这样的自觉:数据库的建置,并不只是数据库厂商、图书馆员的专利,也没有我们想象得那么复杂、繁难,既然已有丰富资料,且获得了国家学术基金支持,又何妨放手一试? 据笔者所知,在这方面,香港、台湾、日本及欧洲、北美诸地的研究者(有团队,亦有个人)已有不少示范。近些年来,近现代文学史研究领域中也有加强史学品格、重视文献学取向的倡议。但应该承认,就连研究资料的电子化、数字化,史学、文献学、图书馆学界也早已走在我们前面。台北中研院近史所所建"胡适档案资料库"、"袁氏家藏近代名人手书"、"徐永昌日记",北京中国社科院近史所档案馆所建"顾维钧档案数据库",北京大学图书馆所建"陈翰笙档案资料库",上海图书馆所建"盛宣怀档案知识库"等等,均是很好的示范。与此相较,在近现代文学史的研究中,学者们经常使用的网络资源、数据库,几乎没有多少是自己建

---

[1] 王贺:《从"研究资料集"到"专题数据库"》,《苏州教育学院学报》2019 年第 3 期;修订稿载微信公众号"抗战文献数据平台"2019 年 7 月 18 日。

置的。

但公允地说,近几年来,受惠于数据库厂商、大型图书馆所建数据库的中国内地学术界,也同样深刻地感受了来自它们的刺激,开始重视这一工作。主要表现为有多个以建置"专题数据库"为主要目标或次要目标的研究项目,获批成为国家社会科学基金项目,项目化(与海外高校、企业的"项目制"仍不同)成为激励、驱动近现代文学甚至当代文学"专题数据库"的动力。2011年,有重点项目"网络文学文献数据库建设";2014年,有重大项目"汉译文学编年考录及数据库建设(1896—1949)";2015年,有一般项目"中国现代文学报刊作品系年及数据库建设";2016年,有重大项目"中国新诗传播接受文献集成、研究及数据库建设(1917—1949)""抗战大后方文学史料数据库建设研究";2017年,有重点项目"'学衡派'年谱长编及文献数据库建设研究",重大项目"延安时期未刊文献资料收集、整理与数据库建设""中国文学史著作整理、研究及数据库建设""中国近现代文学期刊全文数据库建设与研究(1872—1949)";2018年,有重大项目"西南联大文献资料收集整理与数据库建设""两岸现代中国散文学史料整理研究暨数据库建设";2019年,有重点项目"百年中国书话重要文献整理研究与数据库建设";2020年,有一般项目"严复英文底本手批复原、整理、研究与数据库建设""中国当代名家名作德语译介数据库建设与传播影响",重大项目"中国文艺副刊文献的整理、研究及数据库建设";2021年,有一般项目"中国网络小说英译研究及数据库建设"等。这些数据库目前还在建置,当其建成之时,以何种方式(网络版抑或光盘版)发行,又会制定怎样的资源开放与保护政策、用户访问政策,其常用功能、界面是否友好等等,还要作进一步的观察。

另一方面,在具体的、较具传统色彩的文献史料研究中,实亦可利用大量的、可供检索和利用的数字文献推进相关课题的研究。以现代文学版本、图像史料研究为例,研究之先仍是检索,检索对象一是版本源流的研究文章,二是不同版本甚至同一版本的书影;其次则是研究,即确定书影的来源,最后进行比较、鉴定。但这一研究过程其实充满困难(此前我们所受的唯一训练是基于实物的,而非实物照相、书影和文字描述),换句话说,对于"数字时代"的版本鉴定或版本学而言,笔者至为期待两种"数字人文"研究工具(或平台)能够被开发出来,配合数据库、互联网使用:其一是可追溯图片来源至最早、并可筛选进行比较分析、鉴别的工具;其二是可以帮助研究者一键式搭建自己的、个性化的数据库工具或平台。在这两者基础之上,这一研究的大规模展开才是可能的。辑佚、辨伪等等传统的文献史料研究,也可因此而有所发展。

第二,以对数字文献、数据库本身的文献学、信息科学的探讨为基础,或不从事这方面的专门工作(但仍须有这方面的自觉),而是致力于利用数据库、语料库及其他数字技术、方法、工具展开现代文学研究,就其文本和数据进行深度分析、挖掘,提出新的议题和分析形式、论证模式,对旧问题作出新的、量化的分析和研究结论等等,直至促生新的研究典范或"数字现代文学"这一新的领域,也同样是我们需要探索的方向。

参考中外学者的重要先行研究成果,结合笔者基于个人研究经验的反思,这些就其总体而言乃是"超越检索"而以多元的数字技术、方法真正切入现代文学研究的方向,至少包括下述六个方面:

1. 推进作家群体生平传记研究。目前,已有研究中国古代文史的学者提出所谓"e 考据"(如黄一农《两头蛇:明末清初的第一代天主教徒》)或"现地研究"(如简锦松《唐诗现地研究》)等思路,其要旨在以海量史料分别考证一人一事之生平事迹或一诗文之创作背景,或结合实地调查考证更大范围的古代文史、典章、文物等等。但此处所谓的生平传记研究,更多地是强调对历史人物的共同背景特征进行整体性质的调查分析,亦即"群体传记学"(Prosopography)研究。这些共通的背景包括"出生和死亡、婚姻和家庭、社会出身以及继承的经济地位、居住地、教育情况、个人财富状况和来源、职业、宗教信仰、官场经历等等"[1]。换言之,一旦我们确立研究范围,并将所有信息分类聚合,提取关键性的指标,再将众多人物的生平传记数据与社会网络分析等方法结合起来,就有望得出诸多新的观察。不过,对于现代作家、学者而言,可以罗列、组合的共同的背景(可以提出的一组相同的问题[2]),也许还包括其加入社团、任职大学、投身报馆等方面的经历,这些不同于古代作家、历史人物的分析指标同样需要被考虑

2. 从事文学社团、思潮、流派的大规模重新研究。乍看起来,这一研究的基础仍然似乎是利用数据库、语料库检索文献,然后通过精读文献完成"质化研究"(此处笔者借用这一社会科学术语来描述以定性研究为主的人文学术的特点,但这并非是说传统人文研究中从无定量

---

[1] 参见 Lawrence Stone, "Prosopography", in F. Gilbert and S. Graubard eds., *Historical Studies Today* (New York, 1972); rpt. of Lawrence Stone, "Prosopography," *Daedalus* Vol. 100, No. 1, pp. 46-71. 中译文据《专业资讯 | CBDB 数据分析方法介绍》,微信公众号"数字人文资讯"2018 年 12 月 19 日。

[2] 刘昌玉:《[绝学系列]之四:群体传记学 Prosopography》,网址见: https://blog.sciencenet.cn/blog-941158-782330.html,2021 年 11 月 1 日检索。

研究,或是说"质化研究"中没有定量分析)即可。不可否认,这是传统的人文研究最为得心应手的方法,配合着其通过数据库、互联网检索到的目标文献,在很大程度上将会拓展其研究、产出的广度和深度。然而,如果利用"数字人文"的研究方法,将"质化研究"和量化分析作一结合,不仅可收事半功倍之效,也可能将产出一些全新的理论、方法和观点。例如,如能将《新青年》数字化、全文化,在此基础上展开文本挖掘与数据分析,我们对《新青年》作者群乃至这一杂志的总体认识,必将较此前逐册、逐页阅读原始报刊,能更进一步得出不少新的观察。

3. 展开文学思想史、观念史的"数字人文"研究。这一研究亦被称作"数字概念史"研究,或"概念史研究的数字转向"。主要是指在大型数据库、语料库中利用研究者设定或经过机器计算分析出的"关键词"、高频词进行检索,然后将所得词汇数据结合时空网络分析、词频及共现词分析、其他语义分析工具予以挖掘、分析、呈现,帮助我们提出新的问题,进而展开可能的新研究、新分析。例如,金观涛、刘青峰夫妇对近现代中国思想史、观念史的"数字人文"研究(即基于其建置的"中国近现代思想史专业数据库"而展开的特定思想观念的起源、变迁研究和量化研究)著作《观念史研究:中国现代重要政治术语的形成》,虽然面世之后和其他的"数字人文"研究一样受到质疑,[1]但仍可以为我们新的现代文学思想史、观念史研究提供一定的、有益的镜鉴。

4. 建构新的、关于文学文本的文体学(风格学)、修辞学、语言学研

---

[1] 有关的批评文章,请参张仲民:《"局部真实"的观念史研究》,《东方早报·上海书评》2010年5月23日;《观念史研究应该怎么做——再次回应金观涛、刘青峰两教授》,《南方都市报》2010年9月5日。

究,或展开文学文本的情感分析等。这方面的研究,尤其能发挥"数字人文"的长处,且将其核心研究理念——文学(艺术、历史等等)是可以被测量、被计算的——能够贯彻始终。具体做法则是通过建立不同文本的语料库,统计分析其中所使用的语言(落实为词汇或某些重要的单字)及其使用习惯,帮助我们确立作者的身份,或重新分析其中的小说情节、人物功能等。正如《哈姆雷特》的人物功能可以被计量、重新分析,《红楼梦》前八十回与后四十回的作者是否为同一人亦可通过计算字、词的使用频率形成一定的结论。

5. 以现代文学(史)为主体的跨学科、跨地域、跨族裔、跨语言的比较与综合研究。其研究关键仍在两个方面:一是大量的、可以计算的文学(史)研究数据,二是数据挖掘、分析方法的运用。这方面最好的例子,也许是斯坦福大学文学实验室(Literary Lab)的创办者、领导者弗朗哥·莫莱蒂(Franco Moretti)的《图表、地图和树:文学史的抽象模型》《远读》等著作,其以"通过用计算和定量的方法分析海量的文本来研究文学史中逐渐显现的和长期的模式(patterns)",且"提出了大胆而不同寻常的文学研究方法",而备受文学、史学及"数字人文"研究者瞩目。在莫莱蒂的系列研究中,"质化研究"虽然仍在,但 1740—1850 年间英国出版的小说及其文类存活时间可以被量化分析,7000部小说的标题也同样可以被计算、测量,与此同时,他还参考了其他学者关于日本、意大利、西班牙和尼日利亚等国小说史的统计分析,[1]从而不仅得出了新的结论,也发明了"远读"(distant reading,亦译作

---

[1] 杨玲:《远读、文学实验室与数字人文:弗朗哥·莫莱蒂的文学研究路径》,《中外文论》2017 年第 1 辑。

"远距离阅读")这一新的研究方法。目前也已有学者就日本私小说和中国浪漫主义小说的语言建模并进行测量,为"东亚文学现代性"在形式层面的表现作出了新的解释和分析。[1]

6.文学文本及研究数据的可视化。这一方面的研究虽然具有很强的实践性、应用性,往往体现在数字文化产品当中(如某一网站、小程序、app 可以提供文字之外更为丰富的内容,可使用户有更多的交互性、沉浸性体验),但对于人文学术研究者而言,也同样重要。这不仅是因为数据可视化与分析,几乎贯穿了"数字人文"全过程,而且我们也很难想象一个没有数据可视化结果作为支撑(常常体现为各种静态或动态的、交互式的图像、图形、表格等)的研究,会被认为是"数字人文"研究。不过,在目前,其更多地指的是将文学研究与专门的数据可视化工具乃至地理信息系统(GIS)、社会网络分析工具(如 Gephi)、图形设计与应用(Graphic)等工具的运用结合起来,对文学文本及相关研究中的有关数据,经过研究尤其数据挖掘、分析作业之后,以可视化的形式呈现出相关的研究结果。例如,笔者在完成关于 1943 年曹禺西北之行及其未完成的写作此一专题研究后,[2]曾利用"学术地图发布平台"专门绘制并发布了首张现代文学数字地图《曹禺西北之行图》[3],展示了这一研究的部分结论,但因为只限于地点数据,且数据

---

[1] [美]霍伊特·朗、戴安德、朱远骋:《自我重复与东亚文学现代性,1900——1930》,汪蘅译,《山东社会科学》2018 年第 7 期。
[2] 有关研究请参王贺:《"文学史"的代价:论 1943 年曹禺西北之行及其写作》,《南大戏剧论丛》2016 年第 1 辑;《1943 年曹禺西北之行之再检视》,《上海鲁迅研究》2018 年第 3 辑。
[3] 王贺:《曹禺西北之行图》,网址见:http://amap.zju.edu.cn/maps/155/view,2018 年 3 月 22 日发布。

量非常有限,地图图层亦非取自1943年的中国历史地图(这就可能影响它的历史性和客观性),缺乏相关的、必要的人物数据结构及其展示,也就只限于曹禺此行时空网络的视觉展示(尽管这也构成了解释的一部分);同时因平台所提供的地图仍为二维地图,而非三维地图(亦即仿真立体地图),缺乏必要的交互性和动态效果,亦缺乏时间维度的视觉化呈现,因此,此图仍不能算是理想的数字文学地图。当然,笔者亦未就其社会网络作进一步的展示和分析。[1]但在事实上,这些方面的研究是可以相互支援且密切相关的。可视化的范围也非常广泛,如在数字档案馆、图书馆、博物馆的建置,虚拟现实重建及文献史料可视化、知识图谱建构等领域也已有充分发展,绝不限于此二者。

但无论是上述哪一方面(方向),一旦我们具体着手、从事有关的研究,就可以毫不费力地发现,它不仅考验着现代文学学者对这一全球范围内新的学术潮流的接受、开放和敏感程度,而且也向学者们提出了加强、提升自身的数字读写能力/数字素养(人文学者的数字素养当然涉及方方面面,但信息科学、统计学和部分社会科学量化分析的训练尤为关键)的要求,因为这是参与"数字人文"研究和笔者所谓的"数字文献学""数字现代文学"等等研究最最重要的基础。没有这个基础,一切项目、基础设施、平台、工具及相关的学术研究,恐怕很难着手。

对于国内年轻一代的现代文学研究者而言,体认到学者个体的

---

[1] 上述二文发表后,笔者对这一课题又有新的研究,参见王贺:《1943年曹禺西北之行及其相关问题三论》,《大西北文学与文化》2021年第1辑。但这一研究成果并未更新到前此已经发布的《曹禺西北之行图》当中。

"小阅读"可以与文学研究的"大数据"分析融合,[1]面对着海外及国内其他领域研究者对这方面问题的关心和不遗余力的推动,[2]经历了最初的兴奋、刺激之后,扑面而来的明显感受,恐怕是巨大的落差及与之紧紧交织在一起的那种紧迫感和使命感。这驱使着有志者一路奋力前行,也更提醒其他同仁:现在,的确应该是认真考虑、重视"数字人文"的时候了,是试着建立自己的数据库(语料库),并以多元的数字方法,进入专业研究的时候了。

二 再论"'数字人文'如何与现代文学研究结合?"

从方法论的层面来看,对现代文学(包括近代、当代文学)的研究,与古典文学、外国文学研究既有一脉相承之处,也有一定之区别、差异。当然,这一区别、差异主要是由研究对象尚未经"充分历史化"造成,但也因此,在这一领域,可以试验、发挥的方法,较之于其相邻的古典文学、外国文学等领域,似更形丰富、多元。近来在中国内地勃兴的"数字人文"研究取向,便是其中之一,适可以引入此一领域。

与许多同仁的看法不同,之所以说是这一学术动向近来才刚刚兴起,亦如笔者关于大卫·M·贝里、安德斯·费格约翰合撰《数字人文:数字时代的知识与批判》[3]一书的评论所言:"2019 年,也许可称

---

[1] 金雯、李绳:《"大数据"分析与文学研究》,《中国图书评论》2014 年第 4 期。
[2] 包弼德:《数字人文与中国研究的网络基础设施建设》,夏翠娟译、王宏甦校,《图书馆杂志》2018 年第 11 期。
[3] [英]大卫·M·贝里、[挪]安德斯·费格约翰:《数字人文:数字时代的知识与批判》,王晓光等译,东北财经大学出版社 2019 年版。

作中国大陆的'数字人文元年'。这一年,大量这方面的学术活动在北京、上海、南京等地举行,予人目不暇接之感;不少学刊也开辟了'数字人文'研究专栏,学者们的研究成果一夜之间,如潮水般涌现;首个专业刊物《数字人文》的创刊,更为推动此一领域研究、建构学术共同体与新的学术典范,作出了必要的准备。可以毫不夸张地说,无论从哪个方面来看,'数字人文'都成功地吸引了不少年轻学子和成熟学者的目光,呈现出爆炸式、井喷式的发展状态。"[1]也因此,对那种愿意将"数字人文"在中国(或整个中文学界)的发展历程,不断往前追溯并认为其作为一新的知识生产方式已"舶来"数年之久的看法(一种建构学科历史的冲动?),固然也能理解,但这样的做法可能仍显得笼统了一些,似只能够描述、解释其在图书馆学、档案学、思想史研究、中国史(特别是中古史)研究领域的进展,并不适用于现代文学研究等领域。

相反,我们应该承认,其在现代文学研究等领域的应用才刚开始。不然也就不会无法解释这样的问题:既已有一定的历史,有成熟的研究实践、经验,何以在整个现代文学研究领域,却见不到多少像样的"数字人文"研究成果?事实上,从理论设想的层面最早讨论这一话题者,也始自2019年《现代中文学刊》发表的关于"数字人文"如何运用于中国近现代文学、文献研究的一组笔谈文章。[2]尊重这样的现实,亦即"数字人文"在现代文学研究领域、尤其在中文学界的现代文学研究才开始试验这一事实,我们才能有勇气提出、面对一个问题:如何使之尽快从理论设想落地,走向实操,发展出真正的实证、经验研究,甚

---

[1] 王贺:《阅读中的青年学者:2019年编辑出版学阅读书单》,《出版科学》2020年第1期。
[2] 这组笔谈文章中的拙文,已重新修改后收入本书,构成了本章第一节。

至进而形成新的理论思考,走向对现代文学整体图景的新解、别解?

但这是极具挑战性、极有难度的工作。就实际的研究路径而言,笔者此前曾将其总结为"数字文献学"和"数字现代文学"两支。前一方面,"我们至少应该考虑下述问题:与传统文献相比,现代文献本身有何特点?给文献学、文学研究提出了哪些新的问题?如何解决?被数字化之后的文献本身有何特点?如果我们今天的研究已经无法脱离数据库,则又该如何看待数据库、利用数据库?学者与数据库的关系是什么?线上的所作所为与线下的学术活动有何关系等等。"[1]不过,这里需要补充说明的是,这一方面的研究,在一些"数字人文"学者的眼中,似乎不太能够算是正统的、重要的"数字人文"研究,但实际上,如果承认现代文学研究具有一定的史学、文献学性质,那么,我们就必须处理这方面的问题。譬如最近,就有学者在一非正式场合,以其主持增补钱谷融先生主编《中国现代文学作品选》工作为例,直率地向目前的"数字人文"热发出批评:"我再三告诫学生,凡是电子文献,如能找到'实物',一定要以'实物'核对'电子文献',不要迷信什么'数字人文'。"表示出对数字学术鲜明的警惕、怀疑的态度。这无疑是值得我们重视的意见,不仅是由于"数字人文"目前在国内一往无敌、几乎未遭遇任何有效的批评、质疑,更是因为其所提出的问题是"数字人文"研究必须进行回应、讨论的。其实,我们自己的研究经验也时常在提醒我们,在数字文献迅猛发展的今天,许多时候,想要寻找其所依据、对应的"实物"——晚清民国的报章杂志、书籍、小册子、非正式出版物等,实属不易,但这并不意味着我们在利用数字文献的同时,放弃

---

[1] 参见本章第一节。

第十一章 "数字人文"与现代文学研究

了寻找"实物"的努力,依笔者个人的理解,那恰恰是文献学研究的三昧之所在。不过,如果不是从事专门的文献学研究,而是一般性地利用文学作品、文献史料,是否有必要、能够完成逐一以数字文献(作为"副本")复核、对应纸质文献(作为"母本")的工作,恐怕仍属疑问。在更大的范围里来说,从传统的"实物文献学",发展到如今的"数字文献学",尽管后者继承了前者的学术遗产,从中汲取了不少智慧和灵感,但很显然,它们之间既有同一性,也呈现出某种断裂性、异质性。"数字文献学"要面对和解决的是新的问题,并非我们熟悉的、数千年的人类文明载体——纸质文献、出版物,而是一种全新的信息生产、储存和传播形态,它已经且将越来越独立于纸质文献,成为一种无须"母本"的"母本"(如数字孪生文献),藉由人工智能等技术的发展,持续地影响"后人类"时代我们的阅读、思考、写作及日常生活(认知科学、脑科学等领域的研究就已经充分地展示了这一点)。当然,不断增长的数字文献,也将持续推进我们传统的文献史料研究。这方面的研究,在可以预见的未来,将会有突飞猛进式的发展,如现代文学文献辑佚工作在新世纪以来硕果累累,便是新一代研究者善于检索数据库、较多利用数字文献的结果。

后一方面,即"数字现代文学"研究方面,最能发挥"数字人文"真正的长处,或努力发展的方向。要而言之,乃是希望研究者能够"超越检索",利用大量的数据和专门的软件、工具(无论是文本编码、语义分析、空间分析、地图制作,还是时间表、网络分析、可视化,皆有相应的软件、工具)、平台,展开专门的量化研究与分析。这方面的工作主要包括:其一,作家群体生平传记研究;其二,文学社团、思潮、流派的时空网络及其生成谱系的研究;其三,文学思想史、观念史的统计分析和量化研究;其四,新的、关于文学文本的文体学(风格学)、修辞学、语言学测量和情感分析等;其五,以现代文学(史)为主体的跨学科、跨地域、跨族裔、跨语言的比较与综合研究,如莫莱蒂对"世界文学"的一系列研究,这些研究正如其所言,对长期以来奉行文本细读这一研究方法(也包括方法背后隐藏的极其狭隘的"典律"观、"文学观")的美国文学研究界形成一种挑战,也将文学和历史研究更加有效地结合了起来,催生了其对"世界文学"体系的理论思考;其六,文学文本及研究数据的可视化。[1]

但毋庸讳言,在当下,与理论设想、建构相比,最重要、最需要的是诸多实实在在的、利用"数字人文"方法所作的具体的、专精的现代文学研究论著。换句话说,我们深知理论、方法、技术及应用各方面、各层次的工作,对于"数字人文"的研究、发展,都有不可替代的意义和价值,深知它们几者之间关系密切,呈现出互动共生、彼此依存的状态,但我们更应该深度介入或努力促成实际的"数字人文"取向的现代文学研究成果的诞生,使之从理论走向实操,让我们的同事、同行能够检验、批判这一新的取向,是否真正可以为现代文学研究带来新的生机和希望,从而也吸引和鼓舞更多的学者投身(或是抛弃?)这一新的(或是似新实旧的?)研究当中,对包括现代文学研究在内的人文学术如何在新的时代与社会境遇中不断突围、走出边缘化的命运提出新的思考。

在上述"数字现代文学"研究的几个方面当中,文学文本及研究数据的可视化,现已在虚拟现实重建、交互式地图、语料或史料可视化、

---

[1] [美]莫莱蒂:《世界文学猜想/世界文学猜想(续编)》,大卫·达姆罗什、刘洪涛、尹星主编:《世界文学理论读本》,北京大学出版社2013年版,第123—142页。

第十一章 "数字人文"与现代文学研究

社交网络关系可视化等方面有相当出色的应用,[1]但在现代文学研究中,在目前很大程度上似是将文学研究与地理信息系统(GIS)、社会网络分析工具(如 Gephi)、图形设计与应用(Graphic)及其他的数据可视化等工具的运用结合起来,展开时空分析、社会网络分析和数据的可视化,这在今后相当长的一段时间内或将成为一个重要的发展趋势,值得专门拈出,在此稍作讨论。

如所周知,从大的、理论方面来说,这一方面的发展,与人文学术界近年来出现的"视觉转向""空间转向"有关。学者们从理解、阅读图像,到亲自动手制作图像,通过图像的方式呈现自己的研究、传递可能相对比较抽象的概念[2]这一过程,借用黑格尔的术语,也可以说是一个从"自在"走向"自为"的过程。在此之后,无论是文本,还是文本中的空间、模式、叙事,都在构成可视化的对象、维度的同时,也在一定程度上成为了可视化的结构、框架,从而以一种新的形式、关系影响到我们对文学在内的一切知识的批判性思考,和我们对知识本身的呈现形式的新的探索。

西谚云,"可视化与山丘一样古老",又云,"一图胜千言",但在此有必要首先予以指出的是,可视化(visualization)并不等于可视(visualize)。一般所谓的"可视"是指通过可视元素传递信息,生成符

---

[1] 参单蓉蓉、刘炜、陈涛、李惠:《数字人文项目发展的特色和建议——基于对国际数字人文获奖项目的评析》,《图书情报工作》第 65 卷第 24 期(2021 年 12 月);不题撰人:《专业资讯|数字人文奖最佳可视化获奖项目典型案例介绍》,微信公众号"数字人文资讯"2022 年 1 月 29 日。

[2] [美]安妮·伯迪克、约翰娜·德鲁克、彼得·伦恩费尔德、托德·普雷斯纳、杰弗里·施纳普:《数字人文:改变知识创新与分享的游戏规则》,马林青、韩若画译,中国人民大学出版社 2018 年版,第 44 页。

合人类感知的图像,但可视化则指的是使某种事物(甚至是原本不可见的事物)、某一认知目标变为可见的动作、事实的过程,以及使之在人脑中形成一幅幅可感知的图形、符号、颜色、纹理等等的过程、能力或结果。数据的可视化的基本功能至少包括信息记录,增强数据识别效率传递有效信息;信息的推理与分析,即直观的信息感知降低数据理解的复杂度,突破常规统计方法的局限;信息的传播与协同,达到信息共享与论证、信息协作与修正、重要信息过滤等目的等。[1]也因此,"数字人文"中的可视化并不是通过数据库下载一些插图,或是在研究中利用一些有重要参考价值的视觉资料(如照片、美术作品、电影、动画和流媒体等),沿袭传统的人文学术的研究理论、方法,而恰是指提取和聚合研究中的数据(包括数据清洗、降维、采样、聚类和剖分、配准与转换等复杂的数据处理过程),并将其按照一定的形式和结构予以设计、建模和展示。研究者需要处理的不仅仅是数据本身的不确定性,作为数据可视化基础的可视化编码、设计等问题,还要充分考虑到不同类型的数据在可视化过程中的方法、呈现的差异、分析的难度,为之创建相应的、不同的数据分析模型。总之,数据的可视化,绝非是图像、视觉资料的扩充,或以此为据对文字资料所作的补充说明,它本身就构成了一种新的论证和解释。[2]

在文学和历史研究领域,现已涌现出非常之多较为成熟的可视化

---

[1] 陈为、张嵩、鲁爱东编著:《数据可视化的基本原理与方法》,科学出版社2013年版,第1—17页。
[2] [美]安妮·伯迪克、约翰娜·德鲁克、彼得·伦恩费尔德、托德·普雷斯纳、杰弗里·施纳普:《数字人文:改变知识创新与分享的游戏规则》,马林青、韩若画译,中国人民大学出版社2018年版,第45页。

成果。例如布朗大学数字学术中心的"加里波第与意大利统一运动档案"(The Garibaldi & the Risorgimento Archive)项目。该项目包含两个数据库,分别是加里波第肖像和19世纪英、法、德、美报纸关于加里波第图片的报道,提供文本和图像两种类型的检索。后开发为电子展览。其不仅以多媒体形式复原了19世纪中叶在英国绘制的一幅加里波第(Giuseppe Garibaldi, 1807—1882)的巨型画作,更重要的是,以这一生平事迹全景图为主线,结合报纸上关于加里波第的图片、报道和近4000种文献资料,对这位在意大利统一过程中举足轻重的历史人物的生平事迹和时空网络进行了全方位的展示。其中的55个分场景、众多的地点,都有对应的文字解说和研究文献资料,为理解意大利的统一进程和加里波第的生平、贡献提供了直观、丰富的解释。又如斯坦福大学空间与文本分析实验室六个核心研发团队之一的"人文+设计"(Humanities+Design)团队开发的从伊拉斯谟时代到富兰克林时代的早期现代文坛网络图,文学实验室团队开发的维多利亚时代英国的情感地图,则将我们对这些文学和历史知识"表现为具有尺寸、规模、比例、位置、方向或具象的图形"。再如耶鲁大学数字人文实验室的约翰·阿什贝利故居线上游(John Ashbery's Nest)项目,不独为读者/用户提供了沉浸式的展览体验(immersive experience),更帮助人们启悟房间、实物、声音、各种纸质文献记录与文学想象之间的关系。对于现代文学研究者而言,无论是专攻一个作家的"专家研究",还是偏重主题、议题的研究,或是文学社团、思潮、史的研究等,现已累积有大量的文字、视觉资料以及部分音视频等类型的资料,或许都可以参照这些先行可视化成果,有所作为。

但重视和推进文学数据的可视化,包括了解可视化是什么、可视化什么，以及如何可视化、如何"阅读"这些图表、图像，探索视觉形式作为知识生产、建构的可能性，固然是目前和今后可首先进行实操、且人文学者可以利用相对成熟的制图技术大显身手的领域，但这并不意味着其他方面的研究是不重要的。恰恰相反，有必要强调的是，上举诸方面的探索和思考，都已初步或在很大程度上显示出丰富的可能，也各有其相应的贡献和价值，对此，我们不必厚此薄彼，因为它们将共同促成"数字人文"取向的现代文学研究的发展，乃至"数字人文"的解释实践以及新的学术典范的诞生。

第十二章 "数字鲁迅"的生产

在现代文学研究乃至整个人文学术、社会科学研究中,重视数字资源的获取与利用,已是不争的共识与显见的事实。但这些资源数量极多,又涵括不同的类型、具有不同的特点,利用方式因之亦有不少差异,实难泛泛而论,而在许多普通读者及不专门从事"数字人文""数字学术"等研究的学者眼中,作为其中之一大宗的"电子版""电子书"似为同一事,不必仔细分别;与之相关的"电子化""数字化""文本化"等概念似亦大同小异,无论其实际生产、运作过程如何,结果皆指向或描述了一种非纸质形态的文本、文件。根据不同的标准、媒介和形式,这些文本、文件时常也被我们或具体或笼统地称作网页、数据库、检索系统、网络资源、数字资源、数字文献、电子文本等。

但事实是否如此？我们应该如何正确地理解和使用这些概念，特别是其中一个尤为核心的概念——"数字化"——的意涵及其外延，应对其持有何种理念、共识，方能帮助我们在利用这些非纸质形态的研究资源的同时，也能够对其进行严肃的学术批评、研究，进而促成更为完备、精良的研究资源的问世，甚至发展新的研究方法、典范，从多方面提高我们的研究水平，还需要深入思考、探索。不过，公允地说，在上述这些方面，来自计算机科学、图书馆学和外国文学、古典文学、历史研究等领域的学者，已有过不少的理论思考和实践，[1]但在现代文学研究中，迄未掀起波澜，[2]关于《鲁迅全集》这一现代文学必读书、

---

[1] 计算机科学和图书馆学研究者多从技术角度探讨"数字化"的要义，而人文学者的相关研究则聚焦于历史和理论两个方面，其中比较重要的研究包括 Marilyn Deegan、Kathryn Sutherland、Katherine Hayles（多译凯瑟琳·海勒）等人对上世纪末以来数字化如何改变印刷制度和技术，乃至两者的交互如何改变书籍、语言、作者身份及人之为人的意义等问题的研究，参见 Marilyn Deegan、Kathryn Sutherland: *Transferred Illusions: Digital Technology and the Forms of Print*, Routledge, 2009; N. Katherine Hayles. *Postprint: Books and Becoming Computational*, Columbia University Press, 2021; 邦尼·麦以"早期英文图书在线"数据库为例而进行的关于数字化的知识考古学研究，见氏著《什么是数字化？——一项考古学研究》，戚悦译，《数字人文》2020 年第 2 辑；罗伯特·达恩顿就电子书与纸书的关系、"数字化"所面临的困难等问题所作的讨论，见氏著《阅读的未来》，熊祥译，中信出版社 2011 年版，第 5 章；程千千：《专访 | 罗伯特·达恩顿：书籍和图书馆不再重要？完全错误》，网址见：https://www. thepaper. cn/newsDetail_forward_4899721, 2021 年 5 月 14 日检索。中国学者的相关研究如项洁、翁稷安：《多重脉络——数位档案之问题与挑战》；项洁编：《数位人文要义：寻找类型与轨迹》，台湾大学出版中心 2012 年版，第 25—59 页；王兆鹏：《利用 GIS 技术提升中国古代文学研究的数字化水平》，《第三届中国古籍数字化国际学术研讨会论文集》，2011 年 8 月 16 日；郑永晓：《加快"数字化"向"数据化"转变——"大数据"、"云计算"理论与古典文学研究》，《文学遗产》2014 年第 6 期。

[2] 管见所及，似只有两篇论文讨论相关问题，其一是杨柳的《网络数字图书馆的产生与发展——以中国现代文学史料的数字化建设为例》(《商丘职业技术学院学报》2013 年第 1 期)，择要介绍了当时已取得的部分现代文学"数字化"成果；其二是郝魁锋的（转下页）

常见书(如果不是我们从事现代文学研究首先要阅读的一部书的话)的"电子化""数字化"历史的研究,至今还是一个学术空白。实际上,大量的"电子化""数字化"的鲁迅作品,不仅向我们提供了触手可及、随时可供阅览、查检、复制的鲁迅作品资料,而且这一过程本身也自有历史,经历了一个不断变化、发展的过程,同时其所生产、制作出的鲁迅形象,也不同于前此经由纸质媒介所建构的鲁迅形象,可谓一"数字鲁迅"像。

也正是基于此种认识,本章拟就《鲁迅全集》的"电子化""数字化"历史作出较为系统、深入的考察,并以其间出现的四种主要模式——《鲁迅全集》电子版、电子书、手机应用程序及检索系统——为讨论对象,兼及其在视觉文化生产、电子游戏、机器人等领域的最新发展,从"数字人文"、媒介考古学、文献学这几重交错的学术视野出发,对其展开历史、理论和实用性、前瞻性等多方面的思考。具体而言,首先试图较为细致地批评非纸书形态的《鲁迅全集》诸种版本、文本,对这些版本、文本的历史、特色、贡献及其限制等问题予以专门探究,一窥"数字鲁迅"像的诞生、发展及变化过程,进而希望探讨文本、机器与机器人分别在其中所扮演的重要角色,抑或是其所预示的可能的发展方向,最后对本章及本书所涉相关概念尤其"数字化"的意涵及其外延,作出一定的、新的解释和分析,最终回答什么是现代文学研究需要的"数字

(接上页)《网络资源中现代文学史料的应用与鉴别》(《中国现代文学研究丛刊》2014年第9期),侧重于论述以网络资源为研究资料时应该注意的若干问题。但很显然,此二文所理解的"数字化"和"网络资源"等概念,受到早期流行的"数字化"观念的影响,并将其视为不证自明的前提,而笔者的研究,是在对这一前提及相关理论问题"再问题化"的基础上展开的。

化"这一根本问题。

一 "直待凌云始道高"[1]
——中文电子文本的诞生与最早的《鲁迅全集》电子版

如所周知,在互联网浏览器诞生以前,最早的中文电子文本是由海外留学生制作的、存储于"中文诗歌网络"(CHPOEM-L)的《孙子兵法》电子版。"其制作时间是 1991 年冬,由得克萨斯州美国超级超导对撞机实验室李晓渝等人录入制作。""中文诗歌网络"是"一个利用电子邮件交换自己喜爱的诗歌和文学作品的兴趣小组",亦即一电子邮件列表(electronic mailing list,或称为"电子讨论列表"),由纽约大学布法罗分校中国留学生王笑飞创立,创建不久已有二百余人参加,该网络"不设编辑,也不定期出版,大家随时都可以把自己喜欢的诗歌发送到该网络上"。[2] 除了发表留学生、海外学人自己的文学创作,其文库中也收录了《老子》《论语》《诗经》《唐诗三百首》《三字经》等电子文本,"由于多数文章没有注明制作时间,从该电子文库最后保存时间判断,这些电子文本制作时间应该在 1991—1993 年之间。"同一研究也指出,当时海外中文书籍有限、借阅多有不便,留学生们接触到这些新的媒介和技术后,在完成课业之余,将一些中外典籍和现代、当代文

---

[1] 唐人杜荀鹤《小松》诗云:"自小刺头深草里,而今渐觉出蓬蒿。时人不识凌云木,直待凌云始道高。"见黄钧、龙华、张铁燕等校:《全唐诗》第 7 册,岳麓书社 1998 年版,第 378 页。
[2] 原文出自电子期刊《华夏文摘》第 38 期(1991 年 12 月 20 日出版)编后语《诗词爱好者的电脑交流网络介绍》,转引自李大玖:《第一份网络诗歌专辑——网络文学的起源史料(续三)》,网址见:http://blog.sina.com.cn/s/blog_5223ef410100k7za.html,2021 年 5 月 14 日检索。

学作品(如徐志摩、郭沫若、冯至、舒婷、北岛、邵燕祥等人的诗作)输入电脑,制作出了相应的电子文本,通过电子邮件、Gopher和FTP等方式发布,并与同好保持广泛而密切的联系、交流。这一网络因此被认为是"全球第一个纯文学华文网络媒体",也孕育出了最早的中文网络诗歌和网络小说,[1]当然,可以肯定地说,这些大量的原创作品和部分古今典籍的电子版,都促进了早期中文信息在全世界范围内的分享、流通。[2]

互联网出现以后,"新语丝"(1994年2月创立,后发展为网站)、"橄榄树"(1995年3月创立)等数百种电子期刊在海外相继问世,并开始整理发表中国古代、现代作家作品的电子版,其间偶见鲁迅作品,但并不为多,更无论"文集""全集"。直到后来如"新语丝"不仅建立了"读书论坛",也建立了自己的"新语丝电子文库",并在其中专门开辟"鲁迅专辑",一心荟萃鲁迅作品电子版和鲁迅手稿、照片、传记、相关新闻报道及研究、评论资料,企图将"电子化""数字化"的鲁迅作品变成一个真正的、向所有人都开放的研究资料库,并最终取得成功,可以说是为这些海外学人在整理和传播现代文学遗产、探索和绘制未知的数字鲁迅版图之旅,竖起了一个小而醒目的界标。不过这一切都经历了长时期的积累和努力,如今也还在继续进行,很难被看作"史前史"

---

[1] 参见李大玖:《海外华文网络媒体——跨文化语境》,清华大学出版社2009年版,第53—54、77—80页。另,笔者发现诸如欧阳友权、袁星浩编著《中国网络文学编年史》(中国文联出版社2015年版)等书,多处大篇幅引用李书原文,但并未加注以说明是引文。

[2] 如Odd de Presno著*The Online World resources handbook*(在线世界资源手册)一书,在介绍"其他语言的书籍"时,就介绍了这一网络提供的中文诗歌,并提醒读者准备好使用两种汉字字符集标准(即简体中文GB国标码与繁体中文Big5码),网址见:https://www.puc-rio.br/servicos/parcerias/presno/bok/10.html,2021年5月20日检索。

或"早期历史"的范畴。我们今天想要讲述早期《鲁迅全集》电子版的历史,还有另外一些面向不可不提。

事实上,同样受惠于互联网和中文信息处理技术的发展,最早的《鲁迅全集》电子版却出现得很晚。准确地说,是在最早的中文电子文本问世近十年后才出现的。据笔者考察,2000年1月在"4020电子书"网站(https://www.wurexs.com)出现的《鲁迅全集》(txt文件),或为最早的《鲁迅全集》电子版。这一文件只有4.18MB大小,至今虽已无法正常阅览、下载,但透过简介、文件名和详细目录,我们可以看到,其由24个文件夹、亦即24个单集构成,而在原网页所显示的"电子书简介"中,内中所收各单集依次包括《呐喊》《朝花夕拾》《中国小说的历史的变迁》《而已集》《二心集》《坟》《故事新编》《花边文学》《华盖集》《华盖集续编》等10种(可能这一简介并不全面)。[1] 很显然,这些单集之间的秩序比较混乱,既非鲁迅自编文集的逻辑,也不是任何一种纸质版的《鲁迅全集》的编次和结构;另外一些鲁迅著作也付之阙如。由于早期的txt文件多充满乱码,我们也可以大致猜得出来这一电子版的内文质量。但无论如何,与单集、文集相比,《鲁迅全集》电子版的出现,标示着鲁迅作品"电子化""数字化"实践进入新的历史阶段。

从世界范围内看,2000年也被认为是"多语种互联网发展的一个转折点,对于用户和内容都是如此",从此不仅"信息能够用多种语言表达",使用英语上网和浏览网页的互联网用户,和非英语国家和地区

───────────

[1] 不题撰人:《鲁迅全集txt下载》,网址见:https://www.wurexs.com/Txt/XiaoShuo-2972.html,2021年5月14日检索。

第十二章 "数字鲁迅"的生产

的用户的比例竟接近1:1。[1] 大约与此同时,即自2000年始,直至2009年,更多的中文电子书网站、文学网站和专业网站开始发表《鲁迅全集》电子版。据闻诸如"e书"网、"亦凡公益图书馆"、"白鹿书院"、"中华书库"、"黄金书屋"、"清漪园"、"宇生工作室"、"文学视界"、网上"鲁迅纪念馆"、"鲁迅研究网"、"评读鲁迅网"等处,其时或设有子网站"鲁迅文库",或有"鲁迅全集"栏目,或是提供了一些名为《鲁迅文集》《鲁迅全集》的电子版。这些电子版率多以 txt、htm(l)[2] 格式文件存在且被阅读,但仍然名不副实,顶多只能算是"文集"。此外,也出现了一个专门的"鲁迅小说全集"论坛。[3] 但无一例外,十余年后的今天,这些网站绝大多数或已注销,或遭关停、屏蔽,或成为僵尸网站,难以访问(除了"亦凡公益图书馆"和更早的"新语丝"在海外尚可访问),因此我们无法作出较为深入的讨论。[4]

---

[1] [加]玛丽·勒伯特:《电子书出版简史》,刘永坚译,世界图书出版公司2011年版,第53—57页。

[2] 最新一代的超文本标记语言(Hypertext Markup Language)HTML5.0(简称 H5),因其提供的新元素和新的 API 简化了 web 应用程序的搭建,且可以被设计为在不同类型的硬件(个人电脑、平板、手机、电视机等)之上运行,实现跨平台运作,也被广泛运用于电子书(及其阅读器)的制作。基于 H5 的电子书阅读器,不仅可提供仿真翻页 3D 动画特效,支持全屏阅读、保存等功能,还可以用鼠标点击、滑动(个人电脑)或触摸滑动(移动设备)翻页,为读者带来近乎纸书一般的阅读体验。目前,一些期刊(如《长江学术》《香港文学》)和电子书(如一些产品手册、宣传册、教辅类读物)即采用了这一技术,但笔者目前尚未见到采用这一技术制作的《鲁迅全集》,故此对其不作深入讨论,而只简要讨论利用其第一代语言 html 发布的《鲁迅全集》电子版。不过,也正因此,本书对"电子版"和"电子书"的定义、二者之间的界限等问题的认识,保留了一定的弹性,并没有将其视为完全不同的两种文献、文本,而是在讨论其差异的基础之上,尽可能地指出了二者的关系和联系。

[3] 参见葛涛:《"网络鲁迅"研究》,安徽大学出版社2012年版,第10—18页。

[4] 笔者早年也是这些网站的忠实读者、用户,而今回视这一"个人阅读史",颇有些"白头宫女在,闲坐说玄宗"的况味。

但有一些早期的《鲁迅全集》电子版至今仍在网上流传，可谓"硕果仅存"的数字历史遗迹。2006年前后，在"爱 txt 电子书论坛"（https://www.aitxtbbs.com）等处，出现了依据1981年人民文学出版社版《鲁迅全集》（16卷本）整理的《鲁迅全集》前8卷的 txt 文件（其他网站上也有第9、10卷的 txt 文件）。这一文件保留了原书的卷次、目录、正文和注释，正文乱码较少，但一些生僻字均以空格代替，外文文字乃至原书的数字、标点符号等在这一电子版中也出现很多错误。当时的中文文字识别技术（OCR）水平还不尽人意，其自动化程度和准确率远不如现在。当然，受限于 txt 这一电子文件格式本身的特点，所有这些《鲁迅全集》电子版也谈不上什么版式编排和较好的阅读体验。

相较之下，后起的"文学100"网站（http://www.wenxue100.com）上出现的《鲁迅全集》电子版略胜一筹。其属 thtml 格式文件（虽是用特定的标准标记语言创建的网页文件、超文本文件，但对于普通读者而言，在浏览器中，其与 txt 格式文件无异——如果内容只是文字，没有图片、音视频等；所见者仍为文本文件，而不必关心背后的计算机语言：代码、字符和编码规则），优点是提供全文阅览和检索、下载，但这些功能仅限于网站注册付费用户，其所收录的鲁迅作品的种类和数量均较此前的版本为多，共收录除鲁迅日记、翻译作品、科学作品外的30种单集，另有一种许寿裳编纂《鲁迅先生年谱》，亦纳入其中。但无论是 txt 格式、还是 htm(l)、thtml 格式的《鲁迅全集》电子版，有一共同的缺陷，即不交代其所依据的纸质文献资料来源，不便于研究和引用。

也正是基于对这些既有的电子版的不满，读者转而开始自己生产制作新的、更好的《鲁迅全集》电子版。2006年11月7日，一位名为

第十二章 "数字鲁迅"的生产

"云飞99"的读者，在"天涯论坛"子版"闲闲书话"，发出了制作其所谓的《2008电子版〈鲁迅全集〉》的倡议：

> 网上的《鲁迅全集》电子版本很多，我至今还保存的就有'钱氏'、'南开'、'鲁迅站'和光盘pdf共4版，其中下载了又删除的更多。总的来说，每个版本都有不少乱码、错误。
>
> 纸版的也有很多了，38年的著作加翻译和部分辑录繁体全集、58年的仅著作加注全集，81年的仅著作加注全集以及2005年的仅著作加注全集，这里还不包括73年出版的38年版简体版。
>
> 其实这些版本的整体性可以说是越练[来]越好，但是很多细节上就很难评判优劣了。
>
> 我现在有个想法，就是大家一起来制作一个完整的电子版，这个电子版要包括58年、81年、2005年的全部注释——主要是看它们的不同，然后在文字方面要尽量减少乱码、错误。
>
> 制作这个版本首先得有一个较好的txt版本，然后大家来校对文字，增加注释；2005年版的注释我可以录入，81年的很常见，估计58年的就比较麻烦了。……由于现在的txt版本都是网上下载的html、chm等格式转换的，需要先整理格式。……格式整理完成后就是根据书本对照文字和注释了。
>
> 现在网上的版本基本是根据1981版制作的，正文将会以2005版的为最后依据——至于篇目则2005版没有而其它版本有的一律保存并作说明；注释则是1958、1981和2005的都保存，建议的是1958的注释标数用『』、1981的用〔〕、2005的用【】，如果3

个版本的注释意思都差不多的则随便保存哪个单一的版本或者保存2个、3个——但是正文里面的都用〇。

最后的发布格式应该是有pdf、html、chm以及txt甚至word等多个格式。[1]

可惜网上"伸手党"为多,真正愿意动手者、响应者寥寥。尽管目前并无证据表明这一设想最终得到实现,但仅就其工作设想而言,不仅相当周密、细致,而且饱含着版本学和校勘学意识,希望能够生产制作一个新的、既有历史考订特色,又能并包现有各主要纸质版本的正文及其注释,且"尽量减少乱码、错误",为读者考虑,最终还可以提供各种文件格式的《鲁迅全集》电子版。看起来,这是一个理想的、完美的版本。其后,作者独立整理完成了《华盖集》并公开发布,同时还撰写了《2005年版〈鲁迅全集·华盖集〉中的几个问题》,[2]其余则未见下文。但正如全世界第一本电子书的设计灵感,来自一位西班牙的教师鲁伊斯·罗伯斯(Ángela Ruiz Robles)于1949年设计、供学生们使用的"机械、利用电力和气压驱动的百科全书",这一"机械式百科全书"构成了其后所有电子书的雏形,[3]从此为人类书籍史开启新的航程,2006年由"云飞99"发起的制作《2008电子版〈鲁迅全集〉》的倡议,

---

[1] 云飞99:《制作2008电子版〈鲁迅全集〉的倡议》,网址见:http://bbs.tianya.cn/post-books-86683-1.shtml,2021年5月20日检索。

[2] 云飞99:《〈华盖集〉整理完成了,欢迎检查》,网址见:http://bbs.tianya.cn/post-390-3378-1.shtml;《2005年版〈鲁迅全集·华盖集〉中的几个问题》,网址见:http://bbs.tianya.cn/post-free-822156-1.shtml,2021年5月20日检索。

[3] [英]罗德里克·凯夫、萨拉·阿亚德:《极简图书史》,戚昕、潘肖蔷译,电子工业出版社2016年版,第244—245页。

也同样可以视作其后《鲁迅全集》电子书努力实现的理想和一个理想、完美的"数字化"的《鲁迅全集》的理念形态,既可谓是《鲁迅全集》"电子化""数字化"历史上一项富有开创性意义的动议(其实至今众多的纸质版《鲁迅全集》也并未做到这一点),也是中国现代文学"数字化"历程中值得铭记的一个贡献。另外,也许我们还需要记住一点,这位作者的身份是匿名的,很可能也并不是我们熟悉的某位鲁迅研究者、现代文学研究者,而是一位学院外、热衷于阅读鲁迅的普通读者。

二 读者与技术的互动
——几种重要的《鲁迅全集》电子版

一般认为,纸书《鲁迅全集》比较重要的版本主要有五种。依次是1938年鲁迅先生纪念委员会编印初版(20卷本)、1958年人民文学出版社版(10卷本)、1973年人民文学出版社版(20卷本)、1981年人民文学出版社版(16卷本)和2005年人民文学出版社版(18卷本)。与之相应,常见的《鲁迅全集》电子版,多以上述五种版本为底本制作而成,也可谓是除最早的电子版以外其他几种重要的版本。但在2003年之前,电子书制作技术较低,此时的pdf(便携式文档格式)等文件的编辑工具功能相对有限,往往是将十数个扫描文件合并为同一文件,并无目录书签(这指的是电子文件目录,并非是说未扫描原书目录),也缺少批注、笔记等基本功能。

但在此后,尤其近十来年间,《鲁迅全集》电子版开始大规模出现。在这一过程中,由Adobe公司开发的pdf格式及相应的编辑软件Adobe Acrobat,因其便于制作、保存、浏览和打印,"或使用更高级的功能"[1]如加密、保护等,能"为个人或企业提供安全、高效的文档管理体验"[2],几乎占据了整个电子文件的生产和销售市场,pdf格式的《鲁迅全集》电子版这一文件格式也逐渐成为主流、常见的文件格式。此外,djvu、uvz等格式文件也较通行。笔者拥有的1938年鲁迅先生纪念委员会编印初版(20卷本)、1958年人民文学出版社版(10卷本)、1981年人民文学出版社版(16卷本)这三个版本的电子版,也正是djvu、uvz等格式,并非pdf文件,但是,余如1973年人民文学出版社版(20卷本)和2005年人民文学出版社版(18卷本),以及其他版本的纸书《鲁迅全集》的电子版,则大多均为pdf格式。其发布时间均为2006年以后,其中1973年人民文学出版社版(20卷本)《鲁迅全集》电子版最早,余则踵其武。虽然这些电子版的制作者身份不详,但和网络文化的主体是普通的、广大的匿名用户一样,很可能大多都是由读者个体(并非政府、企事业单位)为了满足自己阅读、研究的需要,扫描加工制作而成,[3]2005年人民文学出版社版(18卷本)《鲁迅全集》的售价

---

[1] Blueboy001、w_ou 等:《Adobe Acrobat》,网址见:https://baike.baidu.com/item/Adobe%20Acrobat/1696577♯4_1,2021年5月19日检索。

[2] 不题 撰人:《Adobe Acrobat》,网址见:https://acrobat.adobe.com/cn/zh-Hans/acrobat.html,2021年5月19日检索。

[3] 不可否认,在图书"电子化""数字化"的过程中,有些出版商的态度相对比较积极,除了主动制作发售电子版(单集或丛书),还向购买其纸书的读者免费提供在线访问、阅览权限,如2015年4月山西人民出版社出版的《黄永年学术经典文集》,系"中国现代史学家学术经典文库"之一,出版社在其官方网站即设有"中国现代史学家学术经典文库","读者可凭借每册图书书签所提供的密码,登录网站,使用其电子版。"(山西人民出版社:《〈中国现代史学家学术经典文库〉出版前言》,黄永年:《黄永年学术经典文集》,山西人民出版社2015年版,第2页)虽然由于机构合并、转制及网站升级等原因,这一网站、"数据库"和"电子版"至今已荡然无存,但我们从中仍可见出出版商探索数字出版的热情。当然,近几年来,以本社自有纸书为资源,开发相应的数据库产品,并以极高昂的价格向学术机构用户和个人用户兜售,已成为不少出版商的重要经营策略。

高昂,从某种程度上也刺激了读者寻找、自制电子版并将其分享的行为。[1]这也表明,这种从表面上看起来是由商业力量(或是其背后的新技术)主导的电子书生产、流通业态,同时也是读者面对纸书和新兴媒介,在众多的技术和设备之间,自发、自觉地进行选择而发展出的最优选项,正是两者之间的互动塑造了《鲁迅全集》电子版的历史面貌。

也不断有读者在使用过程中,对这些《鲁迅全集》电子版进行内容和功能的优化升级。例如,2012年12月,有读者发布了对2005年人民文学出版社版(18卷本)《鲁迅全集》扫描版pdf文件进行优化的新文件。在原文件的基础之上,添加了较为详细的目录书签,尽管这一书签不包括书信集、序跋集,也未经校对,不保证没有bug,[2]但与原本没有目录的电子版相比,想要从中查找、阅读特定作品,就显得方便多了。但在另一方面,从其他读者对这一文件的评论中,我们可以部分地窥见,当时的读者似乎并未普遍养成阅读这些套书的电子版的习惯。一位名为"浪女小刀"的读者言道,"这么大部头的电子书是用来收藏的把(吧)",而新文件的开发者也不以为忤,以戏谑的口吻表示,

---

[1] 徐颖:《标价990元离谱? 鲁迅全集豪华版吓退读者引争议》,网址见:https://www.chinanews.com/news/2005/2005-12-08/8/662286.shtml,2021年5月20日检索;韩石山:《这样的〈鲁迅全集〉我不买》,网址见:http://www.huaxia.com/wh/dskj/2006/00406612.html;月亮的两边、唐臣等:《鲁迅全集降低成本的胡思乱想(转载)》,网址见:http://bbs.tianya.cn/post-books-77729-1.shtml;云飞99:《制作2008电子版〈鲁迅全集〉的倡议》,网址见:http://bbs.tianya.cn/post-books-86683-1.shtml,以上均为2021年5月20日检索。

[2] 浮游:《【电子书分享】鲁迅全集(1—18卷)人民文学出版社》,网址见:https://www.douban.com/group/topic/34958853/?dt_dapp=1,2021年5月15日检索。

"或者是买不起实体书用这个来爽一爽的"。[1]但随着掌上电脑（PDA,也被称为手持终端）、平板电脑、Kindle阅读器、智能手机的出现和普及,市面上不仅出现了帮助读者如何挑选、购买这些新的机器和设备,介绍其操作系统和软硬件升级、使用办法的书籍,[2]也出版了一些传授电子书加工制作机宜的专业读物,同时,读者对电子版（包括电子书）的阅读更成为一潮流。

实际上,即便是没有优化升级的电子版,因其所据者是较为可靠的纸书,制作技术不过是依原书的结构,扫描或拍摄原书的图像,而后将这些图像文件封包成一文件,故其质量亦较可靠（除了那些可能存在着漏扫原书内容如正文和边缘、扫描页码错乱、扫描图像扭曲或模糊、扫描颜色与原文颜色不同、出现波纹或交叉影线等问题）,一般不甚影响阅读、研究。因此,这些电子版也被称为扫描版,其在很大程度上保留了纸书的内容和形式,在支持高压缩的同时具有分辨率较高、体积较小等特点,可满足跨平台兼容、方便打印（本身就是保留了排版形式的印前标准文件）和网络传输、保护文档内容不被随意修改等用户需求。根据上述所言五种纸质版的《鲁迅全集》制作成的电子版,便具有这样的特点,若是与更早之前出现的内容较为单薄、文字和标点错误百出的txt、htm(l)等文件相比,其虽属于对纸书的"克隆",并无可以直接析出、用于文本数据挖掘和分析的全文（将图像识别为文字）,但却更具有参考价值。其实,利用来源比较清楚、版本比较可靠

---

[1] 浪女小刀:《评论〈【电子书分享】鲁迅全集（1—18卷）人民文学出版社〉》,网址见:https://www.douban.com/group/topic/34958853/? dt_dapp=1,2021年5月15日检索。

[2] 如周佳、尹利国、宋学民编著:《PDA（掌上电脑）一册通》,北京大学出版社2012年版。

第十二章 "数字鲁迅"的生产

的电子版做研究,将其用作研究资料,至今已是学术研究的常态。早在1990年代末,就有作家观察到,"不仅仅是牢骚满腹的学术界,我们的整个文化都在进行着这种转变,即远离印刷品时代的模式和习惯,走向一个新世界,其显著特点是对电子通信的依赖性。"[1]数十年后的今天,我们对电脑、移动设备和互联网的依赖程度的加深,似更不言而喻。但有点令人奇怪的是,与古典文学、经学、文献学学者乐于承认自己所使用的某一种文献资料为电子版,或在具体研究中指出现存有哪些比较容易取得的电子版可供同行进行比较研究和系统考察不同,[2]近现代文学研究者有时似乎并不愿意承认这一点,甚至即便使用一些近现代图书、期刊、报纸合订本的影印本和源自网站、数据库的文献资料,也不愿意指出其为影印本或数字资源。

无论如何,与纸质版《鲁迅全集》的携带不便、售价较高、不易取得、不能随时随地进行阅读等先天不足相比,不同的《鲁迅全集》电子版能克服这些限制,成为许多读者(其中既有普通读者,也有专业人士)的日常阅读对象。在中国内地最大的读书社区"豆瓣网",许多网友的相关讨论、评论就显示了这一点。2011年,一位名为"DiDi"的读者表示,"正在用电子版和周大人死磕";[3]翌年,另一位名为"小李匪

---

[1] [美]斯文·伯克茨:《读书的挽歌——从纸质书到电子书》,吕世生、杨翠英、高红玲译,中国对外翻译出版公司2001年版,第133页。

[2] 如叶纯芳在对十三经附校勘记的《春秋公羊注疏》的研究中,指出十行本为最早的经注疏合刻本,须善加利用,其中"目前较易取得阅读的电子版影印元刻明修本有京都大学藏本、东洋文化研究所藏本、再造善本影印本"。见乔秀岩、叶纯芳:《文献学读书记》,生活·读书·新知三联书店2018年版,第24页。

[3] DiDi:《评论〈鲁迅全集(2005最新修订版)〉》,网址见:https://www.douban.com/doubanapp/dispatch?uri=/book/1442720/interest/51727523&dt_dapp=1,2021年5月15日检索。

盗"的读者，又如是评论道：

> 这次读的电子版，感受最深不是所谓革命斗士，最多骂骂政府斗斗笔仗，但对江浙一带农村妇女的小气吝啬心胸狭隘睚眦必报的刻画的确入木三分。这情形至今变化不多，倒是能片面佐证传统乡村社会在宗祠、儒家、佛教、乡绅、地主等的治理下，尽管有些鲁迅这样的异乡人，尽管历经蒋、毛，尽管迎来了市场经济改革，自治还是一息尚存。较少见从社会学或政治学角度来理解鲁迅作品的，今后是一个可为的方向。[1]

在各群组的发帖、评论区和日记（日志）的评论区，还有读者慷慨分享了《鲁迅全集》电子版的下载地址，并讨论了各种版本的价格，以及如何利用电子版制作自己的纸书等问题。透过这些形形色色的阅读实践和认知，我们可以看出，其并未有《鲁迅全集》电子版（也包括下文即将讨论的电子书）在价值等级上就天然地较纸书更低一等的偏见，或是有意矮化数字阅读行为的观念，毋宁说《鲁迅全集》电子版在其阅读和思考中所扮演的角色，几乎和纸书相同，同样促进了读者的审美、想象力和批判性思考能力（前引"小李匪盗"的短评，就相当内行）的发展。

---

[1] 小李匪盗：《评论〈鲁迅全集（2005 最新修订版）〉》，网址见：https://www.douban.com/doubanapp/dispatch?uri=/book/1442720/interest/439424685&dt_dapp=1，2021 年 5 月 15 日检索。

三 同中之异与异中之同
——《鲁迅全集》电子书诸类型及其特点

"电子书"(e-book)的概念和"电子版"(electronic edition)不同。"电子版"主要包括两种形式,一是根据纸质书刊、以之为"母本"进行扫描、摄制,然后生产出一个新的版本的文件,这个新的版本在最大程度上复制了"母本"的一切要素(除却其"物质性"),同时,这一制作过程实际也是一般所谓的"电子化""数字化"(本质是一种图像化),如常见的 pdf、djvu、uvz、jpg、tiff 等格式文件;一是将纸质书刊原有文字析出,利用相应的标记语言或程序,按照一定的结构、原则对其重新编码,制作成一个新的版本,这一过程亦即"文本化"(有时也称为"全文化"),如常见的 txt、htm(l)、doc(x)等格式的文件,因这些文件以文字信息为主,占用电脑内存较小,功能、界面大多友好且简单,对阅读环境、设备的要求不高,无须安装专门、特殊的阅读器,成为了自 DOS 时代至今常见、流行的电子文本格式。

"电子书"则可定义为一种完全不同于纸质出版物的数字出版物。从大的方面来说,"电子书"包括了"电子版",但这里要讲的,是一个比较狭窄的"电子书"定义,它有时指通过某种专门设备(如亚马逊公司开发的 Kindle 电子书、汉王公司开发的汉王电纸书等)和程序(如 IOS 系统的"阅读"程序、超星公司开发的 SSReader 软件、方正公司开发的 Apabi Reader 软件等)方能顺利阅读的文件,包括大多只能通过手机、平板电脑等手持终端进行阅读的 app、apk、jar 格式文件等(多被称作手机应用程序);有时也指向一个带有目录和全文索引、编码结构更为复杂、功能更为强大(搜索、查找功能只是其基础功能之一)的电子文本,常见的如 exe、chm、epub、mobi、azw3、ceb 等格式的文件。早期的"电子书"多滞后于传统的纸质书刊,以文本文件和光盘、音像制品等形式出现,但在当下,电子书的生产、制作和发布,已自成一体,几乎与纸质版同步甚至更早(一个最近的例子是 2020 年上海人民出版社出版的新版《周作人集外文》上卷,就率先出版了电子书,而后才推出纸书),且拥有独立的数字出版版权,向作者提供版权保护,同时也出现了一批规模化的数字出版企业,不仅电子书的销售连年扩大,在人们的阅读习惯中也占据着越来越重要的位置,从某种程度上来说也预示着阅读的未来、书籍的未来。

从上文关于《鲁迅全集》电子版的论述中,我们可以知道,早期的《鲁迅全集》电子版以 txt 和 htm(l)格式文件为主,小部分属于 exe、chm 和 CD-ROM 光盘文件(如由钱建文先生制作的《鲁迅全集》exe、chm 文件,凡十卷,就有如此声明:"本书资料来自网络,由于网上资料错误乱码非常多,本人无实体书校对,只能以几个网上版本相互校对,破除乱码,尽量消除已知错误……"可见是对更早出现的鲁迅作品电子版的综合和修正,属于过渡阶段的电子书,[1]因此本章并未多所讨论),其后产生了以五个版本的《鲁迅全集》为"母本"进行扫描加工的 pdf、djvu 格式文件。随着中国大陆网络基础设施的改善和个人电脑、

---

[1] 需要强调的是,这并非是说钱建文先生制作的《鲁迅全集》exe、chm 文件了无足观,相反,它对其后的《鲁迅全集》"数字化"的历史仍然产生了一定的影响,例如"中文马克思主义文库"网站的《鲁迅全集》电子版(htm 文件),即由对此书实施格式转换作业而来(可能还有校对)。网址见:https://www.marxists.org/chinese/reference-books/luxun/index.htm,2020 年 5 月 20 日检索。

移动设备、打印扫描设备的普及,以及电子书技术的快速发展和不断普及,真正意义上的《鲁迅全集》电子书相继也开始出现。这些电子书大致可分为五类。前两类已如本节第二段所述,其中第一类为专门的《鲁迅全集》手机应用程序,因其性质较特殊,下节将作讨论,此不赘述。

第二类为普通的、作为一个独立的电子文件、可供读者在本地设备保存并在离线环境下进行阅读的《鲁迅全集》电子书。较具代表性的作品有二:其一为2005年人民文学出版社版(18卷本)《鲁迅全集》电子书(笔者所见者为azw3格式文件,仍由人民文学出版社制作出版),其在亚马逊中国商店的正式产品名称为"鲁迅全集.2005年修订版:全18卷(历时67年组编校订,目前最完备最权威的版本)",售价人民币299.99元。除了具有一般电子书皆所拥有的便于携带、阅读不受外在环境限制、适合本地阅读等特点,与之前经由扫描制作而成、仅提供原书图像的同一纸书的电子版相比,这一电子书的特色在于不仅实现了文本化,还在最大程度上保留了原书的结构,即原书的目录(总目录,在正文之前)、正文和注释(为超链接)、索引,彩色插图等。阅读过程中,我们既可进行全文检索,也可以添加笔记、书签,并导出任何原文文句和自己所做的笔记、批注(虽然与在纸上做笔记所耗费的时间相比,在阅读器上可能需要花费更多的时间),直接用作研究资料。更重要的是,与纸书相比,我们还可以利用Kindle阅读器内置的中英文字典、词典和自带的浏览器访问相关搜索引擎,查询原书注释之外任何需要查检的内容,在很大程度上扩充了原书的注释范围。但也正如许多读者所指出的那样,因《鲁迅全集》体量较大,将其全部内容放入同一文件,而不分册(即制成多个文件)的做法,调用阅读器内存较大，致使其易出现卡顿、重启等问题；同时，该书只有详尽的总目，但一旦进入正文阅读，各卷中并无二级目录（纸书则有），颇不便于阅读。[1]而由浙版数媒·BookDNA制作出版的《金庸作品集（新修版）》，就并无上述问题。在这一版本的《鲁迅全集》Kindle电子书问世之前，还有一些依据同一纸书制作的《鲁迅全集》电子书，因无注释等问题，遭到读者批评。[2]其二为读客文化依据2015年同心出版社推出的简体横排版《鲁迅全集》(20卷本，据1938年鲁迅先生纪念委员会编印初版整理)，制作的Kindle电子书《民国时权威的〈鲁迅全集〉！(全二十卷)(收录鲁迅一生全部作品，原汁原味鲁迅的文字！)》也拥有较高的销量和读者，评分较前者较高，但读者对该电子书存在的问题(如全集不全、目录不够精细、排版较差、阅读功能有限等)亦有所针砭。[3]有读者还有感于斯，耗时近一年，制作了自己理解的"《鲁迅全集》kindle电子书精校精排版"，以创造更好的阅读体验。[4]

第三类是内置在专门的阅读软件、程序(这些程序可以安装在任一手机、电脑等设备中，读者无须购买专门的设备)中的《鲁迅全集》电

[1] hansyip、亚马逊买家、andyhewitt、米戈等：《评论〈鲁迅全集.2005年修订版：全18卷(历时67年组编校订，目前最完备最权威的版本)〉》，网址见：https://www.amazon.cn/product-reviews/B07BMKT2H3/ref=cm_cr_getr_d_paging_btm_next_3?ie=UTF8&reviewerType=all_reviews&pageNumber=3，2021年5月16日检索。

[2] 犟儿：《评论〈鲁迅全集(2005最新修订版)〉》，网址见：https://m.douban.com/book/comment/787110163?dt_dapp=1，2021年5月18日检索。

[3] 最好金龟换酒、赵五平、Sean等：《评论〈民国时权威的〈鲁迅全集〉！(全二十卷)(收录鲁迅一生全部作品，原汁原味鲁迅的文字！)》，网址见：https://www.amazon.cn/product-reviews/B013JV3G2K/ref=cm_cr_arp_d_viewpnt_rgt?ie=UTF8&reviewerType=all_reviews&filterByStar=critical&pageNumber=1，2021年5月18日检索。

[4] 牧豕Zzz：《〈鲁迅全集〉kindle电子书精校精排版》，网址见：https://zhuanlan.zhihu.com/p/326109497，2021年5月20日检索。

第十二章 "数字鲁迅"的生产

子书,一般不支持离线阅读和保存为本地文件。如多看阅读、熊猫看书、起点读书、微信读书、豆瓣阅读等常见阅读软件中,均已上架多种版本的《鲁迅全集》。这些阅读软件,亦可视作一个数字图书馆,其中所收《鲁迅全集》电子书,或是据 txt 文本文件加工而来,或是依据纸版《鲁迅全集》重新制作(并非如电子版只扫描其图像);或为单纯的、只能阅读的电子书,或为有声书,或兼具阅听两种功能;或为合集,或为单集;或免费,或售价数元、数百元不等。相对而言,其中据纸版《鲁迅全集》制作者,质量更为可靠。

第四类是既可通过专门的阅读软件、程序去阅读(此时无须下载),也可下载后在电脑和专门的阅读器(如 Sony eReader 或 Barnes & Noble Nook 等设备)上进行阅读,且格式灵活的《鲁迅全集》电子书。笔者这里指的就是通过谷歌图书(Google Books)和谷歌应用商店(Google Play)——其宣称是"全世界访问人数最多的 Android 应用商店"——可以阅读和下载的《鲁迅全集》电子书。这一电子书售价25.08 美元,出版于 2020 年 7 月,出版商为 Beijing Book Co. Inc.(一家在美国新泽西州注册并开展业务的公司),支持随时随地在线、离线阅读。全书收录常见的鲁迅作品单集 21 本,其学术作品、通信、日记等均失收,且不提供注释,除排版、字体较好外,别无可称,远不能与《鲁迅全集》Kindle 电子书相比。

第五类是无"全集"之名,却有"全集"之实的《鲁迅全集》电子书,其由各类单集分别组成,且单集种类、数量尽可能多而全。其技术特性则与第三类相同。如在七猫免费小说这一阅读软件中,虽无任一《鲁迅全集》,但却收录了除却鲁迅译著、科学作品外的 39 种单集,其中主体部分仍为 2015 年人民文学出版社版《鲁迅全集》所收各集的文本,虽然删去了注释和彩插等(由此可推断出其制作原理,仍是据 txt 文本文件加工而来)。但这些大量的单集,在事实上构成了一个新的、数据库式的《鲁迅全集》,这些单集之间的意义的秩序因此就非作者、编者所框定,而恰需发挥读者的主体性和能动性,创建属于自己的"数字鲁迅"像,当然,有心人亦可逐一进行系统阅读,取得和其他《鲁迅全集》纸质版、电子版、电子书等几近相同甚至更为多元的认识。这一书籍存在、阅读形态,也正如同我们收藏了绝大多数版本的鲁迅作品单集纸书,甚至是各种版本的《鲁迅全集》纸书,乃至鲁迅辑录古籍、译文集、手稿全集等,从而在我们的个人收藏中建立了一个独一无二的"鲁迅全集"专藏。如果说在纸书时代,这一理想可能还显得过于浪漫、奢侈的话,在今天的电子书时代、"数字时代",若欲实现此举,可能毫无困难(只需拥有一台智能手机)。的确,与前辈学人相比,我们今天在占有和搜集资料(尤其数字文献)等方面,真可谓是"前无古人"。

总之,和《鲁迅全集》纸质版拥有多个版本(除上述所举五种重要版本外,还有《编年体鲁迅著作全集》《鲁迅著译编年全集》《鲁迅全集(编年版)》《鲁迅全集(图文本)》《鲁迅全集(图文珍藏版)》《鲁迅大全集》等)一样,《鲁迅全集》电子书也有众多的版本。但这里的"众多的版本"不仅是说名为"鲁迅全集"的电子书多种多样,如《鲁迅经典全集》《鲁迅经典作品合集》《鲁迅文学全集》《鲁迅小全集》等电子书(这些"全集"大多名不副其实),也是说即便是同一种"鲁迅全集"电子书,即便内容未有任何更动,也有诸多格式、大小不一的文件,可供读者依据自己的阅读习惯、偏好和目前拥有的阅读软件、设备等情况,作出适合自己的选择。如《鲁迅文学全集》(全套18册,实为"鲁迅作品精

第十二章 "数字鲁迅"的生产

选")除了亚马逊中国商店提供的 azw3 格式文件,还有如由微信公众号"书单严选"在此基础上制作的其他多种格式(如 pdf、epub、mobi 等);BooksOnline 网站更提供了由 Alex101 制作的、2005 年人民文学出版社版(18 卷本)《鲁迅全集》的四个格式的文件(包括了 pdf、mobi、djvu、epub)。它们都向读者提供免费下载。这也许构成一种"侵权"行为,但在客观上确乎可以帮助读者减轻电子书购买成本,分别利用不同的阅读器和软件进行阅读。不过,总的来说,与纸质版《鲁迅全集》投入的巨大的人力、物力、财力相比,或以电子书的生产、制作门槛较低,传统出版大社不甚重视开发相关产品,专业研究者很少参与其中等原因,目前可见的大多数《鲁迅全集》电子书无论其编纂原则、策略,还是所收文本与编校质量,乃至功能等,都显得较为单一、有限,还有很多可以进一步完善的地方,涉及的问题从数字技术、数字版权到数字环境中的人际、人机交互等行为,相当复杂,尚需深入研究。

与此相关的,关于电子书和纸书不同的阅读体验、效果,以及纸质书籍是否会因此走向消亡等问题的讨论,虽然并不是在《鲁迅全集》电子书的阅读实践中首次出现的,但在豆瓣网和其他一些网络平台上,仍有一些读者注意及之。看得出来,读者们颇为看重自己的阅读体验,他们认为不同的阅读载体,也许能达到同样的阅读效果,但却无法保证读者能够拥有共同的体验。这很可能与两种媒介本身的差异有关,"纸质书很适合慢慢读,反复读,电子书多少有点快速消费品的感觉",也因此,纸书仍有存在的必要,并将在很长的时间里作为人类记录、传播、交流自己思想和文明的载体(虽然实体书店可能会逐渐消失),发挥电子书无可取代的作用,而电子书的历史还太短,其革命性、先锋性意义还有待观察。[1]所见相当辩证。

在《鲁迅全集》电子书的形成历史上,早期也曾出现过 exe(可执行文件)、chm(已编译的帮助文件)等格式的《鲁迅全集》电子书。但这些电子书大多内容有限、功能较单一,且多由更早的《鲁迅文集》txt、htm(l)格式文件改头换面而来,虽曾发挥过一定作用(毕竟聊胜于无),但在今天看来已相当简陋,既不能同五个版本的《鲁迅全集》电子版相提并论,也不能与其他格式(如 epub、mobi、azw3、手机应用程序)的、名副其实的《鲁迅全集》电子书并肩而语,在此不作较多讨论。值得一提的是,在搜集本研究资料的过程中,笔者的个人电脑也差点被伪装成《鲁迅全集》可执行文件的流氓软件劫持,一时之间安装了近十款各种软件,令人头痛至极,最终费了九牛二虎之力,方得以卸载成功,使之恢复如初。这恐怕也是在使用网络资源、数字资源时,困扰许多读者的问题。

四 当鲁迅与移动互联网相遇
——《鲁迅全集》手机应用程序论衡

在上文关于"电子书"的论述中,笔者曾提到只能通过移动设备(如手机等)进行阅读的电子书,并举出了常见的三种 app、apk、jar 格式文件。其实,除了 jar 文件可视作 txt 文件的升级版(由 Java 语言编写,jar 即来源于"Java Archive",以示 Java 归档之意),可涵括文字之

---

[1] 减5肥™、苏蓁蓁等:《评论〈纸质书不会消亡〉》,网址见:https://www.douban.com/note/183152562/?dt_dapp=1,2021 年 5 月 15 日检索。

外的图像、声音等信息，app、apk 这两种格式的文件因较特殊，在今天很少被视作电子书，我们常常称之为手机应用程序，也是移动互联网时代应运而生的数字技术。两者的区别也很明显，apk 文件只适用于安卓(Android)操作系统，是一安装包，是该系统下载 app 的一个工具，将其打开、安装之后即为 apk，而 app 文件则是对在包括安卓系统、苹果系统(IOS)等任一操作系统中由第三方提供的智能手机应用程序的总称。

根据笔者目前掌握的资料，《鲁迅全集》手机应用程序不止一种，[1]皆有相应的读者、用户，总体用户数量相当大。但基于其用户数和使用范围这一标准，这里我们选择重点论述、比较的，是其中较为常见的两种：一种是通过华为手机(采用安卓开发系统)应用市场可以下载的《鲁迅全集》(开发者为文盛，2019 年 10 月 29 日上线，以下简称"华为版《鲁迅全集》")，另一种则是通过苹果系统应用商店可以下载的《鲁迅全集(离线版)》(开发者为 zhang jianwu，2012 年上线，以下简称为"苹果版《鲁迅全集》")[2]。这两款应用程序的上线时间虽有先后之别，但后出者的质量却并不及前者。无论是从其内容和文本编校

---

[1] 除了本书重点讨论的华为版《鲁迅全集》、苹果版《鲁迅全集》和简略讨论的华为版《鲁迅全集(简繁版)》，通过 Google Play 应用商店还可下载另一款免费的、适用于安卓操作系统的《鲁迅全集(有声)》(开发者为 kittyboy)手机应用程序，用户相对较少。

[2] 如 zhang jianwu 同样也开发了适用于安卓系统的《鲁迅全集》手机应用程序，笔者见到的最新一版为其于 2020 年 9 月 15 日发布的 5.8.0 版本，不过，这一程序并未在华为应用市场等官方渠道发售，因此不可避免地影响了用户数和使用范围，在研究过程中，笔者也并未搜集到读者使用之后所发表的评论、意见、建议等资料，故而本书不欲多所讨论。但是，这并非是说，没有必要对其所开发的两种《鲁迅全集》手机应用程序做比较研究，相反，如果我们能够确立相同的比较标准，具有相应的技术背景，搜集到更多的用户资料、数据，这一研究仍然是可能的。

质量来看，还是前端界面、功能及是否免费等方面来看，华为版《鲁迅全集》远远逊色于苹果版《鲁迅全集》，二者差异也相当明显：首先，在前端界面，前者按一书架设计，每层排列三种书籍，似受到早期数字图书馆设计理念的影响，后者则按数据库式进行架构，打开后不仅出现所收各书目录，也同时可以显示其中任一书籍目录的详细单篇目录（均为弹出式目录），并可点击访问，为读者省事不少；其次，在功能方面，前者亦不敌后者，存在着缺乏单篇文章目录、没有页码、无注释等问题。这也可以解释何以华为版《鲁迅全集》的用户评分较低（评分为3分，满分5分），且大多针对其功能的不完善之处；而苹果版《鲁迅全集》不仅文本有注释，还有题名和篇内检索、文字放大与缩小、更换字体、浏览习惯设置、导出原文、勘误及听书等功能，其制作技术也"采用了IOS系统流畅而稳定的翻页与排版技术，所有文章都放在了设备端，完全离线阅读，不受有无网络的限制"，[1]阅读体验较好。另外，华为版《鲁迅全集》售价人民币8元，苹果版《鲁迅全集》则可免费下载、阅读，当然，在其阅读界面中，内嵌了不少广告，对阅读环境要求较高的用户可通过购买"升级"服务取消广告投放，享受纯净、无干扰阅读环境。用户对这一电子书的总体评价也比较高（评分为4.6分，满分5分）。

当然，这两款手机应用程序也有共同的缺陷。尽管两者同样命名为《鲁迅全集》，但就其所收鲁迅作品而言，仍不具有"全集"性质，而只能算是"文集"（华为版《鲁迅全集》的销售界面的产品名称为《鲁迅全

---

［1］ zhang jianwu：《鲁迅全集（离线版）》，网址见：https://apps.apple.com/cn/app/%E9%B2%81%E8%BF%85%E5%85%A8%E9%9B%86-%E7%A6%BB%E7%BA%BF%E7%89%88/id1089164660，2021年5月14日检索。

集》，但其图标和正式阅读界面却显示为《鲁迅文集》，就很能说明这一点）。具体而言，华为版《鲁迅全集》依次收录《坟》《热风》等单集 21 种，遗漏了《且介亭杂文末编》《集外集拾遗补编》《汉文学史纲要》及鲁迅书信、日记等内容，而苹果版《鲁迅全集》则不仅尽收前者所有作品，还收录了《古籍序跋集》《鲁迅旧体诗集》《鲁迅日记》《两地书》等 4 书，更趋近"全集"。有意思的是，虽然两者在所收文本种类、数量上有所不同，但都未能纳入《汉文学史纲要》《译文序跋集》等。

这些共同的问题究竟因何形成，是否因两种电子书的开发者不同所致？必须承认，关于华为版《鲁迅全集》开发者的情况，我们所知极少，但苹果版《鲁迅全集》的开发者无疑属于专业人士，拥有相当丰富的开发经验，且注意和用户互动，似乎随时准备着为之提供更新、优化和升级，使之成为一种尽善尽美的电子书。其先后开发了《老舍全集（离线版）》《沈从文全集》《莎士比亚全集（离线版）》《读林语堂》《读三毛》等多种电子书，《鲁迅全集》电子书的开发也正建立在这些工作的基础之上。不过，在苹果版《鲁迅全集》的"评分及评论"页面，该电子书开发者对一位名为"橄榄"的用户的回复，却给我们对上述问题的成因带来了新的思考方向。以下即为两者之间的对话：

橄榄（2020 年 2 月 26 日）

请问你们这些软件有安卓版的吗？在什么平台下载呢？

开发人员回复（时间不详）

有安卓版本。在 google play 上可以下载。也可以在华为的应用商店下载，但是版本不是最新的。非常感谢。欢迎多提修改意见。[1]

这一来自开发者的回复,至少明确揭示出下述三点信息:一、作者在苹果版《鲁迅全集》之外,还开发过安卓版;二、这一安卓版本的《鲁迅全集》电子书,可通过 google play 或华为手机应用市场下载;三、这一安卓版本的《鲁迅全集》的版本较早,并非最新版。不过,即便这一回复是可信的,目前能够在华为应用市场下载的《鲁迅全集》也至少有两款,其一即为本章所论、由文盛开发者,其二为《鲁迅全集(简繁版)》,由朝朝飞工作室开发。从界面设计风格、内容及文本质量等各方面来看,《鲁迅全集(简繁版)》与苹果版《鲁迅全集(离线版)》同出一人(或同一团队)之手,但由文盛开发的这一版本是否亦由其操刀,我们尚不得而知。不过,据此我们可以推定,华为版《鲁迅全集(简繁版)》的版本较低,而苹果版《鲁迅全集(离线版)》则是不断升级更新的新版本。此外,华为版《鲁迅全集》和苹果版《鲁迅全集(离线版)》虽然有诸多差异,特别是文本层面有许多小的差异,如《坟·题记》文末作者自署其作时作地云"一九二六年十月三十大风之夜,鲁迅记于厦门",苹果版《鲁迅全集》同此,而华为版《鲁迅全集》则在"三十"之前衍一"日"字,但二者仍可能使用了同样的电子文本作为其中的一个数据源(尽管我们尚不能确定这一电子文本的原始版本和其所对应的纸质版本)。不过,这只是笔者的推测,至于实情如何,还需要再行深入研究。

---

[1] 橛橛(2020 年 2 月 26 日)与开发人员的对话,网址见:https://apps.apple.com/cn/app/%E9%B2%81%E8%BF%85%E5%85%A8%E9%9B%86-%E7%A6%BB%E7%BA%BF%E7%89%88/id1089164660#see-all/reviews,2021 年 5 月 14 日检索。

故此,我们如需在此下一暂时的结论,就目前的情形而言,苹果版《鲁迅全集》是现有诸种《鲁迅全集》手机应用程序中比较值得重视、信赖的一种,虽然它仍然不是一个可以满足学术研究需要、名副其实的"全集",但在日常阅读、普通读者在数字环境(尤其移动互联网环境)中的鲁迅阅读实践之中,仍可发挥一定的作用。进而言之,与我们通常将手机、平板电脑等理解为一项个人技术、一种通讯工具或是一种新媒介不同,各种《鲁迅全集》手机应用程序与各有优长的电子书的存在,不仅直接促进了鲁迅文学、思想的"媒介化"与"再媒介化",也构成移动传播(从既有的发展态势看,其似乎已超过其他任何形式的媒介传播)嵌入社会、参与社会建构的一部分。[1] 许多读者因使用/阅读共同的《鲁迅全集》电子书、应用程序而成为一个个新的"想象的共同体"、阅读共同体、诠释共同体,发展出新的社会交往(如各种社交媒体上常见、活跃的在线小组、社群等),时常保持着密切的联系。也正如其他"交往在云端"[2]的人际关系,这些关系有时可能极为短暂、脆弱,但在有时,其强度、亲密度、忠诚度和持久性,也可能远胜现实生活中的同学、同事、同乡、朋友、亲人、情侣等任何一种传统社会关系,参与者在新的关系中,也建构了新的自我和身份认同。这恐怕是纸书时代我们难以想象的。

---

[1] 此处的简要分析,笔者受益于理查德·塞勒·林的研究,请参[美]理查德·塞勒·林:《习以为常:手机传播的社会嵌入》,刘君、郑奕译,复旦大学出版社2020年版。

[2] "交往在云端"一语,系南希·K. 拜尔姆的 *Personal Connections in the Digital Age*(2nd edition)中译时译者的创造,参[美]南希·K. 拜厄姆:《交往在云端:数字时代的人际关系》(第2版),董晨宇、唐悦哲译,中国人民大学出版社2020年版。

五、机器阅读鲁迅
——北京鲁迅博物馆"资料查询在线检索系统"及其他

2006年,北京鲁迅博物馆(下简作"鲁博")官方网站开通。该网站的开通,被学者认为是"极大地推动了鲁迅的网络传播工作,进一步充实了鲁迅的网络传播的内容。"[1]同时,由该馆开发、该馆文物资料保管部提供内容的"资料查询在线检索系统"作为其中的一个重要组成部分,也正式上线。此一检索系统的前身或为1980年代末该馆提出、北京计算机三厂开发部研制开发的"长城286微机《鲁迅全集》电脑检索系统",但当时的检索系统以1981人民文学出版社版(16卷本)为底本,且"在 XENIX 环境下,用 Informix 数据库,及 C 语言来实现的",[2]提供检索、简单统计等功能,且只能在本地机使用,但在十余年以后,已取得不少新的进展。

2006年上线的这一"资料查询在线检索系统",包括鲁迅著作全编、译作全编及《鲁迅研究月刊》三个子系统,并可提供文章浏览、简单检索、高级检索等多种查询方式,及简单的综合统计功能(用户可统计全编、单集、单篇和某一文体的总字数,也可以根据鲁迅不同的署名统计相应的文章数量,此外,亦可统计书信量和个人书信总量)。但从2020年开始,该系统又进行了更新和升级,不仅修改了用户访问界面、网址(http://www.luxunmuseum.com.cn/cx),功能也较此前收缩不

---

[1] 葛涛:《"网络鲁迅"研究》,安徽大学出版社2012年版,第30页。
[2] 不题撰人:《长城286微机〈鲁迅全集〉电脑检索系统研制报告》,《鲁迅研究动态》1989年第12期。

少，仅保留了鲁迅著作全编检索系统，另外两个译作全编和研究资料检索系统均已取消。但即便如此，我们仍可利用此一在线检索系统，展开相关研究。不过，任一检索系统，究其实，乃是"电子化""数字化"的索引系统，其虽然建立在鲁迅著作全编文本化的基础之上，固然可以帮助我们快速、准确地查询到某一字、词、句所在的原文，找到一个小的语境（往往只有上下文几句话），但要循此更进一步，看到全篇甚至某一版本的《鲁迅全集》所收此文的单集的目录和其他文章，或欲下载这一检索的结果，就无能为力了。同时，这一检索系统和其他利用鲁迅部分作品的文本化所建立的语料库一样，也都并未交代建设系统过程中的数据源和底本情况，使我们难以直接引用，非得复核纸质版《鲁迅全集》或某一单集方可放心引用。

这里笔者所谓的"其他利用鲁迅部分作品的文本化所建立的语料库"中，比较重要的一种是由北京大学中国语言学研究中心建立的"CCL语料库检索系统"（http://ccl.pku.edu.cn:8080/ccl_corpus）。该系统由詹卫东、郭锐、谌贻荣等人于2003年开发，收录公元前11世纪至当代的中文语料已逾7亿字，主要"面向语言学本体研究和语言教学"，[1]供语言学研究者参考使用。尽管其中的"中文文本未经分词处理，检索系统以汉字为基本单位"，且"语料本身的正确性"需要研究者自己进行核实，但仍然支持复杂检索表达式（如不相邻关键字查询，指定距离查询）、对标点符号的查询（如查询"?"即可检索语料库中

---

[1] 詹卫东、郭锐、常宝宝、谌贻荣、陈龙：《北京大学CCL语料库的研制》，《语料库语言学》2019年第1期。

所有疑问句)、在结果中继续检索及查询结果的定制、下载等功能。[1]在这些大规模语料中,也包括了鲁迅、茅盾、老舍、曹禺、沈从文、张爱玲、钱钟书等诸多现代作家的文本语料,其中的鲁迅作品语料字节数为465333(Byte),可能只是一本20万字左右的鲁迅小说杂文集的体量。与此相较,沈从文作品语料的字节数为463600(全部字数不详),钱钟书作品为666860(全部字数不详),周立波著《暴风骤雨》则为515723[2](全书字数约246000字),可见其容量相当有限。换言之,该系统所收录的现代作家作品语料还远远不敷使用,也并未给予鲁迅作品以相对更为重要、特殊的位置,与现代文学(史)多将其视为"中国现代文学之父""中国现代文学奠基人"的崇高地位并不相称。即便如此,作为一个供学者免费使用,且其功能较为丰富的语料库、数据库,仍然有其独立的价值,特别是在基于语料库的语言学研究、将现代文学文本用于现代汉语研究方面,有其相当积极的意义。

质言之,在鲁迅著译全文数据库未出现以前,鲁博"资料查询在线检索系统"尽管只是一个关于鲁迅全部创作作品(不含译作等)的检索系统,但它仍然是最为全面的、值得参考的。其他的检索系统如"CCL语料库检索系统"等则构成了必要的补充,[3]特别是对于有意利用鲁

---

[1] 不题撰人:《〈CCL语料库〉使用说明》,网址见:http://ccl.pku.edu.cn:8080/ccl_corpus/CCLCorpus_Readme.html,2021年5月13日检索。
[2] 不题撰人:《〈CCL〉语料库规模与分布》,网址见:http://ccl.pku.edu.cn:8080/ccl_corpus/corpus_info.pdf,2021年5月13日检索。
[3] 除本文所论述的"CCL语料库检索系统"外,尚有1979年武汉大学开发的"汉语现代文学作品语料库"(527万字)、1983年北京航空航天大学开发的"现代汉语语料库"(2000万字)、北京语言学院开发的"大型中文语料库"(5亿字,10分库)、清华大学开发的"现代汉语语料库"(1亿字)等,内中都有不少鲁迅作品语料,但这些语料库不向外界开放使用,使人徒唤奈何。

迅作品展开现代汉语研究、语言学研究的学者，提供了一定的帮助。但也因此，更进一步来说，建设鲁迅著译全文数据库等"专题数据库"就显得很有必要了，笔者亦曾指出：

> 在关于近现代作家学人全集如何编纂的讨论中，有学者指出："编'全集'的最大困惑是，这到底是'个人著作'呢，还是'专题档案'？很多分歧其实是由此而生。"举例来说，章太炎在"民国以后的各种通电"，钱锺书的"读书笔记以及类似读书笔记的短文"，是否应收入"全集"，见仁见智。但我们如果转换思路，将"全集"或"资料集"的编纂，变成"专题数据库"的建置，上述问题自可迎刃而解，且不会导致"全集"的"功能紊乱，变得越来越复杂，规模也越来越大，远离一般读者，只能藏身于图书馆"等问题。相反，"专题数据库"既可使全世界的读者都能随时随地访问、检索、利用，能够沟通学院内外，有利于学术生产与知识的民主化，还可以通过电子化→文本化→数字化，打破单一的主题、目录、索引（如人物、地名）、时间、空间等原有知识分类、生产逻辑的限制，将所有资料从原有的历史与社会语境、文本脉络中解放出来，让所有资料获得了平等、独立的生命，亦即任一读者/数据库用户可以通过新的关键词、标签将其检索、利用，为之赋予新的意义。从结构化的数据汇集，到去结构化的数据利用，这是普通的"研究资料集"万难企及的。[1]

---

[1] 王贺：《从"研究资料集"到"专题数据库"》，原载《苏州教育学院学报》2019 年第 3 期，修订稿载微信公众号"抗战文献数据平台"2019 年 7 月 18 日。

既然如此,我们又有何理由排斥或抗拒"数字化"的潮流,而不为"专题数据库"的建立(及其相关研究)贡献一份来自工程师、技术人员之外的专业智慧,抑或必要的人文关怀,甚或是对其展开严肃、认真的学术批评?正如有论者所言,包括数据库在内的一切"数字化"产物,"见证着我们如何集体感知、想象、建构、整理和分享我们的文化遗产",对其进行批判性分析,不止可以"揭示21世纪知识建构的部分基础"和"信息传递的实践和基础结构""信息传播的历史",[1]且将直接参与、影响当代社会知识生产和文明发展的进程。换言之,我们不应该将自己限定为数据库、数字技术、方法的研究者和使用者,同时还应该积极介入其开发和建设进程,从而促进"数字时代"的人文学术创新和知识生产转型,想象一个更为美好、良善的人类文化、文明的未来。

现在,让我们再次回到鲁博"资料查询在线检索系统"及其他检索系统本身。尽管它们呈现给用户的是通过特定检索词而查询到的原文节选的文字,不能由此直接导向一篇或一部书全部的原文,但在这些检索结果的背后,无疑是有全文数据作为支撑。亦即我们可以在这些非全文型数据库执行查询、浏览等动作的背后,不仅是复杂的数据结构和全文数据库(限于各种条件,并未向用户开放)这一基础,而且是一个新的知识表达、生产的模型在起作用。作为一系列文本数据的有机的组合,数据库本身提供了一种不同于原有的纸书、纸质文献的阅读方式,"一个新的符号形式,一种构建自身体验和世界体验的全新方式"[2]。在没有数据库之前,我们或是通过原书目录及其他专题目

---

[1] [美]邦尼·麦:《什么是数字化?——一项考古学研究》,戚悦译,《数字人文》2020年第2辑。
[2] [俄]列夫·马诺维奇:《新媒体的语言》,车琳译,贵州人民出版社2020年版,第223页。

第十二章 "数字鲁迅"的生产

录、索引等，查阅纸书，但在数据库诞生之后，机器为我们充当了阅读的中介，延伸了我们的思想视角，甚至就像麦克卢汉所说，延伸了我们的眼睛、大脑，为我们在原有的、常常是线性的阅读习惯之外开辟了一个多元的、网状的、永远未知的、结果因人而异的知识地图和知识生产路径。

更重要的是，即便这些名为"检索系统"实为非全文型数据库的在线鲁迅资料库，并非理想的鲁迅研究数据库，其发展仍处于未完成过程中，但无论是从比喻还是实际的层面来看，都代表着一种机器（而非人力、手工）阅读鲁迅的开始，构成"数字鲁迅"的一个重要阶段。当然，需要在此略作补充说明的一点是，虽然这些"检索系统"代表了机器阅读鲁迅的开始，向我们呈现的是不同于传统的学者个体（或与工作伙伴一道）通过手动翻阅、查找纸书以不断获取知识的数字文化生产图景，但此处所谓的"机器阅读"仍与人工智能的核心技术机器阅读理解（machine reading comprehension）、机器学习有着不小距离。对于后者而言，乃是利用一定的算法、模型，使计算机理解文章的语义、人类的语言，并回答相关问题，促成有效行动，其最终目标是让计算机能够像人类一样，理解并生成人类语言（自然语言）。[1] 但这些"检索系统"背后的数据库的数据结构和数据处理算法，相对而言，既较简单，且处于稳定不变的状态，数据集亦非机器训练模型自动学习、挖掘所得，而来自于我们对纸书纸刊的扫描、文字识别和归档整理，数据量本身也较小，还谈不上什么"大数据"，以故我们只能将前者视为走向后者的开始。

---

[1] 关于机器学习技术在文本挖掘、分析方面的运用，请参［美］查鲁·C.阿加沃尔：《文本机器学习》，黎琳、潘微科、明仲译，机械工业出版社2020年版。

然而，与那些倾向于将数据库视作"数字人文"基础设施的中外学者[1]不同，在笔者看来，它本身就是"数字人文"研究的一个重要组成部分（窃以为，此一偏见颇近似于将文献视作文学、史学等学门的研究资料，而非独立的研究对象，其实在文献学、语文学、古典学的研究范畴之中，文献自有其独立研究之价值，并非是什么"基础""前提"或"附庸"）。鲁博"资料查询在线检索系统"及其他检索系统，既是机器阅读鲁迅的开始，实际上也是"数字人文"取向的鲁迅研究的开始，不过在"数字人文"这一新的学术观念、典范未发明以前，我们未必能有如此自觉的认识罢了。

六　作为文化符号的鲁迅
——电子游戏、机器人与"数字鲁迅"

通过上文对《鲁迅全集》电子版、电子书、手机应用程序及检索系统的简要考察，我们可得出如下几点结论：

1. 中文电子文本的诞生较早，但由于种种原因，最早的《鲁迅全集》电子版却于数年之后才出现。也正由于对早期电子版的不满，有读者发起制作《2008电子版〈鲁迅全集〉》的倡议，虽然最终并未如期实现，但却极富创意，为此后乃至今天的《鲁迅全集》纸书、电子书的编纂、生产制作提供了探索方向。

---

[1] 欧美学者多持此论调，如［英］大卫·M. 贝里、［挪］安德斯·费格约德，见《数字人文：数字时代的知识与批判》，王晓光译，东北财经大学出版社2019年版，第102页。至于响应此一论调的中国学者，更如过江之鲫，何可胜道也哉。

第十二章 "数字鲁迅"的生产

2. 在所有《鲁迅全集》的电子版当中，质量最高、可信赖的是根据纸本进行扫描加工制作、常取 pdf、djvu 作为其文件格式的各类电子版，而 htm(l)、thtml 等网页文件和 txt、chm 等格式的文本的质量，时常令人生疑。即便如此，在读者与技术的互动之间，在纸书和电子书的博弈间，越来越多的《鲁迅全集》电子版相继出现，不仅扩大了鲁迅作品的阅读面和阅读的民主化，且使其"电子化""数字化"实践呈现出更多的可能。

3. 与大多数电子版(扫描版)只能提供纸书图像不同，近十余年来出现了多种类型、版本、格式的《鲁迅全集》电子书。其中，在亚马逊中国商店出售的《鲁迅全集.2005 年修订版：全 18 卷(历时 67 年组编校订，目前最完备最权威的版本)》和《民国时权威的〈鲁迅全集〉！(全二十卷)(收录鲁迅一生全部作品，原汁原味鲁迅的文字！)》Kindle 电子书，不仅实现了文本化，而且拥有更为丰富、强大的阅读和研究功能，是比较重要的两种。然而，无论电子书"充当古腾堡的伟大机器的补充物，还是替代物"，[1]在可以预见的未来，它都将发挥纸书无可替代的作用。我们也有理由期待版本更加精良、学术价值更高的《鲁迅全集》电子书，特别是一种不同于任何纸质版本、具有"生为数字"(digital-born)特性的电子书。

4. 在几种常见的《鲁迅全集》手机应用程序之中，苹果版《鲁迅全集》收录鲁迅作品最多，文本质量较高，阅读功能、体验较好，值得信赖。伴随着智能手机等移动设备的不断更新和数字技术、方法的迅猛发展，不同世代的读者的阅读习惯的变革，相信新的、更好的《鲁迅全

---

[1] [美]罗伯特·达恩顿：《阅读的未来》，熊祥译，中信出版社 2011 年版，第 75 页。

集》手机应用程序也会在不久的将来出现。

5.对于一般的鲁迅研究者而言,北京鲁迅博物馆的"资料查询在线检索系统"(正如上文所言,在最新一次的升级中,已变为鲁迅著作全编检索系统,尽管其所谓的"鲁迅著作全编"仍有争议)是目前我们唯一可以使用的数据库系统,其他的语料库、检索系统则构成了一定的、必要的补充。不宁唯是,它们也代表着"数字人文"取向的鲁迅研究的开始。

通过上述的历史考察、文本解读与"再解读",尤其与纸质版《鲁迅全集》的比较,我们不难发现:经由这些不同格式、形式的数字文本、文献所建构的"数字鲁迅"像并不十分清晰,还有很多的缺损、冗余和参差不齐,还需要更多的"格式创新","而不仅仅是内容和平台创新"[1];另一方面,关于"数字鲁迅"的研究也几乎尚未开始,上文的观察和讨论虽或可以填补空白,但仍是基于诸多《鲁迅全集》的"数字化"版本所作出的,换言之,乃是以大量文字文本和文字文本的复制图像为主要研究对象得出的结论。然而,在音频、视频和交互游戏等领域,鲁迅的生平和著述正在以另外的方式焕发着新的活力,这些新的数字文化作品,同样也参与了"数字鲁迅"像的建构。

这些新的发展充分吸收了数字技术如人工智能技术(AI)、交互技术,或是生产出新的鲁迅视觉形象,或是不断将其符号化、"媒介化"、"再媒介化",建构出一个更加适应当代文化生活、混合了鲁迅本人及其文学想象的新的虚拟现实。如有网友利用 Deep Fake 这一人工智能技术,不仅使原本有些模糊的鲁迅黑白照片变得清晰可见,还为静态照片创建了动态效果,使鲁迅发出了眨眼、转头、微笑、颔首等丰富

---

[1] 胡泳:《书的未来:重定义与再想象》,《现代出版》2021年第3期。

第十二章 "数字鲁迅"的生产

表情,并为其合成了人声,观之仿佛在与我们对话;[1]又如电子游戏《鲁迅群侠传》上线后,被批评"在整个游戏中,鲁迅的只言片语以及人物形象持续以此方式出现",[2]是消费主义的狂欢和对文学经典的亵渎;另一款部分取材于鲁迅名篇《狂人日记》的国产电子游戏《人窟日记》,也有意被打造成"一款以本土题材为背景的中式恐怖冒险解密游戏",[3]引发不少争议。那么,我们究竟应该怎样理解这些新的、形形色色的鲁迅形象呢?事实上,在全世界范围内,基于重要文学作品的电子游戏改编已有不少成功示范,它和影视剧、舞台剧改编一样,在一定程度上扩大了我们原有的认知和想象力,重塑了我们对文学、艺术的理解。与传统的书籍或电子版的书籍、电影"将用户纳入一个作者已经确定下来的幻想宇宙结构之中"不同,交互游戏在人机交互界面与传统文化之间寻求调解和兼容的空间,努力地创造属于自己的混合语言、语法,[4]这些探索本身无疑代表了当代人在描绘"数字鲁迅"像方面取得的最新成就。也正如批评家所言,"电子游戏给人类社会带来了某种意义上的'认知革命'","我们必须理解电子游戏之于当代社

---

[1] 潘七阳:《用 AI 人工智能复活鲁迅!》,网址见:https://www.bilibili.com/video/BV1kp4y1t7k4;校医院精神科马主任:《用 AI 技术让鲁迅先生老照片动起来,这盛世如你们所愿》,网址见:https://www.bilibili.com/video/BV1GN411X7n8,以上均为 2021 年 6 月 6 日检索。
[2] 小山大圣:《电子游戏〈鲁迅群侠传〉:当"鲁迅"成为一个 IP》,网址见:https://www.thepaper.cn/newsDetail_forward_1590999,2021 年 6 月 6 日检索。
[3] "狗猫鼠工作室"关于公布该游戏 steam 界面的说明,网址见:https://m.weibo.cn/status/4643665308029426,2021 年 6 月 6 日检索。
[4] [俄]列夫·马诺维奇:《新媒体的语言》,车琳译,贵州人民出版社 2020 年版,第 90—93 页。

会的重要性"。[1]作为文化符号的鲁迅形象的不断生产、制作,也让一些鲁迅研究专家对鲁迅的文学与思想已在远离时代、远离普通读者的担忧成为多余。

抑有进者,高度整合控制论、机械电子、计算机程序、硬件材料和仿生学的产物——人形机器人鲁迅——现已被机器人企业研发出来,推向市场。在文艺作品中,早期的机器人形象、想象多为女性,[2]但在实际生产、推广应用层面,人形机器人、仿生机器人目前还并不多见。"机器人鲁迅"[3]不仅酷似鲁迅本人,构型、大小与之相仿,且在外貌、穿着上复刻了鲁迅的形体和衣饰,可介绍其生平,朗读、解读其作品,能够实现语音识别与语义分析,并以鲁迅的原声与我们对话,且有较为流畅的动作和较为丰富的神态(目前尚无法行走,实用功能仍相对简单)。其实,从理论上来说,其依赖于大量的鲁迅作品、研究资料数据,及人与机器的对话语料,未来可透过机器学习、深度学习技术(正如前文所述,这也是人工智能的核心技术)和符合强封闭性准则的应用场景下的数据采集和人工标注方法,不断习得(正确地)解说相关应用场景需要解说、处理一切物事的能力,可为辅助鲁迅作品学习、研究、艺术展演及纪念馆、博物馆、科技馆、鲁迅故里景区等处的文旅产业融合、社会公益服务等提供一定支撑,代表了"数字鲁迅"的另一发

---

[1] [日]千野拓政:《电子游戏改变了世界(代序)》,邓剑编译:《探寻游戏王国里的宝藏:日本游戏批评文选》,上海书店出版社2020年版,第3页。
[2] 程林:《德国科幻〈大都会〉中的女性机器人形象解析》,《湘潭大学学报(哲学社会科学版)》2021年第3期。
[3] 这一"机器人鲁迅",由新东方机器人(安徽)有限公司为客户量身定制,有关视频资料可见该公司官方抖音账号"新东方机器人"。另,笔者此处的论述,也参考了该公司应请为我提供的部分图文资料,谨此致谢。

第十二章 "数字鲁迅"的生产

展方向。当然,不可否认的是,"机器人领域充斥着很多炒作,而且机器人公司正在做的产品和人们的实际需要之间存在着巨大的鸿沟。"[1]无论是包括"机器人鲁迅"在内的仿生机器人,还是工业机器人,如何正确地制造机器人?其间潜藏的技术误用、失控,应用导致的可能的风险,人工管理的可能的失误,[2]乃至机器人社会的逐渐崛起,是否可能危及我们这些智人的人文主义和自由主义、个人主义精神,使我们成为数据主义者或极权社会的数字囚徒,甚或机器人的奴仆?如何从科学、技术、人文、政治和经济等多个方向对其提出有效批判,为其立法?[3]诸如此类的重要议题,还需要进一步的思考和观察。而在现阶段,由弱人工智能技术支撑的机器人鲁迅,其文化符号意义更大于实际意义。

总的来说,从《鲁迅全集》电子版的诞生,到非全文型数据库鲁博"资料查询在线检索系统"等的出现,再到机器人鲁迅的下线、走向市场,"数字鲁迅"走过了从文本到机器再到机器人三个阶段。与"数字但丁""数字莎士比亚"或"数字敦煌"等中外数字人文项目相比,虽然在"文本化"、"数字化"、可视化等方面仍有不足,但也呈现出一些新的特点,特别是机器人鲁迅的出现,向我们揭示了在"数字人文"和现代文学研究结合这一学术框架内,"机器人学"(robotics)和鲁迅研究结合的必要性和前瞻性;另一方面,这一正在发展中的历史也表明,尽管无

---

[1] [美]杰森·辛克主编:《机器人未来简史》,李鹰译,人民邮电出版社2018年版,第64页。
[2] 陈小平:《我们对人工智能的误解有多深》,《北京日报》2020年3月30日。
[3] [以]尤瓦尔·赫拉利:《未来简史:从智人到智神》,林俊宏译,中信出版集团2017年版,第358页。

论是哪个阶段的"数字鲁迅",其形象都还有些模糊、缺损,但这很可能只是一个暂时性的问题。这并不完全是因为在《鲁迅全集》的"数字化"版本之外,其他的超文本的、交互性的、虚拟仿真形式的"数字鲁迅"已然出现,更重要的是由于随着中国及全世界"数字化"程度的不断加深(2020年,"数字化转型"已被确立为中国当前及未来发展的一项基本国策),其必将同不断被"再造"的古籍、"活化"的西洋文学经典一样(如目前正在探索中的运用3D建模技术和混合现实技术、再造中国古代典籍的实践,乃至机器人技术的更新迭代及其在文创、文旅产业的应用),在拥抱新的科学、技术的过程中,开拓出无限、多元发展的可能,我们很难也不必在此做出盖棺定论式的分析。作为文化符号甚或是新的(想象的?虚拟的?高度智能的?)主体的鲁迅,亦即"数字鲁迅",在未来究竟将会迎来怎样的变化,我们不妨拭目以待。

七 数字时代如何"观乎人文"?
——再思现代文学"数字化"及其相关问题

最后,回顾"数字鲁迅"制作的历史,是否可帮助我们重新理解何谓"数字化",及"数字化"能够帮助我们做什么这两个关键问题,进而回答什么是现代文学(这里主要指向研究范畴,以推动专业的学术研究为急务)需要的"数字化"这一核心问题?

本章开头尝言,在考察现有的各种非纸质形态的《鲁迅全集》、得出上述若干具体研究结论的基础之上,还希望可以探索、分析何谓"数字化"、"数字化"何为的问题。正是基于这样的问题意识,笔者以为,有必要在此申述三点拙见:其一、在现阶段,具备一定的查询功能的鲁博"资料查询在线检索系统"及其他语料库检索系统,固然可以助力我们的鲁迅研究,但建设一个能够提供全文、校勘精良、含有注释、免费开放的鲁迅著译全文数据库,仍是我们的优先工作目标(当然这并非全部工作目标)。实际上,笔者及其他学者近年已提出过这方面的设想,并指出,与纸质的"研究资料集"相比,从事这方面的开发、建设工作,建构一个又一个规范化、标准化的"专题数据库",更能满足我们当前的研究需要。[1]在鲁迅研究领域,这样的"专题数据库"至少包括鲁迅著译全文数据库和鲁迅研究资料全文数据库。如果说"鲁迅研究资料数据库"这一数据库尚嫌太大的话,那么,在这一大的架构之下,有心人亦可缩小范围,依据时段和空间等要素,分别建设民国时期鲁迅研究资料数据库、当代中国大陆鲁迅研究资料数据库、海外鲁迅研究资料数据库(其中亦可分出东亚鲁迅研究资料数据库、欧美鲁迅研究资料数据库、港澳台及海外华文鲁迅研究资料数据库等),而这恐怕也是鲁迅研究者、现代文学研究者真正需要的"数字化"。"数字化"也不是简单的"电子化"(或"信息化"),更需要"文本化"、"全文化"和"数据化"、[2]"智慧化"[3]。我们需要开发、建设的数据库,应该是可以满足"数字

---

[1] 王贺:《从"研究资料集"到"专题数据库"》,原载《苏州教育学院学报》2019年第3期,修订稿载微信公众号"抗战文献数据平台"2019年7月18日;廖久明:《建设可以作为标准的民国专题数据库之我见——以建设民国时期鲁迅研究数据库为例》,《鲁迅研究月刊》2020年第6期。

[2] "数据化"和"数字化"其实大相径庭,关于两者之间的不同,请参[英]维克托·迈尔·舍恩伯格:《大数据时代:生活、工作与思维的大变革》,周涛译,浙江人民出版社2012年版,第104页。

[3] 对何谓"智慧化"(有时也被称为"智能化")的简要介绍和常见应用场景的讨论,参见芮祥麟:《大数据时代的智慧数据》,《软件和信息服务》2014年第7期;曾蕾:《智慧数据与数字人文视野下的图档博数据潜力及价值探索》,武汉:珞珈大数据论坛——面向数字人文的智慧数据建设专题研讨会,2017年11月30日。

人文"研究需要的全文型、关系型数据库,而非一般的"检索系统"或非全文型、非关系型数据库。推进这些工作,无疑需要人文学者和电脑工程师、程序设计师、数据科学家、数据产品经理等等进行持续对话与通力合作,[1]当然首先对人文学者的"数字读写能力"提出了不小的挑战,可谓任重而道远。

其二、对包括《鲁迅全集》的电子化、数字化作品在内的一切数字文献、资源,有必要展开严肃的学术批评和深入、系统的研究。这既是"数字化"的另一要义,也构成了"数字人文"、"数字学术"及其分支领域"数字文献学"的一个研究范畴。长期以来,无论是我们的文学批评、研究,还是学术批评,主要的研究对象都是纸质书刊、媒介,在数字资源、文献大量涌现之后,实际上的学术工作虽然很大程度上已与对这些数字资源的获取、利用密不可分,但对于这些资源本身的贡献、不足及利用办法、改进可能等问题,并未进行专门、深入的探讨。不仅我们不能悉数掌握,厘清目前现有的、与现代文学研究有关的中外数字资源现状,我们对这些资源的获取、利用也多停留在偶然的、主观的、经验论的层次,不能寻得一个较为客观的、系统的、可以互相比较参证的批评和应用标准。[2]事实上,诸如这些数字资源、文献(如网站、数据库、语料库、手机应用程序、电子书等)质量的良莠参半,其生命周期的或长或短,内容和功能、界面等的更新换代等等,都已成为一系列突出问题,实实在在影响着我们的阅读和研究,需要有研究者进行持续

---

[1] 包弼德:《用技术与算法探索人文学科中的问题》,《中国社会科学报》2020年12月21日。
[2] 在这方面,除了图书馆学、信息资源管理等领域的专家多所探究,人文学者也有初步的思考,如杨琳在古籍"数字化"工作的基础之上,尝试性地提出了五项"理想电子文献的标准",参杨琳:《古典文献及其利用(第4版)》,北京大学出版社2018年版,第36—42页。

第十二章 "数字鲁迅"的生产

追踪和专门的批评、研究,甚至即便是目前我们常见的关于某种数字资源、文献的简介,可能都需要时常予以修订、补充和完善。例如,在一部颇具有开拓性(因此也给予笔者以极大启发)的鲁迅研究论著中,关于鲁迅文化基金会官方网站、由上海鲁迅文化发展中心建立的"鲁迅网"的简介是这样的:

> 本年度(即 2007 年——引者注)新增的鲁迅网(http://www.luxun.cc)是由鲁迅的家人为弘扬鲁迅文化而组建的非赢利组织上海鲁迅文化发展中心创办的,主要定位是"一个迈向华人新文化的网站,一个为新文化奉献的社会公益园地"。该网站把"新文化"定义为"新的文化、革新的文化、创意的文化、时尚的文化、与时俱进的文化",试图在 21 世纪的时代背景下为鲁迅等人所开创的"新文化"运动注入新时代的精神,以鲁迅为旗帜大力弘扬"新文化"精神,推动全球华人迈向新的文化时代。因此,该网站虽然设立了"非常鲁迅"的频道(包括"鲁迅数码图片库"、"非常鲁迅"、"教学鲁迅"三大板块,并下设了"中心时讯"、"鲁迅研究"、"鲁迅文库"、"鲁迅生平"、"鲁迅年表"、"鲁迅精神"、"怀念纪念"、"新文化运动"、"鲁迅大家族"、"立人基金"、"网上展览"、"影音图片"、"鲁迅中心"等专栏),"百草园"频道(创作园地)和"鲁风窗"频道(时评),但是全部的内容不仅局限于鲁迅,而且还包括"文化新闻"、"文化人才"、"艺海泛舟"、"名人殿堂"、"百家博客"等频道,涵盖国内演艺界、文化界的资讯,试图将其打造成一个国

内权威的文化资讯平台……[1]

但时过境迁,当今天我们按此简介重新访问这一网站时却会发现,该站已变得面目全非。其子频道只有"鲁迅文化基金会"、"鲁迅文化论坛"、"鲁迅文化奖"、"鲁迅青少年文学奖"等六个,至于原有的鲁迅作品、研究资料等等,今皆荡然无存。以上的简介虽或保存了该网站初期发展情形或相关设想,但就其实用程度而言,显已不合时宜,因此需要进行大幅调整和压缩,同时,论者对该网站的过誉之辞,似亦可藉此重新讨论。然而,据笔者所知,类似的问题,不仅出现在鲁迅研究和现代文学研究领域,其他关于古典文学、历史研究的数字资源的概述类著作和导览类网页、目录索引中也在所多见。其中的错误和不足,既有整理者、研究者的主观因素,但也不可否认,网络资源、数字资源本身的不稳定性和不断升级、更新,甚或以某种偶然的原因消亡等客观性因素,也需要为这一结果负责。但是,无论是为了使这些数字资源更加完好精良、以服务于相关的学术研究,还是立足于"数字人文""数字学术"及其分支领域"数字文献学"本身的研究,对于任一重要的数字资源,展开学术批评和研究实践都是十分必要的。我们应该将其视同为重要的纸质文献,确立为严肃的学术工作内容、对象,并依据新的、实际的情况,及时地进行总结、整理,不断地作出修正和完善,对其形成、传播、接受、影响等问题作出多方面的探究。

其三、什么是"数字化"的未来?什么是现代文学"数字化"的未来?前者或许言人人殊,有待新的数字技术、方法作育化成,但对于后

---

[1] 葛涛:《"网络鲁迅"研究》,安徽大学出版社2012年版,第74页。

第十二章 "数字鲁迅"的生产

者,一个或许能为大多数人接受的回答是,它将使得笔者所谓的"数字现代文学"[1]研究成为可能。按照考斯基马(Raine Koskimaa)对"数字文学"(digital literature)富有启发性的定义,"印刷文字的数字化"和"原创文学的数字出版"是其常见、重要的两种类型,占据着"数字文学"的半壁江山。[2] 实际上,对于我们认识清末民初至1949年间的文学而言,对这一时段的作品的"数字化"和数字出版也同样构成了"数字现代文学"的两种基本形态,无论这些作品、产品的数字形式、界面、功能设计等如何不同,现有的绝大多数成果我们大都可以归入此二范畴,对其展开思考。具体到鲁迅研究领域,通过本章的考察和研究也可以看出,无论是何种数字化形态的《鲁迅全集》,便于阅读、研究(传统的、非量化的研究)仍是其首要需求,至于按照"数字人文"研究的要求,对其进行文本挖掘和数据建模、分析、可视化等,目前既无一定之坚实基础,也尚未提上议事日程。[3] 当然,这些不足同时也是其未来发展的方向。

但这一现实究竟如何形成,其又意味着什么? 是现代文学研究者对此普遍不够敏感[4]、缺乏热情,还是表征着学界对此研究取向心存疑虑、担忧,甚至对"数字人文"取向的现代文学研究不以为然(文学研究究竟有多少规律可以被分析出?)? 在这些疑虑、担忧、不以为然的

---

[1] "数字现代文学"研究是笔者提出的一个研究设想,请参考本书第十一章。
[2] [芬]莱恩·考斯基马:《数字文学:从文本到超文本及其超越》,单小曦、陈后亮、聂春华译,广西师范大学出版社2011年版,第24—25页。
[3] 在笔者关于《解放日报》"数字化"项目的研究中,也得出了类似的结论,参见本书第十章。
[4] 张全之、韩莉:《"大数据"时代的中国现当代文学研究》,《重庆师范大学学报(哲学社会科学版)》2017年第5期。

背后,其实隐藏着值得重视的另一种观点,即与技术性、工具性、应用性的知识生产不同,人文学术有时可能很难通过简单地搜集数据、分析数据并对其进行可视化,就能获得新的知识,[1]特别是对文学和审美的内涵,情感和认知的复杂交互,文学阅读的意义,文学批评和研究的价值取向、终极关怀等问题,经由此种研究,是否会带来新的、真正具有原创力、挑战性、颠覆性的思考,乃至如此研究过程中的利弊得失[2],又该如何评估……诸如此类的难题,也正是我们在从事相关研究之时,可能必须恒常思考、直面的。

有学者也认为,"数字化使文学面临的最大挑战或许便是从封闭的、明晰的、静态的文本(一本小说、一本书)向不断变化和发展的阿米巴的迈进的过程:这种理解颠覆了我们关于伟大作品、经典、创作天才、审美对象等的观念。"[3]尽管这里所谓的"文学"可能更多的是指向当代、当下乃至未来的文学,但对于业已成为"历史"的现代文学而言,又何尝不是一种警示:我们建立在纸质文学基础上的文学理论、批评与文学史研究、书写体系,是否会因为正在降临的数字化潮流走向倾塌,必须做出重构?走出现代文学、当代文学乃至人文学术的天地,从更大的思想视野来看待"数字化"的未来和其所面临的重重危机、挑战,是否正如 Kindle 的发明者、核心开发者之一的贾森·默克斯基(Jason Merkoski,也自称是一位人文主义者)所说,"文字的数字化就

---

[1] [美]斯文·伯克茨:《读书的挽歌——从纸质书到电子书》,吕世生、杨翠英、高红玲译,中国对外翻译出版公司2001年版,第152—154页。
[2] 王贺:《从数字人文到机器人人文,我们将失去什么?》,《中国社会科学报》2020年12月21日;修订稿载微信公众号"上师大数字人文"2021年1月11日。
[3] [芬]莱恩·考斯基马:《数字文学:从文本到超文本及其超越》,单小曦、陈后亮、聂春华译,广西师范大学出版社2011年版,第30页。

是我们和魔鬼订立的一份口头契约","既然我们通过追求持久性来保存文化,倘若我们的文化数据中心发生了一场大规模故障,那我们会怎样？倘若有一天电子书全都烟消云散呢？已经有计算机病毒以核电站为目标,出现旨在摧毁电子书的病毒也并非不可想象"。[1] 这些警示恐怕同样值得我们在实际推进"数字化"工作、遥望一个新的数字世界(brave new digital world)[2],或致力于研究"数字化"及其相关问题、构筑当前及未来的学术样貌之时,作出深刻而富有洞见的省察。

---

[1] [美]贾森·默克斯基:《焚毁书籍:电子书革命和阅读的未来》,韩玉、张远、林菲璜译,电子工业出版社 2016 年版,第 25 页。
[2] "brave new digital world"语出 Mutaz Habal 发表在 *Journal of Craniofacial Surgery* 第 10 卷第 1 期的同名短文,有学者将其中译为"美丽新'数'界"(见陈熙远:《人文世界的数字转化——台湾探索的经验与反思》,上海:数字人文国际高峰论坛暨上海师范大学数字人文中心成立大会,2020 年 11 月 23 日),不过,考虑到此语源出赫胥黎名作《美丽新世界》(brave new world),而后者隐含着一定的讽刺色彩,是故笔者在此略去 brave 一词不译,径作"新的数字世界"。

第十三章 "数字读写能力"的作育

如本书之前各章所述,利用包括文字资料在内的一切数字资源,是人文学者相对比较熟悉的研究实践。不过,与图像资料相比,我们似乎更为熟悉文字资料;同时,在将其仅仅视作研究准备、前提和资料搜集工作这一学术视野(实用主义思想?)的支配下,我们对数字资源的认识似乎不免有简单化、工具化的倾向,并未将其看作是专门、严肃的研究对象,视之为一个值得深入、系统检讨的问题,对其予以"问题化"(Problemization)、"再问题化"。这不单是如福柯在研究古典时代疯狂史、性经验史时所提出的,去探讨"关于事物成为问题的方式的历史。如何,为什么以及确切来说以何种方式,疯狂在现代世界才成其为一个问题,以及为什么它会成为一个如此重要的问题?……不是理论的历史或意识形态的历史甚或心态的历史,而是问题的历史,……为什么一个问题以及为什么这样一种问题,为什么一种特定的问题化的方式在既定的时间点上出现",[1]而是说,我们应该向信息科学、技术方面的专家学习,从找寻合适的数字资源作为起点,到更加有效的利用、对其质量进行评估乃至专门研究,将数字资源检索、利用这一研究实践本身作为问题、客体、对象来看待,回答诸如此类的问题:是否存在着一种可以脱离我们具体研究的数字资源?在方法论的层次上,数字资源可以帮助我们做什么?不能做什么?是什么决定了它如何出现、以何种方式出现?利用数字资源进行研究或从事其他的知识生产、文化生产活动,究竟意味着什么……

当然,所有这些问题都需要结合具体、个案的研究来进行,问题的解答并非本章能够胜任。以下仅以现代文学研究(兼及历史研究)中图像资料的检索、利用及研究作为个案,对这些问题作一初步探讨。事实上,目前对文字资料的数字资源的检索、利用等问题的研究已有不少成果,而关于图像资料的搜寻、利用,仍缺乏必要的关注,所幸最近这一情况已引起图书馆员的注意。2021年第2、3期《图书馆建设》即刊载了《俄文资料专门搜索引擎 yandex.com——兼谈图片搜索》《再谈图片的搜索:钱穆先生的一张旧照》二文,结合实例,对近现代文史研究中图像资料的检索、利用这一问题有所讨论。不过,坦率地说,之所以关注此类问题,除了因其属于笔者的研究兴趣范畴,还由于本人与此二文作者拥有几乎相同的经验和记忆。说来惭愧,笔者虽非文

---

[1] [法]米歇尔·福柯:《我们的当下为何?》,王立秋译,网址见:https://www.douban.com/group/topic/50289665/#9415157KSZDXoP,2021年12月14日检索。

献学、图书馆学等领域专家,但也时常接到海内外师友、出版社和报刊社编辑,嘱代为查询某种文献资料的请求。犹记得多年之前,文汇报社、上海社科院出版社的两位朋友,差不多同一时期发来两张不同的历史图片,请我查询其出处、作者及创作年代等相关信息,后来当然顺利查到,不过,这却使我意识到:原来图像资料的检索并不简单,远非人人熟知而不必大张旗鼓的"常识"。而在此后,随着对"数字人文"学习和思考的不断深入,更加感到图像资料的检索、利用,并不能被局限于数字资源的检索、利用,或"数字文献学"的范畴,实可被视作"数字时代"普通公民应该具备、养成的"数字读写能力"(Digital Literacy)之一种,不仅有必要对其作出专门的研究和分析,且有待我们逐步习得、作育、养成。[1]

一 "数字读写能力"的概念

何谓"数字读写能力"? 简言之,乃是指利用数字技术定位、组织、理解、评价和分析信息的能力。[2] 其实,该词对应的 Digital Literacy 也常被译作"数字素养",但在笔者看来,这一译名或使我们将其混同于"信息素养"(information literacy)、"网络素养"(web literacy)、"图

---

[1] 本章曾以《数字人文内外:近现代文史研究中图像资料的检索、利用及研究》为题,发表于《印刷文化》(中英文)2021 年第 3 期。发表后,友人徐自豪先生曾提出不少修订意见。收入本书时,笔者进行了大幅修改,其中一处,即据徐先生所示,谨此致谢。
[2] 不题撰人:*Digital literacy*,网址见:http://en.wikipedia.org/wiki/Digital_literacy,2021年12月14日检索。本章译文如无特殊说明,均由笔者自译,或有疏失,如须引用,敬请查阅原文。

馆素养"(library literacy)、"媒介素养"(media literacy)、"计算机素养"(computer literacy)等已有概念,不如"数字读写能力"准确。按这一概念的提出者保罗·吉尔斯特(Paul Gilster)在其同名专书《数字读写能力》[1]中的定义,"数字读写能力"的范围要比这些早期概念更广,既包括我们搜寻、识别、组织、创造信息的能力,当然也包括我们使用新媒介、数字媒介工具、平台及各种智能设备的能力,解释数字图像、文本、视频和其他类型的数字文化产品的能力。也正如大卫·鲍登(David Bawden)所说,从早期提出"计算机素养",到随后出现的"信息素养"到"网络素养"等概念,直至"数字读写能力"这一术语被学界广泛接受,不仅代表了学术话语的延续,显示出信息科学和技术不断融合的趋势,也表明一种发展与传统的基于纸质阅读与书写文化不同的阅读和写作的能力的需求,正在成为更引人关注的文化和社会问题。[2]今天我们被大量的用户生产内容(User Generated Content,简称 UGC)、职业生产内容(Occupationally Generated Content,简称 OGC)、专业生产内容(Professionally Generated Content,简称 PGC)和崛起中的"产消者文化"(Prosumer Culture)所包围,显然,"'读/写/再写'已经取代了'只读'成为了当今网络的精神特质",[3]同时公众与

---

[1] 参见 Paul Gilster. *Digital Literacy*, New York: John Wiley & Sons, 1997; Carolyn R. Pool. "A New Digital Literacy: A Conversation with Paul Gilster", *Educational Leadership* Vol. 55, No. 3, pp. 6 - 11.

[2] David Bawden. "Origins and Concepts of Digital Literacy",网址见:https://www.scinapse. io/papers/2790603024,2021 年 12 月 14 日检索。

[3] [美]安妮·伯迪克、约翰娜·德鲁克、彼得·伦恩费尔德、托德·普雷斯纳、杰弗里·施纳普:《数字人文:改变知识创新与分享的游戏规则》,马林青、韩若画译,中国人民大学出版社 2018 年版,第 62 页。

知识精英之间的读写能力鸿沟也在不断缩小,[1]而这正是"数字读写能力"在公众中间发展的结果。

2011年,美国图书馆协会"数字读写能力"工作小组(American Libraries Association's Digital Literacy Task Force)发表工作报告,为这一概念明确增加了另外三个更加具有社会实践色彩的维度。其指出,具有"数字读写能力"者,不仅是"拥有以各种格式查找、理解、评估、创建和传达数字信息所需的各种技能和认知技能;能够适当有效地使用各种技术来检索信息,解释结果并判断该信息的质量",还应该是"能够理解技术、终身学习、个人隐私和信息管理之间的关系","使用这些技能和适当的技术,与同行、同事、家人及公众进行沟通和协作","利用这些技能积极参与公民社会的建构,并为一个充满活力、公民拥有知情权且积极参与的共同体,做出贡献"[2]的人。这后三者也恰是笔者所理解的"数字读写能力"的重要内涵。在此基础上,这一概念的可测量性、实践性逐渐增加,同时也发展出其他诸多研究课题,诸如与信息服务相关的"数字读写能力",教学实践中的"数字读写能力",图书馆组织的数字扫盲实践,儿童和青少年的"数字读写能力"的培养,如何认识宏观层面的信息贫困等,成为许多学者进行深入探索

---

[1] [澳]约翰·哈特利:《数字时代的文化》,李士林、黄晓波译,浙江大学出版社2014年版,第19页。另,该书原名 *The Uses of Digital Literacy*,意在向文化研究先驱、伯明翰学派代表人物理查德·霍加特研究英国工人阶级读写能力的专书 *The Uses of Literacy: Aspects of Working-Class Life*(中译为《识字的用途:工人阶级生活面貌》)致敬,故此,似宜直译为《数字读写能力的用途》。

[2] 参见 Crystal Fulton, Claire McGuinness, *Digital Detectives*, Oxford: Chandos Publishing, 2016, Chapter 2.

第十三章 "数字读写能力"的作育　　　　　　　　　　　　　　　　297

的对象,及全世界范围内诸多知识和文化中心的发展目标。[1]

　　毫无疑问,关于"数字化"的图像资料(下文亦称"图像数字资源")、数据的查找、利用及评估等,都是"数字读写能力"作育的题中应有之义(这似乎也是许多人文学者所理解的"数字人文"研究能力之一)。但是,若要笔者总结检索图像资料的方法和作业程序,和上引二文一样,似乎卑之无甚高论。其工作原理无外乎是,利用目前技术已相对成熟的图像搜索引擎和诸多专业或通用型数据库,辅以我们掌握的其他信息(主要是文字信息),将其作为主题词、关键词(当然也包括其他更为复杂的检索技巧和检索策略,对此下文将有所论述),键入数据库和搜索引擎检索相关的图像资料,及文字资料中有关此图像的记载(特别是二手研究等),使两方面工作不断配合,直至能找到我们所需要的图像资料,或是关于这一图像资料的其他重要信息,顺利得出较为准确、可靠的结论为止。另外,前举二文还强调了访问专业人士、利用外文资料搜索引擎的重要性,这是毋庸置疑的,除了利用互联网、数据库,图书馆、档案馆、博物馆、艺术馆甚至私人藏书室,也都可以为我们在分析、解决不同的研究问题时,提供不同程度的帮助。[2]

　　然而,除此之外是否还有一些值得思考的面向? 在使用这些来自互联网、数据库的图像资料时,有哪些问题需要引起注意? 其与对图像资料的专门研究之间有何关系? 我们究竟应该怎样认识图像资料检索、利用这一行为? 不待言,这些问题有些属于传统的文献学、图书

----

[1] 关于这些课题的概述,参不题撰人:*Digital Literacy*,网址见:https://www.sciencedirect.com/topics/psychology/digital-literacy,2021年12月14日检索。
[2] 参见本书第二章有关论述。

馆学、档案学、信息资源管理、信息科学与技术等领域的研究范畴,有些是一般性的"数字人文"研究中比较关心的问题,[1]有些则与各学科专业领域(包括文学、史学、艺术学、传播学等)的专门研究有关。但无论如何,以上问题都需要予以关注和讨论,也都是与图像资料有关的"数字读写能力"养成过程中需要不断去摸索、试验、践行的。

二 图像资料的检索方法及作业程序

关于图像资料的检索方法及作业程序,尽管有其相对的特殊性,但从笔者对包括图像资料在内的一切目前业已电子化、数字化的文献资料的检索、利用经验来看,尚可补充以下几个方面。

其一,我们需要区分两种情形:有图像而查找其作者、来源等信息;没有图像,需要查找一张或多张图像。这两种情形有完全不同的检索策略。实际上,《图书馆建设》所刊二文只讨论了前一种情形,但即便就此而言,也许应该指出的是,利用"以图搜图"类的图像搜索引擎(如百度识图、谷歌图片搜索等)只是开始一个检索的入门和基础,有时并不能奏效,因为大量的作为历史档案和文献的图像资料,由于种种原因,并未被图像搜索引擎建立索引,无法被我们搜索得到。图像搜索引擎的运作原理是:在其此前已经建立的大量图像资料索引的基础之上,利用一定的算法和模型对新的图片进行图像相似性识别(这一技术的早期版本为文本相似性识别,至今已被广泛应用于教学、研究及日常生活各个领域),直至发现与其重合程度较高的图片,并给

---

[1] 详参本章第五节有关论述。

出其来源。但如果是后一种情形,没有图片导致无法使用图像搜索引擎,我们又该如何处理?根据我个人的经验,后一种情形似乎更是专业研究者常常碰到的,如寻找某一近现代文学作品的某个版本的书影、某一名家在某一时期某一地方的照片等,即属此类。

其二,针对不同主题、类型的图像资料,选择合适的网站和数据库很关键。通用型的网站和数据库如"读秀学术搜索"等,当然有它的长处,正如其所宣称的那样,是目前世界上最大的中文知识库,用户可以对其所收录的数百万种中文图书、期刊、报纸等资源类型进行全文检索和试读、通览。但问题是,它的全部检索服务是基于文字而非图像之上的,一张图片资料能够被我们在"读秀学术搜索"查询到,取决于它在某本书或报刊中提供的文字信息,而并非图像本身,这是其之于图像资料搜索的致命缺陷,也注定了我们在利用这一资源时,只能较多地搜寻前述第二种情形下的图像资料。

也因此,笔者认为,比这些通用型的网站和数据库更关键的是,我们应该根据自己研究的需要和论题,[1]我们正在需要的图像资料主题、类型,选择更加专业的数据库和网站,进行充分的检索。例如,当我们想要寻找张爱玲旅居美国时期的照片、当时留下的手稿的图像时,也许应该优先选择美国南加州大学图书馆建立的"张爱玲文献"数据库"Ailing Zhang(Eileen Chang)Papers, 1919—1994"进行检索。这是一个免费的小型数据库,收录了张爱玲在美期间的文章和演讲(5种)、通信(138通)、手稿(2种)、照片(45张)。这些图像除了清晰度不

---

[1] [美]马特·厄普森、C.迈克尔·豪尔编:《怎样玩转信息:研究方法指南》,孙宝库译,四川文艺出版社2019年版,第62页。

够高，著录、标注均较完善。如果要寻找胡适的档案、手稿、通信、照片等，我们首先就要考虑台北中研院近代史研究所胡适纪念馆开发的"胡适档案检索系统"。这同样是一个免费的专题数据库，但其数据体量较前者大很多，阅览、打印等功能需向馆方提出申请，经批准后方可使用。当然，在开始这些更加专业的检索之前，我们需要了解和掌握有哪些相应的、专门的数字资源可以使用。

其三，选定合适的网站和数据库之后，要充分地了解其所要求匹配的检索技巧、策略，进行检索。换言之，除了常用的基本检索方式，如须选择相应的栏位搜索关键词并搭配通配符或截词符等，也需要根据特定的网站和数据库提供的"高级检索""出版物浏览与检索""命令行检索"（也被称作"布尔逻辑检索"）等功能，查找我们的目标资料。有些大型数据库，甚至专门建有"检索技巧"的网页（或是"帮助"文件），可以给我们提供必要的帮助。例如，在 ProQuest 平台上，想要查找其中的图像资料，我们可以在输入要检索的词语同时，再加上字段名称的缩写 DF(Document feature)，就可以找到内文包含有图像的资料。以下的个案来源于对该平台杂志（本文仅选择杂志这一特定的出版物类型为例）中关于"上海"的图像资料的搜索：

执行检索之后所得结果如下：

检索所得结果还不少。那么，如何才能知道每一栏位的命令代码？实际上，对这些代码及相应的检索方式的说明，就在该平台首页的"检索技巧"页面。点击"检索技巧"，进入相应的网页后，我们即可找到如下内容：

总之，充分了解某一网站或数据库所要求匹配的检索技巧、策略，

第十三章 "数字读写能力"的作育

图 4　ProQuest 平台高级检索界面

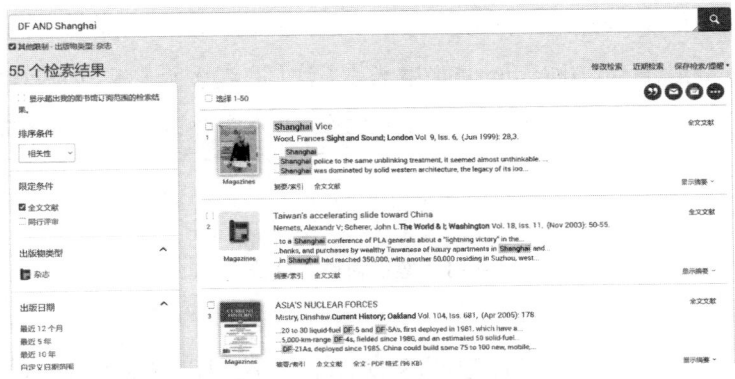

图 5　ProQuest 平台高级检索结果

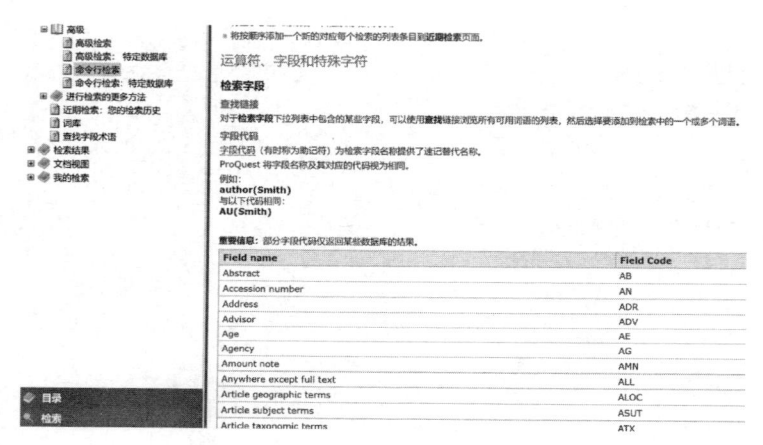

图 6　ProQuest 平台检索技巧界面

进行有针对性的检索,甚至进一步参考相关的检索研究成果[1],对图像检索方法的技术原理及其历史,如早期基于文本,后基于内容,现已发展出基于卷积神经网络算法(Convolutional Neural Networks)和哈希算法(Hash Algorithm)的图像检索方法[2]等,多所了解,也许可以在一定程度上帮助我们快速、准确地找到自己需要的资料,包括图像资料。

三　利用图像资料应予注意之点

在找到我们需要的图像资料以后,接下来就是如何使用的问题。

---

[1] 例如丛立:《ProQuest 的高级检索功能及检索结果处理功能》,《现代情报》2004 年第 10 期。

[2] 参见赵欢:《基于卷积神经网络和哈希技术的图像检索方法研究》,沈阳工业大学硕士学位论文,2020 年。

这一问题虽然在很大程度上已经超出了"图像资料的检索"这一论域，与专业研究更加密切相关，但无论是对于图书馆从业人员而言，还是以图像资料作为其研究资料的文史研究者来说，都是颇为关键的，对此，《图书馆建设》所刊二文并未讨论，兹作论述如下：

其一，在使用这些图像资料时，我们还需要仔细考察其基本的真伪情况，即是否为"原图"的忠实再现。换句话说，数字资源和纸质文献一样，需要经过我们的批判性考察（如果说不是更需要的话）。笔者曾经在一篇书评论文中，以现代文学版本图像资料的利用为例，发表过这样的评论：

> 事实上，迄今为止，学者们对现代文学版本的图像资料的搜集、利用普遍既无浓厚兴趣，也充满了误解、偏见。举例来说，在其发表、出版的专书和论文，运用到这些版本的图版时，作者和编辑往往就会利用诸如 Windows 系统自带的"画图"工具及 Adobe Photoshop、CorelDraw、美图秀秀等常用图像处理软件，对原图进行修改。当然，这一修改有时是出于美观、版面编辑的需要（近似于影印图书时的"修版"，但至少利用修版后的影印古籍所作语言、文字学等方面的研究，其结论便要打折扣），有时是为了避免可能的版权的争议，但无论何种情形，都既没有任何交代、说明，取舍也显得相当主观、任意。这样一来，其所谓的"原汁原味"的"原图"，实已变身为"伪文献""伪史料"，势必带来很多问题。

> 在这些"原图不原"的图像资料中，公家机关图书馆、资料室的藏书章常常会被修掉。其实，哪怕是被修掉的某一图书馆章，也是很重要的研究线索。近现代的铅印书籍可能暂时还没到讲

究、考虑这些问题的时候,但对于一本古书来说,其上的藏书章如被修除,姑不论其他,单是对于我们了解它的递藏、流传有序,恐怕就很难着手了。因为这本书在一定时间内很可能其他人都很难看到,只有此研究者一人能够读到。倘若我们又假设那本书只有某地某校图书馆所藏,其他人见此图片,而想要检查、借阅实物,一旦没有了这个标记,便无门径可寻。《中国现代文学初版本图鉴》(下简作《图鉴》)的编著者在搜集这些现代文学版本及其图像资料时,就有过这方面的遭遇。他们发现,即使是在原书保存在公立图书馆的情况下,有时也因编目混乱、收藏不善等,不得不面对有书无目、见非所查的尴尬局面。这从相反的方向揭示了文献保存、流传这一信息的重要性。

但这仅是初版本在内的现代文学版本及其图像资料中附加或承载的一个方面的信息、线索。一般研究者无此概念、导致"原图不原"的现况尚可理解,令笔者感到担忧的是,一些致力于文献史料整理、研究的学者,在这方面有时也表现得无甚差别,对文献史料之真伪之区隔漠不关心,然而,其所提供于读者的所谓"原汁原味"的"原图",许多既已经过处理、修改,又如何让人放心参考、利用? 更何况,在大量的出版物,包括现代文学研究专书中,"图像"常常仍只扮演着一个"插图"的角色,显得可有可无,遑论专门之搜集、整理与研究。[1]

---

[1] 王贺:《现代文学版本及其图像资料的整理、研究——评黄开发、李今编著〈中国现代文学初版本图鉴〉》,《中国现代文学研究丛刊》2019年第2期。

但这一情况此后并未得到明显改善,尤其是在现代文学文献研究领域。另外,许多专业数据库号称是对原始文献、图像的照相或扫描加工制作,但据笔者了解,包括从笔者参与建设多个专题数据库的经验中可以知道,其中仍有部分资料,由于种种原因是经过内容修改、处理之后上传的,并不能被称之为"原始文献",这是尤其需要注意的。从严格意义上来说,一切数据库、网站所谓的"原始文献"都只能被看作"原始文献"的数字化版本(有时也被我们称为复制件、影印件、电子版等),不能与原本、原始报刊等纸质、实物"原始文献"相提并论。

其二,在使用这些图像资料时,我们也需要注意遵守版权方的规定。一般而言,大多数专业网站和数据库的图像资料都得到了版权持有人的授权,但在其数字化之后拥有了新的知识产权,有些是采用知识共享(Creative Commons,简称CC)协议,支持非商业使用。无论何种情形,其目标都是为促成向用户提供免费或购买之后的服务。但这并不意味着用户或读者就可将所下载的图像资料无限复制、分发,随意上传于包括个人社交媒体账号等在内的网络空间,或在未取得合法授权的情况下,用于出版、教学甚或可能与商业利益相关的项目。简而言之,在传播这些资料之前,我们应该持以谨慎的态度,尽可能评估其知识产权,以免陷于不必要的争议和可能的法律纠纷。

四 重要图像数字资源之批评

鉴于目前尚有为数不少的研究者仍不熟悉有哪些图像数字资源可供利用,似有必要对这些资源作一简要梳理及评论。但考虑到关于中国古代文学、历史、社会等方面的图像资料已极为丰硕,相关数字资源的数量在海内外已有近百种之多,殊难备载,因此下文仅分类简介、批评若干种可查找中国近现代文史研究领域所需图像资料的数据库和网站,以供读者参考。

其一,海峡两岸暨香港、澳门的图像数字资源。诸如上海图书馆"近代期刊图像数据库"(现已集成于晚清民国期刊全文数据库,可由"全国报刊索引"网站登入)收集了海量的近代期刊所载照片、绘画、书法、木刻、手稿、漫画、地图、雕塑、歌谱、曲谱、石刻、题词、图表、拓片、篆刻等图像资料,也有专门的"图片检索"功能。不过,这一功能仍和前文所述"读秀学术搜索引擎"相同,是基于图片的文字说明而开发的。又如浙江图书馆"中国历代名人图像数据库"、苏州大学图书馆"中国历代名人图像数据库"等,也有不少近现代名家的图像资料。另如香港中文大学图书馆建立的"中国现代文学研究网""香港文学资料库""中国现代戏剧资料数据库",台北中研院历史语言研究所开发的"台湾美术图像与文化解释"数据库等,也可为展开相关研究提供重要图像资料。尤其值得称许的是"抗日战争与近代中日关系文献数据平台",该平台由中国社科院近代史研究所发起,系国家社科基金项目"抗日战争研究专项工程"的阶段性成果,目前已收录1949年前的档案、报刊、书籍、图像、音频、视频等各类文献达1700万页以上(截至2019年7月),承诺面向全球读者永久免费开放,所有文献均可免费在线检索、阅览。[1]

其二,国外高校、图书馆开发的图像数字资源。目前,日本的东京

---

[1] 感谢《抗日战争与近代中日关系文献数据平台》盛差偲先生赐示这一数据,当然,这仍然不是最新的。作为一个不断发展中的数据库、平台,其目前所拥有的数据量或已接近2000万页。

大学、京都大学、早稻田大学,美国的哈佛大学、麻省理工学院、普林斯顿大学、康奈尔大学、杜克大学、华盛顿大学、威斯康辛大学密尔沃基分校、南加州大学、夏威夷大学、乔治梅森大学,以及英国的剑桥大学、杜伦大学、布里斯托大学等多所高校图书馆,德国巴伐利亚州立图书馆、澳大利亚国立图书馆等机构已将其所收藏的大量近现代中国图像资料数字化,并建立有专门的网站和数据库,其中绝大多数均免费向全世界读者提供访问下载服务。如京都大学建设有"华北交通档案"数据库(華北交通アーカイブ)和"图片明信片中的亚洲"数据库(絵葉書からみるアジア),公开了日本在抗战时期关于中国华北地区的摄影(近 4 万张)和侵入亚洲各国时所拍摄的大量照片、绘制的大量图片(其中中国部分近 2000 张),并有较为详细的著录、标引,向全球用户免费提供高分辨率图片的下载。不过,这些数字资源在检索时,一般要求检索语言为所在国的官方语言,对使用者的语言能力提出了一定的要求。

其三,国外数据库厂商建立的图像数字资源。比较重要的有:

1. Adam Matthew Digital 原始文献数据库。英国数据库厂商 Sage 旗下网站,其数字资源以历史档案、原始资料、珍稀书籍和手稿为主,其中的"中国:文化与社会"(China: Culture and Society)等数据库有大量的近现代中国图像资料,输入人名、地名拼音即可检索。

2. Gale Scholar 数据库。美国学术出版商 Gale 旗下网站,收录 15 世纪至今世界知名图书馆和个人收藏的成千上万种地图、照片、报纸、期刊和书籍,其"中国与现代世界:传教士、汉学与文学期刊(1817—1949)"(China and Modern World: Missionary, Sinology and Literary Periodicals, 1817—1949)数据库中,就有不少传教士拍摄的近现代中国照片,也支持多种形式的检索。

3. Proquest 平台。美国数据库厂商 Proquest 旗下网站,收录了大量的书籍、期刊论文、学位论文、缩微胶卷、新闻和报纸等类型资料,并提供索引、全文及全文影像,其中的"近现代中国英文报纸库"(Chinese Newspapers Collection, 1832—1953)就有不少可用于近现代研究的图像资料。

4. Granger Academic 数据库。美国历史图片数据商 Granger 旗下网站,收录大量古代中国的美术作品(含古籍插图)和近代以来的摄影作品、报刊和其他宣传物插图资料。与上述三种数字资源只向机构用户提供付费访问、下载权限不同,该网站可供读者免费阅览、下载。只需注册后输入人名、地名等关键词(英文)进行检索,即可查找相关资料。唯一需要注意的是,输入其间的人名、地名,不能是汉语拼音,而需转换为威妥玛式拼音法这一一度在近现代中国通行、港台地区至今仍在使用的注音规则。[1]

当然,除上举若干种较为重要的、适用于近现代文史研究的图像数字资源外,一般意义上的图像数据库、网站已非常之多,既需要我们为之建立目录、索引、导航网页,更值得我们进行系统、深入的整理、研究和批评。[2]

---

[1] 参见民国老报纸:《Granger Academic 中国历史照片影像库》,网址见:https://mp.weixin.qq.com/s/LqGuE2dwn5KXlwFkN32N8A,2021 年 7 月 15 日检索。
[2] 关于国内、国外图像数据库和网站的简要考察,请参考孙嘉:《走进国内图像数据库》,《美术观察》2021 年第 4 期;王国强:《网洋撷英:数字资源与汉学研究》,江西高校出版社 2020 年版,第 79—94 页。

五 图像资料之专门研究举隅

图像资料的专门研究这一问题，从大的方面来讲，仍属于图像资料的利用，不过，其属于深度利用。以其服务于各自的研究对象和问题意识，在研究中时常也只是配合文字资料使用，因此很难一律而谈，尤其从方法论的角度进行分析。但是，在此笔者仍可勉力指出四个较为重要的、基础的面向。

其一，无论是数字资源中的图像资料，还是纸质书刊中的图像资料，对其基本信息都需要进行严格的考证和历史考察。以其中的大宗——照片为例，这些基本信息至少包括照片的拍摄者，拍摄的时间、地点，照片中的每一人物。如一项对于1929年7月2日（中文资料多误记为1928年）与罗曼·罗兰合影的东方人是谁的研究，则据法文资料（罗曼·罗兰日记）及其他资料，澄清了此前多认为是《约翰-克里斯多夫》的中文首译者敬隐渔的误会，而指出其为日本作家片山敏彦。[1] 另一项对于1948年3月30日所摄、题为"皆兄弟也"的五人合影照片的研究，历时三年，查阅资料百万字，就是为了弄清楚照片中除了胡适、胡先骕之外的其余三人究竟是谁，研究者因此感慨道："俗话说百闻不如一见，照片所展现的人物形象和精神气质，是多少文字也难以表达的。尤其是通过老照片与文字资料的印证及咬合，还能带来更为丰富的历史现场感。但遗憾的是，老照片上的人物经常会被认错。徐志摩、朱自清的一些重印著作封面上用了胡适小照，吴宓家乡

---

[1] 张英伦：《和罗曼·罗兰合影的"敬隐渔"找到了》，《中华读书报》2019年9月25日。

报纸的整版纪念长文中仅有的两张人物照片'乱入'了青年方玮德与老年陈寅恪,搜索引擎上,外交家张歆海屡屡被误认为宋子文,清华学校校长曹云祥被当成清华大学校长周诒春,而周诒春又常被认作'身兼三主任、五教授'的温源宁……如此张冠李戴,不胜枚举,显示出今人对前人形象的无知与漠然。"[1]

当然,了解其收藏者、捐赠者、目前的持有者等信息,也可以为深入解读图像资料、展开专门研究提供帮助。如中华艺术大学的旧址,长期以来被确定为上海市多伦路145号,但通过新发现的1930年代的一张该校校门照片,可将其旧址准确地勘定为多伦路201弄2号,而通过对此照片来源的重新考察,研究者顺次不仅纠正了现有记录的错误,也给出了一条图像资料清晰流传的线索。[2] 现有的书籍史、印刷史、出版史、藏书史等方面研究,较多重视文字资料,而较少注意图像资料,此例适可补其不足。又如关于桑弧遗物中一束张爱玲照片的研究,则成为了解读二人交谊、战后上海影坛生态包括文华影业公司的成立、发展等问题的新入口。[3]

其二,手稿、手迹类的文献资料,以照片、影本等图像形态存在者,在纸质书刊、互联网和数据库中都很常见,但无论其原件、实物,还是复制件、电子版、照片等,皆有一定的作伪之可能。[4] 我们在搜集、整

---

[1] 徐自豪:《胡适与谁"皆兄弟也"?》,网址见:http://www.thepaper.cn/uc.jsp?contid=13952930,2021年8月9日检索。
[2] 何瑛:《中华艺术大学校门照片来历新探》,《上海鲁迅研究》2021年第1辑。
[3] 张伟:《导演桑弧遗物中几帧图像的释读——关于张爱玲及文华影业公司》,《现代中文学刊》2019年第5期。
[4] 艺术家张大力曾举办个展"第二历史",展示了其所收集到的当代重要历史照片百余张,其中,除了经过多次出版所呈现的不同样式的照片之外,还包括了这些照片被修改的痕迹和"证据",有的不仅有原作底片,还有附在原作的背后或照片边沿的修改批(转下页)

理、研究之时，须有这一方面的认识和准备，甚至是专门研究。如在关于鲁迅、钱锺书、罗振玉、沈尹默等人手札、书法作品的辨伪中，学者和收藏家已经积累了一定的经验，总结出了目前流行的一些作伪的方式方法，[1]但这些经验仍不足以抵御市面上层出不穷、屡见不鲜的伪作泛滥现象。又如北京师范大学图书馆工作人员精心拣选、整理馆藏640余通清人书札，将其结集为《清代名人书札》出版，但在近年来研究者发现有不少伪作混迹其间。[2]这使得基于上述伪作基础上的研究论著，顿时成为学术泡沫。至于通过一本拍卖行图录、一帧旧书网的照片，就轻易地断定其属某人手迹、手稿，据此从事所谓的"辑佚"工作者，就更加常见了。其实，未经考证、辨伪之所谓"辑佚"，不能谓为真正的辑佚研究成果。但由此亦可见出，即便是今天，我们仍有必要强调从实物出发这一文献学研究的基本原则，当然，数字文献，特别是原生数字文献的发展，也给我们带来了新的问题和挑战。

其三，对图像资料的专门研究，文学史、艺术史和纯粹的历史研究者，各有其侧重，问题意识、研究方法、学术训练等也有所不同。对此，拙文《现代文学版本及其图像资料的整理、研究》末节曾有极扼要之讨论，但讨论的重心在分疏其差异，实际上，它们之间也有一共同之处，

（接上页）示。照片被修改的方式，除了运用美化、抹去、添加元素，甚至还有拼贴，即如今天我们运用画图（Windows 操作系统预安装软件）、Photoshop、美图秀秀等软件，将多张不同照片制作成一张不存在的新图。在这些被修改的照片中，无论是"领袖""英雄"，还是"平民"大众的形象，无疑都更加符合当时的历史政治背景和国家、政治人物想象，参与了主流意识形态的建构。参见刘潇：《张大力：第二历史》，网址见：http://www.artspy.cn/activity/view/2246，2021 年 12 月 15 日检索。

[1] 方继孝：《书札的作伪及辨伪》，《博览群书》2010 年第 9 期。
[2] 卿朝晖：《〈清代名人书札〉辨伪》，《清史研究》2016 年第 1 期。

即我们如何读懂一幅图。在这一方面,无论是美术作品,还是历史人物、事件和场景照片,抑或是其他类型的图像资料(如地图、广告、戏单、图表、科学图像等),都需要我们拥有一些共同的、基础的知识或日常生活的"常识",乃至人文、艺术等领域广博的知识储备和足够的敏感、会心和想象力。当然,这不是一两句话就能说得清楚的,更多的是要在具体的研究实践中去摸索,直至针对不同类型的图像资料,发展出不同的研究方法。[1]

其四,图像资料的专门研究,乃至其检索、初步利用等,似皆有赖于"数字人文"的发展。如前所述,目前基于文本的图像检索技术,已渐不敷使用,而发展基于内容的图像检索技术,尤其是结合卷积神经网络等人工智能技术,为各种图像数据库、网站建立关联及统一的检索、应用平台等,开拓数据库、平台的图像深度应用功能,以及推动各高校、科研院所、公私藏机构努力开发更多的数字图像资料等,都是目前及未来可以期待的发展方向。惟其如此,对图像资料的检索、利用与专门研究,乃至基于数字图像的视觉知识生产,才有可能迈向一个新的阶段。这个阶段的到来,固然需要人文学者的专业能力、学养的参与,但很多基础层面的问题(如要弄清楚一副图片是否为"原图",图片的基本信息有哪些等),可借助一定的算法、模型和机器的自动处理,为我们提供初步的解决方案,此后我们只需对其提供的答案进行

---

[1] 自彼特·伯克提出"图像证史"说并出版同名专书以后,近年亦有中国美术史学者提出从历史视角出发对20世纪的图像资料进行系统研究,以建立"历史图像学",参见李公明:《图像何以"证史"?——"历史图像学"的方法论问题》(演讲),上海:复旦大学,2018年10月31日、11月7日、11月14日。作者除发表多篇研究论文(如《历史图像学研究中的图像数据简论》,《美术观察》2021年第4期)外,也在"澎湃新闻·上海书评"开设的"一周书记"专栏发表了大量关于图像研究著作的书评,意者可参看。

验证、判断,把更多的精力放在精细的批评、阐释上来。

当然,同样也由于数字技术、方法的发展,我们曾经以为摄影、摄像可以较为忠实地记录、再现历史这一观念(因此我们将其视作文字之外更加重要的证据、文献资料)也受到了巨大的挑战。如何理解图像与客观世界的关系,数字图像的生产、消费与人类视觉机制的变化的关系等,无疑都成为今后需要深入开掘的课题。[1]

六　余论

最后,还有一个问题——如何看待图像资料的检索、初步利用这一工作本身的意义和价值,也许还有必要在此提出。但坦率地说,对此问题,笔者目前并无新见,只是认为,承认一个事实颇为重要,此即:即便我们已经养成了"数字读写能力",极为精通图像资料的检索方法、技术,也不能保证我们就能够百分之百检索到我们的目标资料。这不仅是因为目前"大量资料尚未被电子化、数字化",[2]同时还由于数字资源本身的脆弱性、不同国家和地区的互联网发展趋势和数据使用政策的差异变化等因素,致使我们即便可以使用数字资源、文献,也不能完全放弃对纸质书刊资料的存藏、阅读与利用。这一事实,似乎既可提醒图书馆从业人员,不必过度迷信、推崇数字资源(以及它所寄

---

[1] [美]威廉·米切尔:《重组的眼睛:后摄影时代的视觉真相》,刘张铂泷译,中国民族摄影艺术出版社2017年版;李公明:《一周书记:被重组的眼睛与……数字图像的谎言》,网址见:https://www.thepaper.cn/newsDetail_forward_15101319,2021年12月15日检索。

[2] 王贺:《从"研究资料集"到"专题数据库"》,原载《苏州教育学院学报》2019年第3期,修订稿载微信公众号"抗战文献数据平台"2019年7月18日。

身的那个说不清是物理实体还是虚无缥缈的"云"端世界),因为纸质文献至少不会像网站和数据库那样,时常出现系统崩溃、服务器响应速度缓慢,甚至突然消失等一系列问题;同时也提醒我们专业研究者,在检索包括图像资料在内的文献资料时,不仅应有目录学、文献学和学术史的基本功,还要对自己所在研究领域的各种纸质文献和数字资源情况有较为全面的了解(即便不是如数家珍),因为这是开展一个有效检索和后续研究的基础。

更为重要的是,它可能还提醒着我们:不管我们的身份、角色和工作领域有何不同,都不必完全依赖数字资源的检索与利用,从而忽略了数千年的人类文明史乃是一部印刷文化和书写文化史这一事实。与触手可及、可获得大量信息的数字检索实践相比,那些看似传统的研究技艺,基于纸质资料发展出的阅读、理解、思考、写作等,也并未过时,毋宁说今天更需要被倍加珍视和呵护。[1]我们应该认识到,与"数字人文"一样,它们同样既是艺术,也是科学,其中凝结着全人类无穷无尽的智慧和经验,它们的动能、势能与潜能还远远没有被耗尽,也永无耗尽之日。笔者也对这样一种被许多同行、友人津津乐道的"数字时代"的"远大前景"至感忧虑:如果有一天我们不再走进图书馆、档案馆、艺术馆、博物馆、书店,不再阅读、收藏纸质文献,完全依赖数字资源和在线漫游,沉浸于一个似乎无所不能的虚拟世界当中,那时的我们将会变成什么模样? 从"数字人文"到"机器人人文",我们又将失去什么? 其代价是否能够被今天/未来的我们充分预计、承担?[2]彼

---

〔1〕参见本书第八章第二节的有关论述。
〔2〕王贺:《从数字人文到机器人人文,我们将失去什么?》,《中国社会科学报》2020年12月21日;修订稿载微信公众号"上师大数字人文"2021年1月11日。

时我们的文明,又会呈现出什么样的发展状况？那果然是一个值得欣喜、期冀的"黄金时代"吗？

但无论如何,在现时代及未来,不断习得、掌握"数字读写能力",既是新的经济增长和文化生产模式发展的需要(在此,全民的创造力、创意能力成为一种具有强劲的推动性的社会技术,一种生产力的源头[1]),也是"数字人文""数字学术"不断创新的需要,更是建构公民社会、促进和理解社会变革的重要努力。由此出发,亦可见出,与图像数字资源有关的"数字读写能力",只是其中的一个部门,还有很多正在发生的内容、议题、现象,值得我们深入研究,也需要我们不断作育、养成(无论是我们自己,还是面向我们的学生、社会大众),不断作出升级、更新的准备和努力,此既非一朝一夕之功,也并无一个清晰、明确的终点,唯有"终身学习"而已。

尽管"数字读写能力"的作育,并非是"数字人文"研究中最为重要、核心的话题,毋宁说更多地是与生产性、应用性的"数字人文"有关,但基于上述的分析和判断,笔者认为,其不仅有理由引起一般的"数字人文"研究者注意,同时,或也能为"数字人文"和每一个专门领域的人文学术的接榫,乃至各个"数字人文"分支领域的发展架起一座桥梁,不仅连接人文学术与计算机科学、数据科学、生物工程、认知科学等众多领域,还能连接传统学术、传统读写能力与"数字时代"的人文学术、新的读写能力(亦即"数字读写能力"),也将使"数字时代"的我们与我们的祖先、子孙后代紧密地连接在一起,丰富并扩展我们的

---

[1] [澳]约翰·哈特利:《数字时代的文化》,李士林、黄晓波译,浙江大学出版社2014年版,第176—177页。

认知、表达、行动、情感、身份认同的疆界，帮助我们想象一种更加美好、良善的生活和一个可以让我们和"他者"不断交流、走向理解、达成共识，进而促成许多有效行动的共同体，让我们的生命、我们所处的世界，变得更有意义。

后　记

这是一本意料之外的小书,也是我在中国大陆出版的第一本书。

2021年10月31日,我正在校内参加一个学术会议,忽然接到金理兄的来信,问我能否整理近年所撰文献学、数字人文方面研究论文为一书,加盟"微光/青年批评家集丛"第四辑。没有丝毫犹豫,我当即应承下来。这不仅是由于包括金理兄在内的诸位师友,不以我愚钝而见弃,更能不吝赐教,多所照拂,使人铭感于胸,也由于其所主持的"微光"丛书已出三辑,选题之精良,新论之迭出,作者阵容之坚强,堪为一时之选,能够厕身其中,附骥尾而致千里,自是我无上的荣光。

另外,还是由于某虽忝列高校教学科研岗,但以兼了一些庶务的关系,越来越感到时间的易逝和研究的力不从心。按照我自己的浪漫设想，博士毕业后这几年，除了要完成一些升等需要的课题(几乎都有相应的出版专书的要求)，还要修改博士论文交付出版，校对完成至少一部译稿，写两本自己真正想写的书出来，但岁月不居，人生苦短，诸事繁冗，更仆难数，这些工作的进展都极其缓慢。祢衡《鹦鹉赋》云："彼贤哲之逢患，犹栖迟以羁旅。矧禽鸟之微物，能驯扰以安处？"现如今亦只能在教学、演讲、办会、开会、填表、报销、打杂、四处奔波之余，做一点凑手的事，匆忙之间整理出这么一部书稿，聊供有兴趣的读者拨冗参阅、批判。

　　书中所收诸文，前此均已在海内外学术刊物、报章公开发表，许多也在不同的场合做过口头发表。出于种种原因，有些文章在发表时有所删改，收入本书时，均据底稿恢复了原貌。但底稿也并非全无问题，因此，无论是其题目，还是正文、注释，我都尽可能地做出了修订、补充和完善。许多章节甚至是大幅修订，以使有关论述更为充分、深入，符合本书的总体框架，同时也更加准确、规范，不致埋没先行研究者的贡献。但即便如此，或仍难免疏漏、讹误，至于力有未逮之处，更无由塞责，敬希识者谅之。我本来还想再写一篇导论性质的文字，置于书首，以对全书主要关怀、架构及各章内容作一较详尽之解释说明，惜乎暂无暇时，只能付之阙如了。

　　不过，藉此机会，我也要感谢为诸文催生的各位师友。各文先后承蒙解志熙、易彬、陈建宁、教鹤然、叶祝弟、王磊光、林曼叔(已故)、姜异新、黄晓峰、邓骏捷、张涛、陈子善、王玉王、尚莹莹、陈汉萍、王兆胜、孙若圣诸位先生评阅、编辑，或将其译成外文发表，使之顺利进入中外读者的视野。这无疑是我个人的荣幸，但我更愿意把它理解为各位前辈、学长、友人，对现代文学、文献学、数字人文研究等领域出现的年轻学者、同道中人的鼓励,对新一代研究者努力探索新的现代文学研究之路的支持。

我还要向从高中阶段开始,指导我阅读陈寅恪、傅斯年、顾颉刚等近人著作的王芝盛先生,牺牲自己的宝贵休息时间、无偿地为我辅导功课的张军喜先生,以及父执陈旺元先生、杨宗贤先生,大学时代的章琦、王百玲、刘养卉、王文棣、刘朝霞诸位先生,硕士论文指导教授邵宁宁先生、师母王晶波先生,博士论文指导教授陈子善先生、师母王毅华先生,致以无限谢忱。感谢各位师长,没有因为我的平凡、无知、虚荣和青少年时代的自命不凡、孟浪之言,而视我为顽劣不堪、不可救药之徒,仍然无私地接纳了我、包容着我,时常予以鼓励、扶持,给我谆谆教诲,让我知道,全世界所有的秘密,都在书里;能有机会读书、写书,乃是此生最幸福的事。

我要特别谢谢陈子善先生百忙之中为本书赐序,大序为此书增色不少。自 2009 年与先生相识至今,凡十有二年,其间,先生对我不断鞭策、指教,厚爱有加,其身教言教,盖不能以寸管形容之。本书也是在先生及其他中外学者的先行研究的基础之上,尝试做出的一些新的开拓和思考。在此,请允许我引用拙编《中国现代文学文献学的自觉——陈子善教授纪念集》"小引"中的几句话,再次致意:"此后唯有不断努力,写出好的学术作品,以报先生不吝赐教、关怀之忱。""敬祝先生身笔二健,春秋不老,为繁荣和发展现代文学、现代文学文献学研究,不断做出新的贡献。"

也要感谢内子在繁重的学习、工作之余,愿意花时间和我持续讨论许多与本书相关的问题,分享来自古典文学、文献研究领域的洞见。此书诸篇章,率多作于 2013 年以后,内子往往是第一读者,是她无数次的商榷、诘问、批评和提醒,让我不敢嬉游、怠惰,更促使我不断从古典文学、文献、历史的角度重新思考现代文学、文献。整理这一书稿的过程,同样也有赖内子刻刻的督促、帮助与鼓励,让我有勇气重新回顾这粗浅、多歧的"履痕处处"。可以说,这些文章从写成、发表,到如今结集出版,见证了我们从攻读博士学位到毕业、重新谋职、服务于新的学术机构、不断磨砺自我的人生轨迹,见证了我们跋山涉川,告别青春、青年,走向中年这一短暂而漫长、快乐而艰辛的旅途。

特别谢谢家父、家母、岳母和舍弟。从大学时代开始,几乎没有一个完整的假期是和家人们一起度过的。走上学问这条路,真的很幸福、很快乐,但也很艰辛,不足为外人道。谢谢你们无条件的爱、包容和体谅。此外,多年潜心修习书艺的家父,曾为这本小书高兴地题写了书名,惟以丛书体例及总体设计风格所限,碍难采用,希望以后能有机会使之与读者见面。

最后,要谢谢我的学生们,尤其是我先后在华东师大、复旦、上海师大教过的本科生,正跟我一起学习《数字人文导论》这门课的硕士生、博士生。在他们中间,有些人,这些年来,一直和我保持着松散、相对简单、纯粹的关系。谢谢各位同事、同学、亲友,尽其所能,为我创造了一个温暖、相对宽松、自由的学术空间。也谢谢诸位学界先进、同侪(请恕我在此不再悉数敬录诸位芳名),长期关注我的研究。是你们以不同的方式提醒着我,也许应该有一两本小书印出来了。虽然今天是一个可能不太鼓励专书写作、出版的年代,一个对人文学术可能不那么友好的年代,但与单篇论文相比,至少结集出版可能比较便于阅读。特别是赵雯昕同学,谢谢你的提醒,希望这本小书能够让你喜欢,也能让你的学生们产生些许对现代文学的兴趣。

后 记

　　1931年，图书馆学巨擘、印度学者阮冈纳赞(Shiyali Ramararita Ranga-nathan)发表了著名的《图书馆学五律》(*Five Laws of Library Science*)，其中之一即为"每本书自有其读者"(Every book has its reader)。虽然我不清楚这本小书的读者，究竟会有多少、是哪些人、有何反应，但我仍一如既往地期待得到大家的批评指教。

2021年12月30日写讫于沪寓

　　本书原定于2022年出版，因故迁延至今，其中少数篇章现已收入拙著《数字人文与中国现代文学》(上海三联书店2023年版)，敬祈识者谅之。

2023年11月29日补记于沪寓

图书在版编目（CIP）数据

从文献学到"数字人文"：现代文学研究的典范转移 / 王贺著. －－ 上海：上海文艺出版社，2024.
（微光·青年批评家集丛）. －－ ISBN 978-7-5321-8355-5

Ⅰ. I206.6

中国国家版本馆CIP数据核字第2024UR5954号

发 行 人：毕　胜
策 划 人：金　理
责任编辑：胡艳秋
装帧设计：胡斌工作室

书　　名：从文献学到"数字人文"：现代文学研究的典范转移
作　　者：王　贺
出　　版：上海世纪出版集团　上海文艺出版社
地　　址：上海市闵行区号景路159弄A座2楼 201101
发　　行：上海文艺出版社发行中心
　　　　　上海市闵行区号景路159弄A座2楼206室 201101 www.ewen.co
印　　刷：崇明裕安印刷厂
开　　本：890×1240　1/32
印　　张：10.5
插　　页：3
字　　数：234,000
印　　次：2024年10月第1版 2024年10月第1次印刷
Ｉ Ｓ Ｂ Ｎ：978-7-5321-8355-5/I.6594
定　　价：68.00元

告 读 者：如发现本书有质量问题请与印刷厂质量科联系　T：021-59404766